ハヤカワ文庫 SF
〈SF2478〉

宇宙墓碑

現代中国ＳＦアンソロジー

倪 雪婷編
立原透耶・他訳

早川書房
9156

SINOPTICON
A Celebration of Chinese Science Fiction
Translated into English and Edited by
Xueting C. Ni

Translated by
Toya Tachihara and Others
First published 2025 in Japan by
HAYAKAWA PUBLISHING, INC.
This book is published in Japan by
direct arrangement with
XUETING C. NI.

読者たちへ
レックスへ（R.I.P.）

目次

宇宙墓碑

現代中国SFアンソロジー

序文

夏笳《シアジア》

わたし個人としては歴史がとりとめのない出来事と一握りの英雄によって作られるという考えには与《くみ》しないが、昨今の中国SFの盛況を考える時、過去にひどい翻訳を読んで、自分たちの手でより優れた翻訳をしなければと使命感に駆られた人たちがいたことに胸を打たれずにはいられない。

今日《こんにち》、過去の人々が夢にすら見なかっただろう出来事が無数に起きている。二〇二三年の成都ワールドコンの誘致スローガンにあったように、わたしたちは「パンダだけじゃない！」。今こそわたしたちは誇りを込めていえる。科幻《中国SF》は『三体』だけじゃない。劉慈欣《リウ・ツーシン》よりも、ケン・リュウよりも、正確なだけの翻訳よりもはるかに大きなものだ。

わたしの見るところ、雪婷《シュエティン》が選り抜き翻訳した本書収録の中国SFは、こうした数々の「だけじゃない」へのかけがえのない入口となるだろう。

本書の序文執筆を打診された時、わたしは雪婷《シュエティン》と知り合っていなかったし、彼女の他の作品を読んだこともなかった。それでもこのアンソロジーへの期待と好奇心で胸を膨らませ、わくわくしながら読んだ。英語圏の読者を、それどころかわたしのように中国SFを知り尽くしていると自負する中国の読者をどんな驚きが待ち受けているのか、知りたかったのだ。

この短い文章では紙幅がまったく足りないので、読みながらもっとも印象に残った三つの事柄について触れるにとどめよう。

第一は、このアンソロジーの作品選定について。やり取りの中で雪婷《シュエティン》は本書の収録作はおそらくわたしには見慣れた作品ばかりだろうと繰り返し述べていたが、実のところ——白状しなければなるまい——大半は初めて読む作品だった。

わたし自身が編んだアンソロジー『残留兵』〔沈黙的伏兵〕と比較すると、本書は若手の作家や女性作家がキャリアの比較的後半に書いた作品に注目し、文体やテーマの多様性により重きを置いている。この選定方針はいわゆる「古典」や「代表作」によって長らく抑圧されてきたこれらの作品群に光を当てることがねらいだ。雪婷《シュエティン》自身も「イントロダクション」の中でこの点を詳しく述べている。収録作を拾い読みながら、雪婷《シュエティン》が愛する作品の山に囲まれながら考え込み、頭を抱えている姿がずっと心に浮かんでいた。と同時に、あなた——すなわち読者——が最初不安や警戒心を抱きながら、おそらくまったくなじみのない作家たちの世界に踏み込み、やがて未知の喜びに直面する様子もまた思い浮かんだ。

二番目に深く印象に残ったのは、雪婷《シュエティン》が各作品に寄せた短評だ。この上なく簡潔かつ精確に作品が生まれた背景や歴史的文脈を解説し、英語圏の読者が興味や困惑を覚えるであろう要素を鮮やかにひもといて、いわゆる「中国らしさ」に対する彼女自身の明快な洞察や独自の視点を提示している。

「伝統文化」と「現代文明」、「自然」と「人工」の狭間で苦しみながら揺れ動く中国の姿は繰り返し探求されるテーマだ。雪婷《シュエティン》はここからさらに中国社会の過度な競争圧や教育システム、そして肉体強化や脳機能の向上をうたう医療用サプリメントへの傾倒にまで話題を広げる。こうした題材は清朝末期以来の、近代技術（といっても催眠術や脳を強化する血清、強心剤の類だが）という魔法で「新しい人間」を生み出そうとする試みをわたしに思い起こさせる。これは「チャイニーズ・ドリーム」の重要な一部なのだ。と同時に、雪婷《シュエティン》が「イントロダクション」で繰り返し主張するように、「中国らしさ」は必ずしも「普遍性」とは完全に別の概念とは限らない。このグローバリゼーション時代における中国の希望と不安は本書を手にした読者の経験や感情と響き合うとわたしは信じている。

最後に、本書の翻訳技術についてごく軽く触れておきたい。雪《シュエ》婷《ティン》の翻訳では中国語の固有名詞を原音を尊重しつつアルファベット表記し、原語通りの並び順で表記している。このアプローチは国外とのやり取りや国際交流の場でときに厄介な事態を招くことがわかっている。わたしも自分のペンネームを国外で使った際に感じてきた煩わしさを思い出した（「夏《シア》」は夏――わたしのお気に入りの季節を意味し、一方の「笳《ジア》」は木製の横笛に似た古代中国の楽器である）。「シア・ジアでしたか、それともジア・シアでしたか？　愛称はシアとジアのどちらで？　『夏』はどう発音しますか？」しだいに、わたしはこうした落ちつかなさや不便さが異なる文化間の交流において重要な意味を持っていることを理解し始めた。聞き手に他文化特有の異質さとその独自性を突きつけ、それらを尊重し、受け入れ、理解しようと努めることを促すのだ。雪《シュエ》婷《ティン》が収録作に含まれた中国語の核の部分を意識的に残してくれてうれしく思う。

終わりにあたって、雪《シュエ》婷《ティン》とその懸命な仕事ぶりに、本書の寄稿者と出版に携わったスタッフ全員に、そしてあなた――すてきな読者に感謝を捧げたい。楽しい読書でありますように！

（鳴庭真人訳）

夏笳《シアジア》　一九八四年生。中国SF作家。著作に短篇「百鬼夜行街」など。

イントロダクション

倪《ニー》・雪婷《シュエティン》

中国に戻るときはいつも歴史ある繁華街を散策して、自分がいなかった間に見逃した商品やトレンドがないか確かめるためだけに屋台やブティック、ＣＤショップや書店を見て回るのを楽しみにしている。ある国でどんな本が面陳されているかは、その国の人々が日々何を考え何を気にしているかの良き指標でもある。数年前、新華書店＊にふらっと入ったわたしは、ベストセラーや新刊の棚をのぞき始めた。

成功を収めた著名人の伝記や各種の自己啓発マニュアル、欧米のベストセラーの翻訳、そしてもちろんＴＶドラマ化されたロマンス小説がいずれもずらりと並んでいる。中国人

＊　中国最大手の書店チェーン。

の偉大なる主食こと武俠小説を除くと、ジャンル小説を置いていないことにわたしは驚いた。あちこち探し回ったにもかかわらず、一冊のSFも見つからず、とうとう店員に尋ねる羽目になった。その店員は作業から顔も上げずに、子供向け書籍のコーナーをあいまいに示した。ちょっと意表を突かれたわたしは『三体』のような本が本当にあそこに置いてあるのかと尋ねた。

「ああ！　どうしてそれを先にいってくれなかったの？」

店員は棚の間を縫いながら、床から天井まで伸びる中等教育の教科書や科学書の棚までわたしを案内すると、腰ほどの高さの壁に面した棚を指差した。そこには面白そうな新刊小説や短篇集が小ぎれいに並んでおり、その中には劉慈欣《リウ・ツーシン》の本も揃っていた。

科幻（SFを意味する中国語）が中国ではいまだに教育読み物と一緒くたにされているという事実は、それほど奇妙なことではない。一九五〇年代から六〇年代初頭、現代中国が初めて繁栄と調和を得た時代に、科学的素養を持った作家たちはその才を公教育に費やすことを強く奨励された。何百人もの作家がミハイル・イリーンの子供向け百科事典『十万の疑問』「十万个为什么」を改訂する作業に取りかかり、同書を八巻まで拡充した。このシリーズはその後何十年も子供に人気の読み物であり続けている。一九八〇年代に子供時代を送った人間にとって、こうした本とベリャーエフの『ドウエル教授の首』（当時暮らしていたアパートに転がっていた）が最初期のＳＦ体験のすべてだった。ティーンエイジャーのとき英国に移住すると、わたしは「スター・トレック」や「タイムマシーンにお願い」、「Ｘ-ファイル」といったＴＶドラマにのめり込み始めたが、「よき中国の子供」であることを望む偏狭な両親によってポップカルチャーから遠ざけられた。それが功を奏したのもつかの間だった。名作イギリス文学ばかりを糧に育ったのち、大学在学中に古典ＳＦという宇宙をまるごと発見したことで、以前からくすぶっていたこのジャンルへの愛に火がついたのだった。

欧米が中国にはＳＦの歴史がないと考えているのはそれほど驚きではないし、本書のようなアンソロジーを売り込もうと何年も活動してきた間にもしょっちゅう信じられないという態度で迎えられ、こう言われた。「中国人はＳＦしない」（実際には中国がどれだけＳＦしているかを解説する巡回講演でこのフレーズを使わせてもらった）。しかし数多くの中国文化と同様に、中国ＳＦは長らく雑誌や映画やコンベンションを通じて内輪では共有されてきたが、国外では目をとめられる機会もなく、その結果「マニアックすぎる」「くだらない」とみなされてきた。劉慈欣《リウ・ツーシン》や郝景芳《ハオ・ジンファン》といった作家がヒューゴー賞を受賞し、「流転の地球」のような中国ＳＦ原作の映画が国際的に成功してようやく、欧米の人々も耳をそばだてるようになった。

当の中国では、科幻はルネサンスを迎えている。一世紀近い近代の動乱を経て、現在の相対的に安定した社会と経済的発展を得たことで、作家や芸術家には思考し想像する余裕が生まれた。欧米のSFが扇情主義文学やパルプ小説から発展したのに対し、科幻はおもに研究者や専門職――非常勤講師や天体物理学者、ジャーナリスト、ITエンジニア――の趣味だった。しかしここ十年で徐々に多様性が見られるようになってきた。ひとつにはこうした職種が「ムラ社会」でなくなってきたことにより女性作家が以前にも増して業界に参入してきたからだが、また一方で多様な経歴の作家が勇気を出して自作を世に問い、インターネットの小説サイトが出版への垣根を取り払ったからでもある。

現代の中国作家の多くは欧米のSF――オーウェル、ハクスリー、クラークなどの古典も、P・K・ディックやウィリアム・ギブスンなどのサイバーパンク派も――を読んで育ったが、そこから吸収したものを自身の伝統や経験から汲み取った要素と混ぜ合わせる。そこでは中国人の心に根付いた文化的概念が将来どう進化し生き残っていくのかを探求することもあれば、SFを用いて中国史を再検討することもある。

あなたは欧米で「うんざりするほど使い古された」定番のサブジャンルやテーマが現代科幻でもしばしば登場し人気を博しているのを目にするだろう。サイバーパンク、遺伝子工学、生体改造、ディストピア、時間旅行、人工知能、ロボット工学……こうしたうち捨てられた玩具は、中国の作家によって久方ぶりに取り上げられ、胸躍る新たな遊び方を見出される。前世紀の大部分、植民地支配や戦争や革命によって中国の創作活動は長らく停滞していたが、いまや作家たちはこれらのジャンルをまっさらな状態で探求し直し、新しく有利な立ち位置から、異なった経験をもとに取り組んでいる。時間旅行が一般消費者向け製品だったら、中国人は何をするだろう？　神話にラグナロクもハルマゲドンもない中国は世界の終わりにどう立ち向かうだろう？　とびきり奇抜でユーモラスな宇宙旅行ものでさえ物憂げなトーンで終わることが多いのは、中国の物語がハッピーエンドで終わらない傾向があり、独自のリズムや定型を備えているからだ。

　中国のスペキュレイティヴ・フィクションでもう一つ特徴的な点は、繰り返し述べてきたようにその発展のスピードにある。というのも現代中国という技術発展の時代にあっては、現実が絶えず追いついてくるからだ。たとえばこの国が急速に世界的な主導権を握りつつある遺伝子工学は、多くの作家によって想像され探求されてきたテーマだ。ここ数年に中国を襲ったロボット工学の社会的影響は夏笳《シアジア》が掘り下げたように、工場ばかりでなくレストラン、商店、銀行、学校、はては老人ホームにまで及んでいる。陳楸帆《チェン・チウファン》はアルゴリズムが人々の意思決定に及ぼす影響を予想して問いかけているが、これは中国だけでなくウェブが支配する世界全体にとって、今日における現実の倫理的問題となっている。

本書は中国ＳＦの過去と現在を網羅したアンソロジーではまったくない。わたしがやろうとしたのは、前回中国ＳＦが大規模な復興を果たした一九八〇年代以降の、中国におけるある種の科幻を考察してみたというものだ。これまで長篇や短篇集が英語で出版されてこなかった作家をおもに取り上げたが、作品選定後に宝樹《バオシュー》と郝景芳《ハオ・ジンファン》が欧米で出版にこぎ着けたのを知ってうれしく思う。また、数十年前の作品数作とともにより最近の作品を載せることで、起こりつつある多様性への軌跡をとらえようと試みた。収録作家のうち最年長は現在七十代、一方で最若手は二十代。中国最高峰の大学の卒業生もいれば、もっと裏道から出版に至った著者もいる。北部出身者も、華中や南部出身者もいる。作品選定にあたっては節操なく、もっぱらわたしの関心と好みにしたがって選んだが、作品価値のみをもとに選べばこうなるだろうとの予想に反して著者がこれほど多様な顔ぶれとなり、何の偏りもみられなかったことには心躍った。

お叱りを受けそうな「多様性バイアス」の一つが、女性作家を積極的に取り上げたことだ。わたし自身、翻訳家兼作家としてこの分野の男性に比べて見過ごされがちだと何度も感じてきたことから、中国ＳＦにおける女性の声を適切に取り上げることは重要だと考えている。科幻業界は長年男性が支配的で、女性作家にはハードサイエンスを扱う能力がない、ある作家が命名したところの「おかゆＳＦ」を書くのがせいぜいと見なされがちだったのは有名な話だ。一時はこのアンソロジーのため女性作家に声をかけることばかり考えるようになり、そうしたからといって作品の質やテーマの広がりの面で妥協する必要はないだろうと感じていたこともある。だが最終的に、女性作家たちを「安全圏」に囲って男子禁制の誌面でしか発表できないと批判を受けるよりは、最良の作品を集めて公平に判断することに決めた。この選択をいま振り返ってみると、収録作家はおおよそ男女同数となっており、女性作家が全体の半分強を占めていることが喜ばしい。

このアンソロジーを読めば、「日常の一幕」を扱った物語と奇人変人や謎の文明が織りなす気まぐれ銀河冒険譚が並んでいるのに気付くだろう。哲学的で瞑想的な宇宙哀歌の隣にポストアポカリプス世界を舞台にしたブラックコメディが収まり、ハードボイルド調スリラーが惑星間ロマンスと横並びになっている。

読者にこれらの物語を届けるにあたり、わたしはその「中国らしさ」の大部分を可能な限り残そうと努めた。言い回しやことわざや比喩はできるだけ直訳したし、時には英語で意味が通るように新しい表現に改めたが、その場合も原文のニュアンスが伝わるようにした。訳し落としたり、意味が近い英語の陳腐な表現で代用したりすることを避け、原文の表現が翻訳先の言語に包摂されないようにした。

また、たいていの場合は登場人物や場所の固有名詞、および中国語での特定の事物を漢語拼音《ピンイン》を使ってアルファベット表記した。特に事物と概念はこうすることで独自性を保ち、すでに語句が英語にも浸透している他のアジア文化の近似物と混同されるのを避けた。以前はこうした混同によって中国のアイデンティティと独自性が失われ、不細工で安っぽい翻訳につながっていた。また椿円《トゥオユエン》や林鹿《リンルー》などの中国名が残っていることで、テキストにいくぶん愛嬌が加わるようにも感じている。

時にはある言葉に文化的に対応する表現がないこともある。たとえば「姐姐《ジエジエ》」は字義通りでは「姉」を意味するが、同時に「血のつながりはないが年上の女性の友人」や「自分より少し年上の尊敬すべき女性の知人」や「なんとしてもお近づきになりたい見知らぬ女性」を指すこともある。こうした時には、その概念の説明を翻訳文に混ぜ込んでしまうか、どうしても必要な場合には傍注で説明するかしている。物語の流れを遮ったり、読書体験の妨げにならないよう、こうした処理は最低限に留めた。各話の最後には著者と短篇に関する短い記事を付しているが、ひとつには文化的な文脈を説明するためであり、またひとつにはその作品を科幻の歴史に位置づける手助けとするためである。この文章を各話の前に置くか、後に置くか、はたまたまとめて巻末に置くかについては一考を要した。結局、料理の最初の一口を余計な味付けをせずに楽しむように、わたしの意見に煩わされず各短篇を楽しんでもらうのがよいと考えた。わたしの意見や論評を楽しく有益なものだと思ってもらえたなら幸いだし、おそらく物語を異なった角度から再読したくなることだろう。

　もちろん、このアンソロジーにはまた個々の収録作のそれを超えた意図がある。科幻を世界中の新しい読者へ紹介すると同時に、わたしは読者に中国全体への理解を促したかった。中国国内で起きていることと他の国々の目に映るその姿には依然として大きな断絶がある。過去一世紀にわたる他に類を見ない発展と文化の大きな相異が元となり、時には誤解から、またある時には意図的なデマゴギーから国際的な理解を得られないでいる。中国自身もしばしばその不透明性に手を貸してきた。外の世界とその市場経済の膨れ上がったうぬぼれに一致団結して対抗するという根強い願望のせいで、異星種族と対決している気分になることもあった。ＳＦの価値の一つは、その物語を生み出した文化がいま一番関心を抱いていることを反映し分析できることだ。現在中国ＳＦに向けられている興味の大部分が新しいもの好きやそんなものが実在したという驚きから来ているのは承知の上で、読者には自分たち自身の希望や不安の鏡像を見て取り、中国人が夢見たり怖れたりしているものが自分自身の願望や目をそらそうとするものとそう隔たってはいないことに気付いてもらえれば幸いである。

　多くの点で、このアンソロジーを編纂し、物語を翻訳し、著者とやり取りを交わしたことは忘れがたい経験となった。見過ごされてきた中国の小説を欧米に届けたいと長年願ってきたし、自身が編んだ科幻アンソロジーを出版したいという夢も十年近く抱いてきたから、ついにその機会が得られたことは感に堪えない。計画し、交渉し、調整し、ばらばらな紐を操って人々を束ねていくのは時間のかかるプロセスで、形になるとは——実際にそうなるまで——信じられなかった。

微像文化（Storycom）に感謝を述べたい。同社は中国初となる物語の商業化を専門とするエージェントで、優れた作品の発掘と商業化に尽力してきた。同社はまた数々の賞を受賞したSF映画の製作に携わり、中国内外のいずれにおいても科幻をメインストリームに押し上げる活動に取り組んできている。このアンソロジーも、世界中で出版されているその他の中国SFも同社から多大な助力を得ている。また、自分が中国と世界のSFコミュニティの結節点となれたことも嬉しく思う。中国へのワールドコン招致を計画したシマー・プログラムのような団体とのこうした協力関係が継続することを願ってやまない。SFというジャンルはしばしば作家が社会に内在する問題を掘り下げ、成長や変化の種を蒔くのに重要な土地となる。

翻訳中に著者と交わした会話、編集者と交わした議論はひたすら楽しかったし、ときおり現れる厄介な場面を急いで訳すのにスポンジ銃やペーパークラフトや机にあった雑多な印刷物がいずれも役に立った。またカナダ墓地史協会にはあるきわめて専門的な分野の用語について助力いただき、謹んで感謝申し上げる。

本プロジェクトは長年宙吊りになっていて、ようやく「火がついた」直後にコロナウイルスの流行が発生し、英国はロックダウンに入った。これ自体記憶に残る経験だったが、致死性ウイルスを扱った長いポストアポカリプス小説を訳しながら、外でそれが実際に起きているというのは、まったく別次元の体験だった。どこが現実とフィクションの境目なのかわからなくなるような気がしたこともあったほどだ。この文章を書いている現在も隔離措置はまだ残っており、ロックダウンという苦しい時期にわたしが心を強く持っていられたのは、付箋や走り書きしたコピーやグーグルドキュメントが時間をかけてひとつにまとまって、いまあなたが手に取っている一冊の本となり、このすばらしい科幻アンソロジーを通じてあなたが自ら旅に出るのを知っていたからにほかならない。

（鳴庭真人訳）

最後のアーカイブ

最終档案

顧適《グー・シー》／根岸美聡訳

1　本当の選択

徐傑瑞《シュー・ジェルイ》はスーパーの棚の前に立ち、脳汁を絞りつくして思い出そうとしていた。妻の文莉莉《ウェン・リーリー》に頼まれた洗剤は、「カミラ」と「ミランダ」のどちらだっただろうか。間違ったものを買って帰ったことで、二人はすでに一度大喧嘩をしていた。そのため、彼は午後のセーブデータを読み込んで、スーパーに戻ってやり直さなければならなかった。しかし、思い起こしてみても、彼が覚えているのは文莉莉《ウェン・リーリー》が叫んでいるときのヒステリックな表情だけで、彼女に頼まれた品物は深い記憶の霧の中に閉じ込められたままだった。

スーパーの女性店員が彼の傍を通ったので、徐傑瑞《シュー・ジェルイ》は尋ねた。「すみません――どちらの洗剤の方が良いですか」

「もちろんカミラです」女性店員は全く躊躇《ちゅうちょ》せずに答えた。「私を信じてください、お客さま。もう一方を選択すれば、すぐにでもまたセーブデータを読み込んで、ここに戻ってもう一度選択をすることになりますよ」

「わかりました」徐傑瑞《シュー・ジェルイ》は店員に勧められた方を手に取ると、ショッピングカートに入れた。彼はこの店員と話し続けたくなかった。なぜなら、彼女が「選択」という、彼が最も忌み嫌う言葉を口にしたからだ。選択することは、彼がもう一度やり直して、すべての間違いを修正する必要があるかもしれないということを意味する。

冷凍食品の棚まで歩いてきてから、彼は記憶の保存を忘れていたことにはたと気づき、慌てて立ち止まると、右手を左腕に添えた。

保存――2301年7月12日――5：21：37pm――32031回目のセーブ――決定。

記憶を保存しながら、徐傑瑞《シュー・ジェルイ》は網膜に内蔵されたヴァーチャルスクリーンに映し出された過去の記録の数々を見渡した。それらは年ごとにまとめられ、それから月、日と下位分類されている。あまりの数の多さに、時々、徐傑瑞《シュー・ジェルイ》は結局のところどう選択すればいいのか迷うこともあった。――実は、これこそが本当の選択なのだ。他の選択はどれもやり直すことができるのだから。

しかし、もう一度やり直すことは、実のところ心底嫌な気分にさせられるものだった。

彼が手を離すと、目の前の世界は再び現実に戻り、彼の左側にいた女性が突然叫んだ。「赤ちゃんにミルクをあげるのを忘れてた！」彼は彼女がそう言ったと思ったが、彼女は飛ぶような速さで全ての言葉を一つの音節であるかのように発し、そして、瞬時に彼の視界から消えた——どうやら、彼女は別のセーブデータを読み込んでここを離れたようだ。

徐傑瑞《シュー・ジェルイ》はため息をついた。不安だった。この女性を見るのは二度目で、前回の買い物のときにもこの光景を目にしていた。すると、この同じ場面が一種の呪いのように感じられた。彼は正しいものを買ったかどうかわからなかった。

嫌な予感がする。

2　時間と空間

家までの帰り道では、さまざまな広告を見たり聞いたりすることになる。むろん、最も多いのは「タイムライン」社の広告だ。ライフログの先導者として、この会社は人類全体の生活を変えた。小学校に上がると、子供たちは「タイムライン」を構築する理論を学び始め、また、「タイムライン」社が提供する無料の保存領域を使うことができるようになる。そのため、学期末に満点を取れていない生徒がいると、先生は必ず過去に戻ってテストを受け直してくるように言うのだった。しかし、当時の徐傑瑞《シュー・ジェルイ》は変わり者で、先生の要求を拒むと、その代わりに尋ねた。「僕たちがそれぞれ世界を無数にコピーしたら、いつか混乱してしまうんじゃないですか？」

先生は見下したように言った。「当然ですが、私たちには、一人一人が一つの世界を創造するのに十分な保存領域があります。先生を信じて。それぞれの世界は唯一無二ですよ」

徐傑瑞《シュー・ジェルイ》は結局、そのテストで満点を取ることができなかった。今思えば、そんなこだわりには何の意味もなかった。彼はいつも選択し直した。何度も何度も。間違いを修正し、すべての矛盾を解消することで、完璧な人生を生きるのだ。

彼の車が信号で停止しているとき——素晴らしいことに、彼はここでは行くのか停まるのかを選択する必要はなかった——突然ラジオから大音量の音楽が流れ出し、彼の心臓を跳ね上がらせた。

彼はチャンネルを変えた。心の底から不安が広がってきて、逃げ出したくなった。

何を恐れているんだ？　彼は自身に向かって言った。どうなっても、何が起こっても、もう一度やり直すことができる。

もう一度。
もう一度。
彼は頭がおかしくなりそうだった。ああ、神様。もちろん、頭がおかしくなる前に――
きっと頭がおかしくなった後でも、彼はまた初めからもう一度やり直すことができる。

赤信号がようやく消え、青信号が点灯すると、彼はアクセルを踏み込み、目の前に意識を戻した。「ここは新鋭評価ショー、みなさんの知恵の集まるところです」ラジオから女性の声が流れてくる。「こちらを見てみましょう――ああ、これは時空観について論じていますね。大変興味深いです」

テクノロジーが発達すると、空間は伸縮性を持つようになる。距離はもはや実際の長さではなく、時間によって示される。「北京からニューヨークまでたったの一時間」――これはまた別のラジオ広告だが、地理的な障壁が消え去り、私たちは世界のどこへでも気軽に行けるようになる（どこにも行きたくないけれど――と徐傑瑞《シュー・ジェルイ》は思った）。時間の方向が単一性を持つ以上、本当の意味での「やり直し」は不可能である。だが、並行情報から新しい世界を創造することで、未来から保存されている過去に戻ることも可能になる。

「これこそが」ラジオが続ける。「あなたが過去のセーブデータしか読み込むことのできない理由なのです。その時点以降のすべてのセーブデータは消失し、この『現在』にはもう二度と戻ることはできません」そうして、時間もう一つの尺度を獲得した。空間、あるいは専門家たちの言い方に従えば、保存領域だ。これらの保存領域を使うことで、ある時点における、ある人に関するすべての情報、さらにはその人が生きているその世界を保存することができる。「保存領域を買い足す必要がありますか？」徐傑瑞《シュー・ジェルイ》は頭を揺らしながら、流れる広告に合わせてタイミングよく鼻歌を歌った。ラジオから流れる女性の声と、音もリズムもぴったり合っている。「『タイムライン』にお電話ください。1111-111」

音楽が流れると、彼は車を停め、深く息を吐いた。目の前の光景は、これ以上ないほど見慣れたものだ。ここは彼の家だ。徐傑瑞《シュー・ジェルイ》が車のスイッチを切ると、周囲の音がすっと消えた。彼が束の間の安寧に浸っていると、突如として疲労感に襲われた。彼は三十歳だ。しかし、彼は自分の過ごしてきた時間が三十年間にはとどまらないことを知っている。彼は多くの事を何度も繰り返してきた。何度も大学受験をし、何度も就職活動をし、何人もの彼女とやり直した。学歴、キャリア、金と権力、そして文莉莉《ウェン・リーリー》という唯一無二の存在を手に入れるまで。そうして、彼らの結婚生活が六年目に入ると——もしかしたら十年目かもしれない（何度もやり直した時間を含めれば）——彼はまた全てが不確定になってきた。

もしかしたら、選択を間違えたのでは——恐ろしい考えが徐傑瑞《シュー・ジェルイ》の脳裏にこだまする。もしかしたら、二十四歳まで戻って別の人を選ぶことができるかもしれない。

いや、嫌だ！

彼はひどい嫌悪感を覚えた。生理的に吐き気を催すほどだった——もう二度とやり直したくない。

正しい洗剤を買ったのだから、彼女は喜ぶだろう。

彼はバックミラーで自分の姿を仔細に確認すると、自信に満ちた笑顔を浮かべた。ドアを開け、彼女を抱きしめてキスをすれば、すべてがうまくいくはずだ。

彼は車を降り、家のドアを開け、袋を手にリビングに入ると、言った。「莉莉《リーリー》、見て、君のために買ってきたよ……」

彼の言葉が途切れた。

彼女がいない。

彼女が家にいない。

徐傑瑞《シュー・ジェルイ》はパニックに襲われた。帰宅して彼女がいないと、彼は毎回パニックになった。

（「だから私は毎日ここで待っているのよ、あなた」彼女はそう言っていた）

もしかしたら、彼女は犬の散歩に出かけているのかもしれない――彼はそう思い、深呼吸をし、腰を下ろした。彼女は犬の散歩に行ったに違いない。「アルファ」と彼は試しに呼んでみた。これはあの忌々しい牧羊犬の名前だ。その犬を飼い始めて以来、文莉莉《ウェン・リーリー》はまるでそれが夫であるかのように、その犬にだけ心のこもったスキンシップとキスをするようになった。しかし、彼が呼んでも、あの毛むくじゃらがいつものように尻尾を振って駆け寄ってくることはなかった。ほら、見ろ、彼女は犬の散歩に行っただけだ！　徐傑《シュー・ジェ》瑞《ルイ》は呟いた。彼は食料品を冷蔵庫に入れ、洗剤を一番目立つ場所に置くと、満足げに眺めた。

前回は――彼女がまだここにいたじゃないか！　徐傑瑞《シュー・ジェルイ》はふと思った。その時、文莉莉《ウェン・リーリー》は冷たい表情を浮かべており、彼が家に入ってくるのを見ても、わずかに視線を向けただけだった。彼は一人ですべてのものをしまうしかなかったが、彼が洗剤を取り出したとき、彼女は鋭く叫んだ。

「カミラを買うなんて！」彼女は叫びながら足を踏み鳴らし、洗剤を床に激しく叩きつけた。「こいつの匂いが大嫌いなんだって、もう一万回も言ったじゃない！」

ああ神様。彼はその言葉を思い出しながら、思わずさっと頭をかかえた――間違ってしまった。また間違ってしまった。

3　孤独な世界

徐傑瑞《シュー・ジェルイ》は夜の十一時まで待ったが、文莉莉《ウェン・リーリー》は帰らなかった。彼は警察に通報すべきかどうか考えた。しかし、電話をかけずとも彼らの答えは想像できた──ああ、まず「タイムライン」社に電話をしてください。奥さんはきっと別のセーブデータに行ってしまっただけですよ。騒ぐようなことでもないでしょう？

もちろん、警察に電話をする前にセーブすることもできる。警察の対応があまりにも気まずくなるようなものなら、現在に戻ってやり直せばいいだけのことだ。

彼には経験があった。その時いなくなったのは父親だった。彼は父親がいなくなるのをただ見ていた（「おっと、電気を消し忘れた！」）。その後、父親は二度と彼の前に姿を現すことはなかった。その時、彼は七歳で、母親には一度も会ったことがなかった。七歳の徐傑瑞《シュー・ジェルイ》は警察に電話し、泣きながら言った。「お父さんがもう帰ってこなかったらどうしよう」

警察は言った。「──大丈夫だよ、坊や。すぐに一人の生活に慣れるから」

徐傑瑞《シュー・ジェルイ》は、多くの子供たちがそうであるように、一人ぼっちで育った。やがて彼は、誰も彼の傍に長く居続けることはできないのだと気づいた。彼らはいつも突然姿を消した。時には彼らを探し出すために——彼の友人たちを留めておくために、再びやり直すことを選び、過去に戻ってまで彼らに頼んだ。——懇願することさえあった。彼の世界からいなくならないでくれ、と。

しかし、他人にそれを求めることはできないと彼はわかっていた。なぜなら、彼自身もよく無意識にセーブデータを選択するからだ。それは、家を出るときに鍵を忘れたからかもしれないし、財布を盗まれたからかもしれない。あるいは、特に理由もなく、ただ機嫌が悪かったからかもしれない。そうして、彼はある世界を捨て、別の世界に飛び込むことを選択するのだ。長い年月を経て、彼はようやく理解した。自分もこの世界の人々も偶然行き合っただけにすぎず、次の瞬間には、その人が消えてしまい、会えなくなるかもしれない。そして、もう二度と彼らを見つけることはできないのだ。もちろん、彼はいつでも過去に戻って、その人たちのところへ行き、恐る恐る彼らが去っていくのを待つことはできた。

彼はかつて、これは孤独な世界ではないかと考えたことがある。彼がどのセーブデータに戻ろうとも、彼一人だけしか存在しないのだ。

ただ一人だけ。

だから、文莉莉《ウェン・リーリー》に初めて会ったその日、彼は彼女と結婚することに決めた。たとえ彼女が美人とはいえず、気性が荒く、家事をする気もなければ、生計を立てる能力もなく——彼女は彼の子供を産もうとさえしなかったが、それでも彼は彼女と一緒になることに幸せを感じていた。なぜなら、彼女は「タイムライン」を使った記録が一切なく、やり直しを信じておらず、彼女はこの人生しか生きられない、この一回で十分だと言ったからだ。

彼は彼女に執着し、恋慕していた。彼らが出逢う前のセーブデータを選択しない限り、彼女はずっとこの場所に、この世界に存在し続け、彼から離れることはないとわかっていた。

しかし今、文莉莉《ウェン・リーリー》は家にいない。

文莉莉《ウェン・リーリー》が家にいない文莉莉《ウェン・リーリー》が家にいない文莉莉《ウェン・リーリー》が家にいない。

徐傑瑞《シュー・ジェルイ》は頭がおかしくなりそうだった。完全に頭がおかしくなりそうだった。彼は憤った——明らかに彼の選択が間違っていた。彼が去るべきだったのだ。さっさと昔に戻って、元の彼女——並外れた美女でキャリアウーマンだった羅西《ルオ・シー》と結婚しよう。格を下げて文莉莉《ウェン・リーリー》を選択したのは彼の方なのに、結局、文莉莉《ウェン・リーリー》の方が彼から去るなんて。まったく不条理極まりない！　彼はすぐにでもあの時にセーブポイントを戻そうとしたが、最後の最後でやめた。いや、彼はそうすることができなかった。あの時に戻ってしまったら、もう二度と文莉莉《ウェン・リーリー》に出逢うことはないかもしれない。

彼女を失うなんて、彼には耐えられなかった。

彼はもうやり直したくなかった。

彼はもうしたくなかった——選択を。

4　無数の放棄

「それはもちろん幸福です。『タイムライン』は皆さん一人一人に幸福を感じていただくために存在するのですから」

真夜中の時間帯に、テレビでは「タイムライン」のトップである史泰姆《シ・タイム》のインタビューが再放送されていた。

徐傑瑞《シュー・ジェルイ》はソファに体を沈め、目の前の虚空をぼんやりと見つめていた。文莉莉《ウェン・リーリー》がまだ帰ってこないので、彼は警察署に電話したが、得られたのは想定内の回答だった。

「ええ、そうなんです。中国の古いことわざに『後悔につける薬はない』というのがありますが、私たちはそういう現実を変えようと思っているんです」テレビの中で史泰姆《シ・タイム》は丸いお腹を持ち上げながら、柔らかい声で言った。「後悔していますか？　過去に戻りましょう！　選択の仕方がわかりませんか？　恐れることはありません。人生の全ての分かれ道をもれなく試すことができるんです。これほど素晴らしいことがあるでしょうか」

選択！

徐傑瑞《シュー・ジェルイ》の混沌とした目に突然光が宿った。彼は跳ね起きると、目の前の洗剤をつかみ、スクリーンに叩きつけた。虚空のスクリーンが揺れた。洗剤液が噴き出し、粘性のある液体が四方に飛び散ったが、すぐにすべてが元に戻った。徐傑瑞《シュー・ジェルイ》の呼吸は荒く、眼窩《がんか》は深く窪み、髪はひどく乱れていた。まるで彼がこれまで遭遇した無数の狂った人々のようだった。

「しかし、昨今の自殺率の上昇についてはどう説明しますか？」司会者が鋭く切り込んだ。「このグラフを見てください。これは『タイムライン』の普及率と国民の自殺率の統計データです。明らかに相関関係があることが見て取れます。特に最近では……」

「ああ！」史泰姆《シ・タイム》は痛ましげなため息をつき、相手の話を遮った。彼の丸い顔は、まるで干からびたオレンジのようにしわくちゃになった。「これには本当に胸が痛みます。しかし、自殺率の上昇には様々な原因があり、決して『タイムライン』だけに起因するものプではないことをわかっておく必要があります」

「そうでしょうか?」司会者がじわじわと追い詰めていく。「ご存じだと思いますが、御社が『全ての市民を騙した』と考えている議員もいますし、『セーブ拒否』キャンペーンを展開している民間の団体もあって……」

「もちろん、存じておりますよ」柔らかい口調で、史泰姆《シ・タイム》は再度相手の話を遮った。「幸いにも、私はその団体の発起人の何人かを知っています。法律と『タイムライン』社の規則に基づいて、彼らの利用状況を公表することはできませんが、彼らがそのキャンペーンを組織する過程で大量のセーブデータを保存したり読み込んだりしたことを証明する十分な証拠があります」

史泰姆《シ・タイム》の声が大きくなることはなかったが、彼の小さな目は照明の光を受けて爛々《らんらん》と輝いていた。彼は少し間を置いて、こう続けた。「さて、誰が『市民を騙している』のか、教えていただけますか?」

観衆が見守る中、司会者は左腕に手を載せると、忽然《こつぜん》と姿を消した。彼はもう一度質問に答える準備をするために、インタビューの前のセーブデータに戻ったようだ。史泰姆《シ・タイム》は一人きりでスタジオに座り、ゆっくりとカメラに顔を向けた。照明の下で、顔の細かな皺《しわ》一本一本が光にさらされ、若々しい顔に老練な表情が浮かび上がった。彼の微笑みは成熟し、滑らかで、完璧だった。それはまるで、時間の中で非凡な輝きを放つ、触れると温かさを感じる玉石のようだった。

「皆さま、ご覧ください」史泰姆《シ・タイム》が口を開いた。「これほど完璧な回答があるでしょうか？　親愛なる皆さま、どうか『タイムライン』を拒まないでいただきたい。自分の人生について選択することを拒まないでいただきたい。あらゆる機会に予期せぬ答えがあるかもしれないのに、なぜさらに試すことを拒むのでしょう。あなたの人生にはいつだって他の可能性があるのです！」

彼は少し間を開けると、立ち上がり、両手を広げ、続けた。「もう一つ皆さまに良いお知らせがあります。『タイムライン』製品の最新バージョンでは、セーブデータのクロステクノロジーを実現しました。つまり、あなたとあなたのパートナーが『セーブデータ共有』協約に署名しさえすれば、その後の人生でお互いの世界を共有できるのです。もちろん、データ読み込みの際には、必ず一緒に行わなければなりません。『家族専用』の製品として設計されたものです。お申し込みは１１１１‐１１１１までお電話ください」

この提案は極めて魅力的に聞こえるものだったが、徐傑瑞《シュー・ジェルイ》はただ無関心なままソファの奥に縮こまり、捨てられた子供のように背中を硬直させ、指を震わせながらクッションを摑んだ。パニックのせいで小鼻が小刻みに動いている。彼は思った——今朝に戻ることも、文莉莉《ウェン・リーリー》がいたどこかの時間に戻ることもできるのに、なぜそうできないのだろう。するとある時の口論——ある時、彼によって消滅させられた口論のことが突然頭に浮かんだ。その頃、文莉莉《ウェン・リーリー》は冷淡な妻ではなく、まだ情熱があり、彼の唇に愛情たっぷりのキスをすることもあった。口論の途中で、彼女は突然泣きだして言った。「私にはあなたがいつ消えてしまうのかわからない。いつも錯覚するの。あなたは私を何度も見捨てたんだって」

その時、彼は「僕は君の傍にいるよ。君から離れられるわけがないじゃないか、莉莉《リーリー》」と答えた。

しかし、彼女が手首に内蔵されたタイムラインのコントローラーを外させようとしたとき、彼はその要求を拒んだ。

いや、その必要はない、僕はずっと君と一緒にいるからね。そう言うと、彼は手首に触れ、口論の前に戻り、何か言いたげな彼女の表情をよそに、激しくキスをして彼女の怒りも疑問もすべて封じ込めた。

こうして、問題はすべて解決されてきた。

だから、六年もの長きにわたって彼のそばにいた女性、すなわち現在の文莉莉《ウェン・リーリー》は、彼と口論になったことがなかった。それは、彼が口論になる前にいつも彼女の怒りを消し去ったからであり、また、彼がいつも非の打ち所のない行動をしていたからだ。そのうちに、彼女も口論することをやめた。彼女は冷淡になった。石のように冷たく、彼が何をしようが何を言おうが、少し馬鹿にしたような表情を浮かべたまま、静かに彼を眺めていた。この忌まわしい「カミラ」が来るまでは。

ちょうど彼が怒りのあまり歯ぎしりをしているときに、家の電話が鳴った。

彼は急いで立ち上がり、受話器を取った。

「もしもし、こちらは『タイムライン』社でございます」極めて美しい声だった。「徐《シュー》・傑瑞《ジェルイ》さまで間違いございませんか？」

「はい」彼はできるだけ穏やかな口調で答えた。

「こんばんは、徐《シュー》さま。奥さまの文莉莉《ウェン・リーリー》さまが当社で『タイムライン』の『家族専用』商品を申し込まれたところなのですが、『セーブデータ共有』協約に署名されるご意思はございますか？」

「ちょっと待ってください。私の妻があなたがたの会社にいるんですか？」徐傑瑞《シュー・ジェルイ》の声が上ずった。

「先ほどまでいらっしゃいました、お客さま」電話先の話し声は依然として優美で滑らかだ。「奥さまとの協約に署名をされるご意思は……」

彼女が話し終わる前に、彼が話を遮った。「彼女はどこですか？　くそ、彼女を帰さないでくれ。今すぐ行くから」

「文《ウェン》さまはもうお帰りになりましたよ、徐《シュー》さま」相手は穏やかに言った。「文《ウェン》さまは特別に、この時間に徐《シュー》さまに電話するよう指示していかれました。徐《シュー》さまにお伝えすることが――これは文《ウェン》さまの言葉通りですが、署名しなくても構わない、とのことでした」

「なんだって！　彼女を見つけられませんか？」彼は「タイムライン」に位置追跡システムが備わっていることを知っていた。

「申し訳ございませんが、顧客の情報を無断で開示することはできません」

「私は彼女の夫だ！」

「大変申し訳ありません、徐《シュー》さま。あるいは、お客様が『セーブデータ共有』協約に署名することを選択されるのも良いかと存じます。そうすれば、お二人が常に同じ時空にいることが保証されます」

「彼女をどこにも行かせないぞ！」そう叫んでから、徐傑瑞《シュー・ジェルイ》は自分が家の中にいないことに気づいた。彼の口元にあった凶悪そうな皺が消え、突然柔和な表情になった。まるで一瞬の間に完璧なマスクを被ったようだった。彼は呼吸と鼻息を抑え、電話の向こうに礼儀正しくこう言った。「あの、先ほどは少し興奮してしまいまして、申し訳ありません。

ご存知でしょうが、妻は失踪しておりまして……」

「心中お察し致します」

「どうしても妻の居場所を知りたいんです」彼はもう一度深呼吸をした。「お願いです。教えてもらえませんか」

「それはできかねます、お客さま」電話口の声は相変わらず穏やかだった。「顧客の情報を公開することはできません」

「わかった、わかりました」彼の口元が怒りでまた震えだした。「私がその契約書とやらに署名すれば、彼女を探すのを手伝ってくれますよね？　あなた方は、私にもっと高い製品を買わせたいだけなんじゃないですか？」

「奥さまがすでにお支払いを済ませておりますので、お客さまの分は完全に無料です。徐《シュー》さま」

「私は……」

彼の言葉が止まった。あまりにも聞き慣れた声が受話器越しに聞こえたからだ。その声は一気に魂にまで潜り込み、彼を戦慄させた。

「署名しなくても構わないわよ」

文莉莉《ウェン・リーリー》が言った。

5　少しの意地

徐傑瑞《シュー・ジェルイ》はスーパーの棚の前に立ち、息を切らしながら一番下の棚からミランダの洗剤を探し出そうとしていた。

老いた骨は朽ちたような軋んだ音を立て、シミだらけの手は震えながら買い物かごに洗剤を入れた。

ショッピングカートを支えにしながら、ようやくレジまでたどり着くと、その後、彼は高齢者用に設計された自動運転の小さな車に乗り込んだ。ラジオからは「タイムライン」社の教育広告が流れ、彼はそれに耳を傾けながら、うとうとと眠ってしまいそうになった。

だから、車が止まったとき、彼はまだ少し混乱してぼんやりしていた。やがて濁った両目の焦点が自分の家のドアに合うと、彼は思った——そうだ、ここが行こうとしていた場所だ。彼は車のドアを開け、洗剤と食料品を手に提げると、少しずつ家のドアに向かって移動した。

ドアを開けて彼を出迎え、手を貸してくれる人がいないことはわかっていた。彼は一人で暮らしている。大多数の老人と同じく、独りぼっちだ。こういう老人は頑固者で、若々しく元気だった頃に戻ることを拒み、哀れな殻に閉じこもって死を待っている。徐傑瑞《シュー・ジェルイ》は、子供の頃にもう少しで満点になるテストのやり直しを拒んだように、最後に自分がまだ何かを守り続けていられることを喜んだ。

ずっと前に、彼はあの同意書にサインしたが、文莉莉《ウェン・リーリー》はまだ戻ってきていなかった。彼は、彼女がこの世界のどこかで牧羊犬のアルファと一緒にいることを知っていた。どこかの街で角を曲がるときや、祝日の集まりのときに、何度か彼女を、あるいはアルファを見かけたような気がしたこともあった。しかし、結局は見つけられなかった。

それでも、少なくとも、彼女が生きている限りは、まだこの世界のどこかにいるとわかっていた。

彼女はまだいる。

あれ以来、彼は「タイムライン」を外しはしなかったが、二度と使うことはなかった。心の底には期待と懺悔《ざんげ》があった。彼はいつも思っていた。もし彼女が、彼がこうして過ごしていることに気づいたら、戻ってきてくれるかもしれない、と。

彼のもとに戻ってくる。

躊躇《ためら》わず、迷わず、彼は一つの選択を守り続けてきた。

指紋認証で部屋のドアを開ける前、徐傑瑞《シュー・ジェルイ》は微かに犬の鳴き声を聞いたような気がしたが、すぐに疲労による幻聴だろうと考えた。彼の手の震えがひどすぎるせいか、ドアは開かず、ドアロックが「ピピッ」というエラー音をあげ、彼を少し苛立たせた。買ってきたものを床に置き、もう一度手を上げると、その時、ドアがひとりでに開いた。

彼が顔を上げると、見覚えのある顔立ちに、見覚えのある表情を浮かべた年老いた顔が目に入った。

「お帰りなさい、あなた」文莉莉《ウェン・リーリー》が言った。

彼はどうしていいかわからず、その場に立ちつくした。

「さてと」彼女は彼より少し若く、まだ身のこなしが軽やかだ。置かれていた袋をさっと持ち上げ、中を覗き込むと、責めるような口調で言った。「やっと買うものを覚えたわね、ばか」

彼女が部屋に入ろうとすると、一匹の壮年のゴールデンレトリーバーがドアに駆け寄ってきて、彼を一目見て尻尾を振った。それから、彼女の後を追ってまた部屋に入った。徐傑瑞《シュー・ジェルイ》は、夢の中にいるようなぼんやりとした感覚に陥った。言葉にできないほど、恐ろしく、嬉しかった。呆然としながら彼女の後を追って中に入ると、文莉莉《ウェン・リーリー》が物を片付けずにその辺に置きっぱなしにしているのが目に入った。

「片付けないと……」彼はつぶやいた。

「そんなのどうでもいいわ」そう言いながら、文莉《ウェン・リーリー》は彼の手首を摑んだ。徐傑瑞《シュー・ジェルイ》は長いことそれに触れていなかったので、少し慌てた。「何をするつもりだ」

「『タイムライン』をあなたと一緒に使いたいの」

「何だって？」

「私が唯一保存したことのあるアーカイブを使ってね」彼女は彼に愛情と恋慕に満ちた微笑みを向けた。「私たちの若い頃に戻るの」

6　正しい選択

二人は一緒に「タイムライン」を摘出した。

ただ、文莉《ウェン・リーリー》が子供を産むときに、徐傑瑞《シュー・ジェルイ》は後悔しかけた。彼女があまりにもひどく痛がるので、妊娠しなければ良かったのにとさえ思った。それでも、小さな徐貝利《シュー・ベイリー》は生まれてきた。ピンク色のふくれあがった耐えがたく醜い姿だ。その時、徐傑瑞《シュー・ジェルイ》はまた思った。ああ、羅西《ルオ・シー》を選択するべきだったのかもしれない。そうすればきっと美しい子供を授かることができたのに。

彼は顔を上げた。どこにでもある広告が目に入った。「後悔していますか？『タイムライン』を選択してください」

徐傑瑞《シュー・ジェルイ》はしばらくそれを見つめると、振り返り、妻と子のいる分娩室に入っていった。

徐貝利《シュー・ベイリー》は泣きわめき、文莉莉《ウェン・リーリー》はベッドに横たわり、疲れきってぐったりとしている。汗で濡れた髪の毛が顔に張り付き、体は血と汗でべとべとで、言いようのない悪臭を放っている。

彼は子供の額にキスをすると、持っていたバッグからタオルを取り出し、ぬるま湯に浸して、妻の顔を優しく拭いた。

後悔はしない。

自分は正しい選択をしたのだ。

編者によるノート

都市プランナーを本業とする顧適《グー・シー》は二〇一一年から執筆活動を始め、過去十年間に華語科幻星雲賞*と銀河賞**の両方を受賞している。わたしが初めて読んだ彼女の短篇はバイオ・ファンタジイだったと記憶しているが、強い女性主人公やハードサイエンス——伝統的に女性作家の領分とはみなされてこなかった——を扱った作風などからその作品に惚れ込んでしまった。「最後のアーカイブ」は二〇一三年、顧適《グー・シー》が《超好看》***に寄稿した最初の作

＊　華語科幻星雲賞は二〇一〇年に世界華人SF協会によって創設された。中国語で発表された全世界のあらゆるSF作品が対象となる。投票資格は協会員だけでなく、一般読者にも開かれている。

＊＊　銀河賞はSF雑誌二誌——《科幻世界》と《智慧樹》——によって一九八六年に創設された中国最初のSF賞であり、また創設から二十年間は唯一のSF賞として、中国のSF作家に贈られる最高の栄誉とされた。つい最近までは中国でもっとも長い歴史を持つ代表的SF雑誌《科幻世界》の掲載作のみが受賞していた。

品で、彼女自身が一人前のＳＦ作家の領域へ踏み出したと感じた作品でもある。

執筆当時、顧適《グー・シー》は修士課程で学んでおり、彼女も周囲の人々も人生の岐路と向き合っていた。他の都市で一旗揚げることを選んだ友人たちには別れを告げなければならなかったし、チャンスを摑もうと北京にやってきた人々とは新たに関わり合うことになった。

完璧を求め、自身を乗り越えようとするのは人間の性である。成功しよう、上達しようとする中国人の意欲は世界的に有名だ。もしそれを偏執的なレベルで実現できる技術が存在したら、何が起きるだろうか？　もしわたしたちの誰もが「タイムマシン」を持っていたら、どんな選択を取るだろうか？　うわべだけの「失敗」しかなかったらどんな機会や喜びが失われることになるだろうか？　そして、逆境を乗り越える意欲がなくなった時、何が起きるだろうか？　この話を訳しながら「スカム・セービング」という行為を思い出していた。デジタルゲームで数秒おきにセーブしながら、弾を外したりパズルに失敗したらやり直すプレイスタイルのことだ。最終的に「完璧な」エンディングは得られるが、その経験が楽しいとは限らない。ＳＦには巨大な宇宙船や銀河規模の戦闘や強力なロボットやミュータントなどがよく登場するが、存在に関するルールをたった一つ書き換えただけでも人々の日常に莫大な影響を及ぼすことができる。一人の人間が新しい技術を手にし、やがて拒絶するという個人的な物語は、このアンソロジーのゆるやかな幕開けにふさわしいと思う。

（鳴庭真人訳）

＊＊＊《超好看》は二〇一〇年にベストセラー『盗墓筆記』の作者である南派三叔《ナンパイ・サンシュー》とその他の作家によって創刊された雑誌で、中国全土から一番高水準で格好よく面白い小説を発掘することを目的としている。

宇宙墓碑

宇宙墓碑

韓松《ハン・ソン》／立原透耶訳

（前）

私が十歳の年、父親は私が宇宙に行くことができるとうけあった。その時私たち一家はオリオン座まで行くことになり、もちろん星間旅行会社の定期船に乗ったが、思いがけず、帰りの途中で宇宙船が故障してしまった。私たちはどうにか火星まで飛んだが着陸するしかなく、もう一隻の宇宙船が地球にみんなを連れて帰ってくれるのを待つしかなかった。
私たちが着陸した地点は、火星の北極冠の傍だった。その時みんなは大変ピリピリしていたので、船員が乗客に宇宙服を着せて外を散歩させたのを覚えている。着陸地点の周囲には旧時代の人類の遺跡が多く点在していた。船長によると、それらは宇宙大開発時代の名残《なごり》だという。はっきりと覚えているのは、私たちが数キロメートルにわたる金属の壁の前で長い間足を止めていたことだ。そして、その壁の後ろに現れたのは予想もしなかった光景だった。

今となっては、それらが墓碑と呼ばれるものだと私たちは知っている。しかし当時の私は、それらのものものしい気配に圧倒され、思わず足がすくんで前に進めなくなった。そこは広大な平原で、地面は明らかに人工的に平らに整えられていた。大小さまざまな四角い石碑が、まるで雨後の筍《たけのこ》のように地面から突き出し、すべてが同じ黒い色調で寒々しい光を放っていた。それが真っ赤な大地と対照をなし、まさに異様な光景だった。火星の空には無数の星々が雨のようにちりばめられており、非常に神秘的であった。少年だった私は不意に心を揺さぶられた。

しかし、大人たちはみんな顔色を変え、互いに顔を見合わせるばかりだった。

私たちはこの太陽系で一、二を争う大きな墓場の縁にほんの短い間だけ留まり、急いで船室に戻った。みんな、表情は厳かで不吉な様子を浮かべ、何か見てはいけないものを見てしまったかのように、どこか後悔の色が漂っていた。私は話すことはできなかったが、なぜか心が少し高揚していた。

そしてついに一隻の新しい宇宙船が私たちを迎えに来てくれた。火星を離れる際、私はそっと父に尋ねた。

「あれは何だったの？」

「あれって？」父はまだこわばった顔をしていた。

「あの壁の後ろにあったものだよ！」

「彼ら……あれは亡くなった宇宙飛行士たちだよ。彼らの時代には、宇宙航行は私たちよりももっと難しかったんだ」

死という概念について、私は幼い頃から感覚的な理解があったが、おそらくはこの時に始まったのだろう。なぜ大人たちが一瞬で表情を変え、なぜ火星の墓地のそばで突然複雑な感情を抱え込むようになったのか、私にはわからなかった。私にとって、死の印象はあの輝かしい旧時代の遺跡と密接に結びついており、それは火星の美しい景色の一部であり、少年の私にとって絶対的な魅力を持っていた。

十五年後、私は彼女を連れて月へ旅行に行った。「あそこには未開発の観光地があるんだ。宇宙で一番不思議なものを目にするだろうさ！」と私はあれこれ身振り手振り説明したが、心の中では別の考えがあった。実のところ、阿羽《アーユー》に隠れて、私はすでに太陽系中の大小の墓場を巡りつくしていた。私はじっと立ってそれらの墓碑を眺め、夢中になるほどの境地に達していた。それらの静謐《せいひつ》で荒涼とした美しさは寂寞《せきばく》とした星々の世界とあまりにもしっくりと調和しており、墓碑そのものもまた確かにあの時代の傑作だった。子供の頃のあの経験が私の心に与えた影響は、繊細で深遠なるものであった、と認めざるを得ない。

私は阿羽《アーユー》と月面の閑静な着陸地点で船を離れ、そっとこの星の奥深くへと歩いていった。交通手段もなく、人影もない。阿羽《アーユー》は次第に私の手を強く握りしめ、そして私は、自分で描いた月面図を何度も何度も見返した。

「着いた、ここだ」

私たちが到着したのはちょうどいいタイミングで、地球が月の地平線からゆっくりと昇ってくるところだった。墓石の群れが幻想的な輝きに包まれ、まるで微かに震えながら、次々と目覚めてくるかのようだった。ここは最寄りの着陸区域から百五十キロも離れている。阿羽《アーユー》が私にぴったりと身を寄せ、激しく震えているのがわかった。彼女は幽霊のような地球と、その下の生気あふれる墓場を呆然と見つめていた。

「やっぱり帰りましょうよ」彼女がそっと言った。

「なかなか来られないんだ、どうして帰りたいんだい？　今はこんなに死んだように静まり返っているけれど、当時はここが一番賑やかな場所だったんだよ！」

「怖いわ」

「怖がることはない。人類の宇宙開発は、月から始まったんだ。太陽系には宇宙最大の墓場があるんだから、むしろ誇りに思うべきだ」

「今ここを訪れているのは私たち二人だけだって、死者たちは知っているのかしら？」

「月も、火星も、水星も……みんな廃棄されてしまった。でも聞いてごらん、宇宙船の轟音が何千光年も離れた名もなき星にまで響き渡っている！　亡くなった宇宙飛行士たちも、もし地下で魂が生きているのなら、きっと喜んでくれるだろうさ」

「あなたはどうしてわたしをここに連れてこようと思ったの？」

　この問いにはどう答えたらいいのか、自分でもわからなかった。なぜわざわざ彼女を連れてはるばる遠くの異星の墓地を鑑賞しにくる必要があったのだろうか？　もし何か起きたら、どう申し開きすればいいのだろう？　これは確かに私が真剣に考えたことのない問題だった。もし私が阿羽《アーユー》に、この旅の目的は宇宙における愛と死が永遠に交錯し対立するテーマとムードを探すことだと伝えたら、彼女は間違いなく私が狂っていると思うだろう。あるいは、論文を書くためだと説明することもできるかもしれないし、実際に私は宇宙墓碑についての資料を収集していた。あるいは阿羽《アーユー》にこう伝えることができるかもしれない。旧時代の宇宙飛行士たちは、絶対に同業者と結婚しないという一つの不文律を守っていた。そこで、ここにある墓地の中には、夫婦が一緒に埋葬された墓を決して見つけることはできない。この謎の解明に、女性としての臨場感あふれる直感の助けが必要だと私は思っているのだろうか？　しかし、私は口を閉ざしてしまった。ただ、私と阿羽《アーユー》の姿が、無数の墓碑の中に立つ無言の二つの彫像になったように感じた。このままでは、なんだか酔いしれてしまいそうだ。私は阿羽《アーユー》が悟ってくれることを願ったが、彼女はただ緊張した様子で、訳がわからないという顔で私を見つめるばかりだった。

「僕は変かい？」少しして、私は尋ねた。

「あなたは普通じゃないわ」

地球に戻ったあと、阿羽《アーユー》は大病にかかったが、それは月への旅と関係があるように思え、とても後ろめたく感じた。彼女の看病をしている間、私は宇宙墓碑の研究を中断せざるを得なかった。そして、この状態は彼女がやや回復するまで続いた。

旧時代における星々への墓碑設置という風習に、私は大きな興味を抱いていた。かつて父はそれを非常に不安に感じていた。墓碑だって？　そんなものはとっくに昔の話だ。現代人はほとんど忘れ去ってしまった。まるで、人々が太陽系の姉妹惑星を一度に放り出し、宇宙の奥深くに広がる不思議な光景に憧れるようなものだ、と。しかし、私は無意識のうちに気づいていた——ここには何か表面的なものがある、と。資料を調べているとき、父が陰鬱な目で私を見つめていたことは、どうしても避けて通ることができない。そのたびに、幼い頃のあの一幕を思い出す。大人たちが墓地のそばで、まるで魂の中に深く沈んだ何かが触れられたかのように、奇妙な表情を浮かべ始めたことを。現代人は過去の話、特に古代の死んだ宇宙飛行士に関する話題を絶対に持ち出さない。だが、彼らは決してそれを心の底から忘却したわけではない。それは彼らがこの問題に直面するたびに、いつも慎重に遠回しに話を進め、過剰なほど敏感に反応するからだとわかる。このような態度が文化全体に浸透すると、それは歴史的虚無主義となる。現在の瞬間に忙殺されること、それが現代人の特徴だ。あるいは、みんな過去が重要ではないと思っているのだろうか。それともただ振り返る余裕がないだけなのだろうか？　その背後に潜むだろう文化的背景について考察する力は、私にはない。私自身も歴史主義者ではないからだ。私が墓碑に魅了されるのは、詩的な感覚を与えてくれるからだ。墓碑は、私たちのこの生き生きとした世界に存在しながらも、その外側に身を置いている。たまに人が訪れることはあっても、大半の時間は静寂を保ち、まるで周りに誰もいないかのように、それぞれが属していた時代に浸りきっている。これが宇宙墓碑の魅惑的なところだ。こうした気持ちで墓碑について考えを巡らせていると、薊《ジー》教授は私に警告した。「それではきっと境界を超えてしまうだろう。我々の責務は歴史を復元することであり、個人的な興味に突き動かされるべきではない。我々は現代の凡庸な人々に、先祖が宇宙を開拓した偉大さとその苦難を再認識させねばならないのだ」と。

　薊《ジー》教授の年長者としての意見にはいつも反論しない私だったが、宇宙墓碑の風俗に関する学術的な問題では、やむことなく議論を続けることができた。阿羽《アーユー》の病状がよくなった後、教授と会った際にも、墓碑研究における基本的な問題、すなわちこの風俗が宇宙から忽然《こつぜん》と消え失せた現象の謎について議論した。

「私はやはり先生の観点には賛同できません。この問題では、私はずっとあなたに反対です」

「若いの、君はどんな新しい証拠を見つけたというのかい？」

「今はまだです、でも……」

「言うまでもないが、わしはとうに警告した。君の研究方法には少し問題があるとね」

「私は現場での直感を信じています。古文書の山は、これ以上私たちに多くの情報を教えてはくれません。資料が少なすぎるのです。あなたも地球を離れて、さまざまな場所を巡るべきです」

「年寄りは若い者には敵《かな》わんよ。若い者たちはあまりにも自分の考えに固執しているからな」

「もしかしたらあなたが正しいのかもしれませんが、でも……」

「新たに発見された白鳥座α星の墓について知っているかい？」

「名もなき墓。刻まれているのは年代だけ。その発見によって、墓碑文化の歴史が五十年繰り下がることになりましたね」

「もし記憶が間違っていなければ、技術決定論者による『惑星宣言』が発表されたのは、その前後だったはずだ。墓碑風俗の消失はこれと関係があるのでは？」

「つまり、あなたは新しい文化の規範が古い規範に取って代わったとお考えですか？」

「我々はこれより後の年代の墓を見つけることはできないだろう。技術決定論者が登場した時点で、墓碑風俗は宇宙から神秘的に姿を消してしまったんだ」

「あまりにも突然だとは思われませんか？」

「まさにその通りだ。それこそが時間的な一致を説明できる」

「……あるいは別の原因があるのかもしれません。当時の技術決定論者はまだ力不足でしたし、墓葬制度はすでに数万年の歴史を持ち、宇宙墓碑も何千年も前から建ち続けていました。そんな強固な風俗を一瞬で破壊できるものなど存在しないでしょう。ごく単純なことですが、それは古代人の心に深く根付いていたのです。いわば、それを集団的無意識と呼ぶこともできるのではないでしょうか？」

薊《ジー》教授は手を広げてみせた。ちょうどその時、合成調理器が夕食の準備を整えた。食事中に私は、教授の手がわずかに震えていることに気がついた。何といっても、彼はすでに二百歳を超えているのだ。私の心には複雑な感情が渦巻いた。死はすべての人の命を奪う。

この事実は、技術決定論者でさえ永遠に回避できない問題なのかもしれない。死後、私たちがどのような形で存在し続けるのかは、いまだに心の奥底で密かに想像しているだけだ。宇宙に林立する墓碑は、旧時代の人々がすでにこの答えを探し求めていたことを示している。おそらく、彼らは自分たちの体験や結論を墓地そのものに託したのではないか。しかし、現代人はもはや埋葬を必要としない。彼らは古い墓碑に刻まれた文を読むことができず、読む価値すらないと軽蔑する。では、現代人は先祖と比べて、本質的な違いが生じたのだろうか？

死は避けられないものだが、それでも私は薊《ジー》教授があまりにも早く世を去るのではないかと心配している。この世界で、宇宙墓碑のような歴史的問題を探究している人はごくわずかしかいない。彼らは無名のまま、しばしば成果を上げることもなく黙々と働いている。それが私をひどく不安にさせるのだ。

私は何度も目の前のホログラム写真にじっと見入った。それは薊《ジー》教授が言及したあの墓であり、白鳥座α星系の中でも非常に辺鄙《へんぴ》な場所に位置しており、そのため最近になって偶然通りかかった貨物船によってようやく発見された。墓碑学者の間では、この墓が何かを私たちに暗示しているのではないかという見方が一般的だが、それが何なのかを解き明かせた者は一人もいない。

私はこの墓の奇妙な形にしばしば心を動かされる。あらゆる点で、この墓は他の墓碑よりも私の心境にしっくりとくるものがある。一般に、宇宙墓碑は群れを成し、広大な墓地を形成する。まるでそうでなければ、異星の荒涼とした風景に対抗できないかのようだ。しかし、この墓はひとり寂しく佇《たたず》んでおり、これまでの発見の中でもまったく前例のないものだった。それは、その星系内の極めて目立たない小惑星の上にあり、その場所がまるで慎重に選ばれたかのような印象を与える。墓所のある地域から見渡しても、星系内で最も大きな惑星のいくつかは実際には見えない。この小惑星は、毎年ほとんど彗星のような楕円軌道を描きながら白鳥座αを周回している。それが果てしなく暗い遠日点付近に達するとき、私もまた、墓の主が抱いていた孤独と厭世《えんせい》的な感情を感じ取れるような気がした。ここで際立った対比が生まれる。一般的な宇宙墓地群は壮大な風景を背景に選ぶことに非常に気を配っており、地平線から昇る惑星の光輪を巧みに活用したり、エベレストの数倍もの高さを誇る絶壁を背景として利用したりしている。そのため、たとえ死者であっても、宇宙開拓初期における人類の壮大な気概を感じ取ることができる。しかし、この墓はそれとはまったく異なる様相を見せている。

この点はその建築様式からも証拠を見出すことができる。当時の墓の建築技術は、対称性を重視した美学にこだわっており、墓碑は頑丈で、重厚かつ壮大に作られ、英雄主義的な傲慢さが充満していた。水星にある巨大なピラミッドや、火星にそびえ立つ堂々たる方形の石碑は、いずれもこの流行した様式を代表する典型的な例である。しかし、この孤独な墓には、そのような要素の片鱗すら見つけることはできなかった。それは低くて小さく、質素に作られているが、非常に軽やかな張り出し構造が、意図的か偶然か、空間が分解されてから再び組み立てられたかのような印象を与える。私には、時間さえもこの墓穴の中で自由に流れているように感じられる。これは明らかに特異だ。この墓碑全体は完全に現地の素材を利用しており、その小惑星に豊富に含まれる電閃石で構成されている。当時の流行は、地球本土から特製の複合材料を運んで使用することだった。そのような方法は大きな浪費だったが、人々は浪漫をより重視していたのである。

もう一つの推測を呼ぶ点は、墓主の身元である。この墓には建造された年代が刻まれている以外、余計な記載は一切ない。通常の作り方であれば、死者の名前、身分、経歴、死亡原因、追悼の言葉などが必ず刻まれるはずである。したがってこのことからさまざまな仮説が生まれていた。どのような特別な理由があって、人々はこのように尋常ではない方法で白鳥座α星系の死者を埋葬したのだろうか？

墓主が墓碑風俗の終焉を示す最後の証人であるとほぼ断定できることから、その神秘性はさらに増していた。この点については、どのような説明も辻褄が合わない。なぜなら、どうやら私たちは人類全体の文化とその精神性について説明をせざるを得なくなるからだ。だが墓碑学者にとって、現在のさまざまな条件が鎖のように彼らを縛りつけている。私はかつて白鳥座α星系を実際に訪れる計画を立てたことがある。しかし、そのための経費を提供してくれる人は誰もいなかった。これはやはり太陽系内の旅行とは違う。それに忘れてはならないのは、世間が私たちを支持しているわけではないということだった。

その後も私はずっと白鳥座αへの旅を果たすことができなかったが、それはまるで運命によって定められているかのようだった。生活には予期せぬ変化が起こり、私自身もまた絶えず変わり続けている。私が百歳になったとき、それはちょうど薊《ジー》教授が亡くなってから七十周年の命日にあたる日だった。このことをふと思い出したとき、若い頃に教授と繰り広げた宇宙墓碑に関するあの議論を思い出した。当時の墓碑学の泰斗《たいと》たちも、師と同じようにとっくに跡形もなくこの世を去っている。追随者たちは次々とそれを捨てて去っていった。私は半生をこの研究に費やしたが、ほとんど成果を挙げられず、夜中に目を覚ましてはいつも心の内に問いかけた。なぜこんなにも古い死者に耽溺《たんでき》しているのだろうか、と。師はかつて、私が一時の興味に駆られてこの道に進めば、いずれ自業自得の結果を招くことになるだろうと予言したが、それは見事に的中した。私には本当に歴史に対する責任感があっただろうか？　それが今日の迷いをもたらしたのだ。百歳を迎えてようやく初めて大きな夢から覚めたような気がするが、天命を知ることなど到底叶わないのだと悟った。

若い頃の恋人だった阿羽《アーユー》は、今や私の妻となり、終日やむことなくおしゃべりする中年女性になっている。彼女はおそらく、自分の人生の不幸をすべて私のせいにしているのだろう。私が彼女を月面の墓地に連れていって以来、彼女は怯えて奇妙な病にかかってしまった。毎年、私たちが月に着陸したその日になると、彼女は精神が朦朧《もうろう》となり、一日中うわ言をつぶやき、四肢が麻痺してしまう。たとえ現代の医術をもってしても、手の施しようがない。私が墓碑の資料を調べているとき、いつも彼女はそばで暗い表情を浮かべ、苛立ちと不安を露わにする。こういうとき、私はそっと手元の作業を中断し、戸外へと歩き出した。空は一面澄み渡り、まるで七十年前のようだった。ふと気づけば、地球を離れていない年月がもう何年にもなる。残りの日々は、阿羽《アーユー》と一緒に静かに寄り添って過ごすべきなのだろうか。

私の息子である筑《ジュー》は長い間地球に戻ってきていない。彼はすでに銀河系外で家庭を持ち、宇宙船の船長として、宇宙を縦横無尽に駆け巡り、忙しくて全身星塵まみれになるほどだ。彼は古い墓地のある惑星を訪れたことがあるに違いないと私は推測しているが、彼がどんな感想を抱いたのかはわからない。この件について、彼が私の前で話題にしたことは一度もないし、私も密かに心に決めている、自分から先に言い出すことは絶対にしないと。思い返せば、父に連れられ、宇宙船の事故で偶然火星に立ち寄った際に、初めて墓地群を目にし、思わず感慨深くため息をついたものだ。今では父もすでに百五十歳を超えている。生から死へのこの平凡な道程が、古代の人々をして宇宙の至る所にあのような壮大な墓碑を築かせたとは。この謎は時空に委ねて解かれるのを待とう。

そう考えるうちに、私はいつの間にか若い頃の追求を手放し、穏やかな日々を送るようになった。地球での生活がこれほど穏やかで、どんな人の情熱も十分に薄めてしまうほどなのだとは、以前はまったく気づいていなかった。人々はみんな、宇宙のあちこちで忙しくしており、このかつて自分たちを育み、今や老成した感のある惑星を訪れる機会はほとんどない。一方で、保守的な地球人もまた宇宙の奥深くで起きている驚くべき変化にあまり関心を示さない。

筑《ジュー》が白鳥座αから戻ってきた年、私はその星の名前に特別な意味があるとはまったく意識していなかった。銀河外星系の重力の影響で、筑《ジュー》は奇妙に背が高くなり、まさに完全な異星人のようだった。そして、現地の文化に染まったせいか、彼は口数が少なくなっていた。私たち父子が顔を合わせる機会は少なく、これまでもそれほど会話をすることはなかった。時折、私はこう考えざるを得ない。私と阿羽《アーユー》は、筑《ジュー》がこの世に存在するために一時的に借りた一つの形に過ぎない、と。実際にこのような考え方も、現在の宇宙ではまったく荒唐無稽なものとは言えない。

筑《ジュー》は私に酒を注いだが、その両目は炯々《けいけい》と輝いていた。今日は妙に饒舌《じょうぜつ》で、仕方なく私は彼に付き合うことにした。

「心寧《シンニン》は元気かい？」心寧《シンニン》は孫の名前だ。

「元気ですよ。おじいちゃんにとても会いたがっています」

「どうして連れて帰ってこないんだ？」

「連れてこようとしたんですが、地球の気候に耐えられないんです。この前来たとき、帰った後に体中に湿疹が出てしまったんです」

「そうなのか。もう連れてこない方がいいな」

私は一杯の酒を飲み干したが、筑《ジュー》が私の顔色を窺っているのに気がついた。

「父さん」彼は椅子の上で落ち着かずに体をもぞもぞしながら言った。「聞きたいことがあるんです」

「言ってみるがいい」私は不思議に思って彼をじっと見つめた。

「俺は宇宙船の船長で、この何年もの間、大きな星系から小さな星系まで駆け回ってきました。地球にいる父さんとは違って、見聞が広いほうだと思います。でもまだ一つだけわからないことがあって、それがいつも心に引っかかっているんです。それを今回父さんに教えてもらいたいんです」

「いいだろう」

「父さんが若い頃、宇宙墓碑を専門に研究していたことを知っています。父さんは一度も俺に話したことはないけれど、俺は知っていました。聞きたいのは、宇宙墓碑のどこにそんなに惹かれたのか、一体その魅力は何だったのか？　ってことです」

私は立ち上がり、窓辺へと歩み寄った。筑《ジュー》に顔を向けないようにして。まさか筑《ジュー》がこの質問をしてくるとは思わなかった。あれが、筑《ジュー》の心にも入り込んだのだ。かつて、父と私の心に大きな不安をもたらしたのと同じように。まさか旧時代の人類があの墓の中に魔力を隠していたとでもいうのだろうか。その影響が後世にまで及び、人々を永遠に悩ませ続けているのだろうか。

「父さん、ただちょっとなんとなく聞いただけで、特に意味はないんです」筑《ジュー》は子供のように口ごもりながら言った。

「すまない、筑《ジュー》。その質問には答えられない。ふう、墓碑がどうして私を惹きつけるのか？　もしその答えを知っていたなら、お前がまだ小さい頃にとっくに墓碑に関するすべてを話していただろう。だが、お前も知っての通り、私はそんなことはしなかった。それは底なしの闇なんだ、筑《ジュー》」

私は筑《ジュー》が頭を垂れるのを見た。彼は沈黙し、自分の軽率さを後悔しているようだった。彼がそれほど窮屈な思いをしないように、私は感情を抑えてテーブルに戻り、彼に一杯酒を注いだ。それから私は彼の目をじっと見つめ、どんな父親でもするように、深い思いやりを込めて尋ねた。

「筑《ジュー》、教えてくれ、お前は一体何を見たんだ？」

「墓碑です。大小さまざまな墓碑を」

「もちろん墓碑を目にするだろう。だが、お前が以前にこの話をしようとしたことはなかっただろう？」

「それから、人々を見ました。彼らが次々と星々の墓地へ押し寄せていくのを」

「何だって？」

「宇宙はおそらく狂ってしまったんです。人々は死者に夢中になり、火星だけでも何百何千もの宇宙船が停泊しています。それらはみな墓碑を目指して来たんです」

「本当の話か？」

「だからこそ、なぜ墓碑がそんな魅力を持つのか、父さんに聞きたかったんです」

「彼らは何をしようとしているんだ？」

「墓を暴こうとしているんです！」

「どうして？」

「人々はこう言ってます。墓の中には古代の秘密が隠されていると」

「どんな秘密だ？」

「生と死の謎です！」

「違う！　それは真実じゃない。古代の人々が墓を築いたのは、単に純真で無知だったからだ！」

「それは俺にはわかりません。でも父さん、みんなそう言います。父さんは墓碑を研究してきたんだから、息子に隠し事をするわけないですよね？」

「お前は何をするつもりだ？　墓を暴きに行くつもりか？」

「わかりません」

「狂っている！　彼らは千年も眠り続けていたんだ。死者は過去の時代に属している。誰がその結果を予測できるというんだ？」

「でも、俺たちは現代に属しているんだ、父さん。自分たちの欲求を満たさなければなりません」

「それが銀河外星系のロジックなのか？　言っておくが、墓の中には骨以外何もないぞ！」

筑《ジュー》がやってきたことによって、私は地球の外でまさに何か大きな変化が起ころうとしているのを感じた。私の熱意が冷めつつあるこの時期に、人々は私がかつて夢中になった事柄に別の形で熱中している。筑《ジュー》の言葉は私を混乱させ、一時的に判断力を失わせた。かつて私は阿羽《アーユー》とともに荒涼とした月面を歩き、誰も訪れることのない陵墓を拝んだ。その冷たく寂しい光景と果てしない荒野の印象は、今でも私たちの心と体に消えない痕跡を残している。あの時私は阿羽《アーユー》に言ったものだ——ここはかつて賑やかな場所だった、と。しかし今、筑《ジュー》はそこが再び騒々しくなっていると教えてくれた。このような周期的な逆転は、あらかじめ計画されていたものなのか、それとも何者かが暗黙のうちに操っているのだろうか？　宇宙大開発時代と技術決定論時代に続く新時代の到来を示す予兆が、すでに目の前に現れているのだろうか？　このことは私を興奮させると同時に、恐怖でいっぱいにさせた。

私はまるで数十年前に戻ったかのような気がした。果てしなく広がる墓地が目の前に鮮明に浮かび、どこかなじみ深く親しみのある雰囲気に包まれていた。碑は墓であり、墓は碑そのものであり、そこには永遠の宿命感が満ち溢れていた。

続いて、私は筑《ジュー》の言葉に込められた意味について考えた。内心では、彼の言うことに一理あることを認めざるを得なかった。墓碑の謎とはつまり、生と死の謎に他ならない。人を惑わせるものとはおそらくこれに尽きるのであって、決して古人の魂が人を惑わしているわけではない。墓碑学者の情熱と無力感も、すべてここから生じているのだ。実際のところ、誰も墓碑を完全に忘れることはできないのだろう。ふと、技術決定論者たちの緊張した表情が目に浮かんだ。

しかし、墓を暴くという手段は非常に風変わりだ。これまでの墓碑学者たちは、決してこのような手段を考慮したことはなかっただろう。私が疑問に思うのは、もし古代の人々が本当に何かを墓に副葬していたとすれば、すべての墓碑学者が職務を果たさなかったことになる。そして薊《ジー》教授に至っては、後悔する機会すらなかったのだ。

筑《ジュー》が家を離れたその日、阿羽《アーユー》がまた病気になった。私は慌てて医者を探した。しかし、忙しくて手が離せない最中に、なんと私は思わず呆然としてしまった。ふと、筑《ジュー》が白鳥座αから来たと言っていたことを思い出したのだ。この名前はあまりにも馴染みがありすぎた。私は、数十年前にそこで発見された人類最後の墓のホログラム写真を今でも保存していた。

（後）

――墓掘り人が白鳥座α星系の小惑星で発見した手稿

　私はこの手稿が後世に伝わることを望んではいない。なぜなら、私は本当に人目を引いたり、注目を浴びたりするつもりはないからだ。我々の時代には、自伝のようなものが星の数ほど存在している。例えば数々の困難を乗り越えた船長は、おそらく臨終の際に自らの生涯を記そうとするだろう。これは、遠い昔の帝王が自身の偉業を後世に誇示しようとしたのに似ている。しかし、私はそのようなことをするつもりはない。私の平凡な職業と経験は、それを自慢するのは恥ずべきことだと感じる。この文章を書き記したのは、死を迎える前の孤独な時間を紛らわせるために過ぎない。そして、私はもともとずっと文章を書くことが好きだった。もし運命が私を宇宙の墓碑建造者にしなかったなら、おそらく私はSF小説を書いていただろう。

　今日は私が墓に入る最初の日だ。この小惑星に自分の最期の住処《すみか》を建てることを選んだのは、ここが静かで、人間社会の喧騒や宇宙船の航路から遠く離れているからだ。私は一週間をかけて、この墓を一人で築いた。材料を集めるのには多くの時間がかかり、非常に骨が折れた。我々は通常、現地の材料を利用することはほとんどなかった——特殊な状況での犠牲者を除いては。このような状況が発生するのは、地球から資材を送ることができない場合や、資材が現地の環境に適さない場合である。これは死者やその遺族にとって残酷なことだった。私はこのような慣習に逆らったが、それには自分なりの考えがあった。

私はまた、通常のように墓碑に自分の履歴を刻むことはしなかった。それはなんだか馬鹿げているように思えたからだ。そうではないだろうか？　私は生涯で数えきれないほど多くの墓を他人のために作ってきた。そして、ただ他人の名前、身分、死因だけを刻んできたのだ。

今、私はまさにこうした墓の中に座り、自分の過去を書き綴っている。墓の頂上には太陽光をエネルギーに変換する装置を取り付け、照明と暖房にしている。墓室全体はちょうど人ひとりが収まる程度の広さで、とても快適だ。私はこうしてやむことなく書き続けるつもりだ。自分がもう書けなくなるか、書きたくなくなるまで。

私は地球で生まれ、青春時代を火星で過ごした。その頃、世界は宇宙開発の熱波に飲み込まれており、誰もがその渦に巻き込まれていた。私も焦るようにして自分の趣味であった文学を投げ出し、火星の宇宙航行専門学校を受験した。そして、結果的に宇宙災害救助専門の学科に配属された。

私たちの学ぶ科目の中には、墓地建設工学というものがある。それは、死んだ宇宙飛行士をいかに適切に、かつ品位を保って埋葬するか、そしてその行為の重要な意義について訓練生に教えていた。

思い返せば、当時他の科目はあまり得意ではなかったが、この科目だけはいつも優を取っていた。振り返ると、子供の頃から小動物を自分の手で埋葬するのが好きだったことと、少し関係があったのかもしれない。授業は、三分の一の時間を理論に、残りを実践に割り当てていた。最初はキャンパス内で多くの設計や模型制作を行い、その後は野外作業に移った。覚えているのは、私たちが大峡谷の付近で小さな墓をいくつか作り、それから平原地帯でより大きなものを建設したことだ。卒業が近づく頃、私たちは何度か地球外の星での実習を行った。一度は水星へ、もう一度は小惑星帯へ、そして二度冥王星へ行った。

私たちが最後に冥王星へ行ったとき、事故が起きた。その時宇宙船は、大量の特殊な資材を積み込み、この過酷な氷原の環境下で大きな墓を建設する予定だった。だが、着陸時に流星の衝突を受け、二人が亡くなった。私たちは活動が中止になると思っていたが、教師は演習を実践に変更するよう命じた。もし今日《こんにち》冥王星に行ったなら、赤道付近に半球形の大きな墓を目にすることだろう。その中で永《とわ》の眠りについているのは私の二人の同級生だ。これは私にとって初めての実務作業だった。しかし、動揺していたせいで墓の仕上がりはひどい有様だった。今振り返ってみても、未だに罪悪感でいっぱいだ。

卒業後、私は宇宙救助組織の第三課に配属された。そこへ行って初めて、第三課が墓の建設を専門にしていることを知った。

正直に言うと、最初はこの仕事をやりたくなかった。私の理想は宇宙船の船長になることか、せめて宇宙都市か惑星ステーションで働くことだった。同級生の多くは私よりも良い配属先を得ていた。後に私の手で埋葬した何人かの同級生は、いずれも複数の星系を制覇し、中性子星賞をずらりと受賞していた。彼らを墓に送るとき、人々は厳かに立ち上がり敬意を表したが、その隣に立つ墓を建てた人間には、誰一人目も向けなかった。

まさか第三課で一生を過ごすことになるとは思いもしなかった。

ここまで書いて、私は手を止めて一息ついた。過去の出来事をこれほど鮮明に覚えている自分に驚いている。それが少しばかり戸惑いを感じさせる。なぜなら、忘れるべきこともあるからだ。まあいい、とりあえず書き続けることにしよう。

初めて派遣された任務の場所は、ケンタウルス座α星系だった。そこは七つの惑星を持つ恒星系で、私たちの船はその第四惑星に降り立った。地元の役人が厳粛かつ恭《うやうや》しい態度で私たちを迎え、「やっとあなたたちをお迎えできました」と言った。

亡くなった宇宙飛行士は全部で三名だった。彼らは防護なしの状態で宇宙放射線を浴びて命を落としたのだ。その時、私は少しだけほっとした。というのも、切断された手足と向き合う覚悟をしていたからだ。

　今回は第三課から計五人が派遣された。私たちはその場で矢継ぎ早に、地元の役人にどのような要望があるのか尋ねた。すると彼らはこう言った。「あなたたちでお決めください。あなたたちは専門家なのですから、信頼しておりますとも。ただ、三人を一ヵ所にまとめて埋葬していただければ一番ありがたいです」と。

　そのとき、設計図の草案を描いたのは私だった。初めての派遣で、リーダーがこんな重要な任務を私に任せてくれたのは、間違いなく私を育てようという意図があったのだろう。このとき初めて、私たちがケンタウルス座α星系における最初の墓碑を建設するのだと気づいた。私は教師からの教えや実習での手順を思い返した。成功する墓碑というのは、その外見の美しさや豪華さにあるのではなく、もっと重要なのは、そこから感じ取れる精神的な内容にある。簡単に言えば、私たちは亡くなった人の身分やその時代の雰囲気と調和した墓を作り上げなければならないのだ。

　最終的な結果、デザインは巨大な立方体で、岩のように堅固なものとなった。それは、宇宙飛行士が宇宙の中で揺るぎない存在であることを象徴している。その形状は、時間と空間が停止したかのような感覚を与え、永遠を思わせるものだった。死亡現場は果てしない平原で、私たちの墓碑はその中央にそびえ立ち、周囲には何も遮るものがなく、ただ空が湖のように広がっているだけだった。すべての線がはっきりとしている。墓碑の唯一の欠点は、宇宙飛行士の使命を詳細に表現できなかったことだ。しかし、初めての独立した作品としては、在学中の私の水準を超えた出来だった。実際、私たちはわずか二日で完成させた。資材はすべて地球で量産されたプレハブ部品で、それらを組み合わせるだけで完成したのだ。

その日の明け方、私たちは一列に並び、静かに数分間立って、完成したばかりの大きな墓に目を向けて敬意を表した。これは決まりごとだった。墓碑はこの惑星特有の青い霧の中で、新鮮で透明感があり、深みと重厚感を備えていた。リーダーが微かに頭を振った。それは感嘆の意を示していた。私は驚愕した。死というものが、これほどまでに独自の存在感を持つものだとは、今まで思ってもみなかった。それが私たち数人の手によって生み出されたのだ。墓はこの広大な天地の中で永遠に存在するだろう——私たちの資材は、数十億年経っても形を変えないのだから。

この時、死者はまだ棺に収められていなかった。私たちは、より厳かな儀式が始まるのを静かに待っていた。ケンタウルス座α星が腕の高さほどに昇る頃、人々が次々とやってきた。彼らはかさばる服をまとい、重いヘルメットをかぶり、それぞれの個性をすっかり覆い隠していた。そのような人々が作り出す雰囲気は独特で、厳粛さの中にどこか恐ろしさが感じられた。実際、集まった人数は多くはなかった。この惑星に人類が建てた中継ステーションはわずか数ヵ所しかない。三人が亡くなったというのは、とてつもない出来事だったのだ。

当時の光景はもうあまりはっきりと思い出せない。地元の責任者が追悼の辞を述べたのが先だったのか、それとも私たちが弔問客に対して感謝の意を表したのが先だったのか、はっきりとは言えない。会場で流れていた楽曲の旋律も曖昧だ。ただ、それが奇妙で、異星らしい聞きなれない感じに満ちており、努力して壮大さを表現していたことだけは覚えている。その後、頭上に轟音を立てて飛行装置が飛来し、長い間旋回した後、プラチナの花を撒いたことは確かだ。惑星の重力が微弱なため、プラチナの花は空中を漂い、なかなか散らず、心を揺さぶられた。その時、みんなが一生懸命拍手をしていた。でも、こんな儀式を誰が人々に教えたのだろうか？　結局、どうして私たちが遠路はるばるやってきて死者のために大きな墓を作らなければならないのか、わからなかった。

死者を墓に送るのは、私たち墓を作る者が行った。リーダーを除く四人が棺を運ぶことになった。その時、現場の喧騒がようやく静まった。プラチナの花も飛行装置も、跡形もなく消え失せていた。墓の西側、つまり現在の太陽系に向いた側に、小さな入口が開けられていた。私たちは三つの棺を順に運び入れ、彼らが安らかに眠れるよう願いを込めた。しかしこの時、私は何かが違うと感じた。けれどもその場では一言も口にしなかった。

　地球に戻る途中で、私は先輩の一人に尋ねた。

「棺があんなに軽いのはどうしてですか？　学校の実習で使うモノみたいでした」

「しっ！」彼は周囲を見回した。「リーダーは君に教えなかったのか？　中に人はいないんだ！」

「放射線で亡くなったんじゃないんですか？」

「こういうことには、いずれ慣れて驚かなくなるだろう。放射線で死んだなんて言ってるけど、人間の皮ひとつ見つかっていないんだ。あれはただα星を騙すためのものさ」

　ただα星を騙すためのもの！　この言葉は、私の心に一生忘れられない印象を残した。私はその後の職業人生で、数え切れないほどの謎めいた失踪事件を目《ま》の当たりにした。ケンタウルス座α星での経験は、後に遭遇する出来事と比べれば、まさに足元にも及ばないものだった。

　私の華々しいデザインは、ただの衣冠塚《いかんちょう》（遺体ではなく、死者の装束を埋葬した墓）にすぎなかった！　しかし面白いのは、その神話のような外見の背後の中身が空であるというのを誰も知らないということだ。

第三課に長くいるうちに、私は次第に業務に熟達していった。私たちのサービスの範囲は、人類が足を踏み入れた時空のあらゆる場所であった。そのため、大きな星系間の主要な封閉式航路を理解する必要があった。これは、最もはやい速度で事故現場に到着するために不可欠だった。しかし実際には、こうした方法は次第に時代遅れになりつつあった。というのも、宇宙飛行士の宇宙における活動はますます拡散されていったからである。そこで、私たちはまず各星に拠点を設け、さらに随行業務を展開することになった。つまり、特に危険が大きいと予測される宇宙作業に際しては、第三課が墓建設用の船を同行させるのだ。このことは、私たちに宇宙航行の技術を求めるということであった。私たちの課には一流の船長が何人もおり、正規の宇宙飛行士たちは彼らを振り払えないことにかなり苛立ち、不運だと感じていた。さらに私たちは墓碑産業における最新のプロセスやその応用形式を把握し、各星の具体的な状況や顧客の特別な要望に応じた専門的な対応を取る必要があった。その一方で、統一されたデザイン規定を損なわないようにすることも求められていた。最も重要なのは、墓を建てる者として、非凡な体力と精神力を備えていなければならないということだった。長距離を奔走し、休む間もなく死と向き合い続けたことで、私たちはまるで超人のようになった。第三課の職員は、知らず知らずのうちに人間らしい普通の感情を失っていった。実際、第三課に長くいれば、広く蔓延《まんえん》している冷淡さと陰鬱さ、そして世の中を斜に構えて見るような態度を感じるようになるだろう。全宇宙が死をタブー視している中で、私たちだけがそれを自由に冗談にすることができた。

第三課に配属された初日から、私はこの職業の持つ神聖な意義について考え始めた。公的記録によると、最初の宇宙墓碑は月に建設された。このアイデアはごく自然に生まれたものだ。誰かが突然のひらめきで、その二人の男性と一人の女性のために墓を作ろうと言い出したわけではない。後になって、こうしなければ静かな海の景観に申し訳ないと言う人もいたが、それは完全に冗談だった。ここにはインスピレーションの火花がまったくない。実際、地球上にはとうに宇宙で亡くなった人々を記念する碑が建てられていた。この風習は最初に広大な星々の世界へと進んだ時から、私たちの古代の伝統と自然な繋がりを持っていた。宇宙大開発時代は、人類に再び多くの時代遅れの慣習を捨てさせたが、墓を建てるという風習だけはますます熱を帯びていった。これは非常に興味深い。ただ、私たちは現在、殷商《いんしょう》時代の手掘りや肩で運ぶ方法を最新技術に置き換え、それによってエジプトのピラミッドをも霞ませるような奇跡を生み出したのである。

第三課が設立されたばかりの時、その価値を疑問視する声もあった。しかし、ほどなくその存在が、時代の流れに完全に合致していることが明らかになった。宇宙大開発がいったん本格的に始まると、犠牲者が急増し、その数の多さに官僚や科学者たちは驚愕した。

宇宙の複雑さは、人々の理論的な検証結果を遥かに超えていたのだ。それでも、開発を止めることはできなかった。この時期、死をどう捉えるべきかという問題が極めて現実的な課題となった。私たちの宇宙における地位とは何か？　進化の目的とは何か？　人生の価値はどこにあるのか？　人類の使命は馬鹿げているのか？　こうした疑問が、当時の大衆メディアで声高に議論された。口先だけの議論の結果がどうであれ、第三課の地位は次第に確固たるものになっていった。設立当初の数年間で、第三課はかなりの利益を上げたが、それ以上に重要だったのは、地球および主要な惑星政府の支持を得たことである。神聖なオベリスクやピラミッド型の墓群がまず月、火星、水星に大量に建設されるようになると、反対者たちはようやく口を閉ざした。これら丹念に作られた墓は、激しい流星雨の襲撃にも耐え得るものだった。その構造は堅牢で、外観は壮大であり、年月を経ても劣化することはなかった。人々は、星々の間を漂っていた同胞たちの遺骨が再び安住の地を得たことに気づいた。死は誇りに思うべきものとなり、墓碑はおそらく、人間が自然を克服するという古くからの理念を代表していた。第三課は、宇宙墓碑の風習を初期の自然発生的な状態から、意識的かつ実利主義的な行為へと転換させた。これは一大傑作と言えるだろう。こうした状態はしばらく続き、人々の心がようやく安定すると、墓碑制度は気品ある自然主義的な風格を見せ始めた。

今や第三課の存在意義を疑う人は誰もいなくなった。百戦錬磨の有名な船長たちでさえ、私たちに会うと非常に謙虚な態度を取るほどだ。墓葬の風習はすでにある種の宇宙哲学へと進化していた。それが神秘化されたのは後のことだが、とにかく私たち自身がこれを馬鹿げていると言い出すことはできなかった。もしそんなことをしたら、全宇宙における自信と価値観が崩壊することになるだろう。ブラックホールやホワイトホールの縁で命懸けの冒険を繰り返してきた人々の唯一の信仰は、地球文化という堅固な後ろ盾に支えられているのだから。

もし問題があるとすれば、それは私たち内部に限られる。第三課での勤務が長くなるにつれて、その内部事情が次第にはっきりと見えてくるようになった。いくつかの事柄は、この業界の人間だけが知ることであり、決して外部には伝わらない。というのも、一つには厳格な規則や戒律があり、もう一つには私たち自身の心理的な障壁があるからである。毎年、課の職員の中には自殺する者がいる。今この内容を書きながらも、私は心臓がドキドキし、自らを刀で傷つけているかのような感覚に襲われている。私はかつてこの件について そっと同僚に尋ねたことがある。すると彼は、「黙れ！　彼らはみんないい奴だった。いずれお前も同じ気持ちを抱く日が来るだろう」。言い終えると、まるで幽霊のように去っていった。その後、年を重ねるうちに扱う遺骨の数が増え、死はもはや抽象的な概念ではなく、目の前に漂う具体的な存在となった。意志の弱い者は、それに呼び寄せられてしまうのだ。しかし、ここではっきり言っておきたいのは、私が今取っている行動は、それら自殺者たちのものとは本質的に異なるということだ。

ある時期、第三課は完全に懐疑主義的な雰囲気に包まれていた。覚えているのは、その時誰かがこんな質問をしたことだ。俺たちが死んだ後、誰が俺たちを埋葬するのか、と。この質問は明らかに自殺者からの影響を受けており、実際には複数の問題を含んでいた。私たちは顔を見合わせ、答えるのが難しい、あるいは答えるのが不吉だと感じたため、その結果未解決のままとなった。その頃、上層部からいわゆる『改定勧告報告書』に関する調査が始まった。報告書によれば、第三課の誰かが惑星連合政府に対して現在のやり方に異議を唱えたという。特に印象深かったのは、墓碑の資材に関する問題だった。通常、埋葬地がどれほど遠くても、資材はすべて例外なく地球から運ばれてくる。それは死者への感情や敬意と関係があった。さらに重要なのは、それが一種の伝統で、風習は風習に従って扱うべきだということだ。この点は『救助マニュアル』の規定にも明記されていた。そのため、誰もがその報告書の内容を受け入れられなかった。つまり、私たちが今まで行ってきたすべてのことを、無駄な努力や冷笑主義だと断じていたからだ。報告書は、さらに惑星で資材を現地調達することの可行性と技術的な詳細について、しつこく論証していた。

その結果、みんなが知っている通り、報告書を提出した者は地球本土を離れる資格を取り消された。私たちは内心で、この報告書には反乱的な要素が満ちており、私たちがこれまで考えたことのなかった視点を突いていると感じていた。私たちはその言葉遣いに驚き、その大胆さに圧倒された。そして、後にはその主張を密かに試みた者も現れた。ある時、船が墓碑資材をアンドロメダ座周辺に運んでいた際、途中で燃料が漏れた。規定では、引き返すしかなかった。しかし、船長は無謀にも墓碑資材を捨て、残りの燃料で空船を目的地に向けて飛ばし、現地の溶岩を使って墓を作った。この行為は、世間を驚かせるものだった。この墓は後に破壊されて再建されることとなり、関係者は処分を受けた。これは後の話である。

自分の感情をはっきりと説明するには、かなりの紙幅を要するため、それは難しい。そこで、引き続き私たちの仕事に関する話を続けることにしよう。私は今でも、最も平凡だと考える出来事を選んで話すことにしている。それらこそが、私たちの仕事の特徴を最も生き生きと示すことができるからである。

ある時、私たちは指令を受け取った。これまでとは異なり、具体的な星や任務は指示されておらず、ただ「墓碑建設用の船をフル装備で火星と木星の間の某所で待機させよ」とだけ指示された。そこに到着すると、すでに捜索課と救援課の船が忙しく動いていた。私たちは尋ねた。「おい、君たちは大丈夫か？　無理なら、俺たちに任せてくれ」しかし、返答はなかった。相手の船には、焦燥感が漂っているように感じられた。最終的に私たちは、ある船が小惑星帯で行方不明になったことを知った。それは非常に有名な「コロンブス号」で、当時人類最先端のモデルの一つだった。言うまでもなく、その船長はコロンブスのような人物だった。その船には、五大惑星の首脳たちが乗っていた。

私たちは宇宙で三日間過ごし、ようやく捜索隊が宇宙船の破片を一部回収してきた。これで私たちにはやるべきことができた。残骸から人体の一部を見つけ出すのは非常に面倒だったが、みんなはとても優れた働きをした。最終的に、なんとか三体の遺体を組み立てることができた。「コロンブス号」の乗組員は全部で八名だった。事故の原因はほぼ解明され、八百ポンドの流星が船体を貫通し、爆発を引き起こしたことが判明した。地球のすぐ近くで事故が起こったのは、非常に残念なことだ。しかし、この惨状は宇宙では共通のものである。

「彼らはあまりにも不注意だった」宇宙局局長は墓碑の除幕式でこう締めくくった。第三課の人々はその言葉を聞いて、思わず苦笑いを浮かべた。人々は地球でみんなうまくやっているのに、宇宙に出るとまるで子供のように不注意で忘れっぽくなってしまう。彼らの面倒を見るために第三課が特別に設立されたのだ。それなのに、こうした言葉が、まさか局長の口から出てくるとは！　しかし、最終的に私たちは笑えなくなった。あの三体の合わせて作った遺体は今、地下に安置されているが、厚い壁越しに血が滲み出ているのは明らかで、その光景がはっきりと目に浮かぶ。表情は冷徹で、目は見開かれ、まるで最後の瞬間が訪れたことを信じられないかのように。

ある種のものは、何か、言葉では表現できないものがある。それは永遠に人を心から楽しませることができない。そのことを理解しているのが墓を作る者たちで、だからこそ私たちは常に慎重に行動する。天下にはすでにたくさんの墓が作られてきた。宇宙がそれらを無事に守ってくれることを願う。

その時期、私たちは異例にも、たった一つの墓だけを作ることになった。

一般の人々の目には、墓の存在が星の景観を変えてしまったように映った。だが私は宇宙飛行士を殺したが、最終的には墓を作って譲歩した。

ここまで書いたところで、自分のペンを持つ手、すなわち墓を作る手がチラリと目に入った。こんなにも老いた手、青筋が浮き、枯れた木のように干からびているのを見て、あれだけ多くの死者の家が実際にこの手によって作られたなんて信じられなかった。これはまさに神の手のようだ。だからこそ、しばしば、この手がもはや私の思考のコントロールを超えて、天の意志に従っているのではないかと感じることがある。

すべての墓を作る者は、こうした手を持っている。私は常に、どんな墓作りの活動においても、根本的な役割を果たすのは、機械や人間の頭脳ではないと考えている。十本の指には宇宙と直接つながる霊的な力が宿っている。多くの場面では、私たちはその魔力をより信じる。それに比べて、思想というものは束縛を受けず、偏見や懐疑の色を帯びているため、宇宙墓碑を建築する上では危険な要素となる。

墓作りをする者には、しばしば深く根付いた矛盾が見られる。それらの自殺者たちは、墓が持つ自己欺瞞的な側面を悲観的に見ていた。しかし、同時に最も精巧な墓地は彼らの手によって作られ、その美しさは宇宙のどんな自然の奇観とも比肩し得るものだった。私は、この矛盾は墓を営む者たちの心の中にのみ存在すると確信している。一方で、世間の人々は墓碑の不朽の外観にだけ惹きつけられている。私たちは時折気まずさを感じる一方で、彼らは極端へと突き進んでいった。

ここから先、女性に関する話をしようと思う。

子供の頃、地球で自分と同じくらいの年齢の小さな女の子たちが何も知らずに遊んでいるのを見て、私は何とも言えない空白が埋められる感覚がした。その時、私は確信していた。この瞬間、きっと世界のどこかに私のために準備された女の子がいて、いつか私の生命を補うために現れるだろうと。これは運命であり、たとえこのことを計画した人であっても、それを変えることはできないのだ。少し大きくなると、私は天使のように飛び回る女性宇宙飛行士に夢中になった。彼女たちの顔や体、腕、脚には、織女星《ヴェガ》かアンドロメダ座から来たような気品が漂っていて、愛らしくてたまらず、心を奪われた。その時、彼女たちの死亡率が男性宇宙飛行士と比べても低くないことに気づき、ますます私の胸は沸《たぎ》るように熱くなった。

私は夢の中で、これら女性の英雄たちとひそかに会っていた。その時、宇宙航学校はまだ私に門戸を開いてはいなかった。このことが、私の運命の結末を決定づけた。後に、宇宙航行の世界にはある禁忌が存在することを知らされたとき、私はほとんど気を失いそうになった。宇宙飛行士同士の関係は同僚としての関係だけでなければならず、そうでなければ宇宙の複雑な状況に集中して対応することができないというのだ。宇宙開発初期の時点で誰かが科学的に証明し、当局も慎重にこれを承認した。しばらくの間、この問題は一般の宇宙飛行士たちの心に引っかかっていたが、それほどしないうちに、宇宙船の男性たちはみんな、宇宙の女性と付き合うことは運が悪いと考えるようになった。こうして、この禁忌は定着していった。もしこの禁忌を破ろうとしたら？　そうすれば、あなたは臭いと見なされ、仲間たちはあなたを冷ややかな目で見るだろう。そして、あなたは理由もわからずに仕事を見つけられなくなり、船の副長から操縦士、最終的には船室管理に追いやられ、最後には地球の宇宙船廃棄場に追いやられるだろう。私は宇宙航学校が最終的に子供の頃の夢を実現するチャンスを与えてくれるだろうと思っていたが、結果はまさにその逆だった。しかしその時、私はもう自分の意思ではどうすることもできなかった。宇宙というのはそういうものだ、選択肢を与えてはくれない。

私は墓作りをする者として数年宇宙を旅した後、ようやくこの業界における風習を少しずつ理解するようになった。女性がトラブルを引き起こすという説は広く流布しており、その神秘性はほぼすべての宇宙飛行士の心に深く根付いている。私が出会った人々は、ほとんどの人が、上記の結論を裏付けるいくつかの実例を挙げることができた。

その後、私は女性宇宙飛行士たちを注意深く観察し、彼女たちに何か異常な兆しがないかを見守った。しかし、私の目には彼女たちは相変わらず、暗い雲に遮られることのない星空のように美しく見え、大きな災厄が迫っている兆しなどまるで感じられなかった。彼女たちの飛行の実績を見て、私は確信した。ある種の事態に対処する際、女性は確かに男性よりもずっと自由で柔軟だ、と。

ある年、太陽黒点の年だったと記憶しているが、その年に私たちは一度に十名の女性宇宙飛行士を埋葬した。彼女たちは星震によって命を落とした。彼女たちは目的地に到着したばかりで、ちょうど完成したての宇宙医療センターで働く準備をしていたところだった。

生存者は彼女たちの友人や同僚で、ほとんどが女性だった。私たちは要求に従い、墓碑に故人が生前に好きだったものを刻んだ。植物や小動物、手作りの工芸品、アクセサリーなど。追悼式が始まったとき、私は近くでこんな声を聞いた。「彼女たちはもともとここに来るべきではなかった」

私は横目で、ぴったりした宇宙服を着た小柄な少女を見た。

「彼女たちはこんなに早く私たちに処置させるべきではなかった。完全な遺体さえもない」私は憐れみを込めて言った。

「私は、私たちがそもそも宇宙に来るべきではなかったと言っているの」彼女の声は落ちついていて、私の胸はぎゅっと締めつけられるような感じがした。

「君も、女性が宇宙に来るべきではないと思うのか？」

「私たちはあまりにも弱い。あれはあなたたち男性の世界よ」

「僕はそうは思わない」私は感情を込めて言い、無意識のうちに彼女をもう一度見つめた。これまで私は一度も女性宇宙飛行士と正面切って話したことがなかった。その時、この場にいた男性も女性も、みんなが私たち二人を振り返って見ていた。

これが私が阿羽《アーユー》を知るようになった経緯だ。ここまで書いたところで、私はペンを止め、目を閉じた。私は、無限の甘美さと尽きることのない苦味をじっくりと味わうように、数分間咀嚼《そしゃく》した。

阿羽《アーユー》と知り合った後、私は自分が規則を破るだろうと意識した。幼年期の衝動が再び胸に溢れてきた。私は今でも、運命によってある少女がずっと私を待っていてくれていると信じている。彼女は生まれながらにして美しい、女性宇宙飛行士だ。

阿羽《アーユー》の職業は看護師だ。この時代においても、私たちは依然としてそのような伝統的な職業を必要としている。違いがあるとすれば、今日《こんにち》の白衣の天使たちは宇宙船に乗り、星々を渡り歩き、優雅でありながらも、決して俗っぽくなく、そして危険が多い仕事をしているという点である。

私が墓の中に座ってこれらの文字を書いている時、初めて、自分が一つの事実をずっと無視していたことに気づいた。それは、私と阿羽《アーユー》の職業上の矛盾だった。いつも私は彼女が救い出した人を、再び墓に埋める役をしていた。彼女が生きていた時はそのことを考えもしなかったし、彼女が死んでしまった今、もう考える必要もなかった。けれど、なぜ今になってこんなことに気づいたのだろう？　私は、私たち二人の出会いに一つの言葉を与えるべきだと思う。それは〝墓縁〟だ。感謝すべきなのか、恨むべきなのか、それはすべてあの十体の女性の遺体に起因している。

あの日、帰路の途中、私は心を乱されていたため、仲間たちが大声で話していたニュースの内容も聞き取れなかった。彼らはおそらく、数日前に失踪した一人の職員のことを話していたのだろう。彼はそのとき、ある宇宙都市で遺体として発見されたという。彼はそこで売春宿を訪れていたが、奇妙なことに太陽エネルギー収集器から剝がれ落ちたシリコンの破片が当たって命を落としたというのだ。しかし、私はこの話にはまったく興味が持てなかった。ただひたすら、墓地のそばに佇んでいた宇宙服の少女と彼女の非凡な会話を思い返していた。その時、舷窓の外を一つの衛星の影が通り過ぎ、明るい惑星の球面を横切った。私は思わず体を震わせた。

私は阿羽《アーユー》と二ヵ月間こっそり手紙のやり取りをしていたが、実際に会ったのはたったの三回だけだった。その間に起こったいくつかの出来事は記録する価値があり、それらは私の後半生をずっと困惑させ、最終的に私を墓へと導くこととなった。

最初に私は病気になった。それは奇妙な病気で、発作が起こると精神がぼんやりし、四肢が麻痺し、ほぼ一日中うわ言を話すというものだった。しかし、検査を受けると、全身の器官はすべて正常で、治療方法がなかった。私は出勤できなかった。この時、よく阿羽《アーユー》から手紙が届き、彼女はどこかの宇宙空間に派遣されていると書かれていた。彼女が無事に医療センターに戻った報告を受けると、私の病気は突然よくなった。

これは天から降ってきた病気だと思わざるを得ず、阿羽《アーユー》と何らかの関係もあるように感じられた。とはいえただの偶然であってほしい。

その後、第三課が設立されて以来の大惨事が起こった。私たちの飛行チームは第七十星区に向かう命令を受けていたが、途中で偶然にも阿羽《アーユー》がいる星を通ることになった。私は船長にその星で途中停泊して燃料を補給するように提案し、彼は即座に承諾した。航海士はコンピューターに目的地のコードを入力し、飛行自体は非常に普通だった。しかし、すぐに問題が発生した。私たちは確かに阿羽《アーユー》がいる星区に入ったはずだったが、その星を見つけることができなかった。無線通信は終始非常にクリアで、誘導台が正常に機能していることを示しており、その星がすぐ近くにあることを意味していた。だが、指示通りに飛行しても、宇宙船はまるで時空の環に閉じ込められているかのようだった。

私は船長がこんなにも恐ろしい顔をしているのを見たことがなかった。彼は大声で叫び、みんなにこの機器をチェックさせたり、あの装置を調整させたりした。しかし、私の奇妙な病と同じで、すべてが説明できず、修正することもできなかった。ついに、みんなは動かなくなった。船長はまなじりを吊り上げ、みんなをじっと見つめながら言った。

「誰が女を船に乗せたんだ？」

私たちはためらいながら自分のキャビンに戻り、死を待った。しばらくすると、外の騒がしい声が止まり、宇宙船も穏やかに飛行しているように感じた。私は扉を開け、周囲を見渡した。信じられないことに、宇宙船は地球の上空で円を描いて飛んでおり、船内には私以外の、他の七人がゾンビのようになっていた。今でも、同伴者たちの死に様は思い出せない。ただ、彼らの手だけは見た。それはまるで枯れた枝のように両手を上げていた。

この出来事は、第三課に大きな衝撃を与えた。半年間の調査の末、結局は解決しなかった。その後しばらく、私の耳には、船長の絶望的な叫び声がいつも響いていた。彼が本当に船内に女性が隠れていると信じていたとは思わない。宇宙飛行士たちはみんな、こうした罵《ののし》り言葉が好きだ。しかし、私は次の事実に向き合うことができなかった。なぜ船の乗員全員が死んだのに、私一人だけが生き残ったのか？　なぜこの事件が、阿羽《アーユー》が勤務している星に近づいたその瞬間に起こったのか？　また、何の力が、誰もコントロールしていない宇宙船を正確に地球の上空に送り返したのか？

女性に対する禁忌の考えが再び私の心に芽生え始めた。しかし、もう一つの声がそれを必死に否定した。

ほどなくして、私は阿羽《アーユー》に会った。彼女は元気そうで、私を見た瞬間、大げさなほど驚き、喜んだ。私は会うなりすぐに彼女に伝えたかった、危うく死ぬところだったと。でも、なぜかその言葉を飲み込んで言わなかった。私は彼女を深く愛しており、何も気にしなかった。もし本当に何らかの存在が作用しているのだとしたら、私と阿羽《アーユー》の生命力がその力をひっくり返すことができると、私は固く信じていた。

だって私は生き残ったじゃないか？

前にもすでに言ったように、私は阿羽《アーユー》と知り合ってからまだ二ヵ月しか経っていなかった。そして二ヵ月後、彼女は死んでしまった。彼女は私に宇宙墓碑を見に行こうと言い、さらに私が最も自信を持っている傑作を見せてほしいと言った。この少女は自信に満ち、鬼神をも恐れなかった。最初、私はとても悩んだが、彼女には逆らえなかった。彼女の死はとても簡単だった。私が彼女に見せた墓は決して一番良いものではなかったが、それでもいくつか特別な点があった。私たちは高さ三百メートルの墓の頂上に登ったが、その頂上には直径数メートルの穴が底まで通じていた。私は興味津々で彼女に指さして見せた。「このまま下を覗き込んでごらん、きっと――」彼女が頭を下げた瞬間、重心を失い、そのまま穴から転がり落ちてしまった。

後になって、私は彼女にめまい症があったことを知った。

一筋の星明かりが、遠くでいたずらっぽく微笑んでいた。一隻の宇宙船が近くを掠《かす》めていったが、とても慎重に飛んでいた。それから、すべてが恐ろしいまでの静寂に包まれた。

仲の良い同僚の一人に阿羽《アーユー》を埋めるよう頼んだ。なぜ自分でやらなかったのか？　あの時の私は、死がとても怖かったのだ。同僚はおずおずと、彼女は一体誰なんだ？　と尋ねた。

「地球人だよ。この前の休暇で知り合ったんだ」と私は嘘をついた。「規定では、地球人は宇宙に埋葬されるべきではないし、記念の墓碑を建てることも許されていない」

「だから君に手伝ってほしいんだ。墓は小さくてもいい。この子、彼女は死ぬまで宇宙飛行士になりたがっていた。本当に気の毒だよ」

同僚は行って、また戻ってきた。彼は阿羽《アーユー》をクジラ座βの近くに埋葬したと教えてくれた。そして、彼女の宇宙飛行士としての身分を勝手に刻んだとも言った。

「本当にありがとう。これで彼女も安心して眠れるだろう」

「幸い彼女は本物の宇宙飛行士じゃなかった。さもなければ、多分彼女が君のために墓を建てていただろうね」

長い間、私はずっとその星域に足を踏み入れる勇気がなく、ましてや阿羽《アーユー》の墓を訪れることなど到底できなかった。その後、年を重ねるにつれ、自分なりに運命の理を悟ったつもりになり、ようやく亡くなって久しい恋人を訪ねようと思い立った。私の宇宙船は同僚が話していた星に降り立ち、半日ほど周囲をうろついたが、心の中は不安でいっぱいだった。少しの間そこに滞在した後、私は再び船に飛び乗り、地球に戻った。その後、私は例の同僚を連れて、クジラ座βへ一緒にやってきた。

「ここにあるって言わなかったか？」

「そうさ、しかも他にもたくさん墓があったんだ！」

「見てみろよ！」

そこは完全に荒れ果てた星だった。人工物の痕跡の一つさえ見当たらない。阿羽《アーユー》の墓も、他の人たちの墓も、すべて跡形もなく消え失せていた。

「変だな」と同僚は言った。「確かにここだ」

「君を信じているよ。俺たちはもう何十年も埋葬してきたんだ。これは確かに不可解だ」

黒々とした宇宙が背景から浮かび上がり、星々は得意げに私たちの視線を避けることなく、ウインクするように瞬きしながら誘惑してくる。私と同僚は、突然足元の星の存在を忘れ、星空にぼうっとしてしまった。

「あれこそが本物の大きな墓だよ！」と私は指差しながら言った。全身に寒気が走り、両足は直立不動の姿勢になっていた。

その時、私は思った。第三課には長く留まれないだろうと。

第三課の解散は、まるでその出現が神秘的だったのと同じように、事前に何の兆候もなかった。その消滅の前に、宇宙ではいくつもの奇妙な出来事が起こった。無数の墓群が忽然と姿を消し、それはまるで時空の中に蒸発したかのようだった。これは信じがたい出来事であり、その真相は常に隠され、世間には知らされなかった。しかし、墓を営む者たちは恐怖に駆られて日々を過ごしていた。あれらの資材は数十億年経っても形を変えないはずではなかったのか？　とはいえ依然として一部の墓は遺されており、それらは主に太陽系やその近隣の星域に分布していた。これらの地域では、人類の気配が最も濃厚であった。第三課はのちに人類文明の中心から遠く離れた地に再び墓を作った。しかし、それらもまたすぐに消え去り、何一つ痕跡を残さなかった。星は墓を拒んだのだろうか。それとも受け入れたのだろうか。

どうやら偶然、何か敏感な部分に触れてしまったらしく、宇宙が目を覚ましてしまった。過激な人々は、それがもともと目覚めていて、ただ以前は干渉していなかっただけだとさえ考えている。

その頃、私は依然として周期的に発作を起こしたが、意識が朦朧とする中でしばしば阿《アー》羽《ユー》に出会った。

「僕が君を殺してしまった」と私は呟く。

彼女は黙っている。

「もっと早くにこんなに相性が悪いとわかっていたら、禁忌を犯さなかったのに」

彼女はやはり沈黙している。

「やっぱり本当だったんだ」

彼女は再三沈黙した後、くるりと背を向けて立ち去った。

この瞬間、私は強烈な暗示を感じた。新しい墓を築けという暗示を。

こうして今の状況が生まれたのだ。白鳥座α星は遙か彼方の世界で、あの神秘的に消失した墓群が存在していた星々よりもさらに遠い場所だ。私は意図的にそうしたのだ。私はまったく趣の異なる墓を築いた。非常に不快なものと言えた。どんな偉大な意味も感じられない墓だった。もし第三課でこんな墓を作ったなら、それは間違いなく死者への冒瀆《ぼうとく》とされたことだろう。だが私は宇宙の意思がすでにわかったような気がする。この善良なる老いた宇宙は、実は私たちに寄り添い、ともに歩み、ともに眠ることを望んでいるのだ。しかし、純真な人や自分を卑下する人々は、そんなことを信じようとはしない！

それは私にもわかっている。けれども、私の矛盾は、伝統に反抗したにもかかわらず、結局のところ墓葬を選んでしまったことにある。少しばかり残っている虚栄心がまだ悪さをしているのだ。

ここまで書いたが、これ以上書き進めるのはもう意味がないように思えてきた。

私がすべきことは、ただ静かに横たわり、無限の暗闇に身を委ねることだ。そして、阿《アー》羽《ユー》に会いに行くのだ。

編者によるノート

「宇宙墓碑」が最初に発表されたのは一九九一年だが、中国ではその後十年近く正規版を入手することはできなかった。発表当時、韓松《ハン・ソン》は中国の国営通信社である新華社通信で働き始めたところだった。その後も彼は国営メディアで働いている。このことは彼のSF作品とそぐわないように思えるかもしれない。たとえば『無限病院』や『地下鉄』〔地铁〕、『火星はアメリカを照らす』〔火星照耀美国〕といった作品はいずれも暗く厭世的な気分を湛え、しかも強烈な反権威主義をテーマに掲げているからだ。しかし実際には首尾一貫しており、韓《ハン》の高い社会的地位と文芸界での名声ゆえに、中国国内の諸問題について語り、公的検閲機関による無数の横槍から守られた場を与えられているのだろう。

「宇宙墓碑」の根底には伝統とテクノロジーに関する対話があり、中国が宇宙時代を迎えた現在こそ時宜を得た作品といえる。宇宙での生活、他の惑星での生活を扱ったSF作品は多々あるが、死を描いた作品はほんの一握りだ。葬儀、そして思いを断ち切りまた歩き出すという行為はおそらく人類にとって重要な儀式の一つだろう。この物語はたんに宇宙探査の危険性とその限界に挑む人間の傲慢さを考察するだけでなく、テクノロジーの進歩が社会や文化や慣習とどのように相互作用するかを掘り下げている。わたしたち読者はある慣習が新しい技術の発展にともない再発明され、古い時代遅れの迷信——たとえば女性が乗船することへの男性宇宙飛行士の態度など——が舞い戻ってくるのを目の当たりにし、テクノロジーの進歩に対して人類社会の歩みがなんと緩やかなのかと思いを巡らせる。この物語は信仰や慣習とその進化に対するかなり率直な考察であり、そして悲劇的な事故が信仰に火を付けるといういかにも人間的なあやまちは、わたしたちがどうしようもなく不完全であることをまた一つ裏付ける。

韓松《ハン・ソン》の作品は辛辣で鋭い。彼はよく社会批判をそれと相反する文学上の美や魅力的なセンス・オブ・ワンダーと組み合わせるが、冷めた厭世主義と激しい熱狂の表出はどちらの側にも表れている。瞑想的で哲学的な雰囲気と一部のモチーフが醸し出すポストヒューマン的感性が、本作を現代中国ＳＦの中でも際立たせている。

（鳴庭真人訳）

九死一生

九死一生

念《ニエン》・語《ユー》／阿井幸作訳

自分がまだ生きていることが、ジョーイ自身、信じられなかった。

二十分前のことだ。ジョーイは重装甲ロボットの連結部を破壊した。しかしそのロボットは直ちに動きを止めることなく、行動力を失う前に循環パイプに残った最後のエネルギーを使って突進し、ジョーイの両足を抱きかかえると、ハンマー投げのように彼を勢いよく壁に叩きつけた。

最初にジョーイの右肩、続いて最も脆弱《ぜいじゃく》な首と後頭部が壁に激突し、大きな衝撃の中、首が左に曲がり、直後に全身が壁に叩きつけられて彼はうめき声を上げた。

肩甲骨が折れた音がした。砕けた瞬間に聞こえたグシャッという音はビスケットサンドを二つに割ったかのようだった。

その刹那、ジョーイは絶望のあまりとっくに死を覚悟していたが、粉砕骨折した肩甲骨が衝撃の大半を受け流したのか、死ぬどころか気絶するすることなく、生きたいという本能に駆られて反撃し、神がかった体勢で原子分解銃を左手に持ち替え、ロボットのエネルギー源に二発目を放った……

1

ジョーイは足を引きずりながら薄暗く冷えた地下道を歩く。身を窮屈に包む防護服の中で汗と血が混ざり、みだれ髪が耳の後ろにへばり付いている。長い通路には光源がなく、警備システムが不審な光に反応するため、暗視ゴーグルだけを頼りにおぼつかない足取りで進むしかなかった。

呼吸は苦しくなるばかりで、一歩踏み出すたびに傷口が開き、痛みで心臓が張り裂けそうになる。右手はとっくに使い物にならず、関節もきっとねじれ、骨だって何本折れているのかわからない——小さな骨片も「折れる」と形容していいのならだが。

ジョーイは大きく息を吸い、狂ったように鳴り止まない心臓を止めようとし、無意識に左手を伸ばすと、左のポケットの中の冷たい液体が入った容器に触れた。それは先ほど彼がスクラップにした重装甲ガードロボットのものだった。

ジョーイは五分で失神から目を覚ました。

時間は暗視ゴーグルが教えてくれたが、思った以上に短かった。

ロボットは十メートル離れたところで倒れている。エネルギーのバックアップを失ったロボットなど単なるガラクタだ。

ジョーイは這うようにロボットのそばまで来ると、そのエネルギー源をつぶさに観察した。そしてエネルギー源にとどめの一発を正確に撃ち込んだ。それはすでにほとんど損壊していて、希釈されたネオンブルーのエネルギーリキッドが循環パイプから漏れ出て、発光するその雫《しずく》がポタポタと地面に滴り落ちている。

その液体化合物は驚異的なエネルギー量を有し、一滴でゆうに二百人のジョーイを爆殺できる。ただし、常温ではかなり安定しているため、心配はない。その液体化合物はジョーイの目的でもあった。

ジョーイはエネルギー源の配線を注意深くよりわけ、原子分解銃の出力を最低にして鋼鉄プレートを切開した。低出力で使用する原子分解銃は、危険極まりないが非常に役立つノコギリと化す。それによってエネルギー源を覆う堅固な防御プレートを取り外すと、モノリシック加工の三層合金プレートの下から傷一つない液体エネルギーポットが顔をのぞかせた。

おお、ついてる。

ジョーイはつい右手を伸ばしたせいで、痛みのあまりしばらく横たわることになった。いい、我慢だ。

ジョーイは喜びを抑えながら複雑に入り組んだ連結装置を乱暴に開け、二本の接続ケーブルを慎重に取り外した。片手での操作の不便を心の底から感じた。時間がないのに、どうやっても手際よくできないのだ。

いまいましいフェイスシールドのせいで顔と外部がはっきり隔たれている。そうじゃなければ歯の力も借りていただろう。

十分後、ジョーイはロボットのエネルギーポットをしまい込んで、出発の支度をした。目薬容器ほどのエネルギーリキッド一本で一体の重装甲ロボットを動かせるのだから、銃一挺のエネルギータンクに充填しても十分に余りある。つまり、これからの道中、無限ショットの権利を得たというわけだ。ジョーイは片手で苦労して原子分解銃のエネルギータンクを満たすと、とっくに粉々になっていたロボットにもう一発撃ち込み、世界から完全に消滅させた。

二つ目の曲がり角で再び偵察ロボットと会うことはなかった。ジョーイは原子分解銃を下ろし、張り詰めた気持ちを緩め、腰を下ろした。

一年中暗闇に包まれた北岸軍事基地は国境の山間のくぼ地にある。連なる山々を背景にダムを思わせる基地が要所を死守するそこは、重大な戦略的意味を持つ。買収済みの基地管理者と内外で協力してコントロールセンターを爆破し、その機に乗じてアジトを襲撃するというのが今回の計画でのジョーイの役目だった。だがコントロールセンター自体はロボットに指示しか出していないため、自動プログラムで稼働するアジト内のロボットの行動に干渉しない。ロボットたちはコントロールセンターが壊滅するまで職務に忠実な守衛であり続けるため、今回の危険な任務で生きて出られるチャンスなどジョーイにはいくらもなかった。

基地内は肌寒くジメジメとしていて、通路が入り組んでいる。ジョーイが基地に侵入してからまだ三時間しか経っていないが、ジョーイにとって、暗闇を進む一歩が一世紀にも思えた。兵士の誰かが作戦前にこんなことを言っていた。これが最後の任務だ、北岸基地を攻め落としたら帰れる。今思い返すと、まるで死亡フラグだ……

タイルから剝がれ落ちたカビとコケの死骸が粘つく黒い液体と化して溜まっている。地下の冷気が体の芯まで侵食し、痛みとグルになってジョーイの神経を引き裂く。隅にもたれていると、とっくに限界を迎えている体が冷気に蝕まれ、彼は我慢できず嘔吐した。

駄目だ……

ジョーイは力を振り絞り、タイルの溝を使って必死に立ち上がった。

自分の体の状態は自分が一番理解している。右手はもう上がらず、血も止めどなく流れ、肉体は刻々と衰弱している。一度眠りにつけば、二度と目を覚ますことはないだろう。だが彼には待っている人がいる。絶対に生きて家に帰ると、彼はイリーナと約束したのだ……

前方はもう見知った通路エリアなので、三十分もあればアジトから脱出できる。その三十分間で補給部隊を見つければ家に帰れる希望が生まれる。しかし行く手は危険に満ち、命が九つあっても渡り切れる見込みはない。

しかしガードロボットはしょせんロボットだ。機転を利かせれば、ジョーイにだってチャンスはある。

このアジトには侵入ロボットに備えて指向性電磁波ジャマーや高感度電磁波モニターなどの設備が無数にあるものの、人体識別用の設備はいくらもない。探知するのも、最も基本的な赤外線や二酸化炭素濃度、音声だ。

　要するに、厳重な警備の北岸アジトに単身突入できる人間など想定されていない。侵入したところで、各所に設置されたガードロボットが、まるで血管内の白血球のように、地下道に誤って入ったアリやウサギ、イタチや人間を掃除している。

　だが彼らは、人類の戦争の歴史において頻出する二つの単語を忘れてしまったらしい。一つは裏切り、もう一つは奇策だ。

　アジトの警備をロボットのみに任せるという原則は時代遅れで幼稚だ。情報戦の時代であっても、生身の肉体はあまりにも脆《もろ》い。レーザー、放射能、もしくはジョーイが所持する原子分解銃でさえ一人の戦士を瞬殺可能だ。瞬殺どころか、痕跡すら残さず灰にもできる。しかし生きた人間なのだから、ロボットの百倍賢い。

　敵方はその稚拙さの代償を支払うことになる。ここはいまや空白地帯だ。ガードロボットはこのとき地上に集中し、アジトを正面突撃した大部隊と交戦しているはずだ。

　ジョーイは一刻も早くこの長い通路を渡り終えねばならなかった。

彼は怪我を負い、放射能から身を守り超音波センサーも回避できるコートも激しく損傷し、損傷部位から冷却材が揮発している。冷却材が流出しきったら、いつ体温で侵入警報機が作動してもおかしくない。自分の任務はすでに終わったとはいえ、彼は生きて出たかったし、イリーナもまだ彼を待っている。

ジョーイは大きく息を吸った。

進み続けたところで九死に一生だ。

だが歩みを止めれば、十死零生しかない。

2

ふーっ。

栗毛の少女は立ち上がって、オレンジケーキに挿さる九本のろうそくの火を吹き消した。

イリーナの九歳の誕生日は三日後だが、ジョーイの出発が翌日のため、三日早めの誕生日をしようとジョーイとアンナで決めたのだった。

長い決別の前のお別れディナーパーティーで、三人ともとにかく頑張った。

少女は脇目も振らず自分の分のオレンジケーキを幸せそうに頬張った。彼女は、三人で出かけた際には新しいスカートとぬいぐるみを買ってもらったのだ。ジョーイが娘におやすみを言うまでの一晩中、イリーナはお別れの話題について口をつぐんでいたので、彼女が父親の事情を理解していたのかわからなかった。

翌早朝三時、家を離れる全ての父親同様、ジョーイはとっくに支度を整えて静かに発《た》とうとしていた。

アンナはイリーナにことのあらましを伝えるし、ジョーイもアンナと話し合ったし、アンナも異論はなかった。イリーナが目を覚ます頃には、ジョーイはすでに家を出ている。ジョーイにとってこれが逃避かどうかわからないが、もう娘の泣き顔に対峙することはできなかった。戦士であり兵士である彼は、信念が揺らぐことを何よりも恐れていた。

行くのなら行こう。ジョーイは覚悟を決めた。

ジョーイはスーツケースを引きずって玄関まで来た次の瞬間、膝から崩れ落ちそうになった。自分の靴が一つ残らずなくなっているのだ。

――ブーツから革靴、履き古した布靴やサンダル、さらには穴の空いた長靴まで、履けるものが全て姿を消し、年末一掃セール中のスーパーの棚のようなすっからかんのシューズロッカーがあるだけだった。

つかの間の驚きの末にジョーイはため息をつき、暖房に寄りかかって座りながら空が明るくなるのを待った。


空が白み始めると、イリーナが起き、何事もなかったように鼻歌を歌いながら階段を下りてくるが、「普通」であることが誰の目から見てもおかしい。アンナとジョーイが娘に顔を向けると、彼女は肩をすくめ、その後泣き出した。

ジョーイは娘のベッドの下から彼の靴とブーツを全て見つけた。

現行犯逮捕された娘は本棚のそばで顔を真赤にし、大粒の涙を流している。

ジョーイは腰を下ろし、靴の山を見つめながら解せないという顔をした。たかだか九歳の女の子がどうやって音も立てずにシューズケースを空にしたのか。それを知っているのはおそらく娘だけだ。

さまざまな履物がある。この靴の山でベッドの下を埋め尽くそうとするだけで大変だし、一階から二階に持っていくのだからなおさらだ。彼女は寝ていないのか？　ジョーイの心は、卓上の調味料をひっくり返したみたいに複雑だった。

恐ろしいほど静かな寝室でアンナは目を腫らし、娘のイリーナはさっきからうさぎのように泣いている。ジョーイはうつむきながら口を開く勇気が出せなかった。九歳の少女がありったけの勇気で膠着状態を打ち破った。彼女は壁に手をつきながら、声を振り絞って叫んだ。「くっ……靴がなかったら……パパは出かけられないんでしょ！……靴がなかったら……パパは戦争に行けないんでしょ！」

ジョーイはしゃがみこんで、イリーナの小さな肩に両手をのせた。「イリーナはもう九歳だろ。パパは数カ月で戻ってくるから、いい子にしているんだ。いいね」

「せっ――戦争に行くんでしょ！」少女は細かい花柄のスカートをつかみながら、息を詰まらせしゃくりあげる。「でも――でも戦争は人が死んじゃうから……パパに行ってほしくない……」

「大丈夫だよ、イリーナ。パパは帰ってくるよ」

「怖いの……こーわーいーのー」イリーナは叫びながらジョーイに抱きついた。

「戦争で人が亡くなったのは昔の話だから」アンナがイリーナの肩を優しく叩く。「国民が戦争に参加するのは国際条約でずっと前に禁止されたから、パパが行くことはないの。私たちにはロボットがたくさんいるからね」

彼女はイリーナを見つめながら小さな声で付け加えた。「ママの言うこと聞いて」

「でも、どうして戦争しなきゃいけないの？……みんなちゃんと暮らしていればいいじゃない？　ロボットだって死ぬんだよ……」

少女はめそめそと泣き、声はどんどんかすれていく。

ジョーイは少女の質問に答えず、アンナにウインクをし、娘の額にキスをした。


水路が縦横に広がる小さな町は空気が潤い、地面すれすれに霧の膜が張り、道端や街角などどこを歩いても空気中の微細な露がかき混ぜられる。イリーナとアンナが家の手すりにもたれながら遠くへ手を振り、二つの影はたちまち白い霧の中に消えた。

どうして戦争しなきゃいけない？　そうだ、なぜだ。

ジョーイは顔を上げた。

膨大なエネルギー量を有するあの化合物のためか？

でも俺たちにあんな大量のエネルギーが本当に必要か？　石炭もあれば、風も水も太陽も、原子力エネルギーだってある……本当にそれだけが不足しているのか？

戦争は人が死んじゃうとイリーナは言った。

そうだ。自然人は戦場に行ってはいけないと国際条約で定められているが、実際に戦時となれば、条約なんか何になる？

条約の二ページ前をめくると、誰の目にも明らかな形ではっきりと、戦争を禁ずるという六文字が大きく書かれている。

子どもたちはいつもそうだ。

俺たちはときどき子どもらが何も知らないと思い込むが、彼らの心は実際、鏡そのものじゃないか。

ジョーイは自身の革靴を無造作に履くと、十一月の朝霧の中に身を投じ、次第に遠ざかっていった。

3

ジョーイは軍隊に九年もいた。そのときはアンナもイリーナも未来の事象だ。

彼は最高の特殊部隊員だった。模擬戦闘訓練においては常にトップ3で、各種の国際競技においても幾度もの優勝を遂げている。雨季に南米の沼地に浸かり、豪雨を浴びて泥水にまみれながら水草と虫だけを頼りに九日間過ごした。アンデス山脈を越えたときには、十一日かけて人里にたどり着いた。しかし模擬戦と実際の戦争は何もかも違った——そもそも野戦訓練では自分の命を狙うロボットなどいない。それに、十一年前から国際条約で自然人の参戦は禁止されている。

まさにその年、ジョーイは除隊した。

軍隊の人材選抜制度は知力型育成に全面的にモデルチェンジし、ジョーイのスキルではフィットネスジムのトレーナーになる方が軍隊に残るよりまだ将来性があった。

ジョーイは未練なく身を引き、大都市で本当にジムトレーナーとなり、翌年の春にアンナと出会い、それから二人にとって大切なイリーナをもうけることになる。

日々は単調に続いていくはずだった。南方戦況の報告が届いたときでさえ、ジョーイは国の未来がなんとなく心によぎっただけで、ときどき夢で実際の戦争について思いを巡らす程度だった。今の彼は一般人であり、これからもおそらくそうだった。彼は一介の武人に過ぎず、この時代に勇者は不要で、求められるのは策略家と軍師だ。ジョーイは己のことを賢いと自負しているが、あの狡猾な狐どもには死んでも敵わないということを痛いほどわかっていた。

しかし二カ月前、ジョーイの家に旧友が言伝《ことづて》を持って人知れず現れた。——戦《いくさ》っていうのはいつだってやむを得ず小さな一線を超えることが多々ある。俺たちにはお前が必要なんだ、ジョーイ。俺たちは勇敢な戦士が必要なんだ。彼はそう言った。

いま、彼は心の底から後悔していた。

もう戦争の勝ち負けも国家の存亡も関係なかった。彼を戦場へ駆り立てた熱い血潮はすっかり冷め、代わりに湧いた一つの考えがアリのように心臓をかじり取っている。だがジョーイに選択肢はない。希望も未来も見えないまま、まさに危険極まりないアジトの真ん中を通過しているところだ。

ジョーイはよろめきながら歩を進める。原子分解銃がなくなれば、次にどんなロボットに遭遇したらマシな死に方ができるのかとさえ考え始めるに至った。

畜生！

あの言伝を持ってきた旧友が脳裏に浮かぶ――あいつも狡猾な狐だったとうの昔に気づくべきだった。

いまだ軍隊にいるのはどいつもこいつもまばたき一つせずに嘘を吐く薄情者で、日がな一日、人を背後から刺す悪巧みを考えているろくでもない連中ばかりだ！

あの日、旧友は玄関先で昔話に浸りながら天下国家についてぶち上げ、得意げに語りながらも悲壮感を漂わせ、最後にジョーイをひとしきり褒め、言葉巧みにおだてて何の疑いも抱かせなかった。のぼせ上がったジョーイは、三十分も経たずに丸め込まれてしまったのだった。

戻ったらまずあいつをぶん殴る。

――その前に右手を治しておかないと。

――生きて出られたら……

……なんだ？

暗闇の中、ジョーイはそっと砂を撒くようなかすかな音を耳にし、血の気が引いた。

――彼はその音に聞き覚えがあった。

昔の戦争で、老兵たちはそれを死の鐘音と呼んでいた。

ジョーイが左に転がり込んだ次の瞬間、一筋の赤い光がジョーイの首筋をかすめ、背後のタイルが高温により一瞬で気化した。ジョーイは腹ばいになると、原子分解銃を握りしめ、レーザーが発射された方向に目星をつけて立て続けに三発打ったが、イオン結合の解裂時に発せられる青い光は見えなかった。

しまった！

次の赤い光がジョーイのくるぶしのそばを通過して背後の壁に照射されると、続けざまに高密度のビームがジョーイをかすめた。落下したタイルが割れて粉々になり、辺りにもやがたちこめた。

ジョーイは懸命に動きを止めた。

アレの正体をジョーイは知っていた。タランチュラほどのサイズしかない四本脚の小さなロボットで、前世紀末から爆発的に流行った超危険物だ。暗視ゴーグルの視界にはそのロボットの痕跡を全く見つけられないが、対偵察用に造られたのだからそれも無理のない話だ。ジョーイはあの四本脚のチビを見たことがある。それが這い回るさまは蜘蛛そっくりで死ぬほど素早いが、その外見に騙されてはいけない。アイツにとって殺人は造作もないことだ。

あのロボットの原理をジョーイは把握している。振動センサーだ。とりわけアジトや要塞の肝心要《かなめ》の部分の守備に適している。先ほどの彼の動きですでに臨戦態勢に入っており、センサーの感度がすでにワンランク上昇しているのは確実で、忍び足で立ち去るのは根本的に不可能だ。

小さなロボットはデカブツよりも手強い。奴らはエネルギー不足とは無縁であるばかりか、迷彩や隠密に長《た》けている。暗闇の毒蛇と陽光の下の豹、どちらが恐ろしいか比べるまでもない。

テキストに記載されている解決策は、奇抜な前進方法でジャンプしながら向かっていき、レーザーを誘発させて位置を特定し破壊するとある。だがこの方法は全く当てにならず、死亡率が九十パーセントを超えていると聞くし、いっそのこと脇目も振らず走った方がいいとも言われている……

初撃を喰らえば、たちまち蜂の巣だ。

ならば他の手だ。あのエネルギーリキッドの入った瓶を持っている状況では……

彼は大きく息を吸った。

三、二、一。

ゴォッ――

4

自分が賭けに勝ったのかジョーイにはわからなかった。

それに、死んで、あるいは生きてアジトから出るまでわかるはずがない。

彼は未来をチップにし、いまこのときに賭けたのだ。

ジョーイは顔を押さえながら手探りで進み続けた。暗視ゴーグルは壊れていないものの、原子分解銃を犠牲にしてしまい、残りの道のりが運任せになってしまった。あと五分の距離、問題はないはずだ。

背後ではまだがれきが崩れている。あのロボットが爆散したのであればそれでいいし、無事でも構わない。ジョーイとは関係がないからだ。このように振動が途絶えることなく続いていれば、奴にはジョーイの足音を判別できない。

ジョーイは狙い通りにひとまず危機を脱した。自身の最後の武装を解除することと引き換えに。

ジョーイはエネルギーリキッドについてあまり詳しくない。知っていることと言えば、それを構成する化合物が通常の状態では驚くほど安定しているにもかかわらず、莫大なエネルギーを秘めていることぐらいだ。

エネルギーの利用法は二種類ある。一つは特殊な媒介を使うこと。特定の溶液の中で化合物のエネルギーは安定的かつゆっくりと放出され、その速度も溶液の配合率によって自在に調節が可能だ。ロボットはそのようにしてエネルギーを利用している。もう一つの方法は……十分なエネルギーで化合物を刺激するというもので、それによりダイナマイトに匹敵する強大な力を放出できる。

あの小型ロボットの燃費がどれぐらい高いのかジョーイには知るよしもないが、壁にできたあそこまで大きな穴を見れば、失望させられることはないはずだ。

ジョーイは左のポケットからエネルギーポットを慎重に取り出すと、空っぽになるまで原子分解銃の銃床に詰め込み、手榴弾を投げる要領で来た道に投げた。原子分解銃は一気に落ちていき、地面に触れそうな瞬間、一筋の赤い光が後を追うようにそこへ降りかかった。

馬鹿め。ジョーイは心中思った。

ジョーイはとっくに背を向けていたためその赤い光を見なかったが、何が起きるのかは理解しており、一心に目を閉じながら反対側へ駆けた。すると爆発による激しい閃光とともに風圧が……

うっ、これは……

その風圧は想像以上に強く、ジョーイは転倒し、地面に頬ずりしたまましばらく滑った。

エネルギーポットを投げる前に、内部に付着したエネルギーリキッドの水滴を振り払っていなければ、彼は二回ほど弾き飛ばされた挙げ句に紙きれのように壁に叩きつけられ、自分がどう死んだかすらわからなかっただろう。

全身がちぎれそうになっても、ジョーイはなお立ち上がって前へ走った。もう恐る恐る身を隠す必要はない。ロボットに遭遇すれば死亡確定だが、全力で疾走することだけに集中し、あとは運を天に任せるしかない。

必死に走った。ジョーイは五分後、通路の曲がり角の壁に差し込む一筋の陽光を目にした。空を照らしたばかりの陽光が隅に落ちて長いシルエットをつくっている。それは彼らが夜明けに開けたばかりの穴であり、そこにはガードマンもロボットもいないため、がれきを乗り越えさえすればアジトとはおさらばできる……

ジョーイは再び日の目を見られた。

補給の小隊がいるのはさらに一キロ先だが、ジョーイには歩き切れるか自信がなかった。道中で彼を支えてきた信念はとっくに燃え尽きている。たとえあともう少しだとわかっていてもだ。基地の周囲は強力な電磁妨害エリアのため、ビーコンを送信できない。ジョーイは自分の力だけで前に進むしかなかった。

細い道の先には、ぼんやりとではあるが、仮設テントが木々の隙間から見えたが、ジョーイは道の真ん中に顔を出した古木の根に足を取られ、勢いよく倒れ伏した。

彼は地面にまっすぐ突っ伏し、自分が二度と起き上がれないことを悟った。

まばゆい白色光の中、彼は子ども時代を思い出し、旋回する無数のアジサシが頭をよぎった。

毎年夏になるとアジサシが海の向こうから飛んでくる。多くのアジサシが海岸で死ぬ。鳥たちは遠くの海岸線を目にし、四千キロにも及ぶ自分たちの旅のゴールを目撃すると、感動したように鳴くとともに最後までその体を支えていた信念が崩れ、力が尽きて落下し、雨のように落下する。そして海面には、疲れ切って死んだアジサシが点々と散らばる……

5

五歳のイリーナは空を見上げていた。五月の北方の小さな町は初夏が訪れたばかりで、北へやってきた渡り鳥が巣を作って卵を産む。海鳥たちが青空の下で鳴きながら飛び回り、丘からそよぐ海風がかすかな潮の匂いを運ぶ。

少女は大きな鳥たちを見つめながら、頭にまず一つの疑問が浮かんだ。

「なんていう鳥？」彼女は尋ねた。

「アジサシだよ」ジョーイは言った。

「――アジ――サイ？」

「アージーサーシ」ジョーイは丁寧に一文字ずつ繰り返した。

「アジ……アジサシ」イリーナもまた復唱した。

イリーナはその呼び名を早速忘却の彼方に押しやり、バスケットを片手に野山一面に生える木苺の木々の合間を駆け抜け、熟したばかりの赤い果実を優しく摘み取っては籠に入れた。

「鳥たちはこの実食べる？」イリーナは輪を描くように回りながら、どこもかしこも鳥の巣でいっぱいの近くの岩肌を仰ぎ見ている。

「いや、鳥たち――アジサシは魚を食べるんだ」

「じゃあなんで誰も実を採らないの？」彼女は地面に落ちている赤くみずみずしい果実を指差した。「美味しい実、全部落ちてる」

「採りに来る人間がいないからだよ。イリーナが気に入ったら明日また来よう。たくさん食べたら帰ろうな?」

イリーナはジョーイを見上げた。

「じゃあロボットは? ロボットは掃除や皿洗いをしてくれるでしょ? なんで代わりに実を採ってくれないの?」

「ロボットはそこまで繊細な作業ができないんだよ」

「なんで、同じ人間でしょ?」

「いや、ロボットと人間は同じじゃないんだ」

「なんで?」

「ほら――ロボットの調節システムが圧力センサーのフィードバックに追いつかないから、木苺を採るという条件は厳しすぎるんだ。それに自律的な思考もできない……」

「でも先生はロボットだよ」イリーナが目をパチクリさせる。

「そういうのには特化したプログラムがあるから、より人間らしくできるというだけで、ロボットと人間にはほんのちょっとどころじゃない本質的な違いがあるんだ」

「でも私は先生より物知りじゃないよ。私は人間じゃないの?」

イリーナの疑問にジョーイは意表を突かれた。

――その問いをこのまま続けられたら、もしロボットもできたらどうなるの？　となる。ロボットが木苺を摘めれば、思考は――いつかできる日が来るに決まっている。ではその頃、ロボットはどういう存在なのか？

ジョーイはまだ疑問に答えていないことにはっとし、しゃがみこんでイリーナと目を合わせた。「イリーナはもちろん、間違いなく人間だよ……いい質問だ、スケールの大きな質問だ。イリーナ、とっても面白い質問だぞ……」

少女は「なんで？」を続けなかった。彼女はそんな長々とした言葉と疑問との関係性が理解できず首を傾げ、時間をかけてわかろうとする前に、その注意力は滑空する白いアジサシに惹きつけられた。白く大きな鳥が青い空を自由に飛び回り、羽毛を白く輝かせているる。まばたきしながらそれを見つめるイリーナは、ふと新しく覚えた単語が頭に浮かび、さんざん苦労した挙げ句、ごまかすように口に出した。

「アジ――サイ――」

6

ジョーイは目を覚ました。

正確に言うと、もうすぐ目を覚ますだろうと自分でも思っていた。状態は楽観視できず、全身が裂けそうだし、意識もはっきりしない。しかしこの身を跳ね回る痛みによって、自分が生きていることを実感した。

前時代の戦士ならこういうとき、必死にもがいてベッドから這い出て、上官のもとへ行かせるよう医者に頼み込むだろうが、そんな気高く真面目な気風は前世紀のもっと前にとっくに消滅したのではとジョーイは疑っている。それにいまの彼にはまぶたを上げる力すら残っていない。

それでジョーイはいっそまぶたを閉じてもう一眠りすることにした。

今度は十二分の長さの睡眠を取ったことで、ジョーイは目覚めたとき、有り余るパワーで自身の驚きを表した——ぼそっと暴言を吐いたのである。

ジョーイはたしかに驚愕した。

目の前に立っていたのは、これまで卓越した功績を挙げた老兵のバーンズ大佐だった。気難しい性格と個性的な指揮のせいで昇進はついにかなわなかったが、部隊の中では紛れもない最高責任者だ。ジョーイが彼を目にしたのは二度目だが、司令部にいたときのあの光り輝くハゲ頭は一生忘れられるものではない。

いまその大佐が目の前に立っている。それどころか、目が覚めるまでわざわざ待っていたようだった……

「起きたか」耳にジョーイの言葉が届いたはずなのにそれには何も反応せず、ただジョーイに視線を向けて口を開いた。「動くな。右手が駄目になっている」

「はい、バーンズ大佐！」

「おお、私を知っているのか？」大佐は少しだけ首を曲げたが、相変わらず落ちつきはらっていた。「うむ、なら自己紹介の必要はないな。君にいくつか質問しよう」

大佐はミニサイズのメモ帳をめくった。

「はい！……あっ、撮影記録はみなゴーグルに保存していたのですが、医者が持ち去ったようです……」

「これだろう。彼らから渡されたんだ」大佐は小さな球体をテーブルに適当に放り投げた。ゴーグルの撮影記録が入ったメモリだとジョーイにはわかった。「我々が欲しいのはこれではない。よし、では質問を始めよう……名前は？」

「ゴラン・ジョーイです」

「年齢は？」

「三十九歳です。あと七ヵ月で四十歳になります」

「家族は？」

「妻のアンナと娘のイリーナがいます」

「部隊番号は？」

「F141‐9101です」

「作戦コードは？」

ジョーイは突然固まった。

疑念と不安がうずまき始めた。こんな尋問をする理由が全く思い当たらない。戦局について知るつもりがないのなら、どうしてわざわざ重傷の隊員に質問するのか？

それに医療室の設備に見えるアレも……

それが医療機器だとジョーイは思っていたが、いくつかの細かい点に気づいて徐々に血の気が引いた。普通の医療設備には身体の自由を奪う装置などあってはならないし、固定する装置があったとしても、それは緩衝材として樹脂を使うのが一般的だ。しかしさっき左手から伝わった感触が、自身の手足を拘束しているのが冷たい合金素材だと告げていた。

一瞬でさまざまな可能性がうなりとともに爆《は》ぜ、しばらくの静寂の後にジョーイは尋ねた。「……これはなんですか。医療機器ではないでしょう。こんなもの見たことありませんよ……自分は知るべきではないことを知ってしまったんでしょうか……」

「実に素晴らしい！　論理的思考力は良好だ」それから大佐は独り言を言いながらメモ帳に何かを記した。

「――質問に答えろ！」ジョーイはついに我慢できなくなった。これほど階級が上の高級将校が、あろうことか基本的な敬意さえ持てていないとは。体が許せばそれは怒鳴り声であるべきだった。

「ああ、質問か……いやそうじゃない、知るべきことなら君は全て知っているし、知るべきでないことなら君だって当然知らないんだ」

「では自由にしてくれませんか。これが英雄への処遇ですか？」

「えいゆう？」大佐は突然吹き出した。寒々しい笑い声にジョーイは鳥肌が立った。

ジョーイが口を開く前に大佐が声を抑えながら発した言葉は、崩壊の瀬戸際にあったジョーイの精神を完膚なきまで打ち砕いた。

「ああ、ジョーイ……いや、こう呼ぶべきかな――ジョーイ第八十四号？　まだ気づかないのか？　君は〝人間〟じゃないんだよ、ジョーイ。本物の〝人間〟ではないのだ」

7

ジョーイは長い時間をかけてその言葉を消化した。時間をかけて理解する必要はなく、ただ受け入れるだけの時間が必要だった。

筋肉と骨格を強化していない肉体が、あのような衝撃を受けて生き延びられるはずがない。

あのような重傷を負ってもなお立ち上がり歩けることも、常人の肉体では不可能だ。言うまでもなく、ジョーイは人間ではない。本物の「人間」が北岸軍事基地から生還するなんてことは、特大の犬の糞を踏むのと同じぐらいありえない。

特殊な神経改造を施すことで痛みが行動有機体に及ぼす刺激を阻害し、筋肉の爆発力、骨格の強度、血液の酸素運搬能力もみな戦闘用に大幅な調整を加えたことで、ジョーイ第八十四号は名実ともにウォーマシンとなった。

ジョーイの記憶にある戦場でのアンドロイドの伝説では、それらは普通の人間と変わらず血が通っているが、痛みも死も恐れず、深手を負ってもなお前に進み、幽霊のように国境に現れては任務が終わると煙のように消える連中だ。皮肉なことに、ジョーイはいま、伝説の主人公となった。

　彼が受け継いだ本物のジョーイの記憶から判断するに、人から嫌われる性格なのは確実だ。

「戦争で生まれた非自然人は誰であろうとも例外なく人道的に処分しなければならない。どうか理解してほしい」大佐は漫然とニュースでも読むかのごとく、死刑判決を軽々しく下した。

「人道的だと？」ジョーイは大佐に食ってかかった。「受け止められるわけないだろ！この国を愛し、そのために多くの犠牲を払った俺に死ねって言うのか！　俺には人権がないのか！」

「基本法第三十一修正案に、自然人は人権を有するとある。自然人だ。君は違う」大佐は彼の原子分解銃を振り回して空中に輪を描くと、銃口をジョーイの鼻先に突きつけた。

「逃げようとは考えないことだ。君の前任者たちはみなそうするのが大好きで、家族のためイリーナのためと口々に言っていたよ。しかし実のところ、そんな無駄遣いというわけでもない。君はもともと、弓矢や銃みたいに戦争のために生まれてきた武器だ。造血能力も自然治癒力もなく、ヘモグロビンの寿命はもって三週間程度だし、他の組織はさらに短命だ……右手が壊死していると気づかないかい？」

「お前らに……血は通っていないのか」ジョーイは食いしばった歯の隙間から恨みがましく漏らした。

「ああ、私が哀れに思えば見逃してくれるという考えかね？　それが何になる？　我々には無駄遣いできる感情などないのだ。それに君の体は再生能力がないのだから、どのみち待っているのは死だけだ――悪く言えば、使い捨てなんだよ。

それにね――ジョーイ――」バーンズ大佐の右手がテーブルをなぞる。「君はイリーナに、二人――ともすればそれ以上の父親がいることが彼女のためになると本気で思っているのかい？」

その言葉はジョーイの急所を一瞬でえぐった。

「じゃあ俺のイリーナを見せてください。映像でも……一目でいいですから……」拘束されていなければ、一介の兵士であるジョーイはこの瞬間もう地面に土下座しているべきだった。彼は控えめな性格だったが、ここは何が何でも願い出てみなければならないとわかっていた。

「私に同様のお願いをしたアンドロイドは君で七人目だよ。どうして〝君〟がいたく気に入られていたのかわかっているつもりだ。完璧な信念を持っているからだ」大佐は全く感情を動かされなかった。「大変申し訳ないが、基本法によって君には権利がない。我々は一人の少女の肖像権を守らなければならないのだ」

「あんたも父親だろう……」

「私はな。だが君は違う」大佐は口角を上げて薄ら笑いを浮かべた。「それは君の記憶ではないのだよ、ジョーイ」

再び恐ろしいほどの静寂が訪れた。

「……まさか――イリーナは初めからいないのか！　俺の――俺の記憶もつくられたものだったのか!?」ジョーイの声がわななき、最後には爆発したかのような叫び声になった。

「イリーナは実在する。アンナもジョーイもそうだ。私が保証する。我々にはそこまでリアルな記憶を捏造する力はない」大佐が両手を頭の後ろで組みながら歩き、そのめまいがしそうなせかせかとした歩みのまま再び振り向くと、確認するかのように時間をかけて言った。「しかしさっきの君の発言だが――君なりの挑発と捉えていいだろうか？」

その鷹のような鋭い目に睨まれたジョーイは一瞬の間を置き、大佐の最後の言葉の意味を悟った。彼の世界が崩壊の瀬戸際にあるときですら、眼の前にいる人物は彼の発言の一言一句を邪推しているのだ！

ジョーイは反論しようとしたが、すぐに何をしても無駄だと理解してうなだれた。同時に、もう二度とイリーナに会えないと痛感した。

「最後に一つ質問してもいいか」彼は力なく尋ねた。「俺に何も知らせないまま死なせた方が良かったんじゃないのか……」

「ああ、申し訳ない。我々は覚醒状態の君が必要だったんだ。意識不明の脳内では記憶を整理してしまうから、情報を引き出す安全性が保障できない」大佐の謝罪は薄っぺらく聞こえるものだった。彼はゆっくりと部屋から出る前に、こう言い残した。「――我々は君の記憶が必要なんだ。それが我々にとって非常に重要なんだ」

8

――ジョーイはとっくに気づいていた。大佐の目には自分が一人の人間としてではなく、生きたロボットとして、ウォーマシンとして、情報と記憶をストックしたロボットとしてしか見えていないことに。彼と彼が思う自分との間にはとてつもなく深い溝がある。

彼以外にもまだたくさんのジョーイがいる。それよりもっとたくさんのジョーイがいて、しかも今後はさらにもっとたくさんの、もっともっとたくさんのジョーイが生まれるかもしれない。

彼は北岸アジトの最後のジョーイだ。取るに足らない、つまらない存在の。

そもそも最初からこうだったのだ。どこの戦場でだって兵士の命は雑草同然だったじゃないか？　その兵士が雑草以下ならなおさら……猟銃に哀れみをかける人間はいない。違うか？


彼に記憶と意識を与える銀の針が再び後頭部に刺さり、そのしびれるような痛みがとても軽かったことにジョーイはむしろ戦慄した。

確かにもう「自然人」が戦場へ向かう必要はない。

まだジョーイたちがいるからだ。

戦争には犠牲がつきもので、ロボットは役に立たず、人間の犠牲は凄惨極まるものだ。でもまだ遠隔操作機器やクローン人間、ジョーイのように強化手術を施して記憶を注入された後のクローンそのもののアンドロイドもある。ジョーイがいて、数多《あまた》の「彼ら」がいる。彼らは最初から単なるウォーマシンであり、コピーも処分もいつでも可能だ。

それらの記憶は彼のものではなく、それらの栄誉も功績も彼のものではない。冗談めいているのは、彼の生存を支えてきた信念すら彼のものではないことだ。それらリアルな記憶ははるか彼方の幻に過ぎず、太陽の光を浴びたほこりと一緒で、美しさとは程遠い。どれだけ見苦しくあがこうが、彼には最期にイリーナを一目見る権利すらない。

彼は基本的な生存権すらない一般的なアンドロイドに過ぎない。愛情も家族も縁がない話だ。輝かしい戦功を挙げた猟犬ですら年をとれば煮て食われる運命なのだから、無限にコピーが可能な偵察兵なら言うまでもない。


ジョーイは手負いのライオンのように怒声を上げながら拘束に抗ったが、合金のロボットアームに急所をきつく摑まれ、関節一つ少しも動かせなかった。それにどれほど強化した肉体であっても、合金素材の強度には太刀打ちできない。

微弱な生体電流が神経を流れ、銀の針が体から抜かれるとともにジョーイの思考と記憶も引いていく波のごとく急速に遠ざかり、何の名残《なごり》も残さなかった。

意識が消え去る直前、戦士は彼だけの愛と希望、悲痛と栄光を抱き無限の暗黒へゆっくり沈んでいった。暗闇の果てに白い光が差し、アジサシが青空を飛び回る。その羨ましいほどの自由さはあまりにも遠く、ジョーイには一生手が届かない……

ジョーイ第八十四号はいま理解した。どうあがこうと、結末は運命づけられた十死零生だということを。

無人の部屋に、一機のハエ・ロボットが青いコンソールの上で淡々と足をこすっている。それが最高司令部にどうやって飛んできたのか知る者はいない。あの夜に北岸基地の中央制御室で、どうしてあれほどどむごたらしい爆発が起きたのか誰も知らないように。

ハエは触角を上げ、羽を広げて、ジョーイのそばへ飛ぶ。

監視カメラはジョーイ第八十四号の最期の消え入りそうな言葉を記録していた。その声は不明瞭に一つの名前を繰り返していた。

イリーナ、イリーナ……

イリー……ナ……

9

二千キロ離れた遠くの小さな町でイリーナは空を見上げた。オレンジ色の髪が夕日に照らされて金色に輝き、髪飾りが耳元で軽やかに揺れている。さわやかな匂いを帯びた風が彼女の足元をそよぎ、夕焼けに映える絹雲がかなたまで延びている。

彼女の父親は帰ってきた。

二カ月前、北の町に訪れた春とともに。

たった一人しかいないジョーイがブランコを押し、娘はその白いブランコに乗りながら笑い、ヒバリのように口ずさむ。その歌声はタンポポとともに雲の中へ舞い上がっていった。

編者によるノート

弁護士が本業の念語《ニエン・ユー》は自称ポスト九五年世代のアヴァンギャルドSF作家で、女性的な感性とSFの論理を融合させようと試行錯誤している。彼女が科幻に出会ったのは比較的遅かった。高考（大学入学試験）を終えた直後に劉慈欣《リウ・ツーシン》『超新星紀元』の映画版をめぐるネット上の白熱した議論を見て興味を持ち、夏の間に劉《リウ》の全作品をむさぼり読んでしまったという。

デビュー作「野火」「野火」（二〇一四）以降、念語《ニエン・ユー》はSFだけでなくファンタジイや童話にも手を延ばしている。彼女は自分が読者と同じ興味関心を共有していると信じ、いまでも文体を模索しながら、読者を虜にすると感じた題材は何であれ試すことをいとわない。

「九死一生」で、念語《ニエン・ユー》は人間の感情の両端、すなわち愛と憎悪を掘り下げようとした。この作品世界では家族愛という普遍的な感情が闘争の武器にされる。破壊を引き起こすのに人間の愛を利用するのは古くからある手だが、念語《ニエン・ユー》はSF的設定がこの筋書きに一段上の深みをもたらすと感じた。たとえわたしたちが愛や愛国心や家族を悪用される世界からまだずっと遠くにいるとしても、そうしたものが呼び起こす優しさを一人一人が忘れずにいる手助けにこの短篇がなれば、と作者は願っている。

このアンソロジーの収録作の大半はSFのありがちな展開に当てはまらないものばかりだが、わたしとしては銃が出てきて、やたらと爆発して、ロボットが激突するスリラーも瞑想的で文芸的な作品の中に一作くらい加えたかった。いずれもわたしの大好物である。最初にこの短篇を読んだ際、この重苦しい悪夢的な戦争の続く未来世界とくたびれた歴戦の男性兵士の声が、女性作家、それも本アンソロジーで最年少の作家のペンから生まれたことに驚いたものだ。

この声を耳にした途端、「スター・ウォーズ」の共和国クローン兵士や「ロボコップ」、その他戦争の兵器として使われたあらゆる改造人間が思い起こされた。欧米のSF映画やコミックでは定番だが、中国ではまだ開拓され始めたばかりの題材だ。翻訳の書籍化が動き出す前、編集者のすすめで「2000AD　ローグ・トルーパー」のコミックを予習したところ、「ローグ」の声からジョーイを描くヒントを数多く得られた。それもあり、この短篇が「ローグ」と同じリベリオン傘下で出版されたことで円環が閉じたような気がし

てはならない。

「クローン」が人種・階級の差異や囚人や障碍者のSF的代替物であることについては繰り返し倫理面での議論が重ねられてきたが、その一方でクローニングは限定的な形とはいえすでにわたしたちとともにある技術であり、クローン人間に関するある種の問題と向き合い、隣人に寄せる善意がそのコピーにまで及ぶかどうか確かめなければならなくなる日はそう遠くないだろう。

（鳴庭真人訳）

アダムの回帰

亚当回归

王晋康《ワン・ジンカン》／立原透耶訳

「地球通信社二月三十日発：地球のすべての人々が二百二年もの間待ち望んでいた、第一号の星間宇宙船〈夸父《こほ》（中国の神話に登場する巨人）号〉が昨日すなわち西暦二二五三年二月二十九日に地球へ帰還した。地球人委員会は、船長である王亜当《ワン・アダム》に〝人類の英雄〟という称号を授与すると決定した」

七日後、地球通信社は新智人識別番号３４Ｒ－６４３０５こと、雪麗《シェリー》による一本の特集記事を配信した。

「星間宇宙船〈夸父号〉は二〇五〇年十一月二十四日に打ち上げられたが、その目的は十光年離れたＲＸ星系の地球型文明を探査することで、二百二年と三ヵ月の旅を経て地球に帰還した。宇宙船はプラズマ駆動で、乗員は途中、超低温冷凍法を用いて生命を一時停止させていた。当初、船には四名の乗員がいたが、そのうち三名は不幸にも亡くなり、未開の地に骨を埋めた。地球人委員会は彼らにも〝人類の英雄〟という称号を追認した。彼らが茫漠たる宇宙の中で安らかに眠ることを願う。

近代科学は、もし人の脳の冷凍期間が臨界値（七十〜八十年）を超えれば、解凍後に一つの例外もなく心理的な崩壊期が現れるだろうと明らかにしている。残念ながら二百年前の人類はまだこの法則を知らなかったため、必要な予防措置をとることができなかった。それでRX星系の過酷な自然環境の中で三名の乗組員は異常な死に方をすることになったのである。

宇宙船にいた元科学顧問の王亜当《ワン・アダム》博士は、その卓越した意志力と知力によって、この心理的迷宮からからくも脱出した。彼は船長の職務を引き継ぎ、想像を絶する困難を克服して、たった一人で宇宙船を操縦して地球へ帰還させた。彼の功績については、どんなに賞賛してもしたりないだろう。

今回の星間探査の結論はすでに周知の通りである。非常に残念なことに、地球から少なくとも十光年以内には、間違いなくいかなる地球型生命も存在しない。おそらく、地球人こそが、この広大な宇宙における唯一のきらめく生命の花であり、造物主が偶然巧みに生み出した、二度と得られない傑作なのだ。これによって、我々は誇りを感じると同時に、どうしても孤独感を抱かざるをえない。

早朝七時ちょうど、王亜当《ワン・アダム》は努力して瞼《まぶた》を押し開けた。地球に戻ってきてもう九日が経っていたが、いまだに全身の力が乏しく、心もぼんやりとしていた。これは百年冷凍されていた後遺症のせいだとわかっていた。ＲＸ星系ではより重い茫然自失状態になっていて、その頃の彼らはただ麻痺した目を見開いたまま死へと向かっていたが、まるで野獣が火を恐れるかのように、思考や行動から逃避していた。その後、結局、何が彼を目覚めさせたのだろうか？　中国人特有の不屈の精神だろうか？　それとも魂の奥深くに隠れていた五千年もの歴史の鐘の音がこだましたのだろうか……。そして今また、このような茫然自失状態が現れた。しかし、一度経験していただけでなく、雪麗《シェリー》による心理訓練が加わっていたため、彼はその心理的迷宮からすでにほぼ抜け出しつつあった。

彼は、搭乗前に会ったもう一人の心理訓練の教師、美しい日本人女性の美恵子のことを思い出した。彼女の言葉や熱いキスは、ほんの少し前のことだ。天よ、どうしてもう二百年も過ぎ去ったというのか？　かの人は今、どこにいるのだろうか？

「冷凍期間に入るのはあなた方にとっては夢にしかすぎません」美恵子はかつて丁寧に心を込めて忠告した。「目が覚めるとすぐに、あなた方は十光年も離れた見知らぬ世界に到達しているでしょう。けれども今回はそれほど大きな心理的ダメージを受けることはないでしょう。なぜならRX星系では時間を参照する物が何もないため、時間の違いを感じることなく、ただ空間の違いを感じるだけだからです。次に目覚めると、あなた方は地球に戻っています。ただしそれは二百年後の見知らぬ地球です。これはきっと強烈な心理的ダメージを受けることになるでしょう。あなた方の親しい人たちはみんなすでに昔の人になっており、目の前にいる若い女性であるこのわたしだって白い骨になっているでしょう」

彼女は暗澹《あんたん》たる眼差しで王亜当《ワン・アダム》をチラリと見た。「二百年後の社会、さらには人類もどのように変化しているのか、正確に予測することはできません。あなた方は未開人が二〇五〇年の社会に闖入《ちんにゅう》するように、怯えながら二二五〇年に対面することになるでしょう」

過ぎ去ったものは川の流れのようだ……亜当《アダム》は黙って部屋を見つめていた。彼が宿泊しているのは北京の長城ホテルで、室内の設備はかつてのままだった。雪麗《シェリー》が彼に教えてくれたのは、世界でも数軒の最も有名な五つ星ホテルだけが数百年前の古い様式を保ち、ロボットの従業員を使わずにいるとのことだった。「人間のノスタルジーって、理屈じゃ説明できないものよね、そうでしょ？　二百年前の核エネルギーの時代だって、ホテルでは動物の頭を飾って、ろうそくを灯していたんでしょ？」雪麗《シェリー》は完璧な中国語で言った。その微笑みは、まるでモナ・リザのように神秘的だった。

　彼がベルを押すと、赤い給仕服を着た老人が音もなくワゴンを押して入ってきて、なじみ深い中華風の朝食を一人前、彼の前に並べた。その老給仕は真っ白な頭髪で、穏やかな顔立ちをして、落ち着いた振る舞いをしていた。この数日間、王亜当《ワン・アダム》はずっとその老人を好奇心をもって観察していた。というのも、この老人にはどこか言葉では表せない帝王のような威厳が感じられたからである。

　老人がワゴンを押して扉を出ようとしたとき、ちょうど雪麗《シェリー》が入ってきた。彼女は身体をひねって老人に道を譲り、老人は軽く会釈してから出ていった。雪麗《シェリー》は去っていく彼を見送った。亜当《アダム》は彼女の目に、あらわではない尊敬の念が宿っているように思えた。そこですでに雪麗《シェリー》と親しい間柄になっていたので、亜当《アダム》はこの考えを伝えてみた。彼女はふっと微笑んだ。

「元々備わっていた洞察力がもう回復されたようですね、嬉しいわ」彼女はちょっと考えながら言った。「ご明察。あの老人は普通の従業員ではないの。世界で最も尊敬されるべき人物で、名を銭人傑《チェン・レンジェ》といいます。地球科学委員会の終身名誉主席で、三度ノーベル賞を受賞し、新智人時代の到来はほとんど彼の功績によります。とはいえ、彼には普通の従業員と同じような態度で接してほしいんです。それこそが彼に対する本当の尊敬の念になるから。詳しいことについては、明日また教えるわね」

いつものように雪麗《シェリー》は室内プールでしばらく裸で泳いでいた。その後、ゆっくり優雅にやってきて、金髪をタオルで拭きながら、亜当《アダム》の正面の長椅子に寄りかかった。今日はいつもと異なり、彼女は真っ白なタオルで秘所を覆っており、そのタオルが逆に亜当《アダム》の欲望を刺激し、小腹からカッと炎がこみ上げてきた。彼は中国人らしい自制心で、何とか彼女を抱きしめたいという衝動を抑えた。

そのすべてを雪麗《シェリー》の目は見逃さなかった。「精神の完全な回復を示す重要な兆候、性的な感覚が復活したのね」と彼女は思ったようだった。

「亜当《アダム》博士、今日は心理訓練の最終日ですし、わたしたち気軽にお話ししませんか？」

「いいね」

「おかしな質問かもしれませんが。あなたはどうして亜当《アダム》という名前なんですの？　二百年後に地球に戻ったときに、知らない世界に対面するつもりだったんですか？」

亜当《アダム》の胸の中をさっと寂しさがよぎったが、彼は彼女と同じように冗談めかして答えた。

「いいや、知恵の実を食べる前の無知なアダムになって、裸でエデンの園に戻り、ヤハウェの庇護を受けるんだとは思っていたよ」

雪麗《シェリー》は蠱惑《こわく》的な笑みを浮かべた。

「二つ目の質問。パソコンの資料によるとあなたは結婚していない。それじゃあ恋人はいるの？　彼女は美人？」

「いたとも、もう一人のカウンセラーだ」彼は思わず、あの慎ましく穏やかで、ベッドでは火のように情熱的な女性を思い出していた。彼らは互いに深く愛し合っていた。当然、二人は結婚については口にしなかった。というのも宇宙船に搭乗する日こそが生き別れの日になるのだから。彼らはただ狂ったようにセックスしてその感傷を追い払うしかなかった。「彼女は……とても美しかった」

「それじゃあわたしは美しいかしら？」

亜当《アダム》は彼女の身体にじっくりと目をやった。いや、彼女は美貌などという言葉では言い表せない、完璧な美と呼ぶべきだ。彼女の気品はファッションモデルのように冷たく美しく、金色の長い髪は柔らかくふわふわと揺れ、澄んだ眼差し、ツンとした胸、象牙のように滑らかで白い肌。丸みを帯びた臀部や膝、華奢《きゃしゃ》で美しい足まで、すべてが古今の彫刻家たちが夢に求めた理想の完璧さだった。彼女はあまりにも完璧すぎて、どこか真実味に欠けているかのように思えた。なんてこった、と彼は思った。雪麗《シェリー》はずっと若い女性としての人類の英雄への敬慕を常に控えめで適切に表現してくれているのに、どうして自分は無意識のうちに、彼女に対していつも仰ぎ見るような感覚を抱くのだろうか？

雪麗《シェリー》が滑らかな腕で彼の首に絡みつくと、彼は頭を低くして熱いキスを彼女の唇と乳房に落とした。その柔らかな肉感は美恵子と同じように酔わせるものがあったが、どこかが違う。何だろうか？　彼は初めて美恵子にキスをしたときのことを思い出した。あのとき彼女は全身を電撃に打たれたかのように震えていた。しかし、雪麗《シェリー》は寛容で落ち着いていて、まるで息子を優しく撫でる母親のようだった。

昼食になり、年老いた従業員がいつものように黙って入ってきて、食事を並べた。老人の本当の身分を知ってから、王亜当《ワン・アダム》は彼のサービスを受けると落ち着かない気分になった。けれども雪麗《シェリー》がこんこんと説得してくれたおかげで、亜当《アダム》はできるだけ自身の感情を外に出さないようにコントロールした。

老人が皿を手渡すとき、亜当《アダム》に奇妙な一瞥を投げかけてきた。彼は何も言わずに、ワゴンを押して戸口を出た。これに対し、亜当《アダム》は敏感に反応して、青花磁器の碗の下に一枚の紙切れを見つけた。

「君は年寄りと話をしてみたくないか？　一人で北京自然博物館の恐竜陳列室にきてほしい、午後五時だ」

自然博物館は今もなお昔の様子を保っていた。高く大きな恐竜の骨格が静かに聳《そび》えており、彼らが地球の覇者であった時代の栄華を追憶しているかのようだ。老人は木製の長椅子に座って黙って考え込んでいたが、その目に浮かぶ叡智と落ち着きは、時空を超越していた。亜当《アダム》の到来さえ彼を驚かすことはできない。

彼は王亜当《ワン・アダム》に座るように指示した。「君は中国人だろう」彼はゆっくりと言った。「わしも中国人だ。血統を指しているのではないぞ、わしは六十パーセントほどしか中国人の血は流れていない。法律で言う国籍とも違う。わしが生まれたとき国境はすでに消滅してしまっていた。子供の頃、わしはかつて曾祖父からひと通りの儒教の道徳を受け継いだ。九十年来、それはずっと見えないところでわしを支配し続けてきた。あの品行を貫き、剛直でおもねることのない中国の士《し》大夫《たいふ》たち、たとえば比干《ひかん》、屈原《くつげん》、蘇武《そぶ》、岳飛《がくひ》、張巡《ちょうじゅん》、文天祥《ぶんてんしょう》、史可法《しかほう》、方孝孺《ほうこうじゅ》といった人々がずっとわしの模範だった。彼らの闘争が歴史を変えたわけではないし、それどころかむしろ頑固で滑稽に見えるかもしれんが……もちろん、今日わしが君に来てもらったのは、歴史を振り返るためではない。地球を離れる前、きっと君は二流、三流のSF映画を見ただろう。ロボットが地球を占領する類の悲劇とかね。生真面目な科学者として、君はそんな幻想は薄っぺらで荒唐無稽だと思っているに違いない。それで、わしが言いたいのは――」

王亜当《ワン・アダム》は本能的に恐怖を感じた。それは超低温冷凍に入るときの感覚に似ており、冷たく麻痺するような感覚が四肢の末端から脳に向かってすごい速さで迫ってきた。老人の声もかなり遠くに思えた。「言いたいのは、この悲劇はすでに起こっている、ということだ。パンドラの箱を開けたのは、君の目の前にいる、この罪深い老人だ」

長い時間が経ち、王亜当《ワン・アダム》はようやくその激しい驚きから覚めた。彼は迷いながら老人の穏やかでありながらも苦しげな表情を見つめた。そして、老人の言葉が真実であることを直感した。それはこの数日間、亜当《アダム》の潜在意識に潜んでいた不安を呼び覚ました。自分に対するさりげない隔離、雪麗《シェリー》の完璧すぎる身体——まさか、彼女はセックスプログラムを搭載した400型のロボットなのか……？

老人は明らかに亜当《アダム》の心の動きを熟知していた。「君が想像するようなものでは決してない」彼は言った。「雪麗《シェリー》の雪のような肌や花のようなかんばせの下には、集積回路のようなものは何一つない。彼女は完全に人類の肉体を有しておる。体外受精とDNA修復と呼ばれる改良方法を採用してはいるがね——惜しむらくは、単なる人類の肉体だということだな。

これは三十五年前に遡る話となる。わしが率いていた小グループが生物モジュールのコンピュータを成功させた。その材料は脳との相互適合性が高かった。第一世代の製品の総合的な知能は標準的な人間の脳の百倍に到達した。つまり10の2乗倍の知能を持っていたが、我々はこれを2BELレベルと呼んでいた。その体積は小さく、一回あたり十分の手術で脳に移植することができた。移植後は短時間のネットワークの実行を経て、人はそれに慣れることができる。左脳と右脳の違いが感じられないのと同じようなものだ――あるいは、それはすぐに自分の寄生先となる宿主になじみ、自在に操ることができるようになると言った方がもっと適切かもしれない」彼は苦笑した。

「西暦二〇一八年十月十三日、我々は最初の手術を行った。それを第二知能インプット手術と呼んでいる。埋め込まれる者は知的障害者だった。手術は完全に成功したが、その成功に伴う狂喜は今でも感じることができる。愚かしいほどの喜びだった！」

老人は首を振りながら続けた。

「皮肉なことに、この知的障害者がその卓越した第二知能によって新時代を切り開き、歴史書には『新智人時代』と名づけられ、旧時代、すなわち自然人時代の終焉が宣告された。そして彼は、まさに恥じることのない、新智人の父となったのだ。

知っておいてほしい。自然人時代において、人類が世界を改変する際の主体、つまり人間の脳の物質的基盤の進化はごくわずかなものだった。これにより、外界の変化は算術的な進行にとどまった。しかし、新智人時代においては、主体である人間の脳内の第二知能が急速に発展し、主客が相互に揺さぶり合い、波が重なり、世界は階乗的な速度で進化している。過去三十五年間の変化は、旧人類には想像もできないものだ。最も説得力のある例が、君の目の前にいるこの老人だ。正直に言うと、彼はかつて歴史上最も優れた科学者の一人であり、常人をはるかに超えた知力を自負していた。しかし今や、その知力ではもう新たな科学の発展をまったく理解することができなくなった。ちょうど、猿の脳が微分積分を理解できないのと同じようにな。それでわしは地球科学委員会の主席職を辞す決意をし、ホテルで給仕をしているのだ。そうすることで、痴呆老人の哀れな自尊心が多少なりとも満たされるからだ」

老人は話をやめ、王亜当《ワン・アダム》がしっかりと理解する時間を与えた。彼は恐竜をじっと凝視しながら、ほんのちょっと亜当《アダム》に視線を走らせて、続けてもいいか？　と目で合図した。亜当《アダム》が頷いた。

「現在第二知能はすでに13ＢＥＬレベルまで発展した。すなわち人間の脳の10の13乗倍、まあ不吉な数字ではあるな。人間の脳と比較すると、情報の保存や高速計算能力などはまったく比較にならない。人類が自負している創造的思考や直感、ネットワーク補完能力さえもはるかに及ばない。第二知能の唯一の欠点は感情プログラムで、セックスプログラムも含まれる。しかし、それはできないわけではなく、むしろ新智人たちはこの方面で自然人のありのままの姿を保ちたいと願うようになった。ちょうど二十世紀の人々がフォークダンスを愛していたようにね。

長年にわたってずっとさまざまな方法で自然人自身を改変し、非常に大きな進展も遂げてきた――たとえば雪麗《シェリー》のほぼ完璧な肉体がその例だ――しかし、その進展は相対的に見れば非常に遅い。特に自然人の脳。想像してみたまえ、これほど強力で日々進化し続ける第二知能が、柔弱で停滞している自然人の脳と共存している局面を。言うなれば、ロボットは人間の肉体と、脳の協力を得てすでに地球を占領しているのだ。そして我々は、愚かにも螟蛉《めいれい》（寄生蜂の幼虫を育てる虫）のように、自らの体で蜾蠃《かくら》（寄生する幼虫）の生命を孵化させているのだ」

老人の苦しみ、自責の念、無能感からくる怒りは、三十年の凍結を経て、もうそれほど焼けつくようなものではなかった。しかし、その平静さゆえに、亜当《アダム》はその重さを一層感じ取ることができた。

「実際、移植に成功する前からこのような危険は、わしにははっきりしていたのだ」老人は苦渋に満ちた様子で続けた。「正直に言えば、もしわしが死ぬことによってこのプロセスを中止させることができると信じられるのなら、何のためらいもなく全部の資料を焼いてしまい、銃でこの聡明な頭を打ち抜いただろう。しかし残念だが、たとえわしが死んでも、遅かれ早かれ必ず別の誰かがこのパンドラの箱を開けるだろう。だからわしにできるのは、全力で人類のためにいくつかの強固な障壁を築くことだけだった。君は有名な『第二知能の三原則』を知っているかね？　あれはわしが起草したもので、初の移植手術が行われたその日に地球人委員会によって承認されたのだ」

老人は平坦で緩慢な口調で、『人体内に第二知能を移植する際の三原則』をそらんじた。

1．第二知能を移植する者は必ず十五歳以上であることが求められ、完全に覚醒した状態で本人が自発的に第二知能の移植に同意し、署名する必要がある。また、少なくとも一人の自然人状態で完全に覚醒している成年の直系親族による副署名も必要とする。

2．人体に移植される第二知能は必ず以下の機能を備えていなければならない。稼動して十年後に自動的にシャットダウンし、宿主を完全に自然人の状態に戻し、少なくとも百日以上その状態を維持するものとする。第二知能を再起動するかどうかは、移植を受けた本人が自主的に決定するものとする。

3．自然人と第二知能を移植した新智人は完全に平等な社会的地位を有し、結婚することができる。ただし妊娠を望む場合、双方必ず同時に自然人の状態でなければならない。

老人が話す。

「わしは、この三つの原則を通して、少なくとも自然人が無理やり新智人にされることはなく、第二知能を移植した後も自然人に戻る自由が保証され、新智人の子孫は法的に永遠に自然人と見做《みな》されると考えた。新智人たちは機械のような精密さで、ほとんど厳格すぎるほどに三原則を遂行しているとも言えよう。〝完全に覚醒した自然人の状態〟を判断するだけでも、その法律の条文の情報量は数十セットのブリタニカ百科事典に相当する。もし新智人と法廷で争わざるを得ないことになったら、我々も新智人の弁護士を雇ってやっと初めて勝つことができるだろう！」

二人は顔を見合わせて苦笑した。王亜当《ワン・アダム》は一言口を挟んで質問したかったが、言うのをやめた。老人が続ける。

「君はおそらくこう尋ねたいのだろう。これらの原則は自然人を確実に保護する働きがあるのか、と。ないね。なぜなら最初の移植手術以降、第二知能の移植を望まぬ人はほとんどおらず、さらに百日間の自然人への回帰後に再度第二知能を起動しない人間もいない。人類はすでに麻薬に依存するのと同じように抜け出せなくなり、三原則は形骸化してしまった。いま世界で残っている自然人は百名もいない。彼らは全員わしの同僚だった。かつての一流の物理学者、科学者、生物学者、未来学者だ。彼らの卓越した生来の知性と世界に対する深い洞察力があって初めて、第二知能が人類にもたらす致命的な危険に気づくことができたのだ。ちなみに、この百人のうち半数が中国系で、おそらく民族性によるものだろう。現在、彼らもわしとほぼ同じように困難な状況に置かれている」

老人は疲れたらしく、口を閉ざした。波のあとに残った静かな海岸、そこは歴史の大波が投げ出した孤独な遺物であり、ただ恐竜の骨だけが同情するかのように、彼らに寄り添っていた。亜当《アダム》は黙って深く考え込み、その心の奥底では、五千年にわたって響き続ける鐘の音が、今もなお鳴り響いている。ゆっくりと、遠くから、しかし力強く執拗に。彼は老人の腕を取り、低い声で言った。

「中国には『知其不可為而為之』（其の不可なるを知りて而も之を為す／無理だとわかっていてもあえて挑むの意）という古い言葉があります。ご老人、何か託したいことがあればおっしゃってください」

「いや、話すようなことは何もない」老人は寂しそうに応じた。「わしは一人の人間が歴史を変えられるとは思っていないし、自然人の知力が新智人に太刀打ちできるとも信じていない。だが、いずれにしても我々は皆老いてしまった。君は世界で唯一、若い自然人だ。このすべてを君に伝えたことで、わしも自分の責任を果たしたことになる。どうか自分のことは自分でしっかりとやりなさい」

まるまる一昼夜が経過し、亜当《アダム》は自ら室内に閉じこもったが、頭の中はひどく荒れた波のようだった。彼は自分には望みがないということを充分に理解していた。それはまるでゴリラが人間に挑戦するようなものである。それでも、彼は退却できなかった。ＲＸ星の砂漠で、彼は万物の霊長としての誇りを心から感じていた。人類は決してロボットの奴隷になってはいけない。雪麗《シェリー》に対しても、彼は道義的な責任を覚えていた。彼にはあの美しい肉体を機械の支配から解放する責任がある。

どんな方法を使えばいい？　老人の話の中に暗示があるかもしれない——第二知能を獲得して初めて新智人に対することができる。このようなほとんど卑怯ともいえる方法はおそらく自然人の老人らが好んでしようとしないものだろう。しかし彼には少なくとも必要な柔軟さが備わっていた。だが天よ、どうすれば新智人たちの疑念を引き起こさずに実行できるだろうか？　彼の周到に練られた計画も、雪麗《シェリー》の目には、バターを盗み食いして唇をなめる猫のように不器用に見えるだけではないだろうか？

夜、雪麗《シェリー》が軽やかな足取りでやってきて、いつものように裸で泳いだ後、長椅子に横たわり、輝くような笑顔で亜当《アダム》の手を自分の胸に置いた。

「もう十日たったわ。わたしの身体を目の前にして、あなたはずっと反応がないの？　すごく傷つくわ！　たとえあなたが堅物で有名な中国人だとしても、よ」彼女は揶揄《からか》うように言った。「さあ、わたしにキスさせて。美しいお嬢さんのキスが効果のある鎮静剤になるといいんだけど。というのも、今からあなたに、予想もできないことを教えるからよ」

亜当《アダム》の体はその瞬間こわばったが、彼女はそれを敏感に感じ取りながらも表情を変えずに話を続けた。「昨日、あの老人について詳しく伝えると約束したわね……」

彼女は簡潔に新智人の歴史を説明し、亜当《アダム》の複雑な心の動きをあえて見て見ぬふりをしていた。そして言った。「わたしたちは人類の英雄を未開の状態のままにはしないわ。地球人委員会は、すでにあなたに最新の14ＢＥＬレベルの第二知能を移植することを決定したの――あなたが初めてのケースよ。一瞬で今日までの人類のあらゆる知識が瞬時に手に入る。もちろん、三原則に基づき、まずはあなたが自ら望むかどうかにかかっている。じっくり考えてから返事をちょうだい」

王亜当《ワン・アダム》は事がこんなにうまく運ぶとは全く予想していなかった。彼はできる限り感情を抑え、慎重に答えた。「突然すぎるよ。こんなに重大な問題は、必ず充分に考えるとも。でもきっと僕は同意するだろうと思う」

雪麗《シェリー》は彼をぎゅっと抱き寄せた。「問題は三原則の制定者があなたの特殊な状況を考慮してなかったことなの。三原則は手術に同意する者には少なくとも一人の直系親族の副署名を求めているけれども、あなたの直系親族は皆すでに亡くなっているわ。もちろん……妻を除いてはね」と彼女は低くささやいた。「崇拝者からの愛を受け入れることはできる？」

王亜当《ワン・アダム》は彼女をきつく抱きしめたが、気持ちは複雑だった。この美しい女性への愛情、彼女の頭脳に宿る第二知能への畏怖《いふ》、そして陰謀のために愛情を利用していることへの罪悪感……だがこれらすべては欲望の炎によってしばし焼き切れ、彼は雪麗《シェリー》の身体からタオルを取り去った。

「あっ、ダメよ！」雪麗《シェリー》は笑いながら彼の手をつかんだ。「ちょっと待って。もうすぐ午前〇時になるわ。これはわたしの人生で最も大切な瞬間なんだから、あなたと一緒に迎えたいの」

彼女はタオルを被り、ベルを押した。老従業員が音もなくひっそりと入ってきて、誕生日のケーキを机の上に置いた。彼は王亜当《ワン・アダム》と無表情のまま目を合わせ、静かに立ち去った。雪麗《シェリー》は一心にマッチでろうそくに火を灯していた。鮮やかな火の花を咲かせたろうそくの周りには二十五本の小さなろうそくが立ち、中央にはひときわ大きな赤いろうそくがあった。「君の二十五歳の誕生日？」と亜当《アダム》が尋ねた。

彼女は一番大きいろうそくに火を点けながら、笑って首を振った。「それだけじゃないのよ」

亜当《アダム》は彼女の目の中に緊張と期待を読み取ったが、その瞬間、雪麗《シェリー》が一人の女性であることをやっと本当に認めた。そして突然、すべてを悟った。

「君の回帰の日なんだね！」

時計がちょうど十二時を打った。彼女の目に一瞬、途方に暮れたような感情が浮かび、まるで稲妻が瞬間的に意識を打ち砕いたかのようだった。少しの間をおいて、彼女の視線は再び澄んでいった。彼女は深く息を吐き、微笑んで英語で言った。

「どうか中国語は使わないで。いまからは十五歳以前に話していた母語しか使えないの。そう、これはわたしの初めての回帰日で、今からわたしも自然人よ。あなたと同じ」

王亜当《ワン・アダム》はその刹那、自分の思考を整理できずにいた。雪麗《シェリー》には今後百日間、第二知能が備わらない。自分は彼女の〝第三の目〟をもう恐れる必要はない。今から彼女は知的に自分と対等な、本物の女性だ。彼は興奮して彼女を抱き上げ、ベッドに横たえた。

激しい嵐が過ぎ去った後、雪麗《シェリー》は静かに彼の胸に身を寄せていた。亜当《アダム》は満ち足りた気分で、そっと尋ねた。「気分はどう？」雪麗《シェリー》はぼんやりと顔を上げた。亜当《アダム》は笑って、話題を変えて英語で続けた。

「君たちは、移植手術の前はどんな気持ちだった？　怖かったかい？」

「まったく逆よ。わたしたちはこの日を心待ちにしていたわ。けれど、移植後、瞬時にあんな重い知識を手に入れて、やっと初めて心の重圧を感じたの。それで、昔の科学者たちが第二知能の移植を拒んだ頑なさが、とてもよく理解できるようになった」

王亜当《ワン・アダム》は少し考え込み、慎重に尋ねた。「自然人の状態に戻りたいと思う人はいるのか？」

雪麗《シェリー》は元気よく答えた。「もちろんよ！　誰だって、しばらくは何も心配せず楽しみたいと思うもの。でも永遠におバカな赤ちゃんでいるのは、あまりにも幼稚で無責任じゃない？」

王亜当《ワン・アダム》は黙り込み、雪麗《シェリー》の滑らかな背中を撫でながら天井を見つめていた。しばらくして、彼は軽く笑って言った。「ちょっと馬鹿げた質問をさせてくれ。何しろこれは僕の生死に関わる重要なことだし、僕は二百年前の自然人でもあるから、知能が低いのは仕方ないよね、そうだろう？」

雪麗《シェリー》は彼の耳元で笑いながら、「今のわたしも自然人であることを忘れないで。二百年経っても自然人の脳には大きな変化はないのだから、そんなに謙遜する必要はないわ」

「君たちは心配しないのか？　たとえば、ある日すべての第二知能にプログラムが入力されて、人類がある狂人に服従させられるかもしれないって」

「地球人委員会には、そういうことに対する厳格な保護措置があるのよ。それに比べれば、自然人が管理する核ボタンの保護手順など、取るに足らないわ。それでも、歴史上、狂人が核戦争を引き起こしたことはないわ」

「でも、君たちが相手にしているのはまったく違う敵だ」

雪麗《シェリー》は穏やかに言った。「たとえ川の流れに逆流する一帯があったとしても、何の問題があるの？　実際、自然人だってプログラムを植えつけられるわ。たとえばファシズムの狂信や文化大革命の狂熱も、ある期間にわたって多数の人々の頭に植えつけられていたのだから」

亜当《アダム》は再び黙り込んだ。

早朝四時、雪麗《シェリー》はこの時がコンピュータによって選ばれた最適な受胎の瞬間であることを理解した。「さあ、いらして」と彼女はそっとささやいた。「あなたのために最高に賢い子供を産むわ」

その瞬間、亜当《アダム》の頭に浮かんだのは三原則の第三条だった。

「受胎の際、夫婦双方は自然人の状態でなければならない」この規則が、彼の喜びを少しだけ曇らせた。

五十日後、亜当《アダム》夫妻は以下の書類にサインをした。

「王亜当《ワン・アダム》、三十歳、既婚。完全な覚醒状態で確認、私は自らのぞんで第二知能を移植する。雪麗《シェリー》、女、二十五歳、新智人番号３４Ｒ‐６４３０５、王亜当《ワン・アダム》の合法的な妻である。完全な覚醒状態で確認、私は夫が第二知能を移植することに同意する」

書類の添付文書は、二人が完全な覚醒状態および自然人状態であることを認可する大法院の証明書で、百三ページにも及び、証明書の番号は４６Ｓ－２７８５３であった。

長城ホテルを出て病院へ向かうとき、亜当《アダム》は遠くで老従業員が悲しげに自分を見送っているのを目にした。「風蕭蕭兮易水寒、壮士一去兮不復還」（風蕭々として易水寒し、壮士一度去りて復還らず／負ける可能性が高い戦いでも赴かなければならないの意）。彼は思った。ここから勝敗の見えない戦いが始まるのだ。


十年後。


この日、各紙は一面の見出しで、地球科学委員会の終身名誉主席である銭人傑《チェン・レンジェ》博士の死去を報じたが、一般の人々の反応の大半は淡々としたものだった。彼らはこのニュースを自らの体内の二級か三級の検索情報庫に保存しただけであった。

王亜当《ワン・アダム》は一人で窓辺に立ち、夜空を見上げていた。二百七十階の高さから地上を見下ろすと、まるで宇宙に身を置いているかのようで、彼は深い孤独を感じていた。息子は雪麗《シェリー》に引き取られ、彼女は今、二度目の回帰期に入っている。一般的に、回帰期の間は母性本能がより強くなる傾向がある。

後になって彼は知ったのだが、自分と雪麗《シェリー》との結婚は、中央コンピュータが精密に選んだものだった。その選択は大成功を収め、二人の間には一人の神童が生まれた。その自然知能のＩＱは２２０、健康指数は95で、新記録を打ち立てていた。

だが、結婚そのものは早々に破綻していた。その理由について亜当《アダム》はいつも淡々と答えた。「僕が彼女より二百七年早く生まれたからね。二百七年のジェネレーションギャップは自然と大きいものだ」

亜当《アダム》の最初の回帰期がもうすぐ終わろうとしていた。この百日の間、普段は意識しなかったさまざまな思いや感情が次々と蘇ってきた。それ自体は不思議なことではなく、これは一種の心理的な短い「先祖返り」現象であった。亜当《アダム》自身もこれについて影響力のある専門書を数多く著してきた。しかし、銭《チェン》博士の死後、この感情の波はますます強まっており、ほとんど彼を飲み込まんとしていた。彼は自嘲気味に、これを三十年間中国人として過ごしたせいだと考えた。中国人にとって、歴史の残響はあまりに強すぎるのだ。

壁には、銭《チェン》博士と美恵子の大きな写真が静かに彼を見つめていた。机の上には線装本《せんそうぼん》（文字の書かれた面を二つ折りにして反対側を糸で綴じた本）の『漢書』が置かれており、この百日の間、彼は頻繁にこの本を読んでいた。特に「蘇武伝」の章を。

十年前、彼は第二知能を移植した。その時の感覚は、目隠しの黒布を一気に剝ぎ取られ、世界の真実を見せつけられたようだった。そしてその真実は残酷なものだった。彼は悟った。自分と銭《チェン》博士がコツコツと努力してきたことは、実際にはすべて新智人の計画――いわゆる「亜当《アダム》回帰計画」に沿って進められていたのだ、まるで二匹の蜂が蜜の匂いで迷宮へ誘われるかのように――。そして、具体的に蜜を撒いたのが雪麗《シェリー》だった。しかし、騙されていたことを知ると同時に、彼は新智人の苦心をも理解した。彼は、先進的な第二知能の移植を拒むことがいかに幼稚で滑稽なことかを理解したのだ。自然人が猿人を駆逐したように、新智人が自然人を淘汰するのも避けられないことだ。彼と銭《チェン》博士の行動は、あたかも火の使用を最後まで拒む、世界で最後の二匹の老いた猿のようだった。

彼は自らの経験をもとに、残りの自然人を、特に頑固な中国系の年配者たちを説得し、第二知能を移植するよう促した。それは順調に進んだ――ただ一人を除いて。銭《チェン》博士の極端なまでの頑固さには、苦笑せざるを得なかった。彼は老人が気の毒に思えた。

だが、回帰期間中、彼の意識はどこかで微妙にずれを感じていた。まるで李陵《りりょう》が正面から蘇武を見つめられなかったように、彼は銭《チェン》博士に対して後ろめたさを感じていた。李陵が異民族に帰属せざるを得なかったときの煮えたぎるような苦しみが、痛いほど理解できたのだ。李陵が蘇武に宛てた手紙を読み、深い感慨を覚えた。完全に匈奴《きょうど》に属してしまった李陵でさえ、この言い訳がましい長文を故郷への想いから書いたのだ……。今や銭《チェン》博士はすでに亡くなり、彼もまた、蘇武を見送る李陵のように、自分の弁解を聞いてくれる最後の同族の一人を失ったのだ。たとえその人物が決して自分を許すことはないとわかっていても。

電話が鳴った。それは雪麗《シェリー》からだった。

「亜当《アダム》、明日息子を送っていくわ」

「わかった」

「子供はとても楽しく過ごしているわ。手放すのが惜しいくらいよ」

「そうなのか？」

雪麗《シェリー》は少し考え込んでから続けた。「あなたの回帰期ももうすぐ終わりね。亜当《アダム》、ひとつ提案があるの、ちょっと考えてみてくれないかしら。わたしたちの回帰期を少し延長してみるのはどうかしら。お互いが自然人ならまた昔の関係を取り戻せるかもしれないわ」

亜当《アダム》は少し沈黙した。彼は、昔の関係を再燃させるのは不可能だと知っていた。雪麗《シェリー》のこうした珍しい温かな思いやりは、回帰期特有の一時的な感情の波に過ぎないとわかっていた。彼は礼儀正しく答えた。

「ご提案ありがとう。最近ちょっと忙しくてね。一ヵ月後にまた話し合おう、いいかな？じゃあ、さよなら」

君の回帰期で溜まったホルモンが一カ月も保つのかな？　と彼は少し意地悪く思った。

その時、電話越しに息子の声が聞こえてきた。

「パパ、僕、銭《チェン》おじいちゃんが恋しいよ……」涙声で話す息子を、亜当《アダム》は慰めようとしたが、自分も声が詰まってしまった。少しの静寂の後、彼はそっと電話を置き、新聞に載せる追悼記事の執筆に取りかかった。

翌日、新聞には「地球科学委員会本年度主席・王亜当《ワン・アダム》」による文章が掲載された。

地球最後の自然人が百四歳で世を去った。最後の十年間、彼は私と私の息子とともに中国式の小さな家庭で暮らしていた。彼の死は偶然にも私の回帰期と重なったため、追悼には二重の意味が込められた——息子として父親を、そして自然人として自然人を悼む思いだ。

かつて私は、抵抗派の一員として彼と固く結束し、自己犠牲をも顧みず、第二知能を利用して自然人の時代を復活させようと試みた。このような皮肉な巡り合わせによって、私は時代に取り残されずに済んだ。

銭《チエン》博士は一貫して第二知能を拒み続け、それはまるで清朝時代の中国人が鉄道を拒んだかのようだった。彼は自らを常に中国人と認識していたが、実際のところ歴史上の中国人には寛大で開明な態度も少なくない。何回もの民族大融合の時代において、彼らは文化の大きな調和に注目し、血統の小さな違いを気にしなかった。新智人と自然人の違いも、これと同様ではないだろうか？

私は銭先達《チエン》を評価するつもりはない。彼は一時代を築いた科学の父であり、新智人の祖でもある。彼は単身、自身の信念を貫き、死ぬまで揺るがなかった。その節操は我々を敬服させるものだ。幸いなことに、晩年の彼は現実を受け入れ、穏やかな心で家族の喜びに包まれて余生を過ごした。彼は終始、鋭い自然の知力と仰ぎ見るほどの威厳を保ち続けた。私は、九年間の共同生活の中で、息子が祖父の刻印を受け継いでくれるのをどれほど望んだことか。

世界はあまりに複雑だ。世界を深く知れば知るほど、造物主への疑念と畏《おそ》れが募る。誰が自ら歴史の裁定者であると名乗れるだろう？　もしかすると、子供だけが大人には見えない後ろ姿を見抜けるかもしれないし、低い知能の中でも卓越した直感が、高等知能の複雑で綿密な推論を超えるかもしれない。いずれにせよ、少なくとも私たち新智人は、多くの自然人の生きる楽しみを失い、機械的な性質を多く持つようになってしまった。私たちはコンピュータの選択を尊重して女性に求愛するしかない。恋愛の中でさえ、ホルモンと情熱の数的関係を冷静に理解する――これは、あまりにも痛みを伴う醒めた感覚だ。私たちの科学への貢献も、移植した知能のＢＥＬレベルや知識の構造次第で決まる。まるでローヤルゼリーを食べて女王蜂になる働き蜂のように……これは、まさに新しい不公平なのだ。

ただ一つ確かなことがある。私たちは造物主が定めた道を、天国であれ地獄であれ、不可逆的に進んでいくだろう。恐竜と違い、人類は常に冷静な頭で道標を探し、埃を払い、文字を読み取りながら、一歩一歩自らの帰着点へと歩んでいくだろう。

二十分後、私は第二知能を起動する。その時には、今夜のこの一時的な心理の混乱と無用な感傷も消え失せるだろう。この文章をもって、科学の父への真心からの哀悼を表し、その魂が天で安らかに眠らんことを祈る。

編者によるノート

王晋康《ワン・ジンカン》は中国で起きた文化大革命のさなかを生き延び、数年間を地方の人民公社で過ごしたのち、製鉄所やディーゼルエンジン製造工場に送られて働いた。一九七八年に政局が変化すると、王《ワン》は成人教育を修了して南陽市の油田に勤める上級技師となった。「アダムの回帰」は王《ワン》が初めて発表した短篇で、《科幻世界》に掲載されたときには四十四歳だったが、そこから始まったキャリアの中で何度も銀河賞を受賞し、四十数篇の短篇と六冊の長篇を発表している。

中国におけるファンの多さにもかかわらず、王《ワン》の作品はつい最近まで比較的翻訳の機会に恵まれなかった。著者による最初期の作品の一つである本作（一九九三）――当時著者は中年を迎えていた――は粗削りでしばしば「男性視点」に寄りかかりすぎているが、個人的にはそれがかえって読者に主人公を破天荒な人間、自身を超克していくカーク船長やフラッシュ・ゴードンタイプのヒーローに見せていると感じた。とはいえ彼は星々に旅立った後、自身の男性中心主義によって自分の首を絞めることになるのだが。

わたしはこのアンソロジーを幅広い現代中国SFのショーケースにしたかった。この作品は収録作中もっとも古い作品で、現在のSF再興のほぼ出発点にあたる。この先駆者の世代がいなければ、今日《こんにち》の数ある才能も、多様な文芸作品も、拡大し続けるSFコミュニティもなかっただろう。

王《ワン》の作品は生物学や倫理、国際政治を中心に展開することが多い。本作では精神力と知性の向上が俎上に載せられる。中国では過度に競争的な社会が大きな関心を呼んでおり、学問での成功のハードルは高く、人々は成功するため何であれ強みを探している。中国の親たちは子供の発育や健康によい食事のアドバイスを浴びせられ、テレビでは脳の発達に効くといわれているサプリメントや錠剤の宣伝が流れている。こうした願望を発展させ、儒教の伝統的な価値観や規範に逆らってまで進化から脱落しまいとする本作の決断にわたしは引き込まれた。

（鳴庭真人訳）

一九三七年に集まって

相聚在一九三七

趙海虹《ジャオ・ハイホン》／大恵和実訳

寝入りばなに、誰かが私の顔を叩いた。「起きて、起きて！」

私は寝ぼけ眼《まなこ》でその手をはねのけた。「ちょっと休ませてよ！　昨日、徹夜だったんだから！」

「起きないと、私を失くしちゃうよ！」

目の前にいたのは青年期の髪形をとどめた若い女で、年齢は二十から二十五歳の間、丸い鼻に反った口、眼光は炯々《けいけい》としている。

見知らぬ女だったが、その顔は確かによく知っている。

「あなた、一九三七年を覚えてる？」

「何よ」私は気だるく彼女を押した。「なんだあんたか。とっくにその構想は捨てたでしょ。どうしてもタイムマシンが解決できなくって、全く科学的じゃないのよね。それにあのストーリーも脱皮した後の抜け殻みたいなもんだったし、あんたに至っては……」私はうなずきながら強調した。「捨て去ったキャラだしね。世に出ることはないんだから、とっとと消え失せて！」

「そんな様子じゃ、永遠に言い訳ばかり探して、だらけたあげくに創作の衝動も失っちゃうよ！」彼女は私の胸を指さした。「あんたの中で、まだ火は消えてない。燃やしてあげるよ。誰が何と言おうと、私が燃やしてあげるよ」

しつこく絡んでくる彼女がちょっと怖くなってきた。私は彼女の頭をそっと撫でた。その短い髪は夏の樹のように茂っている。「小夏《シャオシア》……」

「よし、名前も決まったね」彼女ははしっこく笑った。「さぁ始めましょう……」

こうして始まった、のか？

彼女の前にあるのは長い長い廊下。

このときから、彼女の後悔は始まっていた。

廊下は果てがなく、時間の深淵に向かっているかのようだった。

彼女はちょっと縮こまって、近くにいた案内人に「準備できました」と言った。

だが、彼女が向かおうとしているところは、どんな準備をしても十分すぎるということはない。

あそこは本当のこの世の地獄だ。彼女は、地獄に行って希望を探し出したいのだ。

案内人も心の中では彼女の馬鹿さ加減を笑っているだろう。自分の組織がこんな馬鹿げたことに協力するなんてはなはだ無意味だ、と。彼は地球に移民してきた外星種族の後裔《こうえい》だ。彼らの種族と地球の各国人は共生しているが、その来歴を知る者は少ない。知っている者も大半が彼らの〝友人〟――地球上に五十七人しかいないR族人の友人だ。

夏芬芳《シア・フェンファン》も彼らの〝友人〟だ。その称号は彼女の曾祖父から引き継いだものだが、依然として効力は失われていない。彼女はR族人に、彼らの能力の範囲内であればどんな要求でも提出できる。

夏芬芳《シア・フェンファン》が出した要求は創造性のかけらもなかった。彼女はR族人の時空実験室を借りて、過去に戻ることを求めたのだ。ただ、その要求は勇敢すぎるものだった。彼女の目的地は西暦一九三七年十二月十五日の中国、南京《ナンキン》。世界を震撼させる大虐殺が始まったばかりの南京だったのだ。

日本、東京。

広間に「忍」の字が懸かっている。

和服を着た山口真夫《まさお》はあぐらをかき、頭を垂れている。彼の父の山口彰《あきら》は掛け軸を見ながら、真夫に背を向けて手を組んで立っている。その後ろ姿は黒い鉄塔のごとく、凝然として動かない。

「いかなる民族が興隆するかは、その寄って立つ国家にかかっている。我々の一族はR族人の一脈とはいえ、百年前に日本に来てから、その国の人々と運命をともにしている」

「はい、父上」

「今年の九月十八日、東京で最初の第二次世界大戦回顧裁判大会が開かれる。多くの国の民間組織が苦心して証拠を探し求め、聖戦を否定し、賠償請求を企んでいる。ある中国の娘が、我々の〝友人〟として、中国にある時空実験室を通って一九三七年に証拠集めに向かった。お前はその娘を探し出せ」

「はい、父上」

「その娘は二十三歳だ。当然、彼女は一九三七年にはまだ生まれていない。厳格に言えば、一九三七年にいる彼女には正当な生存権がない。殺しても法を犯したことにはならないだろう」

「はい、父上」

「明日の朝、私と一緒に神社に参拝しなさい。午後には出発だ」

山口真夫はゆっくりと顔をあげた。彼は十七歳。まだまだ子どもだ。三日月のような眉毛、薄くて朱い唇、青春まっさかりのその顔は赤味を帯びている。彼は口をすぼめて微笑んだ。「はい、父上」

山口真夫

頭が痛い。頭が痛くて死にそうだ。目を開けたとき、彼らは一斉に僕の方を向いた。警戒心をあらわにしている。

だが、頭が痛すぎる。割れたスイカのようだ。外の皮は破れてないが、中身はぐちゃぐちゃだ。僕は努力して目をこじ開け、無意識のうちに何が起きたのか理解しようとした。だが、脳内に何も響いてこない。

僕はどこにいるんだ？　彼らは何者だ？

そもそも僕は何者だ？

「目覚めた！」誰かがわめきながら冷たい管を僕のおでこに押し当てる。「気をつけろ！」

「大丈夫だよ、三麻《サンマー》、目もしっかり開いてないじゃないか！」顔に傷痕のある中年男が銃身を押しのけた。「口にひげすらないがきんちょだ、こんなやつが怖いのか？」

彼らは笑いだした。だけど、その笑い声に喜びの響きは微塵もなかった。

僕は後頭部をもみながら、冷たい石板を支えに身を起こした。

ここは広々とした地下室のようだ。家具らしきものが積まれ、壁にはめこまれた灯りも点いていない。ただ、灯油ランプが二つ光を放っているだけだ。僕のまわりの人々は、立っている者も座っている者もいるがどんな姿勢であろうと、緊張感をみなぎらせている。まるで頭上の天井がいつ崩れてもおかしくないかのように。彼らの服は不揃いで、間に合わせに着たかのようだ。様式も違っている。直感的にわかった。彼らは特殊な職業に従事している。その職業は独特の身体言語を持っている。そう、軍人だろう。

あと一人いた。一団から離れて灯りの下に立っている。彼女はうつむいていた。髪の長さは耳の下三センチ。垂れ下がってその顔を覆い隠している。彼女は灯りのもとで何かを読んでいる。どうやら何度も何度も確認しているようだ。彼らの笑い声を聞き、彼女は顔をあげた。短髪が蝶の羽のようにはばたき、彼女の顔をあらわにする。灯りの下の表情は落ち着きはらい、水のように穏やかだった。彼女の声には人を鎮める力があった。彼女はさっきまでしげしげと見ていたものをかかげ、「同胞よ、こわがらないで。あなたの身分証を確認したから。あなたは中国人。私たちはあなたを傷つけたりしない」と言った。

彼女の言葉は何か間違っている。けれども僕には証明できない。脳内からどうにかしてひきだそうとするが、自分と関係しそうな情報が少しも出てこない。だが、誤りがあることはわかっている。

「お前、日本に留学しにいったんだってな、その最中に何してたんだ？」刀傷の男が低い声で問いただす。「こんなとこに何しに来たんだ？　鬼子《グイズ》のスパイか？」その顔が僕に近づいてくる。僕の顔から数センチの距離まで近づいてきた。話をすると息が顔にかかる。

「お前も中国人だってな、日本鬼子《リーベングイズ》に魂売ったのか？」

「ここはどこだ？　何にも覚えていないんだ！」彼の眼窩《がんか》にくすぶる灼熱の炎に焼かれる。

「僕が何者か、どうしてここに来たのか、誰か教えてよ！」記憶喪失の焦りは本物だ。破綻を見出せなかった男は身を起こし、僕を睨みながらじっくり考えている。周囲の男たちも黙ったままだ。その沈黙には恐れまじりの煩悶が含まれている。彼らの警戒心は言いようのない絶望を帯びている。

「本当に思い出せないの？」唯一の女性が男たちをかきわけて近づいてきた。彼女は身をかがめ、二本の指を伸ばして僕の後頭部と首の接点をちょっと触った。「ここも鬱血してる。季叔《ジーシュー》さんたち、ちょっとやりすぎたんじゃない」

ほんのちょっとつつかれただけなのに脳髄に針を刺されたみたいに痛む。全身が震え、声も出ない。

彼女の視線は僕の顔に注がれている。一秒ほどで正常に戻った。「思い出した？」

僕は頭を振った。きっと罪のない顔つきだろう。

「ここは我が家の秘密の部屋なの。家族は一ヵ月前に武漢に逃げていったわ。私は女子学院で勉強してたんだけど、逃げなかったのよ。情勢がこんなにひどくなるなんて思わなくって。誰が想像できるのよ……」彼女は生き生きとまるで物語のように話し出した。その声に本当の痛みはなかった。「昨日、都城を陥落させた日本兵があちこちで略奪を始めたの。この秘密の部屋はどこよりも安全だから、避難してきたというわけ。季叔《ジーシュー》さんたちも私が入れてあげたのよ。あなたと違って外にいたら命はないからね」

彼女の話で前後の状況が徐々につながってきた。でも、僕とどんな関係があるのか、まだわからない。「僕はどうしてここにいるの？」

「それはこっちが聞きてえんだよ！」わめいたのは、さっき僕に銃を向けた男だ。

「混乱に乗じてちょっと盗みに入ったとしても、夏邸《シア》の奥まで進む意味はない。この家は、秘密の部屋以外は、鬼子どもに何度も略奪されてるからな」傷痕のある男が話し出した。「それなのに入ってこられたということは、隠し扉を見つけたってことだ。鬼子兵が何度来ても見つけられないのに、どうやってお前は見つけたんだ？」

「誰かが入ってくるなんて予想もしてなかったのよ。だから季叔《ジーシュー》さんたちはぶんなぐったってわけ」彼女は僕のために丸く収めようとしているようだった。「やりすぎておバカになっちゃうとはね」

僕は本当に駄目になってしまった。一体、いつの時代なんだ？　ここはどこだ？　彼らの話はぼんやりと知っているはずだが、現実感がまるでない。まるで僕の時代じゃないかのようだ。

「教えてもらえないかな……？」僕は彼女を見た。

「ここは一九三七年十二月の南京」彼女は僕の質問を遮った。その口調は奇妙だった。まるでニュース解説員のようだ。

ニュース解説員？——僕の脳内に具体的なイメージが現れてきた。みなニュース解説員なのか？　じゃあ、いつの時代の人間なんだ？　当然、一九三七年ではないはずだ。

僕は口を開き、話そうとしたが何を言えばいいかわからなかった。ただ、お腹から生理的に出る気まずい音が流れてきた。そこで僕はこう言った。「お腹がすいた」

飢えは簡単に伝染する。呼応するかのように周囲の男たちからも「グルル」「グルル」と音が鳴った。……可笑しな光景だったはずだが、笑いだす者はなかった。かえって誰もが厳粛な顔つきになった。

沈黙の理由がわからなかったので、彼らと同様に黙っていた。

ついに、誰かがぶつぶつ言った。「どうする？」

あの娘が立ち上がった。その声は軽かったが、全員にはっきり聞こえた。彼女は言った。

「なんとかするわ」

夏芬芳《シア・フェンファン》

こんなに難しいとは思わなかった。

ある物事は、たとえしっかり心の準備をしていたとしても、いざその場に立って自分の目で見るとなると、完全に別ものだった。

日本兵に身をかがめて敬意を示しながら、「こんにちは」と日本語で声をかける。日本語能力と出発前に準備した中国在留身分証があれば、騒ぎや尋問を受けたとしても、危険な目にあうことはない。

南京城内のいたるところに中国人の死体がある。軍装のもの、軍装でないもの、男、女、老人、子ども。悪夢を見ていると思った。悪夢の中を突き進む。斬られた手足と積み重ねられた骨肉だらけの道を進む。呼吸しただけでも濃厚な血の匂いがする。蒼蠅《あおばえ》がぶんぶん飛び回り、臭いをたどっている。南京中の野犬が飛び出てきて、血肉の山で思うがままに貪り、満足げに吠えている。

胃がむかつきはじめた。思わず目を閉じる。だが、しいて目を見開いた——見るべきだ、しっかり見なければ。どんなにつらくても、これが私の任務なのだ。

ゆっくり進む。満身創痍の古城が残照のもと血紅に覆われている。

ついに中華門の近くに到着し、私は立ち止まった。奇妙な声が耳に届く。もだえ苦しむ、低い声。多くの人間がこの声を同時に発すると、非常に恐ろしい効果を発揮する。罪人が地獄の鍋で焼かれているときのような、果てなき苦海で無数の溺死者が一緒に『往生呪』を唱えているかのような声。

私の首は固まって動かない。声のする方を見たくないのだ。

深く呼吸し、むりやり声のする方に首を向けた。

ここから百メートル離れたところで、数百人の中国人が日本人に銃口を向けられたままシャベルを動かしている。彼らの前にあるのは掘られた土坑。その中には縛られた中国の平民たち。

シャベルが動くたび泥土は堆《うずたか》くなる。生き埋めにされた人々はもがき苦しみ、穴の中で身をよじっている。彼らの喘《あえ》ぎと坑を掘る人の喘ぎが渾然一体となり、地獄の声となっていたのだ。

大声で叫ぶことは許されていない。たまたま叫び声をあげた者がいた。命乞いをしたのだろう。すぐさま傍にいた日本兵に銃弾を浴びせられる。

私は記録し始めた。紀念館で関係資料を見たことがある。日本人は中国人を殺すときに三つのグループに分けたのだ。一つは坑を掘り、もう一つは生き埋めにする。そして第三グループが第一グループを穴埋めにする。このようにして銃弾と人力を節約したのだ。

果たして、現場のほど近くに多くの中国人がいた。彼らは日本軍の銃口の下で列をなして跪《ひざまず》き、この修羅場に背を向けている。彼らが何を考えているかわからない。彼らの後ろ姿は、縮こまり、救いようもなく、絶望しかない。

紀念館で写真を見たとき、私は煩悶しながら大声で叫びたくなった。どうして反抗しなかったんだ！　たしかに、彼らの手には銃があった。しかし、みなで一斉に反抗したら、活路を見出せたかもしれない。従順にふるまった結果、生き埋めにされてしまったのだ。

しかし、いま、遙か遠くから眺める私には、悲憤のほかに彼らと同じ恐怖があった。私の脚はぐにゃぐにゃで、ほとんど歩けない。

勇ましくあれ、と思うのは簡単だ。どの人も生命は一つしかない。だから彼らは生きるのに小心翼々としているのだ。死に至るその瞬間まで。

夏邸《シア》にもどったとき、食欲は完全になくなっていた。三麻《サンマー》はお菓子を地面に投げ捨て、調子はずれに叫んだ。「日本人のものなんか喰わねえぞ！」

彼と喧嘩する気力さえなかった。南京城内では日本人の店だけが営業している。安全区に行って施しをうけたとしても、私一人ではそんなに多く運べない。彼らを招き入れたのは失策だった。完全に計画外のことだったのだ。でも見捨てられるわけないじゃない。

季叔《ジーシュー》は地面に捨てられたお菓子を拾って、ゆっくりと日本語が印刷された包装紙を破り、一口で半分まで嚙み砕いた。「喰えよ、どうして喰わないんだ？」

みんなようやく食べ始めた。彼らは季叔《ジーシュー》の命令には従うのだ。服装をかえても、彼らが軍人だとひと目でわかる。季叔《ジーシュー》はきっと彼らの指揮官なのだ。指揮官は指揮される者に比べて、時勢を判断することを知っている。

あの新しくやってきた男の子は隅っこに座ってもそもそと食べている。証明書には二十一歳とあったが、もっと若いだろう。彼の顔に浮かぶあの青春の赤みを私はとっくの昔に失ってしまった。おそらく私よりもかなり若いはずだ。

どうして彼はここに現れたのだろうか？　もし、日本軍のスパイだとしたら、一晩戻らなければ、とっくに鬼子がこのあたりを包囲しただろう。もし、一般人ならどうやってここを探し当てたんだ？

彼は一つの謎のように黙って微笑んだ。私はその笑顔に凍りついた。突然、昨日、彼の傷に触れたときのことを思い出した。彼は痛がったものの声一つあげなかった――まるで訓練されたかのように。

男たちはあっという間に私が持ってきた物を食べ尽くした。もともと秘密の部屋には十分な水と食料を貯めこんでいたが、わけもなくこんなに多くの人が来てしまえば、水も節約して飲まなければならないし、食べ物も十分ではなくなる。

「明日は……」私が顔をあげたとき、神秘的な男の子はこう言った。「一緒に行きます」

季叔《ジーシュー》は不意に目を光らせて警戒心をあらわにした。

「女性一人では、安全じゃありません。僕……僕も在留日本人を名乗ります。二人の方が……いいはずです」

男たちの顔にきまずい様子が浮かぶ。ある者が叫んだ。「お前は日本のスパイだ、俺たちを売る気だろ？」

「もういい！」季叔《ジーシュー》が煩わしそうに手を振った。「我々の命は拾ったようなもんだ。そんなに気を付けてどうするというんだ。あいつはがきんちょだが、我々よりも男じゃないか」

山口真夫

「私についてきて！」小夏《シャオシア》は振り返って僕を手招きした。「私には偽造した中国在留証明書があるから、あなたは私の弟にしましょう。日本に留学していたそうだけど、それって日本人に扮する役に立つかな」

「おねえさん」僕は日本語で穏やかに声をかけた。彼女の表情がちょっとこわばる。

「あなたの口調は本当に日本人そっくりね」

「上手でしょ？」そういったとき、僕自身にも疑いがよぎった。中国語よりも、日本語の方が聞き馴染みがあるだけでなく、自然な感じがする。まさか本当に日本人なのか？

だけど、たとえ日本人だったとしても、急に街角から飛び出してきた二人の日本兵を見た僕は、絶対に日本人になりたくないと思った。彼らは凶暴さをむき出しにして僕たちの方にやってくると、左右から小夏《シャオシア》をつかんで喚いた。「本当に運いいぜ、こんなところで姑娘《クーニャン》に会うとはな。ははは……」

「何するの！　私は日本人よ！」小夏《シャオシア》は力いっぱいもがきながら、日本語で叫んだ。

「ねえさんを放せ！　父は谷将軍の親友だぞ、お前たちがこんなことをしたと知ったらどうなるかわからないぞ！」

僕は兵士を押しのけて前に出た。左側の兵士は僕の話を聞いて退いた。二人の表情は厳粛なものに変わった。「お前たちの証明書をみせなさい！」

小夏《シャオシア》はかばんに手を伸ばして取り出そうとした。僕はぱっと彼女の手を引いた。「こんなやつにかまうなよ、ねえさん。

やれるもんならやってみな、谷将軍の一言でお前たちの頭なんかふきとぶぞ、もし……」

二人の兵士は顔を見合わせてから姿勢をただし、平身低頭して「あ、すみません、完全に誤解でした。どうかお気になさらずに」といった。

彼らの後ろ姿を見て嫌悪感を覚えた。大日本の武士道精神はあんな軍人を培養したというのか。僕は小夏《シャオシア》の方を見た。彼女はちょっとぼうっとしていた。多分、まだ恐怖が残っているのだろう。昨日、彼女が一人で出かけたのはとても危険なことだったのだ。

「ねえさん」僕は笑いかけた。彼女は僕のおどけにのらなかった。突然聞いてくる。「あんな名前、よく知ってたね？」

答えられない。本当だ、僕はどうしてあんな名前を知っていたんだ？　ほとんど無意識のうちに口から出ていた。

「まだ何も思い出せないの？」

僕はかぶりを振った。

小夏《シャオシア》は僕をちらっと見て、ちょっと距離をとった。顔を下に向けて歩き出す。

道路には焼け焦げた死体が横たわっている。それから血まみれの女の死体。みな服を着ていない。南京城のあらゆる方向に火光と黒煙が見える。

僕の手のひらは汗まみれだ。脳内に桜の花びらが漂う三月の青空が浮かぶ。でも、僕には目の前の光景とどんな関係があるのかわからない。

おそらく昨日のうちに衝撃を受けていたのだろう。小夏《シャオシア》はこのすべてに対して冷静だった。僕たちは黙って前にすすんだ。池のほとりについたとき、僕は水面に密集して浮かぶ死体を見た。

僕は止まった。

死体は両手を後ろに縛られたあと銃殺されていた。彼らの血は湿った綿入れの上でひとかたまりになって広がり、まるで真紅の妖しげな花のようだ。

　僕の心はひきつり、胸も腹も痛み出した。僕には耐えられない。絶対絶対耐えられない。何かの事情で思い通りにいっていないことは感じている。でもこの世の地獄のような都市にいるからじゃない。何か別の理由があるはずだ。

　僕の身体は前にかたむき、地面にひざまずき、激しく嘔吐し始めた。「おねえさーん」僕は小夏《シャオシア》に手を伸ばした。「おねえさーん」

　小夏《シャオシア》の目は驚きから感動に変わった。「あ、泣いてるのね……この子ったら」

　僕は顔をぬぐった。涙が流れていた。小夏《シャオシア》も僕の手をつかんで泣き始めた。彼女の眉毛は色濃く、目は黒い。彼女の名前と同じだ。芬芳《かぐわしい》な夏の日だ。哀しい夏の日は残冬よりも耐え難い。

「おねえさん、僕はあいつらが許せない……」どうしてそんなことを言ったのか自分でもわからない。でも自然に転がり出てきたのだ。

「あなたは本当の日本人じゃないでしょ」小夏《シャオシア》はため息をついて、僕の頭を撫でた。彼女は最後になってはじめて僕の日本語をたしなめた。

　安全区の路上で、僕はもう一度日本兵が女性を追いかけるところを見た。三人の兵士が叫びながら痩せた女の子を追いかけている。追いかけながら適当に銃を撃つ。ひっきりなしに飛ぶ銃弾と鳴り響く銃声に驚いた女の子は泣きだした。狩られる小動物みたいに、慌てて走り回る。

「あなたたちやめなさい！」我慢できなくなった小夏《シャオシア》が叫んだ。

女の子の左足がはじけたように跳ね上がり、身体が前に倒れる——弾が当たったんだ！

三人の日本兵が豺狼《さいろう》のごとく襲いかかる。

僕は彼らを止めようとする小夏《シャオシア》を引っ張った。「行っちゃだめだ。あなたも女でしょ。やつらはあなたが日本人だから襲わないだけだよ」

「でも……」小夏《シャオシア》はもがいた。顔中が涙であふれている。

「僕が行くよ、僕に話させて」彼女を押しやり、三人の兵士に向かう。口を開く前に、一人が僕を撃った。

目の前が真っ暗になり、またもや知覚を失った。

夏《シア・》芬芳《フェンファン》

私はハンカチで彼の汗をぬぐった。でも汗は額から次々ににじみ出てきて、どうしてもぬぐいきれない。

昏睡中の彼はときおり歯ぎしりし、うめき声をあげる。まるで極めて難しい問題にであったかのように。

真冬の正午の太陽は蒼白だった。南京城の物寂しさを照らしている。ここは六朝の古都。日本人が幼い時から読んでいる『三国志演義』中の呉の都である。彼らがどうしてあんなにも残忍に、この金碧に輝く都城を破壊するのかわからない。

此の地は曾《かつ》て孫仲謀《そんちゅうぼう》に属し、中原に鹿を逐う夢已に休みたり。

三国の烽煙戦旗を巻き、城頭変幻す幾多の秋。

私は曾祖父が少年の時に書いた一節を思い出した。彼は幼い時から南京城を愛していたのだ。

古今を笑看し事悠悠、児童嬉戯し旧楼に上る。

白馬銀刀何処に帰らん？　斑斑たる紫萼城頭を綴る。

いまは真冬。城頭の紫色の花は見られない。戯れる子どもたちはなおさらだ。南京中が死んだように静まり返っている。ただ血涙で満ちた長江だけが幽怨を懐《いだ》く秦淮河《しんわいが》とともに嗚咽《おえつ》している。

男の子は目を醒ました。大きく目を開けて私を見る。しばらくして「おねえさん」と言った。

このとき私は彼が日本人だと確信した。

「銃弾は皮をかすっただけ。ちょっと脳震盪を起こしたみたい。軍医のところには連れて行かせなかったわ……取り調べに耐えられないと思って」

「わかりました」彼の口調がちょっと変わった。「さっきのあの女の子は？」

私は顔を向けず、苦痛の表情を押し隠した。

すぐに彼は覚った。軽くため息をつく。眉を顰《ひそ》めるさまはとても純真だった。「あいつら、これは〝聖戦〟なのだっていうよね」

私は話さずに、城壁の影をみた。

「あれは何？」彼は影の中の奇妙な突起を指さした。

「首切り大会の戦利品」私はできる限り平淡な口調で答えた。「誰も〝聖戦〟がこういうものだとあなたに言わなかったの？」

彼は身を起こし、頭をあげて城壁に積み重ねられた頭を眺めた。喉がごくりと動き、両手を握って拳を作る。白皙《はくせき》の手の甲に紫色の経絡がうっすら見える。

「これから僕たちはどこに行くの？」彼は苦労してたずねた。

「安全区」と私は答えた。「でも……あなたの身体は大丈夫？」

彼の胸が上下する。突然、ポケットから一本の万年筆をとりだし、すばやく私を見ると、頭を振った。

「行ける？」彼が何を企んでいるのかわからない。ただ季叔《ジーシュー》の一撃で失った記憶が徐々に蘇ってきていることはわかった。以前は彼の身分について多少の興味があったが、今ではどうでもいい。

「行きましょう」彼は万年筆をぎゅっと握りしめた。まるで武器のように。

いわゆる「安全区」は南京に留まった外国商人と占領した日本軍とが協議した後に定められた非軍事区域だ。ただ「安全区」といっても、安全の保障は得られない。道沿いの店舗の大半は略奪され、外国人の商店ですらも破壊され、品物が散らばっている。ただ日本人の開いた店舗だけはどうにか維持されている。金元券は使うことができず、銀元だけが流通している。店の中の品物は種類も少なく、価格も高騰している。出発前に大枚をはたいて蒐集した解放前の銀元は、いまや一ロサイズのお菓子のために次々に出ていってしまう。それに……。

私は身震いするほど驚いた。時間だ！　もう少しで私の時間が尽きることを忘れていた。今晩中に、必ずここを離れなければ。

急に足どりが軽くなった。すべては夢に過ぎない。最後には終わるのだ。私は正常な日々に戻れるのだ――私の生活がこんなにも幸福だったなんて。わかった。これからは絶対に人のせいにばかりしない、絶対に不満を言わない。二十一世紀に生きることはなんと幸せなことだろうか！

「おねえさん……」

声を聞いて振り返った。少年は陰鬱そうな目で私を睨んでいる。私はちょっと気まずくなって、彼の目線を避けて周囲を見回した。

――ここは下関《シャーカン》（南京城西北部の地域）を一望できる中山北路。死体が地にあふれ、遺棄された武器だらけ。腐乱した死体の臭いが充満している。冷たい北風のなか凍りついたみたいだ。息を吐いて、空気中に立ちこめる白い蒸気が散っていくのを見る。

私は一九三七年十二月十六日の南京にいる。まだいるのだ。一瞬の歓喜を恥じた。

ここまで書いて、本当に困ってしまった。もともと物語の大枠は書いてあったけど、でも今では、あの重苦しい歴史を描写した後では、あのような複雑なストーリーを組み立てる気力がない。もし書いたとしても、自問自答してしまう。本当に必要なの？

いま、私は一九三七年の冬を見ている。戦火で破壊された南京城、堆《うずたか》く積まれた死体と廃棄された装備で狭くなった街路、前後になってゆっくり歩く一組の男女。

遠くから見ると、二人は本当に姉弟のようだ。

前を歩く夏芬芳《シア・フェンファン》は、逃亡兵のような恥ずかしさから回復していった。秘密の部屋に隠れている国民党の軍人に対しても道義的に放棄し難い責任を有している。

彼女の後ろを歩く山口真夫は、手中で万年筆型の銃をいじっている。蓋をとって軽く押せば、彼の任務は達成できる。しかし、彼は上の空だった。父の命令を忘れたかのようだった。

同一時刻、秘密の部屋の七人の国民党軍人は銃を手入れしていた。季叔《ジーシュー》は熟練した手つきで歩兵銃に弾丸を装填し、パンと一声あげた。号令のように。

季叔《ジーシュー》は立ち上がった。片手に銃を握り、腰を真っ直ぐにし、両腕を伸ばしてから、のんびりした口調で「さてさて――今になってようやく人間らしくなってきたな」と言った。

誰かがつっかえながら尋ねた。「待たないんですか……小夏《シャオシア》の帰りを?」

「待ってどうする! 我々は彼女を巻き添えにすべきじゃない!」季叔《ジーシュー》は叱った。「この二日間我々は犬よりも劣っていた。気合を入れろ!」

「はい、長官!」

七人は隊列を組み、秘密の部屋を出る。三麻《サンマー》が前哨となり、注意深く隠し扉を開いた。

外の様子をうかがい、屋内に誰もいないことを確認し、昂然と頭を上げて皆でわっと出た。

夏邸《シア》は三階建てで街路沿いにある。三階から望めば、街路の様子は一目瞭然だ。季叔《ジーシュー》は二人の同胞を連れて三階に上がり、残る四人を二階と一階の入り口付近に配置した。

ここ数日、日本軍は南京城内の国民党の残党を掃滅している。ほどなく二隊の日本軍兵士が街路にあらわれた。季叔《ジーシュー》の視線は日本人の隊列にそそがれている。機を待つのがことのほか耐え難い。銃を握った手が汗で滑る。

「準備しろ！」季叔《ジーシュー》は小声で命令した。三人は銃を構え、それぞれの目標を定めた。最前列の日本兵は射程距離内に入っている。いや、焦るな、まだだ、まだだ。隊列の揃った足並みが彼の鳩尾《みぞおち》を踏みしめたかのようだ。

「よし、撃て！」

ズドン！　頭を撃ちぬかれた日本兵がひっくりかえった木偶《でく》のように、まっすぐ地面に倒れる。秩序だった隊列が騒然として乱れる。

「上だ！　上に人がいるぞ！」三階の窓はすぐさま日本軍の銃弾の的となった。そのとき二階の窓から出された銃口が二人の日本兵を撃ち殺し、彼らの行動を掻き乱す。「二階だ！　二階にもいるぞ！」

混乱した隊列の中から、一隊が街路の四カ所に散開し、上階のスナイパーと激烈な銃撃戦を始めた。別の一組が夏邸《シア》に突入し、身を隠した上階のスナイパーの捕捉に向かう。部隊が一階のホールに突入しようとしたとき、銃声が鳴り響いた。春節の爆竹のようにやかましい。

「俺とやろうぜ！――やってやる！」短機関銃を持った三麻《サンマー》が階段からあらわれた。その顔は興奮のあまり紫紅色になっている。見開いた丸々とした目からは火が噴き出そうだ。

パン！　血の花が胸に広がった。彼はよろけたが、倒れる前にふんばって身を起こし、最後の弾丸をばらまいた。「一人で三人、十分だ！」血まみれの口を開き、笑顔をみせる。血しぶきを吐きながら、「くっくっ」と笑い外に飛び出していった。

「銃声が」小夏《シャオシア》は顔をあげて周囲を見回した。音の出所を探しているようだ。「あいつら、また人を殺したのかな」

彼の脚は鉛のように重く、どうやっても動かない。

「いや。銃撃戦だよ。二種類以上の銃が使われてる」少年の表情はその年齢にふさわしくないほど冷静だった。音を聞きわけるそのすぐれた能力は彼の身元をあらわにしている。

「音はあなたの家の方から聞こえてくる」

「あ」小夏《シャオシア》は焦って持っていた包みを投げ捨てた。「まさか見つかったの？　急いで見に行かなきゃ！」

「いや、行っちゃだめだ！」少年は彼女の腕を摑んだ。「彼らは計画してたんだよ。生命とひきかえに尊厳を取り戻したんだ。彼らにとっては価値のあることなんだ！」

小夏《シャオシア》の陰鬱そうな両目が突然輝いた。その表情も明るくなってきた。まるで光を発しているかのようだ。

銃声はまだ続いている。果てしない青空の下、生命の音が鳴り響く。

「見つけた！」小夏《シャオシア》は力強く夏邸《シア》に向かって走り出した。「見つけた！　ついに見つけた！」彼女は走りながら思いっきり笑った。両腕は羽のようにのびやかに動いている。

彼女は中華門に程近い街道を走っている。死体が散乱する焦土の上を走っている。中国五千年のうちで最も暗い歴史の中を走っている。あの歴史の中で、中国人は羊のような惰弱さと無力さで、前代未聞の血腥《ちなまぐさ》さと暴力に対してもがくことになった。

彼女は暗黒の歴史の中を貫いて走る。心の奥底に秘めた願望を思い出す――天まではびこる敵の残虐行為の罪悪や、殺戮されるに任せた中国人の軟弱さと救いのなさを記録することではない。彼女は黒鉄《くろがね》のような歴史のベールの一隅をめくり、高揚するような戦いの火花を探し出し、耐えようもない苦痛で麻痺した心を照らす希望の光を探し出したいのだ……

見知らぬ旅人よ、スパルタ人に告げよ。
我らはここに眠り、彼《か》の地の命に従う、と。

「テルモピュライ碑銘」（前四八〇年のテルモピュライの戦いの後に作られた碑。シモーニデース作と伝えられている）に刻まれた英烈は、一人も投降することなく、二千人が戦死した。あのスパルタの精神、どれだけ残酷な戦争であっても、どれだけ血腥《ちなまぐさ》い歴史であっても、黄金のように燦々と輝く精神を、探し出せるのか？　一九三七年真冬の南京で？

見つけた！　見つけた！

夏芬芳《シア・フェンファン》の足取りはこれまでになく軽かった。彼女は光明と希望に向かって飛ぶように駆ける。銃声がはっきりと聞こえてくる。追いかけてきた少年が叫ぶ。「おねえさん、危ないよ！」でも彼女には聞こえない。
いまここでは、彼女は歴史の記録者なのだ。この二日間、彼女が記録してきた全ての血まみれの罪悪よりも、いま起きている事件の方が重要なのだ。

見るんだ、見るんだ、目を見開くんだ。

眼球の中に装着したナノカメラが全てを記録する。それを持ち帰るのだ。歴史教科書の中に、虐殺紀念館の中に――道路上を飛びかう銃弾、横たわる日本兵の死体、夏邸《シア》の二、三階の窓から噴き出す炎……彼女は思い出す。季叔《ジーシュー》の冷厳な顔つきを、三麻《サンマー》を、この二日間ともに過ごした七人の国民党軍人を。歴史を創ったのは彼らだ、平々凡々とした中国人だ。

「おねえさん、危ない！」少年が小夏《シャオシア》を突き飛ばした。彼女は倒れた。何がなんだかわからない。

全身の骨が砕け散ったかのようだ。痛みで起き上がれない。息も絶え絶えに顔をあげ、憤怒の表情で彼を見る。

弾丸が飛び交う大空の下、少年は身体を揺らして今にも倒れそうだ。薄くて朱い唇には苦笑が浮かんでいる。

ドサッ。彼は小夏《シャオシア》の前に跪いた。「危ないよ、おねえさん――」消え入りそうな声だった。頭をぐったりと彼女の肩にかける。

小夏《シャオシア》の身体はこわばった。温かい液体が彼の胸から自分の心臓に向かって流れ込む。

道路のもう一方、彼らの来た方から、整然と隊列を組んで行軍する音が聞こえてくる――

—日本軍の増援部隊がやってきたのだ。

残存していた日本軍に気合が入った。一人が手を振る。「全員、突撃!」十数名の日本兵が一斉に侵入し、夏《シア》邸の一階ホールの黒々とした入口の中に消えていった。

私は見る、見続ける——小夏《シャオシア》は血のほとばしる少年の身体を抱きながら、微動だにせず夏《シア》邸を見ていた。

彼女は少年の弱々しい呼吸を聞いた。彼の胸が起伏するたびに、熱い液体が湧き出してくる。

「おねえさん、僕とあなたは……同じ場所から来たんだ……」彼の唇は彼女の耳にくっつきそうだ。

彼女は無表情で聞く。その瞳には火光がうつっている。夏《シア》邸の二階の窓から噴き出した炎だ。また煌めく。あれは三階だ。爆発した火焰の中、建物が轟然と崩壊していく。

大爆発の音波が空気を震わす。この死寂した城内に無限に拡大し、南京城全体を覚醒させるかのように。血の海の中から、灰燼《かいじん》の中から、猛烈な勢いで目を開ける!

そのような巨大な音の波でさえ、少年の微かな声を覆い隠すことはできない。一言発するごとに血を含む。彼女の耳に貼りつけた唇は、湿って、冷たい。だが、小夏《シャオシア》には耳が焼けるように熱く感じた。これからの人生、ずっと熱いままだろう。

「おねえさん、僕の名前は……山口真夫。おねえさん、僕はあなたたちに命を還すよ……あなたたちに命を……」

小夏《シャオシア》は唇をかみしめ、嗚咽を喉に閉じ込めた。だが、彼女の起伏する胸がその心情をあらわにしている。熱い涙が鼻梁にそってぽたぽたと流れていく。彼女は震えた手を伸ばし、少年の頭を軽く撫でる。

山口真夫はゆっくりと目を閉じた。彼の血が地に流れる。臨終の彼の目にはその艶やかな赤色が花の舞い散る色にうつる。三月の上野公園で雲霞のように舞う桜の花びらのように……。

小夏《シャオシア》は両腕で冷えていく彼の身体をしっかり抱きしめた。「眠りなさい、真夫」彼女はむせび泣く。「眠りなさい、弟よ……」

私は自分の描いた結末を読み、この物語が幻想小説かどうか考えた。かつて倪　匡《ニー・クアン》は『鬼子』を書き、当時南京大虐殺に参加した老兵の残した懺悔を記した。倪　匡《ニー・クアン》は、これは幻想小説だ、鬼子は懺悔しないだろう、と言っていた。しかし私たちは、石川達三が『生きている兵隊』を書いたがために入獄したこと、白髪頭の東史郎が血まみれの犯罪行為を記した日記を出版したことを知った。しかし、今日に至るまで、日本の教科書中のあの戦争の描写をめぐって騒ぎが起きている。日本の民衆、とくに若い世代では、あの戦争については遙か遠くのことで漠然としたものとなっている。

だからだろうか、南京大虐殺を伝えるテレビ番組の中で、中国に留学している日本人学生が今まで知らなかった話を聞いたあと、驚き苦しむ表情を浮かべ、涙を流して「対不起《トゥイプチー》、対不起《トゥイプチー》（ごめんなさい、ごめんなさい）」と言ったのを見たとき、私の脳裏にゆっくりと桜の花のような美少年が浮かんできたのだ。それこそが山口真夫の原型だ。

幼い時から何度も南京に足を運んでいる。孫文時代に緑化された木々を除くと、最も印象深いのは、弾痕だらけの中華門外の城壁だ。近代中国で最も深刻な痛みがこの城壁に凝縮されている。

物語の中の小夏《シャオシア》は歴史を探し求める人物だ。

南京大虐殺は日本人にとって受け入れがたい歴史だろうが、中国人にとってもそうなのだ！　私はこの小説のために様々な文献史料を調べ、真の意味で成功した抵抗の事例を探し出そうとした。虐殺の中、そうした抵抗はとてもとても少なかった。

小説の虚構を通して、私はあの凄惨な冬の日に一本のたいまつを燃やしたのだ。でもその点からいえば、どれほど願っていることだろうか、この小説がフィクションではなく、幻想でもないことを。歴史の廃墟の中には知られていない物語があるはずだ。私たちが発掘するのを待ちながら、ずっとそこで煌めいている。夏の夜の蛍が放つ光のように……。

編者によるノート

最初に「一九三七年に集まって」を読んだ時、わたしはものすごい感動をおぼえた。南京大虐殺は中国史の中でも意図的に詳しく勉強するのを避けてきた領域だったが、それというのも痛ましすぎる真実をのぞくのを、あるいは怒りのあまり爆発するのを怖れたからだった。八十周年が近付き、この忘れられつつある出来事が舞台や映画で掘り下げられ、アイリス・チャンの『ザ・レイプ・オブ・南京』が再刊されるに至り、わたしは故国でかつて行われた出来事に向き合う時が来たのだとわかった。

わたし自身はおもにカルチャー専門のライターだが、この時代の歴史が正しく記憶され、減りつつある存命被害者の話が失われることなく受け継がれ、歴史が繰り返されないようにできるだけのことをしたいと強く願っている。

「一九三七年に集まって」のあらすじは完全なフィクションだが、絶望のどん底にあって恐怖や徒労感に襲われながらも占領軍に反抗した人々や集団は実在した。そうした人々の経歴はチャンの著書で語られている。本作の枠物語となっている趙海虹《ジャオ・ハイホン》のまえがきとあとがきが――わたしの翻訳にも含まれている――多少なりとも彼女の視点を理解するしるべとなるだろう。

趙海虹《ジャオ・ハイホン》はまだティーンエイジャーだったころ、まずカンフー小説や歴史ロマンスやSFを試作し始め、一九九六年に最初の短篇を発表した。趙《ジャオ》は書くことが彼女の「存在証明」であり、宇宙における自分の居場所を探す手がかりだと考えている。歴史とタイムトラベル以外では、ジェンダーや環境問題や地球と他の惑星との相互作用といったテーマにも関心を寄せている。一連の銀河賞を受賞したのに加え、児童文学の賞の受賞歴もある。執筆を行っていない時は、杭州の浙江工商大学で教鞭を執っている。

初めて趙《ジャオ》の作品を読んだ時から、彼女のリリシズムと生み出せる声の多様さにすぐさま惚れ込んだ。本作のように国家の悲劇――主人公はそれを当事者として経験しているわけだが――を描く時でさえ、登場人物の造形、ペース配分、物語のトーン、そのすべてが調和を保ち、各登場人物は情熱や自分たちを駆り立てる感情をほとばしらせている。

（鳴庭真人訳）

博物館の心

博物馆之心

糖匪《タンフェイ》／立原透耶訳

働き蜂のような人々がいる一方で、別の種類の人々も存在している。

彼らは日々の経験の中から、世界を理解する方法を見出そうと努力し――努力してこの世界を理解していく。このような集中力は、彼らにまるで女王蜂のような力を与える。

その子供が私のそばを通り過ぎ、指先に細かい砂が入り込んだままの手でエレベーターのボタンを押した。私は次のエレベーターに乗って、ある家のドアの前まで行き、ベルを押した。出迎えたのは彼の母親だった。

その子供はリビングにいた。彼はおもちゃの山から顔を上げ、玄関の方を見つめてきた。普通の子供たちはこんなふうに人を見ない。私は簡単に自己紹介をした。

彼の母親は私を家に招き入れた。挨拶を交わした後、彼女は私が取り組むことになる仕事の内容について簡単に触れ、微妙な表現でその仕事の本当の性質をほのめかした。私がその意図を理解したことを確認すると、彼女は事務所が事前に準備していた労働契約書に気持ちよくサインをした。話している間中、その子供はずっと私たちをじっと見つめていた。

驚くにはあたらなかった。彼は赤ん坊の頃から外の世界をそんなふうにじっくり観察し、そこにあるさまざまな謎や物事の関係を探究してきたのだ。契約書にサインをしたその瞬間から、私は丸四年という期間、この視線に付き添うことになる。それが私の仕事だった。名目上は、彼の美術の家庭教師ということになっている。しかし、代々重要な官職に就《つ》いてきたこの家族にとって、子供を控えめにピッタリとそばで守る存在がいることは、決して悪いことではないようだった。

事務所の推薦で、私はその子供のボディガードとなり、未来に潜む不可知の暗流に隠されたあらゆる危険から彼を避けさせる手伝いをすることになった。人類、地球人、彼らは未来を恐れると同時に憧れている。彼らにとって未来は混沌とした未知の領域だ。どんなことだって起こりうる。

けれども、私にとっては、すべての出来事はすでに起こったことに過ぎない。あるいは、すべてが今まさに起こっているとも言える。時間の流れは私の目の前にあり、遠くを見渡す必要もない。過去、現在、未来、すべての出来事が私の目の前に現れ、三次元空間に重なり合い、距離を通してそれらを感知するのだ。これが、私たちが生まれつき持つ知覚の方法だった。

そのため、地球に来たばかりの頃は、人類の知覚方法を理解して、適応するのに長い時間がかかった。彼らは、三次元空間において五種類の基本的な感覚器官を通して世界を認識している。彼らにとって〝今〟はただ単に〝今〟を意味するに過ぎない。過去や未来から独立して、まるで切り取られた瞬間の一片のように。その要点が理解できたとき、彼らの一員として偽装するのは非常に簡単だった。彼らの知らない世界について沈黙を守るのは、まるで目が見える人間が盲人のふりをするようなものだった。

地球人には未来は見えない。彼らの多くは今の言動が将来の命運を決定すると信じている。この単純な因果関係は、もし盲人が白杖を叩いた音が足元の道路の方向を決定すると信じることがあるなら、それに似ているかもしれない。

だがこのことは決して嘲笑すべきではない。彼らにはこのような信念が必要なのだ。

その子供には多くの授業が用意されていたが、すべてが無味乾燥というわけではなかった。たとえば柔道やバイオリンは、同じようにつらい練習が必要だったが、彼はその中に楽しみを見出していた。しかし彼がもっとも熱中したのは、家の前にある公園の砂場だった。彼は城壁や宮殿、橋、住居を築き上げたり、砂に絵を描いたりしていた。描くのは主に人の顔や漢字だ。彼の作品は他の子供たちと少しも変わりはない。もろく、いつでも崩れそうで、目新しさもない。外の世界を稚拙に再現しているに過ぎない。それでも彼はそこに身も心もほとんどすべて注ぎ込んでいた。彼は世界の多様な姿を形作る基本的な物質に魅了されているのだろうか、それとも、世界を模倣して作り出す仮想の造形に夢中になっているのだろうか？

私は近くに立ち、静かに観察していた。子供と砂の穴を眺めると同時に、十八年後の彼が別の都市で建築した博物館を見ていた。

最初？　最初はただの小さな思いつきからだった。だが、それは彼が後に人に話すような、ある老人の収集品がきっかけだったという話ではない。彼が嘘をついていたわけではない。ただ、人の心の琴線に触れるきっかけというものは、往々にして塵のように小さく、気づかれることもなければ、表現することも難しいものなのだ。ニューヨークで美《M》術学修《F》士《A》の最後の半年を過ごしていたとき、彼は卒業展の準備を始めていた。当初は地球人が行ってきた有名な思考実験の写真作品を作ろうと考えていたが、頭の中で次第に発酵し、大胆なアイデアが生まれた。彼は博物館を建てようと思い立ったのだ。その年の春、彼は思いがけずボルヘスの描く図書館に魅了され、南米の盲人が描いた迷宮の小径の中で、ある種の幻影、もしくは何かしらの可能性を見たのだった。

単なる架空の博物館だけでは物足りず、仮想ネットワークの世界で構築することさえも彼を満足させなかった。彼には実物が必要だった。もっと具体的でリアルな存在が。何かをこの世に残さなければ、出来事は本当に起こったとは言えないのだ。彼のさほど親しくない友人の一人は、彼の試みをこう理解していた。実際、その友人も彼に引き込まれ、この博物館を建設する冒険に加わることになった。

彼が編成したチームには、建築家、アニメーター、画家、建築デザイナー、マルチメディアアーティスト、神経科学者、整形外科医、インテリアデザイナー、光学ダイナミクスの専門家、人類学者、理論物理学博士、宇宙飛行士、そして分子生物学者兼獣医が含まれていた。あるメンバーはコンサルタントとして、具体的で詳細な専門知識を提供する役割を担い、また別のメンバーはそれぞれの得意分野を活かして創造的な仕事を担当していた。

さらに他のメンバーは、ただ観察するだけの役割を担っていた。

私はその子供を見ていた。彼は根気よく砂をひきよせ、一回、また一回と繰り返し、真夏の強烈な日差しの中でも少しも苛立たない様子だった。目に鋭い痛みが走った。汗が目に流れ込み、塩辛い刺激が刺さるようだった。彼はちょっと眼をこすり、その合間に先ほどの作業の成果を評価した。今、彼はスコップを手に取り、砂を少しずつオレンジ色の漏《ろう》斗《と》に入れ、落ちる砂を根気強く集めて、自作の型に詰めていった。砂をいっぱいに詰め、しっかり押し固め、ナイフで表面を平らに整える。それから……

　週末は雨が降らなかった。ニューヨークの春はまだ穏やかだった。彼は建築家の友人とハイライン・パークで会う約束をしていた。二人は屋台でホットドッグを二つ買って昼食にし、歩きながらおしゃべりした。陽光が木の葉や彼女の顔の上を躍るようだった。彼らは初期のアイデアを交換し合い、短い沈黙の後、彼はロハスの巨大なコンクリートの立方体を背景に、彼女に室内設計に参加しないかと誘った。

　私はその子供を見ていた。彼は型の外枠の縁を摑み、ゆっくりと垂直に持ち上げた。三角形の砂のブロックは形を保ったまま外れたが、地面に落ちた瞬間、砂はばらばらに崩れてしまった……。

　午前中はまったくうまくいかなかった。家を出るときに下水道が詰まっているのに気づき、予定通り教授と卒業制作について話し合おうとしたが、すっぽかされてしまった。さらに、整形外科医の専門家から「求めていた側骨年齢のＸ線写真が手に入らない」との知らせが届いた。古本屋で買ったＳＦ小説集には、重要な数ページが欠けていた。図書館のいつもの席に腰を下ろし、パソコンを開くと、彫刻家からのメールが届いていた。

　私はその子供を見ていた。彼は目を離さずに、じょうろの口から流れ落ちる水の流れをじっと見つめ、水滴が砂利の中に消え、最後には水の跡さえも薄れていく様子を観察していた。淡い砂色が、乾ききっている。今こそ、砂のブロックをもう一度作り直す時かもしれない。彼はプラスチックの管を取り出し、彼が最も重要だと考える長円形の砂ブロックを作った。周りには、彼が築こうとしている都市のために掘った壕が広がっている……。

　その博物館はいつか完成するだろう。

　博物館が完成したその日、彼はチームのメンバーとともに祝宴を開いた。ある深夜、彼は恋人の手を握り、展示品の間を巡回した。彼は肉料理を夢中で食べる彼女の姿を愛おしく感じた。失意の底にあった時期、毎朝、彼は万有引力の公式のそばにある窓から寝ぼけ眼の街を見下ろした。それから数年経って、彼の子供は彼以上にこの場所を愛するようになり、彼は完成させなければならない、より重要なプロジェクトを持っていた。

　いつからだろう、私がこの子供の未来、正確に言えば、彼が博物館にいる時間を頻繁に見つめるようになったのは。ほどなく私はますますその博物館を見つめることに深く没頭した。どんな時でも、どんな場所にいても、何をしていても、いつも思わず未来のニューヨークにあるこのちっぽけな博物館に視線を向けてしまう。完成して九日目、四カ月と七日目、二十ヵ月と十日目、そのどの瞬間も。私はとりわけ、誰もいないひとときを好んだ。誰もいない。ただ展示品が残されているだけだ。私の意識はその間をさまよう。

鮮やかで特異な趣味を感じさせるSF小説のポスター、タイプライター、アインシュタインの方程式、猫の缶詰、宇宙服、古い写真。書き物机。ほとんどが中古市場でよく見かける物ばかりだが、ここでは誇り高き顔つきで展示されている。かつて私はこれらを新品の商品や普通の中古品と注意深く比べたことがある。違いはどこにあるのか？　それは何か重大出来事に巻き込まれ——思考実験の最中に、使用されて日常の中に投げ戻されたものなのか。何か特別な痕跡が残されているのか？　それとも何かが奪われたのだろうか？

私は細心の注意を払って、それらの前を通り過ぎる。自分の気配を残さないように、視線が取り返しのつかない改変を与えないようにと気を配りながら。これらはかつて起こった出来事の残骸であり、ここにあるのは彼らがかつてその出来事に関わっていたことを証明するためだ。なんと不思議なことだろう。時の流れに直面する私にとって、過去も未来も現在も常に同時にいつも目の前に現れていて、これまでこんな余計な痕跡なんて、必要としたことがなかった。かつて何かが起こったことを証明するための痕跡など必要としない。しかしこれらの展示品は、出来事が残した残骸であり、ここに置かれ、時間の河の浅瀬に取り残された得体の知れないものたちだ。私はそれらから視線をそらすことができない。まるで墓地を好んで散歩する風変わりな人のように、ほとんど恋焦がれるようにそれらを見つめている。その時の心情は、静かで穏やかだった。時間の果てしないリズムの中に身を置きながらも、かつてないほどの、ほとんど止まるかのようなゆるやかさと、感覚の終わりを感じていた。まるで——死のように。

そう、すべての生命は消えていくだろうが、その痕跡は何らかの形で残るだろう。追悼されるわけでもなく、気づかれることすらないかもしれないが、確かに残るのだ。

この博物館はあの子供よりも長く存在し続けるだろう。

彼の友人や家族、そしてほとんどの人間よりもより長く。

数百年後、アメリカ大陸が孤島のように太陽系の外へと飛び立ち、別の恒星の庇護を求めにいくときでさえ、この博物館は最初に建てられた場所——ニューヨークの古いブルックリンに、変わらず佇《たたず》み続けるのだ。

ある異星人がそこで自身の身体を改造すると決意するだろう。彼女はそこで、地球人に北アメリカ大陸の真実を伝えることになる。その真実は隠喩として記録されることになるのだ。

ちょうど南西四四・四度の角度に向かって、いくつかの前方の時間点を越えれば（あなた方が三次元空間にいると想像してみてください。視線を遠くの物に向けて投げかけ、ちょうど目の前を遮る障害物を越え、最終的にその対象物に視線が届くように）、そうすれば、彼女が真実を明らかにするその瞬間が見える。

その瞬間は確かに存在し、すでに存在している。

そういうことなら、今やあなたたちは理解しているはずだ、私は地球人ではない――地球の生物ではないのだと。「人」という言葉は地球人特有の呼び方だ。我々は「人」とは言わないし、異星「人」と呼ばれるのも好まない。

その子供が四歳のとき、私は彼のボディガードとなり、人間のふりをしてこの古びてくすんだ灰色の街に身を潜めた。この街は汚れていて、冬には大雪が降り、春には空いっぱいに砂が舞う。かつて宮殿だった場所には、今ではこの国の指導者が住んでいる。赤い広場を中心に、街は幾重にもやむことなく外へと拡張し、膨張し続けている。その肥大した体の中には、互いに見知らぬ何百万もの高度な生命体が詰まっている。異星の生物にとって、その中に紛れ込む以上に安全な場所はなかった。

私はその子供を守りながら、彼の時間の流れを守っている。彼の現在、過去、未来が完全無欠であるように。彼の両親は満足しており、子供もまた私を信頼している。彼はどうやら、私がずっとそばにいると思っているようだ。

たぶん、そうなるのだろう。あるいは――そうならないのかもしれない。

今この瞬間にいながら、私の視線はあの博物館の中をさまよっている。私の一部はすでにそこにとどまっている。

もちろん、私も死ぬだろう。ある時、ある方法で。もし望むなら、自分の未来を見て、ある日こんなふうに奇妙な死を迎えると知ることができる。だが、どうしてそんなことをする必要があるだろうか。私が生きているこの一瞬一瞬、私は未来と共存し、過去とも共存し、時間の流れの一つ一つの鼓動を感じ取っている。私の生命は、短い一本の直線というよりは、むしろ混沌とした時空の中にある、永遠に消えない点のようなものだ。私は決して存在せず、決して消失しない。

この意味において、私はずっとあの博物館を守り続けているのだ。

私は博物館の奥深くで密かに脈打つ心臓だ。

私は博物館の中で跳ねる無数の心臓のうちの一つなのだ。

編者によるノート

糖匪《タンフェイ》は自称「虜にするのもされるのも大好きな、飽くなき好奇心の怪物」である。彼女の文章は世界中の主要SF・ファンタジイ雑誌や文芸メディアに掲載されている。博識なクリエイターであり、小説だけでなくインスタレーション・アートや詩、写真にも取り組んでいる。

わたしが最初に糖匪《タンフェイ》と仕事をしたのは短篇「自由への道」［自由之路］を英訳した二〇一六年に遡る。彼女はいつも非常に面白いアプローチで社会の中の「他者」に声を与えるが、「博物館の心」では二重の文学実験を仕掛けており、博物館という独特な文化空間の力を借りて非人類中心的な視点から語るだけでなく、同時に単線的な時間に囚われない視点も取り入れている。この異星人の語り手は人類にまぎれて隠れ潜み、子供の面倒をみながら、同時にその子の未来と彼がいずれ建造する博物館、そして展示物としての自身の役割を幻視する。この生物の目には因果関係は見えても及ぼす影響は見えないので、観測者がどんな影響を及ぼしたかは読者自身が見定めなければならない。
中国語では時間は時を表す副詞で表現されるので、あらゆる行動は文脈がなければ現在形となる。時制を指定しない報道風の訳文を考案したり、入り乱れる時制を英訳にあたってしかるべき形に置き換えたりするのは楽しくも難しい作業で、彼我《ひが》の隔絶感や知覚の異なる感じを表すのに苦労した。おそらく語り手の心中でははるかに多くの感情がよぎっているのだが、わたしたち時間に縛られた哀れな人々にできる限り説明してくれているという感じが伝わっていればと思う。

（鳴庭真人訳）

大衝運《だいしょううん》

大冲运

馬伯庸《マー・ボーヨン》／齊藤正高訳

まもなくオリュンポス・ターミナルに到着します。自分の荷物を片づけて車を降りる準備をしてください。

女声《ヴォイス》が天井から指図をした。その口ぶりには電脳スピーチ特有の冷淡さと機械的アクセントがあふれている。どうやら人類が太陽系辺縁にプールを作る時代になっても、コンピュータにもうすこし人間味をもたせるのは克服できない難題らしい。

思いきって目をあけ、せまい座席にちぢこまっていた手足を慎重に伸ばすと、ふいにねばりつくような疲労が襲ってきた。乗車してからどうしても眠れず、身体はやっかいな準・興奮状態だ。

こんな状態になった原因を考えてみる。

三十パーセントはこの全地形対応車《ATV》が旧式すぎるせいだ——運転手によると少なくとも十回は火星衝《しょう》を走ってきたらしい。やれやれ——振動がやりきれないはずだ。生命維持システムから四軸履帯《キャタピラー》まで一つもまともに反応せず、なんとか作動しそうなのは砂嵐警報だけ、山をこえようとするたびに車は全身をふるわせて頂《いただき》に突進し、その後、ドスッと重々しく落下した。底部のサスペンションが地面にふれると轟音をたてて砂塵をまき散らす。まるで火星の重力が規格外の重量だと苦情を言っているようだ。

二十パーセントはこの人混みのせいだ。この車両の定員は六十名だが、八十七名がつめこまれ、除塵室《じょじん》とフィルター室の間にも隙間なく人がしゃがみこんでいる。車底動力部にすら三人が入りこんでいた。核反応炉のいりくんだ外殻フレームの間で、若い男たちがそれぞれの姿勢をとり、荷物をかかえたまま寝息をたてている。酸素を節約するために運転手は空気フィルターの効率を三分の二に抑え、しかも、火星の大気を混ぜているから二酸化炭素と窒素の濃度は中毒になる寸前だった。そのうえ、足の臭いやら、炭酸飲料の香料やら、すっぱい汗の臭いやら、誰がしたのかわからない放屁に取りまかれ、オレの旅は水星の表面を裸で走るより耐えがたい。

残る五十パーセントは未来に関する漠《ばく》とした期待と緊張だ。

もうすぐ地球に帰る。家に帰るんだ。

だが、チケットは買っていない。

「やっと着いたか、まったく死ぬかと思った」文東《ウェン・ドン》は疲れた腰をぐいっと伸ばしたが、あやうく隣のヒゲ男の鼻をなぐりそうになる。ムッとして相手がにらむから、あわてて腕をひっこめた。

「ああ」できるだけ簡潔に答える。なにせ口を開くたびに腐った空気を吸いこむ危険を冒さねばならない。

「もうすぐ市内に着くぞ。まず酸素バーで地中海の空気をひと缶吸って、次はウィスキーを一杯、本物の氷つきだ。女の子が横にいたら最高なんだけどな」文東《ウェン・ドン》は楽しそうにしゃべりちらし、唾の飛沫が数摘、顔に飛んできた。それをオレは冷たくさえぎった。

「チケットを買いに行かないのか？」

「なんとかなるさ。あとで考えりゃいい。ここまでたどり着いたんだし、先に行けないってことはない、張《チャン》兄貴もそう思うだろ？」文東《ウェン・ドン》はどうでもいいという顔で小さな鏡を取りだすと、手櫛で髪をすきはじめた。オレはこいつの将来を思いやって首をふり、もう一度眼を閉じた。

こいつとは乗車してから知りあった。隣の席だった。席に座ると一言わびて、さっそくチタン缶の物入れを数個、座席の間に差しいれ、オレの空間を三分の一けずってきた。オレがムッとして怒りだす前に、こいつは〝兄貴〟と親しげに話しかけてきて、タバコを一本よこした。ライターを取り出そうとして運転手に見つかり、どやしつけられたが。

文東《ウェン・ドン》は二年前に火星に来た。仕事は地下資源の調査で、今回が最初の休暇らしい。だから、とくに興奮している。ぺちゃくちゃと自分の身の上をしゃべった。この長旅でもこいつの饒舌《じょうぜつ》はすりへらない。敬服にあたいする。

車はようやく速度を落とした。文東《ウェン・ドン》にかまわずに、ゆっくりと首をひねると、窓の外に遠く屹立《きつりつ》するオリュンポス山が見えた。まるで天を支える一本柱、青紫《インディゴ》の天空と赤黄《オレンジ》の大地に厳かに連なり、ただよう砂雲《さうん》は赤い中腹に渦をまき、タルシス高原の落日との対比はギリシア神話の壮大な気宇があった。

この火星最高峰は数百キロメートル離れていてもよく目立つ。それがオリュンポス・ターミナルの最も目につく道標となっていた。オレたちにとってはもう一つのトーテムに接近したということで、そこから帰省の旅に踏みだすことを意味している。

オレの職場はアルギル平原市で、タルシス高原の最南端に位置する。オリュンポス・ターミナルに行くには四〇〇〇キロにわたるマリネウス峡谷を越えねばならない。むろん、小型航空機に乗ることもできるが、火星の砂嵐は予測不能の危険を伴う。ほとんどの者は深さ七キロの断崖で陸行車《ローバー》の振動に耐えるほうを選ぶ。

目的地が見えて、この車も軽快になったようだ。前方に見える半円形の透明なドームに吼《ほ》えかかり、巨大な鋼鉄の体軀《たいく》をふるわせる。そこがオリュンポス・ターミナル、まるで逆さにふせた半透明の碗、周囲の山脈とくらべればまったく眼につかない。だが、火星最大の宇宙船発射センターで、生活区の面積だけで十数平方キロメートルもある。

およそ半時間で車は閘門《ハッチ》をぬけ、オリュンポス市街に入った。サラサラと砂が側面の防砂板をすべり落ちていく。外の景色は防御ドームのフィルター層が中和したスカイ・ブルーで、火星生活に慣れた者にはなつかしさを感じる色彩だ。

市内に入ると、ぐったりとしていた車内に突然活力がわく。乗客たちは次々に身を起こし、腰をもみながら荷物を取りだし、周囲の者に大声でしゃべりかけ――顔見知りも何もない――旅の怨みごとを言いあっている。文東《ウェン・ドン》はまっさきに立ち上がり、荷物でいっぱいの通路に器用に両足をさしこむと、頭上の荷物入れを開いた。

「張《チャン》兄貴、荷物を取ってやるよ」

オレが返事もしないうちに、周囲から通路をふさぐなと罵声があがる。文東《ウェン・ドン》が眼をまるくして怒鳴りかえそうとするので、引っぱって席に座らせた。この大事な時に面倒を起こされるのはごめんだ。

オリュンポス市の車道も混雑していて、速度が出ないことにはうんざりした。周囲には様々な交通機がひしめいている。ずんぐりした貨物用の全地形対応車《ATV》、ボロボロの地質探査装甲車、はては小型で敏捷な地面効果翼機《WIG》が大型車両のあいだを飛びまわり、その可動翼と底部シャーシが周囲の車体をこすって鋭い音をたてる。

だが、こんな状況も市政当局を責めることはできない。ここは発射場の付属区画として設計された。こんな規模の密集した生活区に発展するなんて想定外なのだ。根本的に改造するなら費用は新しく植民生態圏《コロニー》を作るのと大差ないだろう。誰もそんな費用を出そうとは思わない。

およそ一時間でオレたちの車両はなんとか中央広場へと入った。ふだん、この中央広場には大型太陽光パネルが並んでいるが、毎回、衝運《しょううん》（運は旅客輸送のこと。二十一世紀、地球上の「春運」では毎年春節にのべ三十億人が大移動する）の帰省ラッシュには停車場として開放される。そうしなければ、そもそも膨大な人数を受けいれることなどできない。だから、この時期だけこの区画は〝中央広場〟とよばれている。

心の準備はしていたが、車を降りると、やはり眩暈《めまい》がした。広場全体がわきかえっている。新旧さまざまなタイプの車両が数十、めちゃくちゃな向きに停車し、周囲は人の頭が波をうち、黒々とした塊《かたまり》となっていた。少なくとも数千名の乗客がここにいて、潮《うしお》のような喧騒がアナウンスを打ち消している。基地の冷たい静けさに慣れているオレには、これはやはり堪《こた》えた。

車のドアに立って深呼吸をしてみると、発射場の空気も濁っていた。これほどの人数が一カ所に集まっているのだ。循環システムの負荷を超えていることは想像にかたくない。やれやれ、小さな臭《くさ》い缶づめから大きな臭《くさ》い缶づめに移っただけ、火星生活は缶づめの中で暮らすことだとはよく言ったものだ。

広場の西に赤い横断幕が見え、三種の火星公用語で書いてある。

〝大衝運《だいしょううん》に備え、着実に乗客を出発させよう〟

「……言葉だけは立派だな」オレは肩をすくめた。この標語は何年も前からおなじみだった。発射場のスタッフもふくめ、だれも真剣に受けとめてなどいない。標語の両側でメンテナンス不足の超音波浮揚器がフラついているから横断幕が斜めにゆがみ、なかなか滑稽なありさまだった。この群衆の上空では標語も明らかに無力にみえる。

文　東《ウェン・ドン》がオレの後ろでバックパックを抱えたまま大口をあけていた。これほどの混雑とは予想していなかったようだ。

「なんてこった！　オイラが火星に二年いて会った人数より多いぞ！」

文　東《ウェン・ドン》は頭をかきながら感じたことをそのままぶちまけた。とことん青くさいやつだ。

そんな薄っぺらなことしか言えないのか。オレはというと、現実問題を心配していた。前回の大衝より人が多い。チケットを買うことを思うと気が遠くなる。順調に地球に帰りつけるか、それはまだ未知数だ。

オレたちのように外惑星で働いている者はおいそれと家に帰ることなどできない。だから、二年に一度の〝火星大衝〟はここで働く全員の精神的支えになっている。正確に言えば、天文学では火星接近をたんに〝火星衝《しょう》〟（衝は太陽と惑星が地球をはさんで直線上に並ぶこと）とよび、〝大衝〟（楕円軌道上で最接近すること）は十四年に一度の大接近を指すが、ヒトにとっては二年でもじゅうぶん長い。だから〝火星衝〟も〝大衝〟とよばれる資格がある。それでこの名称が誤解を重ねて伝わっている。

火星開発の初期、開拓者たちはたしかに火星大衝のタイミングで宇宙船を発射した。飛行距離を節約できるからだ。だが、現在の宇宙航行技術では大衝で節約できる距離などたかが知れている。しかし、心理面では絶好の理由をあたえた。火星と地球の距離が最も近くなる刻《とき》は家との距離が最も近くなる。天文台の予報は耳元でささやく悪魔のように家に帰って家族に会えと勧めてくる。こんな微妙な心理はやがて巨大な習慣に変わり、習慣がくり返されて一定のレベルを超えると、それは文化になった。

だから、〝火星大衝〟には火星全土が祝日のように沸騰する。まるで脳に接続した一つのボタンがあって、それを押されると全員がただちに別の精神モードに切り替わり、帰省を中心に生活を計画するようになるのだ。みな今か今かと日を数えながら、大衝のことを話し、地球へ帰ることを渇望する。〝義として返顧《へんこ》することなし〟（正しいことなら恐れるなの意）というわけだ。火星大衝に帰省を申請する人数は急増し、巨大な移動の潮流を作りだし、そして、二年に一度の帰省ラッシュはすべての人と当局から〝大衝運《だいしょううん》〟とよばれるようになった。

「もうダメだ。窒息する。すこし酸素を吸わなきゃ脳が萎縮しちまう。張《チャン》兄貴、じゃあな！」

文東《ウェン・ドン》は荷物を停車場のロッカーにあずけると、手をふって、煙のように去った。その後ろ姿をながめながら憐れみの念をこめて首をふった。あいつはやはり酸素を吸いにいくつもりらしい。ほんとうの試練はこれからなのだが……

文東《ウェン・ドン》が人混みに消えると、オレは荷物をかかえて無意識に周囲を見まわした。地面には点々とゴミが棄てられ、ヒトの足がそれを踏みにじっていく。大部分はオレと同じで長旅の疲労が顔に出ているが、眼はギラギラと鋭い視線を周囲に射出し、突撃を待つ戦士のようにぬかりなく足を運ぶ。あわい緊張を帯びた息吹《いぶ》きが群衆の上空にただよっている。それはどんな計器でも測定することなどできない。だが、たしかに存在する。

階段や太陽光パネルのフレームに座りこんだ数人が無表情で歯磨きチューブに入れた流

動食を吸っている。遠くでは半開にした宇宙服にもぐりこんで眠るやつらもチラホラ見える。いびきが雷のようだ。防砂シートを地面に敷いてカードをやりだすやつらまでいる。

ブルーの制服を着た発射場スタッフや警備員が群衆のなかにチラリと見えるが、瞬く間に水に溺れるように人の潮《うしお》に呑まれてしまう。ふだんは旅客の誘導などロボットがするのだが、たとえ最新型のロボットでも、これほど複雑な状況を処理することなどできない。ひとりひとりが多数の要素をふくんだ構造体《オブジェクト》で、膨大な人口が母数となって相互に影響しあい、複雑無比な行動モデルを構成しているのだ。計算量が膨大すぎて、どんな芯片《チップ》も焼ききるに十分だ。

なんとか群衆の変化に隙を探す。タイミングを逃せばチャンスは去る。必要ならば懸命に肩をつかい、腕をのばし、両足や尻までつかって人をかきわけ、移動する空間をつくりだす。そのうえ、体のバランスと荷物にまで気をつかわねばならない。これが地球の重力定数だったらどんなことになるだろうか、想像したくもない。

広場に集まった大多数の乗客は成人男性と成人女性で、かきわけて進むには骨が折れたが、罪悪感は少なかった——こんな時に老人や子供に紳士的態度を取らなくてよいのだから。

無数の白眼視や衝突に耐え、オレは肺の酸素を使いはたす前になんとか広場西側の航宙センター前にたどり着いた。

予想通り、十個の臨時窓口前は人であふれていた。人混みは航宙センターの中から外の停車場まで広がり、両側にのびる数本の赤いレーザーが秩序を保っている。そこに物売りが数名行き来して、宇宙缶づめを売り歩いている。むろん群衆がひしめいているが、やつらは自前の運搬ロボットを連れて路をつくる。商魂たくましいやつらだ。

窓口の上ではスクリーンが冷たく発射スケジュールをスクロールし、下で起こっている事態になどまるで無関心だ。オレはすばやく眼を走らせた。あのアルファベット一文字と四桁の数字で書かれたフライト番号は、全裸のファッション・モデルよりも心を奪われた。都合のいいフライト番号はすでに暗記してある。出発前に周到な計画を作ってあった。三つの候補が首位、ほかに数個、予備のフライト番号が用意してある。その発射時刻・価格・路線・座席位置、すべて暗唱できた。

オレはひそかにもう一度、チケット購入計画を復習し、胸から身分証《ID》をとりだすと、頭上に高くかかげた。

火星で働く人口など地球と比べれば相対的に多くはない。だが、定期フライトに乗れる人数はさらに少ないのだ。オリュンポス発射場の打ち上げ回数は日常的輸送を満たすことはできるが、大衝運となれば完全に不足している。火星管理局によれば、別の発射場を建設し、そちらを貨物輸送専用にし、オリュンポスを客運専用に改編するらしいが、これはまだ計画の段階で、建設を待っていたら息子が火星で就職する申請をだせる年頃になっちまう。

地球の友人が不思議そうに質問したことがあった。

「いまどき、ネットがあるのに、なんで原始的な行列をつくってチケットを買うんだ？」

じつは当初、火星でもチケットのネット予約をやっていた。自分の基地で指をちょっと動かすだけで搭乗チケットを予約できた。だが、すぐに抗議の声があがった。チケット購入者は火星全土に散らばっているが、目下、火星は信頼できる交通手段を欠いている。だから、いつもフライトに遅れる者が出て、座席のムダにつながった。チケットを買った者が来られず、行ける者がチケットを買えないのだ。

しばらく論争があって、ついに火星管理局はネットによるチケット販売を停止すると宣言し、全員一律に乗客本人がオリュンポスに到着してからチケットを購入できるということにした。この政策で宇宙時代の人類はいっきに体力と蛮力にたよる原始社会に退化させられたと言う者もいる。だが、オレはそれもいいと思った。少なくとも公平だろうと思っていたからだ。

地球のチケット購入とちがい、火星では購入前に精密検査を受け、体が宇宙航行に適応している必要があり、資格や身分などの資料審査も必要だ。完全なコンピュータ化が実現していても手続きは長くかかる。疑いもなく〝雪のうえに霜《しも》を加《くわ》う〟（災いのうえに災い）だが、航宙センターもやむをえず抽選方式を採用し、広場に集まった群衆をランダム・スキャンして、認証された者だけが窓口に入る資格をあたえられることになった。

だから、すべての者が全力でＩＤをふりまわし、レーザー光の伸びる先では狂乱の触手をもつ人球《じんきゅう》が形成されるのだった。

すでに何度か大衝を経験しているオレは多少コツを知っていた。たとえば、集団の中にいるときには最も高く手をあげる必要はなく、もっとも激しくＩＤをふれば先にスキャンされるわけではない。広場にはいくつか抽選確率が高い区域がある。しかも、オレはＩＤに反射増幅シートを貼り、赤外線の反射率を高めていた。この代物はもともと宇宙空間で人工衛星を探査する場合に貼っておくものだが、基地のエンジニアと知りあいになって、そいつがオレのＩＤに貼ってくれた。二百元も取られたが。

だが、その金を使った価値はあった。およそ三十分立っていただけでＩＤにバイブレーションが走った。しびれるような感覚が指先から脊椎《せきつい》に伝わる。スキャンが来た！　オレは狂喜した。窓口に入れば半分は成功したようなものだ。スキャンが一秒だけ静止すれば、購入システムに登録できる。

その時、バイブレーションが突然停まった。信号が中断したらしい。オレは驚愕して顔をあげ、なにか問題が起こったのかと思いながら、IDをきつく握りしめた。まるで劣勢を挽回しようとするかのように。だが、残念ながらそれは迷信にすぎない。すぐに窓口に入れる者の番号がスクリーンに表示された。オレじゃない。

がっかりして痛くなった腕を下ろし、ため息をつき、幸運なやつが誰か見てやろうと思った。群衆の中からざわめきが起こり、すらりと背の高い女が歩みでて、航宙センターにむかって行く。隠しきれない優越感が表情に出ていた。オレの傍らを通りすぎる時、女は首にかけたIDを扇子がわりにしながら、オレに流し目を投げた。

その小細工がオレには判った。あいつのIDにはきっとアクティブ反射装置がしこんである！　これはインチキだが、アクティブ・ソナーと同じでスキャン・センサーに強烈な信号を発射する。その信号は反射増幅シートより何倍も強い。なるほどせり負けるはずだ。だが、アクティブ反射装置はまだ小型化されていないはず、最先端の製品でも拳ほどの大きさがあり、IDにしこめるはずがない。だから、きっと体のどこかに装置を隠しているはずだ。オレは色魔のように、じっと相手の身体をながめた。あの豊かな胸か、あるいは高く張った尻か？

すぐに監察部門に通報すれば、あいつの小細工をばらすことはできる。うまくいけば、まだ自分の順番を取り戻すことができるかもしれない。

だが、そうすればオレ自身も小細工をばらされるかもしれない……

女もオレの視線を感じたらしい。足をとめてふり返ると嫣然《にっこり》と笑った。オレは彼女の視線を避け、スクリーンの発射時刻表を見るふりをした。彼女は何も言わず、身をひるがえして優雅な足取りで去った。

ほかに方法もないので、さらに二時間くらい待った。何度か失敗して、再度スキャナーの抽選にあたった。窓口に入ればシステムが単一《ユニーク》な番号を発行するから、もう列を作る必要はなく、静かに番号が呼ばれるのを待てばいい。ほっと息をつき、疲れた腕をもんで待合ホールに入ると、奇遇にも先刻の女と眼があった。

「ありがとう」蛾眉《がび》をかるくあげて、女は赤い唇をそっとひらいた。オレは一瞬とまどい、すぐにその意味を理解した。

「ああ、おたがいさまだ」そっけなく答える。

「ずっとこっちを見てたでしょ。〝装置〟がどこにあるかわかる？」

女は正面からオレを見つめ、その作った笑顔には揶揄《からか》うような意図が感じられる。オレは精神的にも肉体的にも疲れていて、こんな仄《ほの》めかしに興味はなかった。だから、淡々と答える。

「そんなことはもうどうでもいい。二人とも入れたからな」

この返答に相手は意表をつかれたらしい。すこしとまどって、彼女は額にかかった髪をかき上げた。

「おかしいな。火星の男ってみんな女に飢えているんじゃないの」

「この年齢《とし》だぞ、あんたがチケットならともかく……」オレは低い声でつぶやいた。

彼女はこらえきれずに笑いだし、気取りもなく白い手を差しだした。

「ヴァレーナよ」

オレはひかえめに握手して、すぐに手を離した。

待合ホールにいる人数も少なくない。いくつもない座席はどれもふさがっている。ヴァレーナは女の魅力を存分につかい、座っていた紳士に席をゆずらせた。オレはほかのやつらと同じように直立の姿勢をとるしかない。慣れた者なら片脚を微妙に曲げることで、重心をもう片方の脚にうつして交替で脚を休めながら、壁や柱にもたれるチャンスをさがす。

大衝の時期には待合にも格別の試練がある。それは肉体の苦痛ではなく、ひたひたと押しよせてくる退屈だ。まるで南アメリカの人食いアリのようにゾロゾロと精神を爬《は》いまわり、小さな尖ったアゴで忍耐力と理性に咬《か》みつく。それは一種の精神的凌遅刑《りょうちけい》（手足を切断して、すぐに殺さない刑罰）で、焦らせ、落胆させ、ついには恍惚《こうこつ》すらも経験させる。まるで時間の経過が無限に細長くひきのばされ、首をゆっくりとしめあげてくるようだ。ハード面で十分な準備をしてくる者は多いが、最後にこのソフト的要素でつまずく。

この試練に対抗するために見知らぬ人間と話をするのは必然の選択だ。すぐにオレとヴァレーナはたがいに小細工を見破った気まずさを忘れ、あれこれと雑談をはじめた。どうせ赤の他人だ。なにも遠慮することはない。

すぐにオレたちは相手の事情を理解した。彼女はキューピッド盆地で基地付き保健医をしている。だが、彼女自身の言葉を借りれば、「男どものセクハラに対処する方が治療に費やす時間よりずっと多い」そうで——なるほど先刻の感慨もうなずける——今回、はじめて大衝運に参加して地球に帰るそうだ。

「初めてとは思わなかったな。あれはかなり慣れたやつのやり口だ」

ヴァレーナは肩をすくめ、手のひらで左の胸を支えて大げさにゆらした。

「基地の人がいろいろと教えてくれて、専門の道具も提供してくれたの」

その表情を見ていてオレにも想像できた。交配という目的のために、男は自分のもてる優位をなんであれ美女にせっせと差しだす——はたしてヒトは進化などしてこなかったのではないか、少なくとも男はそうだ。

その隆起する優美な曲線をみながら、下に包まれているのが電子部品だと思うと、すこし残念な気がした。

「でも、こんなに人が多いとは思わなかったわ。予想の十数倍ってところかしら。こんな人数がいるなんて誰が思う？　あの臭い男どもが大げさに脅かしているのかと思ってた」

「大衝にオリュンポスに集まる人口が多いから火星の自転軸が何度かずれるらしいぞ」

「それ、ジョークのつもり？」

「火星ジョークだ。火星《スパークル》だろ」オレは掛詞《かけことば》で答えた（火星には火花の意味もある）。

こんなことを話していると、突然アナウンスが頭上で響いた。思わず憎悪をいだく電子女声《ヴォイス》が全員の鼓膜と脆弱《ぜいじゃく》な防衛本能を突き刺す。


本日のチケットは完売しました。待合の旅客は明日また来てください。

ホールにつめかけた群衆は怒号を発し、悪態があちこちから上がり、床や壁に唾が吐かれる。実際、この結果はクソだった。オレたちは膨大な努力を費やし、競争相手を出しぬき、何とかチケット購入の列に並んだのに、明日また来なければならない。成功との距離はわずかに一歩、最初から失敗した場合より精神的ダメージが大きい。人々の怒りはすべて火星管理局に向けられた。やつらがもっとうまくやればいいんだ。

前日に窓口に入った客に優先権をあたえるとか、数日前から予約を許可するとか、スクリーンに定期フライトの残り座席数を表示しておくとか、そんなの簡単なことだろ、なにも手間はかからない、などなど。

　これについては管理局も苦しい判断を述べている。優先権を与えると、その公正さに無数の疑いが出される――じつは最初から何の公正さもないのだが。事前予約を許可すると、それは正確な長期発射計画を作らねばならないことを意味する。むろん、火星の気象や航宙センターの業務態度を考えれば不可能な任務だ。残り座席数の表示をすれば黄牛《ホワンニュウ》（屋《ダフ》）の生きる余地を奪ってしまう。

「あんたの聞いた言葉は間違っちゃいない。オレの言ったのはダフ屋、宇宙ダフ屋だ」オレは冷静にヴァレーナに教えてやった。相手は〝そんな本は読んだことがないわ、だましてる？〟とでも言いたげな表情をしている。

「火星にもダフ屋がいるの？」彼女の行動力は大したものだが、この方面ではやはりヒヨッコだ。

「ダフ屋はゴキブリよりも生命力が強い。どこにでもいる――ゴキブリは少なくともスリッパを恐れるからな」

　こんなユーモアもヴァレーナには響かないようだった。先刻の事態で大きなショックをうけ、表情はまだ腑ぬけたようになっている。いま、オレたちはチケットを奪いあった広場に戻っていた。今日のチケットはもう売り切れたのに、広場にはどんどん人が流れこんでくる。窓口に入れなかった者もその場を徘徊して奇跡が起こるのを待ち、もしやと幸運を望む者たちが火星各地からオリュンポスを目指して集まってくる。黒々と密集した群衆は広場本来の色彩をおおいかくし、各人が享受できるパーソナル・スペースは宇宙船よりも小さい。

こんな状況のおかげで、オレとヴァレーナは否応なく身をよせあった。彼女の肩があたり、右手がふれそうになり、身体がゆれるたびに豊かな胸がわずかに肘にあたる——何も興奮することなどない。そこにあるのはアクティブ反射装置だ。

じつを言えば、若い女の柔らかな身体と二枚の薄い布をへだててふれあうのは、やはり悪くない気分だった。だが、もし選べるなら、オレはむしろ自分の名前が印刷された搭乗チケットを肌身につけたい。

「わたしたち、これからどうする?」群衆がどんどんわいてくるのを見て、ヴァレーナは自信を失い、顔を蒼白にして質問した。オレは彼女が無自覚に使った〝わたしたち〟という言葉が気になった。事態が予期せぬ方向に発展した時、女性は頼りになる相手——あるいは頼りになると感じた相手——を探すことがあるが、ちょうど近くにいたのがオレというわけだ。

「まずは腹ごしらえだ。そのあとは運しだいだな」

オレは顎をなで、わざと深刻そうに言ってみた。ヴァレーナの眼に期待の火花がひらめき、しっかりとオレの後ろについてきた。

〝ステーション前レストラン〟——名こそ〝レストラン〟だが、じつは備蓄倉庫にすぎない。倉庫には椅子と円卓がいくつか並んでいて、チタン缶を二つ出してきて、カウンターを支えている。キッチンはないから、カウンターの後ろに山と積まれた宇宙缶づめがあるだけだ。小型液晶に缶づめの種類が表示されている。

この〝レストラン〟は航宙センターのスタッフが運営している。膨大な人数の乗客に便宜をはかるという名目だが、じつはおいしい役得なのだ。航宙センターは搭乗前の乗客に対し呼吸維持システムに責任をもつだけで、飲食のサービスは提供リストにはない。だから、乗客には二つの選択肢しかなかった。その一つは飲食物を持参してくること、ただしこれは荷物の重量制限があるから割にあわない。もう一つは航宙センターのスタッフが私的に設置した〝レストラン〟で食べることだ。こいつらは大衝運の前に地球から大量の宇宙缶づめを買いこんでいる。安価で、輸送しやすく、長期間保存がきき、調理も簡単だ。どうせ乗客にほかの選択はないだろうと当てこんでいる。

路上で店を開くスタッフのほかにも閑《ひま》なやつらはいる。こいつらの仕入れた缶づめは少ないから倉庫を借りられず、搬送ロボットを自分の背後につかせて広場を売りまわる。オレがレストランで食事をすることにした理由は、腹がへったことが三十パーセント、のこる七十パーセントはレストランの背後に隠れている。

オレとヴァレーナはやや清潔なテーブルをみつけて座った。彼女は顔をしかめて内ポケットから紙ナプキンを取りだすと、テーブルにこびりついた火星の砂と赤や緑のベタベタした汁をこすり落とそうとした。周囲のテーブルにも客がいたが、みな表情が憂鬱で、ペチャクチャとしゃべっている。話題は何でもありだ。

四十すぎの中年女性がカウンターの後ろから出てきた。タバコを一本くわえている。透明な密閉型ヘルメットをかぶっているから、内部に煙がただよっていて、顔もはっきりみえない——これは基地の安全とニコチン中毒者との妥協の産物だ。毛ほども丁寧なそぶりなど見せず、彼女は何を食べるのか尋ねた。オレは流動ソーセージと半流動揚州《ヤンヂョウ》チャーハンをそれぞれひと缶注文した。ヴァレーナはこめかみを押さえて、ホウレンソウをひと缶注文した。無作為に瞬きをしているのは苦渋の選択といったところか。

このレストランの調理はすばやい。これ以上ないほどだ。店員の仕事は倉庫から必要な缶づめを選んで、テーブルに持ってくるだけなのだから。オレは慣れた手つきで缶づめのパックを開け、底部の加熱層を押した。三十秒ほどで熱くなる。

「さっさと食って元気をだせ。食ったらチケットを何とかするぞ」オレはチューブに口をつける前にヴァレーナにそう言った。彼女はやけになって缶を手に取ったが、賞味期限に目をやると、また元の場所にもどした。

「何とかするって、どうする気？」

「ああ、ここでだ」オレは店主を指さした。

「それって、あの人がダフ屋ってこと⁉」ヴァレーナは美しい目を丸くした。オレは肩をすくめる。どうやら基地の連中に大衝の全貌を教えてもらったわけではなさそうだ。航宙センターでレストランを開店できる人物にはかならず背景がある。やつらは食べ物をあつかうほかに、むろんチケットもあつかう。後者の利益は驚くほどだろう。

オレの励ましをうけて、ヴァレーナはホウレンソウの缶づめを開けて、二、三口でそれを食べおえた。まるで食べないと店主の機嫌をそこねてチケットを買えなくなるとでも思っているようだ。

こんなふうに食事はそそくさと終わった。味など言うも愚かだが、飢えはしのいだ。オレとヴァレーナはIDを取りだすと、カウンターの前に行く。店主はヘルメットの中で雲を呑みながら、レジスターに値段をタイプした。

「え!? こんなに高いの!」ヴァレーナが思わず大声を出す。あわててオレは彼女を引っぱって〝だまれ〟と眼で合図する。そして、二人のIDを店長にわたす。それをチラリと確認して、店主は何も言わず、常識ばなれした価格から多少差し引くと、IDを返してよこした。

　IDを受けとって何でもない様子をよそおって訊《き》く。

「今日のは用意できるか?」

せっぱつまってチケットを手に入れたいくせに、卑屈に頼みたくもない、そんな連中には慣れているらしい。店主はずばり答えた。

「今日のはムリだ。明日のならまだある」

「どのフライトがある?」

「どれでもある」店主は自信たっぷりで、ヴァレーナも思わず敬服したようだ。「あんたら、どれだけ出すつもりだい」

　店主が補足する。「あたしのところじゃダマシはなし、暴利も取らない。Kチケットは二百パーセントの労務費追加、Dならさらに百五十パーセント、Zなら百七十パーセント、どれでも領収書をつける。どうだい? じゅうぶん良心的だろ?」

「良心的ですって! それじゃ強盗だわ!」ヴァレーナが思わず小声でつぶやいた。

店主は言わせるままにして笑った。

「お嬢ちゃん、強盗が地球に帰してくれるなら強盗されたらどうだい？　金を払わないならそれもいいさ。若い娘ならセンターの幹部とちょっとオネンネすればすぐに帰れる。よく考えるこった。条件は悪くないんだ」

こんな露骨な話を聞き、ヴァレーナは顔を赤らめた。じつはそう見せているほど豪快な性格ではないらしい。

オレはさっそく話を切りだした。「Kチケットを買うから労務費を少しまけてくれ。こんなところに何日もいたら出費も実際……」

面倒なやつと言わんばかりの態度で、店主はカウンターを叩き、ヘルメットの中でまた煙の輪を吐いた。

「はやく行きたいなら簡単じゃないが、虫洞《ワームホール》行きに乗りな。だれも止めやしない」

これにはぐうの音も出ない。

火星と地球の間には虫洞《ワームホール》が連なっていて片道わずか十時間で到着する。だが、こんな空間跳躍をするDチケットは高くて買えない（Dの意味は洞《ホール》のDONGだ）。次の選択肢は大量の推進剤をかかえる直行のZ（直の中国語発音はzhi）、この宇宙船は火星から地球まで一回も停船せずに直行し、途中で燃料を補給する必要もない。

そして、オレの買えるのは普通のKチケットだ（快速の快 kuai の意）。これは燃料を節約するために火星IIや月の重力で加速するから、何周か遠回りして片道で八日かかる——ただひとつの長所は相対的に安いというだけだ。

「どうする？　明日もあの当てにならない行列に並ぶか？　それともここで決めるか？」

オレはヴァレーナの方を見た。その表情から苦悩が見てとれる。もう一度あの長い行列に並んで、またチケットを買えなかったら精神が崩潰せずにはすまない。

「わかった……わたしも一枚買う。ありがとう」彼女はついに妥協した。

とうに店主は彼女の選択を予想していた。さっとオレたちのIDを再度持っていく。

「今日は半分だけスキャンする。明日、チケットを受け取りにくる時にもう半分だ」

そう言うと、店主はペンを取り、蛍光紙のうえにいくつか文字を走り書きした。

「明日、これを持って来な」

「今日もらえないのか？」オレは一刻も早くチケットを手にして安心したかった。

「バカを言うんじゃないよ。チケットはぜんぶ当日に確定するんだ。待ってればいいのさ」店主は乱暴にこの話を打ち切った。

オレとヴァレーナはレストランを出た。彼女の表情はどこか奇妙だった。金を取られて落胆しているのが半分、喜びのようなものが半分といったところか。彼女はふいに足をとめて大きな瞳でオレを見つめた。

「あの人たち、ほんとうにチケットを用意できる？」

「前にも何度かあそこで予約した。だいじょうぶだ」そう言ってなぐさめる。

「そうだといいけど……」彼女は小さくつぶやいた。いまや精神的にも肉体的にも疲れはて、アクティブ反射装置をつかって群衆から進みでたときの得意な表情は見る影もない。

明日会うことについて話そうと考えていると、ふいに重大な問題に気づいた。

店主はオレと彼女が赤の他人だと知らない。だから、二枚のチケットの受取書を同じ紙に書いた。この受取書は切り離せない。そして、二人とも見ず知らずの相手に自分の受取書を渡して安心などできなかった——万一、相手の気が変わって他人に転売されたら、とんでもないことになる。店主はメモを覚えているだけで相手など覚えていない。

オレたちはこの件では相手を十分に信頼することなどできない。これが意味することは、二人でいっしょに夜を過ごすという選択肢しかないということだ……

広場はあいかわらず人でごった返していた。チケット購入を待つ人々はまるで地球の原野にびっしりと生える雑草のようだった。両者の生存環境はきわめて劣悪だが、生命力もきわめて頑強で、わずかな隙間を見つければ強靭《きょうじん》にして百折不撓《ひゃくせつふとう》、そこにしっかりと根を下ろす。ただ一つのちがいは雑草の生命力は種《しゅ》の繁殖本能からくるが、目の前にいる群衆の生命力は故郷への思いからくるということだ。一・二億キロの距離も家に帰りたいという衝動を抑えきれるものではない。

かつて地球から来たジャーナリストが大衝運を〝叙事詩的な宇宙移動〟とか形容し、どうせ他人事だから〝大衝運は空間に横溢《おういつ》する生命の歌である〟とか述べた。それをオレは鼻で嗤《わら》ってやった。政府の公用船に乗ってくる脳天気な野郎に民間の苦労などわかるか。〝叙事詩的〟なのはお前の頭《おつむ》、〝生命〟とやらはお前の屁だ。大衝運に意味などない。ただチケットを手に入れれば王道にして正統、最初にして最後、アルファにしてオメガだ。すべての物語は喜怒哀楽どれもがチケットをめぐってせせこましく存在している。

そして、オレがまさに直面している事態もその中の一つの物語にすぎない。

ヤミでチケットを予約した受取書で失敗をやらかし、オレはヴァレーナといっしょに夜を過ごさねばならなくなった。

この物語にはさまざまな展開がありうる。彼女が喜んで同意して二人で一つ部屋に泊まり、自然な流れでベッドで睦《むつ》みあい、翌日チケットを手に入れてそれぞれの行き先にむかう。そして、一夜の情熱は夢のような淡い記憶となる……あるいは、こんな見ず知らずの男と同じ部屋に泊まるくらいならチケットなど要らないと彼女が憤然とはねつける。最もありそうなのは一晩むっつりと黙りこんで、オレが床に寝て、彼女がベッドに寝るという展開だ。

だが、実際、この物語における最大の障害はヴァレーナの態度じゃない。ハードウェアの欠乏なのだ――オレたちにベッドなどない。オリュンポスは宇宙船発射センターだから、居住空間はきわめて限られていて、大衝の期間にだけわいてでる乗客に対応するようにはできていない。だから、街頭で野宿することを選ぶやつらもいる。どうせ都市の温度は一定に保たれている。金を払って倉庫に落ちつく場所を探すやつらもいる。船外活動用の宇宙服を持ってきて、寝袋代わりに貸しだす者までいた。

オレは二人が直面している苦境をヴァレーナにくわしく説明した。何でもないことのような口調を慎重に選び、下心があると疑われないように注意を払った。ヴァレーナは説明を聞くと、うつむいて熟考に沈んだ。高い頬骨に白い光が浮き、彼女の輪郭をすこし抽象的に見せた。およそ二分で顔をあげると、彼女の目からは緊張が消えていた。

「いいわ。その受取書はあなたが持っていて」

この返事には意表をつかれた。受取書には二枚のチケット予約番号が書いてあるだけで、二人の名前はない。これを持って航宙センター行き、乗客名を登録する前なら誰にでも譲ることができる。言い換えれば、オレがこれを転売すれば大金を稼ぐことができるし、ヴァレーナに損害を取りかえすチャンスはないということだ。

「誰かに売るとは思わないのか？」率直に訊いてみた。

「あなたをひと目見て信頼できるってわかった。なんて言ったら信じる？」

「冗談だろ」

　彼女は可愛らしい笑顔をみせた。

「それなら、あなたのＩＤをわたしが預かる。これでおたがいに信頼できるでしょ？」

「あんた、頭がいいな……」オレはつぶやいた。たしかに完全な解決法だ。ＩＤがなければオレは搭乗できないし、彼女もＩＤの指紋ロックを解除できないから悪さはできない。オレたちはたがいに自分には無用で相手には重要な物を手にすることになる。むろん、これでオレと彼女の一夜の夢も泡と消えた。

「オレのＩＤだ。なくすなよ」心配になって、ひとこと注意をし、ついでに質問してみた。

「どこで休む気だ？」

「教えたら夜ばいにくるでしょ？」ヴァレーナの表情に警戒の色が浮かぶ。

「何とも言えないな。大衝の期間に起こる一夜情《アヴァンチュール》は通常の十倍だ」オレは真顔で答えた。

「それも大衝ジョーク？」

「ああ。このジョークの笑えるところは大衝運じゃ、相手を探すことはできても部屋を探すことができないってところだ」ヴァレーナはすこし笑い、何も言わなかった。気まずさをまぎらわすためにオレは別の話をすることにした。

「天文学的には火星大衝は十三年に一度のはずだろ、なのに〝大衝運〟は二年に一度だ。なぜだか知ってるか？」

「知らない」あきらかに興味がなさそうだ。

「科学知識の足りない小説家が言いだしたんだ。そいつは普通の火星衝を大衝とまちがえたが、誤りを指摘された時、こう答えた。〝その通りです。わたしは間違いをしたかもしれない。ですが、大衝のほうが響きがいい。そうじゃありませんか〟こうして大衝運という名称が間違いを重ねて、熟語になってしまったんだ。たしかに〝大衝運〟の方が〝衝運〟より言いやすいのは認めなくちゃならないな」

「ほんとに哀れな人……」ヴァレーナはそっけなく評した。

オレたちが別れようとしていると、ふいに陽気な男の声が聞こえた。

「ヨォ、張《チャン》兄貴じゃないか？」

文東《ウェン・ドン》だった。酸素バーから出てきたばかりなのだろう、何ともしまりのない表情をしていた。ヴァレーナを見て、眼に奇妙な表情を浮かべる。「チケットが手に入ったんだな。のんびりと楽しくやってるんだ」オレはあわてて説明した。「さっき知りあった友だちのヴァレーナだ」文《ウェン・ドン》東は意味ありげな表情を浮かべてオレを指さしたが、眼は彼女の豊かな胸にくぎづけだった。ヴァレーナは象徴的に両手の指先をタップし、上品に不快感を表現した。

「チケットは？」オレは何となく訊いてみた。オリュンポスでは当たり前の話題だ。イギリス人が天気について挨拶をかわし、中国人が食事をしたかと尋ねるのと同じだ。

そんなことはまったく気にしないというふうに、文《ウェン・ドン》東は首を回した。

「もちろんだ。オイラにゃ兄貴が何人もいて、みんなスゲェいい人で頼りになる。地球に帰るチケットが欲しいって言ったら、すぐに何枚かやるから好きなのを選べばいいって言ってくれたよ」

オレとヴェレーナは眼をあわせて首をふった。二人ともこの若造がホラを吹いていると思った。大衝のチケットはタマゴを買うのとはわけがちがう。ひとこと言えば何枚かだって？　よく言うものだ！　文《ウェン・ドン》東は再度ヴァレーナを見ながらオレに言った。

「張《チャン》兄貴、発射までやることがないなら酸素バーに来てくれよ。店の人と友だちになったんだ。オイラがちょっと言えばタダにしてくれる……」

オレはいいかげんに返事をしておいたが、鬱陶《うっとう》しくてたまらなかった。

文《ウェン・ドン》東はあれこれとしゃべりちらし、口笛を吹きながら去っていった。ヴァレーナはオレに意味ありげな一瞥《いちべつ》をくれた。「あなたの友だち、ほんとに面白いわね」オレは間髪いれずに答えた。「旅で知り合っただけだ。顔見知りでもない。荷物を持とうか？」

ヴァレーナは必要ないと身ぶりで示した。彼女は大きな荷物を広場の預かり所に置いてきたようだった。火星の重力は地球と比べれば恐ろしくもないが、大きな荷物を持って移動するのはやはり便利とはいえない。

こうして、オレたちは別れを言い、明日あの店で会うことを約束した。

ヴァレーナのしなやかな後ろ姿がごったがえす人混みに消えていくのを見送り、オレは今晩どうしようかと考えた。正規のホテルは考えるまでもなく除外だ。オリュンポス全域で一つしかない。職員宿舎もきっと埋まっている。運がよければ備蓄倉庫の片隅で落ちつく場所を見つけられるだろうが、運がわるければ広場で眠るしかない。

最終的にオレの運はよくもわるくもなかった。水耕農場の管理人と話をつけて農場で一晩がまんした。これは人類が宇宙に進出するプロセスで最も重要だった発明の一つで、基地や宇宙船にはそれぞれ一つ常備されている。巨大に成長するように調整された栄養液で宇宙野菜を大量に栽培し、星間旅行する者に必要なビタミンを補ってくれる――もちろん、オレにとってこの偉大な発明の価値は培養槽の間にのこされた放熱と通風のための空間にある。そこなら一人が横になれるからだ。

こう言うと、みじめな選択のように聞こえるかもしれないが、想像よりも快適だ。植物の生長を促進するために適度な温度があるし、酸素をふくんだ空気も十分、しかもキュウリやキャベツ、ニラなどのすがすがしい香りのなかで眠れて、ある意味、アロマテラピーとも言える。深夜に人の声がやむと野菜たちの話し声が聞こえますよと、管理人は請けあってくれた。

ああ、その通り。オレの言ったことにはやや誇張がある。だが、ある種の状況ではあんたも自分を励ますために積極的な理由を探すだろう。そうしなければ精神が崩潰するかもしれない。大衝の時期には精神崩潰にいたる者が何人も出る。発病率は宇宙孤独症より高い。

翌日早朝、オレは両目を赤く腫《は》らして、全身レタスのニオイがしみつき、駅前レストランにやってきた。昨晩はよく眠れなかった。培養槽のモータがずっと唸りをあげ、一時間半おきに噴水装置が頭ごしに鋭い音をたてた。ニンニクの生長促進灯がチラチラと点滅していたことは言うまい。かつてこれほど神経にさわる野菜棚を見たことがなかった。

ヴァレーナはもう店の入り口で待っていた。彼女のほうは英気を養ったようだ。

「昨日は大して眠れなかったみたいね」ヴァレーナは口をすぼめて笑った。

「いまならどうして子供が野菜をきらいになるかわかる」オレはひとことつぶやき、問いかえした。「あんたは？　どこで休んだ？」

「えっ、オリュンポス中央ホテルだけど？」

「そんなバカな!?　不可能だ」オレは思わず言っていた。

「ちょうど火星管理局の部門リーダーが一人で泊まっていたから、ちょっと彼を利用したの」ヴァレーナはリラックスした表情で言った。

「利用した？」オレはこのプロポーションのいい女に疑惑の目をむけた。ヴァレーナはフフフと笑った。

「いやらしいこと考えてるでしょ。わたしは彼と同じ部屋で眠ることを承知しただけで、ほかのことは承知していないわ。でも、隣部屋の娘《こ》はチケット管理部門のリーダーと一夜を過ごしたみたいね。あの体はどうしたってチケット一枚の値打ちがあったはずよ。チッ、わたしだってそういう気分を抑えきれなくて」

「……それ以上言わなくていい」

「かまわないでしょ。どうせすぐに別々の路を行くんだから」そう言って、ヴァレーナはＩＤをオレに返した。オレは受取書を取りだして彼女に見せてから、肩を並べてあのレストランに入った。

　店主はあいかわらず透明なマスクの中で煙を吐いていたが、オレたちを見て、すぐにマスクを取って出迎えた。店主がこの何時間かでこれほど慇懃《いんぎん》に態度を変えたことを怪しんでいると、相手は三分《さんぶ》のやましさ、三分の投げやりな感じ、わずかな傲慢さをみせて言った。

「すまないね、あれはナシだ。金は返す」

この知らせは火星の雷嵐《サンダーストーム》に打たれたどころではなかった。オレとヴァレーナは呆然とその場に立ちつくした。まるで全裸で真空に抛《ほう》りだされ、輻射で全身に千もの穴を開けられたようだ。

人の心理的限界は微妙なものだ。それは固定パラメータではなく、予想した基準によって上下する。もしオレたちが三日後にチケットを受け取れると予想していれば、心理的限界は五日かそれ以上だった。だが、オレたちは〝翌日にチケットを手にいれて、おさらばできる〟と思っていた。それなのに突然手に入らないと知らされたのだ。心理的限界を撃ちぬかれたと言っていい。

オレはほとんど怒鳴りつけるように店主に言っていた。

「ナシだと！　ふざけるな！　引き受けただろ！」

店主は冷静にタバコの灰をはじいて説明した。

「この件じゃ、どうしようもなかったのさ。知ってるだろ、あたしらの小商売《こしょうばい》じゃ、ちょっとしたコネがあるだけさ。裏で力をもつやつが一言いえば、チケット部門も出さないわけにゃいかないだろ？　そういうわけで、あんたらがはじき出された。よくあることさ」

オレは怒って鋼化ガラスのテーブルを叩いた。

「手付金を払ったろ！　なんでチケットがないんだ！　窓口は先に並んだ順番なんだぞ。オレたちに今からどうしろと？　言ってみろ！」

オレがキレたのを見て、店主はあわてて慰めるような口ぶりになる。

「金は全額返す。損はないだろ」

「金の問題じゃない！」オレは大声で言った。通行人やレストランの客が数人、こちらに視線をむける。店主はカウンターから流動牛肉とキノコの缶づめをいくつか取り出し、オレの手に押しこんだ。そして、なかば頼みこむように、なかば脅すように言った。

「こっちも悪かった。こいつで埋め合わせにしておくれ。騒いで管理局の眼についたら、どっちも美味《おい》しいところがないだろ」

怒りをぶちまけているうちにオレも冷静になってきた。こんなふうに店主をしめあげて流動食をせしめても何もならない。当面の急務は次にどうするかだ。オレはヴァレーナのそばに行き、彼女の肩を叩いた。

「行こう、ほかの方法を考えよう」

顔をこわばらせたヴァレーナは言葉もなく、おとなしくオレについてレストランを離れた。

オレたちは並んで路を歩いた。失望の重苦しい雰囲気が身辺を蔽《おお》い、二人は口も利かなかった。あてもなく歩きに歩くと、ヴァレーナは小さくすすり泣きをはじめ、涙はあとからあとからあふれてきた。ハンカチまで出してふきはじめたが、清《す》んだ嗚咽《おえつ》をともない、ふいてもふいても液体は高い頬骨にそって流れた。彼女は以前のように大股で歩いていたが、全身は内面から崩潰しようとしている。

この状態を危険だと思い、オレはヴァレーナの手を引き、すこし静かな場所に連れていき、肩を押さえてこちらを向かせた。すこし慰めたかっただけだが、ヴァレーナはそのままオレの胸に飛びこんで、大声で哭《な》きはじめた。ほかに手の施しようもなく、会ったばかりの女が自分の胸で涙を流すにまかせた。このクソッタレな大衝運め、お前に苦しめられ、壊された人間がまた一人ふえたぞ。

ヴァレーナはたっぷり半時間も泣いた。体中の水分をしぼりだしてしまうのではないかと心配になったが、なんとか泣きやんだ。

「すこしはマシな気分になったか?」オレはたたんだ塵紙《ちりがみ》を取りだした。彼女のハンカチはとっくに涙でグズグズになっている。

ヴァレーナの顔には二つの赤い隈《くま》が浮いていた。彼女は紙を受けとると、目尻と唇をぬらした涙をふいた。

「ありがとう」彼女は小さな声で言った。「限界だったの。家に帰りたい。ほんとに帰りたいのよ。ここの生活なんてもうイヤ、まるまる二年、あんな仕事も、あんな男たちも大キライ、地球に帰る日を数えない日なんてなかった。でも、ここまできて……」

彼女がこれほど自分の感情をさらけだすとは意外だった。オレも思わず共感していた。

「そうだな。オレも同じだ。ここにあるのは赤い土、赤い岩、赤い砂嵐だけだ。オレは息子に約束してるんだ。二年に一回帰るってな。あいつとほんとの緑の草の上でバドミントンをして、水のなかで泳ぐんだ。それに母さん、ずっと具合がよくない。今度帰ったらつきそって検査に行くつもりだ——わかるだろ、年寄りは一人で冷たい機械の上で検査されるなんて慣れていないからな……」

オレたちは肩をよせあい、たがいに顔をよせ、まるで夫婦のように頭上にひろがるドームをながめながら話をした。何でも話した。オレが地球で行われている狩猟にはうんざりすると話すと、彼女は地球の大都市にある有名ブランドのことを話した。童話にでてくるマッチを売る少女のように、オレたちは一本また一本と美しい思い出のマッチを擦った。この大衝の日々で得たわずかな慰めだった。

どれだけ時間がたっただろうか、大きな荷物を抱えて通りすぎる人が見えた。オレたちは憐憫《れんびん》と、それも当然かという二つの表情を目にうかべた。この時、オレたちは猛然と我に返った。二人は目をあわせ、一瞬、ちょっとした気恥ずかしさを感じた。その気まずさをまぎらわすために、オレは最も現実的な話題を使った。

「これからどうしたらいいだろうな？」

ヴァレーナはうつむいて唇を咬《か》んだ。オレには彼女が何をしようとしているのか判《わか》ったから、あわててその手を握りしめて言った。

「そんなふうに考えるな。きっと方法がある」

ヴァレーナはすこし笑ったが、手を引きぬきはしなかった。

オレの頭脳は高速で回転した。ほかにどんな方法でチケットを手に入れたか、過去の例を必死に思いだす。しばらく苦しい思考をして、オレは受けいれざるを得なかった。本当に行き止まりだった。

ヴァレーナは呆《ほう》けたように発射場の方向をながめて、口の中でつぶやいていた。

「地球に帰してくれるなら、宇宙船のフレームにしがみついてもいい、酸素のない動力室でもかまわないわ」

「酸素……」電光石火に考えが閃《ひらめ》く。

「ひとつだけ方法がある」オレは彼女に言った。

「なに？」

「昨日会ったあの若いやつだ……そんな眼でオレを見るな。オレだってあいつがホラ吹きだってことはわかってる。だが、他に方法がない。だめでもともとだ——最後までやってみよう」

オレたちは酸素バーで文東《ウェン・ドン》を見つけた。すくなくともこの点であいつは嘘をつかなかった。オレたちが見つけたとき、酸素バルブに口をつけながら、得意満面で女友だちにホラを吹いていた。周囲で鳴っている音楽よりも声が大きい。どうやらあいつはオリュンポス発射場の最高幹部の甥ということらしい。しばらくしたら自分が火星管理局の副局長だと言いだすかもしれない。

オレはあいつに声をかけた。文東《ウェン・ドン》は驚いて酸素バルブを放りだすと親切に出迎えた。

「ヨォ、張《チャン》兄貴！　来てくれらか！　オイラ、ここの酸素をれんぶ吸っちまった。まっ、まあ、かけつけ一口、地中海のら。クレタ島のも悪くねえろ！」

眼が赤く、ろれつが回っていない。典型的な酸素酔いだ。文東《ウェン・ドン》オレはこいつを支えてソファーに座らせ、ヴァレーナにも座るように目で合図をした。文東《ウェン・ドン》はヴァレーナを見ると大口を開けて笑い、もがいて立ち上がって彼女の手を握ろうとするから、押さえつけねばならない。

「文東《ウェン・ドン》、ちょっと聞いてくれないかな。張《チャン》兄貴からひとつ頼みごとがあるんだ」オレはつとめて柔和な口ぶりで言った。こんなヤツに頼むのはオレだってイヤだ。だが、ほかに何か方法があるか？　状況は人より強い。

「おい！　兄弟だろ、オイラを見くびっちゃいけねえ。兄貴が頼むなら、よっぽどの事だ。言ってくれ」文東《ウェン・ドン》はわめいた。

「そうだな、文東《ウェン・ドン》は言ったことは必ずやる。火星南部の十六基地でその名も聞こえた漢《おとこ》だよな」オレはまず逃げ口上をふさいだ。それを聞いて、相手はいい気分になったようだ。

オレはすかさず用件を切りだす。

「管理局に友だちがいるって言ってただろ。もう二枚チケットを何とかできないか？」

それを聞くと、文東《ウェン・ドン》はふいにだまりこみ、酸素バルブを手さぐりで拾いあげ、スーハーと吸いこんだ。しばらくしてオレはもう一度言ってみた。

「おい、文東《ウェン・ドン》、どうなんだ？」

その時、文東《ウェン・ドン》はすこし頭をかいて、後悔しているような表情をうかべ、途切れがちに言った。「ああ……たしかに、友だちには……なったが、正直にいうと、単なる……」

「金のことなら張《チャン》兄貴にも準備がある」オレは指を五本だし、その先を言わせまいとする。

「チケット代のほかにこれだけ払う」

文　東《ウェン・ドン》は顔を紅潮させた。「オイラを誰だと思ってる！　兄貴から金を取るなんて、オイラは火星管理局の幹部だぞ！」

この誓いで十分だった。オレはたたみかけた。

「手数料だよ。払うべきものは払わしてくれ。文　東《ウェン・ドン》がオレたちにこんなに大事なことをしてくれるんだ。恩に着るよ」

ヴァレーナも横から調子をあわせる。

「女の子は文　東《ウェン・ドン》みたいな人が一番好きなの。困った人を見すてないし、頼りになるし、懐《ふところ》がひろいのよね」

二人でおだてると、すぐにいい気分になったようだ。こいつの面《つら》の皮は本当のところ薄い。じつは厚顔無恥に頼みを断るなどできない。文　東《ウェン・ドン》はうつむいてじっと考えに沈み、ついに手をふって立ち上がった。大きな決心をしたようだ。

「わかった！　何とかしてやらぁ。張《チャン》兄貴、きっと引き受けたぞ。だがな……二人ともほかで言わねえでくれ。こりゃ知っておいてほしい」

「きっとそうする」「ええ、きっと」オレとヴァレーナは二つ返事で約束した。

「電話をするから待っっててくれ」文　東《ウェン・ドン》はそう言って席をはずした。そして、五分もせずに帰ってきた。少なからず舌をふるったようだ。喜色満面でオレたちに言った。

「これでいい。兄貴が来てくれる。オイラについて来てくれ」

「なんでだ……面接でもするのか？」オレたちはわけがわからず、たがいに顔を見あわせた。

文東《ウェン・ドン》は急いでいた。「ああ、人にはそれなりに流儀があるんだ。きっとあの人たちのルールなんだよ。はやく行こう」オレは質問をくり返そうとは思わず、ヴァレーナと払いをすませ、酸素バーを出た——結局、オレが酸素代を肩代わりした。文東《ウェン・ドン》はまずＩＤカードの電子マネーを一部現金にしておくように言った。

三人は基地をグルグルと歩きまわり、その軌跡でいくつか円を描いた。もう眼が回りそうだ。

「もうすぐ、もうすぐだ。もうすこし我慢してくれ、あの人たちにはあの人たちの流儀があるんだ」文東《ウェン・ドン》はずっとそう言っていた。

ついにオレたちは奥まった空気交換用の通路にたどり着いた。文東《ウェン・ドン》はオレたちを換気ファンのそばで待たせ、自分のＩＤを取りだすと手のひらに打ちつけ、パンパンという音を出した。すぐに向こうからも同じような音が聞こえ、その頻度を合わせていく。そして、宇宙船乗組員の服装をした縮れ毛の小柄な男が物陰から出てきた。

「紹介するよ。こっちが一番頼りにしているアナド兄貴だ。こっちは張《チャン》兄貴、こっちはヴァレーナ」

アナドは傲慢な態度を隠そうともしなかった。遠慮もなくオレたち二人をながめまわす。

ヴァレーナの身体の上でその視線は長くとどまった。そして、ふいに口を開いた。

「寸法はまあまあだ。だが、こっちの女に我慢できるかな？」

何の寸法なの？　何を我慢するの？　ヴァレーナにはまるで意味不明だった。

「だいじょうぶ、心配ないよ！」文《ウェン・ドン》東はすかさず言う。

フンとアナドは鼻を鳴らし、文《ウェン・ドン》東を罵《ののし》った。

「いつも面倒事をもちこみやがって、危ない橋だって言ってるだろが」

文《ウェン・ドン》東に言われるまでもなく、オレは二人の準備した現金をアナドの手に押しこんだ。

金を受け取り、その重さを手で量《はか》ると、アナドは満足した表情をみせた。

「まあまあだな！」

「じゃあ、チケットはいつ受け取れるの？」ヴァレーナはせっぱつまったように言った。

「チケットって何のことだ？」アナドはとまどった。

「地球に帰る宇宙船のチケットだ」オレとヴァレーナは異口同音に言った。

アナドは眉間にしわをよせて言った。「こいつから聞いてないのか？」

三本の視線が文東《ウェン・ドン》にあつまる。文東《ウェン・ドン》はびっくりして、あわててオレに笑いかけた。

「張《チャン》兄貴、オイラの記憶力は知ってるだろ。さっきは言うのを忘れてたんだ。こいつはチケットじゃない」

オレはますますわからなくなった。チケットじゃなければ何だ？

文東《ウェン・ドン》は身ぶりをまじえて言った。「宇宙船には緊急避難カプセルがあるだろ？　事故が起こった時、脱出に使う小推力のロケットだよ。いつもは船腹に格納されていて使ってないし、検査するモンもいない。アナドが働いている船じゃ避難カプセルを手配してくれるんだ。カプセルは大きくないけど、寝返りをうつくらいの空間はあるし、食料や水があるから地球までじゅうぶんもちこたえられる」

まさに蛇《じゃ》の道はヘビ、鼠《ねずみ》の道はネズミだ。なるほど、こいつが恥ずかしそうにしているのもうなずける。〝友だちがチケットをくれて、好きなのを選べと言った〟とか、〝オリュンポスの人をよく知っている〟とか、さんざんホラを吹いてきて、フタを開ければこんな話だったのだ。

アナドが冷たく補う。「俺たちの船は火星から地球まで七日かかる。全航行中、お前たちはカプセルを出られない。見つかるからな。航行基準では避難カプセルに備えるのは循環システムと、三人を七十二時間維持する物資だ。俺が定時に補給する」

「どうする？　あんたは？」オレはヴァレーナに訊いた。彼女の身体が心配だった。避難カプセルは狭いし、一週間もネズミのように縮こまっていなくちゃならない。これは簡単なことじゃない。

「地球に帰れるなら何でもいいわ」ヴァレーナはしっかりした口調で答えた。

オレはふいに問題に思い当たった。「火星管理局の税関が調べないか？」

アナドは苦笑した。「いま、オリュンポスは人であふれているよな。一人消えようが、それは願ったりなんだぜ。避難カプセルに客を乗せることについちゃ、管理局だって表だって奨励はしないが、裏にまわれば反対もしない。安全航行を脅かさないかぎりはな。つまり、片目はひらいて片目はつぶっているのさ。それについちゃ心配はない」

「じゃあ、決まりだ！」

「明後日の発射だ。明日の正午に来い。それが一番だ。燃料注入の間にまぎれこませる。二十四時間余分にカプセルで過ごすことになるが、夢に魘《うな》される夜を過ごさなくていいだろ。発射までがまんすればいい」

オレとヴァレーナは顔を見あわせた。たがいの眼に歓喜があふれていた。今回はきっと成功するだろう。思わずたがいに手を握っていた。

広場に帰ると、人の潮《うしお》はあいかわらずわきかえっていた。しかも、だんだん増えている。

オレたちが人混みをかきわけていると、「もう三日になるのに列にも並べない」と話す声が耳に入った。枯れたような顔色の娘があえぐように言っていた。その隣の人物にはもはや表情がない。怨みを抱えたまま麻痺してしまったようだ。救急車が一台、娘の横をサイレンを鳴らして通りすぎる。どこかで不運なやつが卒倒したのだろう。いまここでは人が多すぎて、当局も十分な対処などできない。だから、ほんとうに生命の危険がある場合にだけ救急にむかう。ほかの人々はせいぜい精神安定剤をすこしもらうだけで、自滅するままに捨ておかれている。チケットを手に入れられる乗客は少ない。なのに、オリュンポスに流れこむ客は増えていく。さまざまな現象は今回の大衝運が過去最大だと示していた。

こいつらと比べて、オレたちは一週間狭いところで生活するだけで地球に帰れる。なんて幸運なんだ！

その晩、オレとヴァレーナはいっしょに野菜棚に泊まった。今回はうまくリベンジした。野菜の騒音はオレたちを煩《わずら》わさなかった。オレたちの出す音が野菜に負けていなかったからだ。オレはこっそりと巨大に成長した白菜の葉を二枚むしり取って隙間をうめ、管理人から見られないようにした。ヴァレーナがオレの不器用な手つきを見て、クスクスと笑いだす。葉でしっかりと遮ると、「こんな野菜なら毎日でも食べたいよ」と彼女の耳元にささやいた。そして、情熱に火がついたヴァレーナはオレの首に抱きついてきた。遠く地球の故郷を想う二人はこうして帰郷の旅にふみだすことを祝った。

翌日早朝、オレたちは野菜棚の隙間から這いでた。アナドと会う時刻は正午だが、もう待ちきれなかった。オリュンポスに居れば、せまい避難カプセルよりずっとましだろう。だが、カプセルには安心がある。それは故郷に帰る序曲なのだ。オリュンポスにはあいかわらず絶望と焦燥しかない。

文東《ウェン・ドン》はオレたちより一時間半遅れてきた。のんびりしたやつだ。何も考えていないこの男は根っからあわてるということを知らないようだ。こいつはオレたち二人をチラリと見て、〝昨晩は何かしたんだろ〟とでも言いたげな邪推を顔にうかべた。これには嫌悪を感じたが、同時に感謝もしていた。こいつの助けがなければ本当に行き止まりだった。

「アナドが来るはずよね?」ヴァレーナは腕時計を見た。

「まだ五分ある。時間は守る人だ」文東《ウェン・ドン》が言う。

オレはヴァレーナの肩に手をのせ、彼女はだまって手を重ねた。

その時、遠くで警報が鳴った。三人の顔色が変わる。長短のパターンが三回と二回、それは警報がオリュンポスに関わるものではないことを示していた。火星に関わるものでもない。もっと外側から来る脅威を示している。

「なんだ?」文東《ウェン・ドン》はポケットからIDを取りだし、公報チャネルを開いた。チャネルでは他人事のような口調でニュースが流れている。

空間探査部門がさきほど警報を発しました。エネルギー・レベル5の太陽フレアが一時間後に発生します。今回のフレアは少なくとも三十分間つづきます。

「おい！　冗談だろ！」「そんな！」「冗談でしょ！」三人の口から怒号が発せられる。

太陽フレアは地中海の陽射しとはまったく異なる。あの高エネルギー粒子の流れと宇宙放射線は税務局員と同じで、穴があればどこにでも入りこむ。しかも巨大な破壊をもたらす。いま、太陽系がまるごとその脅威のもとにある。

オリュンポスの防御ドームと火星の磁場で太陽フレアの影響を遮断することはできる。だが、宇宙空間を航行する船にはやっかいな事態だ。人類は現在もこうした宇宙災害に対して備えが不足していて、ある種の装甲で艤装《ぎそう》した軍艦をのぞき、民間船は太陽フレアの間、発射を停止せざるをえない。たとえ航行中でもエンジンと電子設備を停止しなければ、太陽コロナから放射される巨大プラズマ流に破壊されることになる。そして、各種放射線量が正常なレベルにもどるまで待ち、航行を続けるのだ——一般的にレベル5の爆発が五分つづくごとに十二時間待たねばならないとされている。悪影響が安全基準まで低減するのにそれだけかかるのだ。

　言い換えれば、これが誤報でないかぎり、少なくとも三日間はオリュンポス発射場は封鎖されるということだ。それも後続の太陽フレアがあるかどうかは考慮していない。まるで〝ドームが破れて流星雨にあう〟（中国語のことわざ「雨漏りに連夜の雨」のもじり）だ。大衝運のピークにこんなことが起こるなんて、もはや言葉が見つからない。

　宇宙から見れば、オレたち人類などひとつのエラーにすぎない。広大な太陽系もむしろ小さいくらいだ。雨風をしのぐ場所すら見つからないくらいに。

　この知らせはオレたちだけでなく、全オリュンポスを鍋で煮える粥《かゆ》のようにメチャクチャに攪乱した。広場は喧騒の塊《かたまり》となり、誰もがこの事件を話している。この憐れむべき乗客たちは今や進退きわまった。

　文東《ウェン・ドン》があわててアナドに連絡すると、しばらくしてようやくアナドは姿を見せた。管理局はすでに発射禁止を発令し、しかも解除時刻を告げていないそうだ。いまは宇宙船に乗っても意味がないから市内でしばらく待てとのことだった。

「待て」という言葉はたやすいが、オレとヴァレーナの表情は完全に硬直していた。たがいに握っていた手もゆっくりと離れ、どんなにあがいても脱出できないアリ地獄に落ちたように感じていた。

オリュンポスの状態もオレたちよりいくらもよいというわけではなかった。これまで全市はおおむね平静を維持していたが、それはまだひとすじの希望があったからだ。だが、いまや残るは絶望だけだった。帰郷を待ち望む人々は期せずしてガラスドームの外の宇宙を見上げた。肉眼で見るかぎり宇宙は穏やかで静かだ。残虐な放射線など見えはしない。泣きだす者もいた。怒鳴りちらす者もいた。歌いだす者さえいた。だが、ほとんどの人々は沈黙を守った。すでに待つことに慣れ、顔には何の感情もみえない。誰もが肩をぶつけ、踵《かかと》を接し、人混みでゆれ動く。まるで魂がすっかり体から出ていき、ぬけ殻だけがオイル・サーディンのようにオリュンポスという巨大な缶づめに残されたようだ。しかし、人々は頑強にしつこく待っていた。なにか奇妙な宗教儀式のように、林のように伸びる腕が様々な色彩のＩＤカードをふっている。

大衝運は悪魔の発明だ。
この地獄に入るものは、
一切の希望を棄てされ。

オレの脳裏にわけもなくこんな詩句が浮かんだ。この詩人は大衝運に一度参加して、気がふれてしまった。そして、気がふれたためにノーベル文学賞を取った。

オリュンポス管理局は今回ばかりは安閑《あんかん》としていなかった。火星全土に布告を発して航行停止を宣言すると、全員に自分の基地に帰還することを要請した。しかし、こんな措置をとっても旅客の流入を食いとめることはできなかった。

地球ならいざ知らず、火星では人類の居住エリアが数十の密閉環境という〝円卓〟で構成されている。〝円卓〟の間は予測不能な砂嵐と劣悪な環境だから、輸送車両や飛行機は出発時に燃料の消費を正確に計算しなければならない。オリュンポスに接近している車両はすでに最も近い居住エリアに戻るのにさえ燃料不足で、オリュンポスに向かわなければ死の一本道なのだ。火星管理局は鈍感さと低効率で名を馳《は》せているが、まさか人命を軽視するような決断はできず、彼らを受けいれるしか選択肢はなかった。航宙センターのレーダではこんな車両があと三十数台もあり、一つの車両には少なくとも百名の帰郷を渇望する客を乗せていた。

空調システムのレベルがまた一段低下し、空気の混濁が強まる。文　東《ウェン・ドン》はもう酸素バーのことを言わなかった。オレとヴァレーナはしかたなく高価な酸素パックを買った。不測の事態にそなえるためだ。基地の循環システムは奔命に疲れ、かろうじて大気循環を維持しているにすぎない。そのほかの事にふりむける余力などない。航宙センターはすべての倉庫を開放し、基地スタッフとその家族を動員してボランティア活動を展開し、広場に滞留する客に水と食料が提供された。平時ならこれは大いに称賛される行動だが、この時はあきらかに力不足だった。

一番悲惨だったのは発射場にいた人々ではなく、宇宙空間で立ち往生した乗客だったらしい。火星＝地球間の〝短距離〟宇宙船では輸送能力を高めるために食料再生システムを取り外していて、日程に照らして一定量の食品を積んでいるだけだった。こうした船が航路上で停止したのだから、準備などない乗客は備蓄食料だけで生きのびねばならなかった。もし停止時間が長くなれば補給も得られないのだ。

オレたちの前にオリュンポスから二十数機の宇宙船が出発していた。日程から言って最速の船は月に到達していたはずだった。だが、それがどうした？　自分を幸運だと思っていた乗客たちは座席にちぢこまり、宇宙放射線が外殻フレームに打ちつける音を聞きながら、あと食料がどれだけ残っているか計算している。皮肉なことにこの時代に宇宙船で餓死するかもしれないと心配しているのだ。

三日がすぎても警報は解除されなかった。今回、太陽は興奮して次々にフレア爆発をくり返した。もっとも正確な予報でも、百年に一度の現象であり、短期間で収束する可能性は少ないと伝えるしかなかった。発射場には〝無期限停止〟の札がかけられた――手書きだった。電力が不足しかけていたのだ。

この時すでに軍が出動していたらしい。特殊艦を派遣し、航路上に滞留している客船に物資を補給したが、残念ながら焼け石に水だった。

突如襲った天災は火星と地球に横たわる一・二億キロの航路をひっそりと静かにした。すべての発射場と宇宙船は魔法にかかったようにピタリと停止し、宇宙空間に絶望の虚線が引かれた。太陽フレアが放った各種の放射線以外には絶望と恐慌があるだけのようだった。わずか一・二億キロ、光なら五分で通過するが、オレたち小さな人類にとっては越えられない深淵だ。

大衝運が虚空からむき出しにした獰猛な牙は鋭く尖ってはいなかった。それがゆっくりとオレたちの血肉をノコギリ引きにしている。こんなことをヴァレーナに言うと、〝そんな詩を作るなんて、もう正気じゃない〟と答えた。何を考えているんだと彼女に訊いてみた。〝何も。家に帰ることも考えなくなって、目標を失ったみたい〟と答えた。オレはなにか楽しいことを思い出そうとしたが、神経がずっしりと重く、シナプスを励起《れいき》して電気信号を伝えるのも面倒だった。

オレたちは人混みのなかに立ち——人が多すぎて横たわる場所などなく、たがいに支えながら立っていた——こんなふうに寝言のような会話をした。だが、話をしたのもほんの少しで、ほとんどの時間はだまりこんでいた。

ふいにこんな疑念すらいだいた。大衝運はこのまま永遠に終わらないのではないか。地球なんて虚しい想像にすぎないのではないか。オレたちはずっとこんなふうに待って、待って、待ちつづけ、世界の終わりまで……オリュンポスのすべての人がこんな錯覚を感じはじめていた。

ゆっくりと一週間と半週がすぎていった。オリュンポスの生態システムが瀕死に陥った時、火星管理局がついにフレア警報を解除した。フライトは正常運行にもどった。宇宙軍の制服を着た兵士もやってきて、秩序を維持しながら軍用車両に乗せて大量に滞留していた人々を分散させた。航路で停止していた宇宙船は次々にエンジンを起動し、巨大な体軀をふるわせて地球にむけて飛行をはじめた。

オレとヴァレーナは地球に帰ることをあきらめた。二人にチケットを争う力はもはやなく、軍の車両で自分の属する基地に帰るしかなかった。たがいに連絡をとる方法も交換しなかった。文束《ウェン・ドン》だけはこりもせず、避難カプセルに乗りこんだようだ。あいつが地球に帰れたかどうかは知らない。

それで結局どうなったって？　そう、すべての事には〝結局〟がある。だが、オレはもはやそれが重要だとは思わない。

どうせ二年後、火星がまた地球に接近すれば、大衝運の伝統は復活し、火星管理局は〝全力で奮戦し、大衝運を迎えよう〟という横断幕をかかげ、オレたちの物語は他人の体で上演をつづけていく。

これは大宇宙の神聖な法則であり、およそ人が抗《あらが》えるものではない。

編者によるノート

馬伯庸《マー・ボーヨン》の作品は歴史小説、ファンタジイ、ミステリ、スリラー、SFにその他と多岐にわたる。長篇の多くはTVドラマ化され、近作では『長安十二時辰』や『古董局中局』がある。短篇では一山ほども受賞歴がある。

あらゆる創作世界の中心には個人の経験という核があるべきというのが馬《マー》の信念である。「大衝運」はまさに現実そのものだ。毎年数十億の人々が飛行機や電車、バスや船に詰め込まれて中国各地を移動し、仕事や私生活の都合で住んでいる場所から家族が温かく待っている場所へ帰って春節、すなわち中国の旧正月を祝う。馬伯庸《マー・ボーヨン》は大学一年生の時、初めての帰省で満員電車に三十時間以上揺られることになり、退屈でストレスの溜まる時間をやり過ごすため空想にふけるほかなかった。彼は今味わっている苦行とSF的想像を結びつけずにはいられず、やがて宇宙時代にも人々は満員の輸送機関や、苛烈なチケット争奪戦や、まずいインスタント麵を法外な値段で買う屈辱に悩まされているのだろうかと考え始めたという。

　わたしは当初、馬伯庸《マー・ボーヨン》の作品を講義するにあたりディストピアSFの「沈黙都市」を参照したが、その後機械と魔法が織りなす魅力的な物語『ドラゴンと地下鉄』［龙与地下铁］を読んで、すぐに彼の優れた文芸センスはジャンル横断的に発揮されていることを知った。「大衝運」はコロナウイルスの流行前に選定・翻訳されたが、コロナは二〇二〇年を通じて生活のあらゆる側面に大きな影響をもたらした。最初に大きな混乱を呼んだことの一つが中国国内における春節前の移動制限である。馬《マー》の物語の主人公と同じく、規制をくぐり抜けようとする者、旅の途中で立ち往生する者、今いる場所と持ち合わせで何とかやり過ごさなければならない者、様々な境遇の人間が生まれた。過去三十年間に海外在住の中国人が増加したことでこの春節大移動がグローバルな現象へと拡大したことを考えれば、わたしたちが別の星々にたどり着いても、人々は旧正月を祝うため毎年宇宙を越えて大移動するだろうとわたしは心の底から確信している。

　この作品を再読していて、飛行機やバスや電車での長旅の最中に以前は考えたこともなかったある結論に達した。旅人の卵たちは初めこそ安チケットの最後の一枚を、壊れたトイレから一番離れた席を、荷物ラックの最後の隙間をめぐって相争うが、目的地にたどり着くころには戦友になっているのだ。雑誌を回し読みし、スナック菓子を分け合い、帰郷までに等しく耐えてきた苦難を誰もが思い描くのである。

（鳴庭真人訳）

真珠の耳飾りの少女

戴珍珠耳环的少女

呉　霜《アンナ・ウー》／大恵和実訳

Who
（A）

窓の外のザザーッという音に驚いて目が覚めた時、静子《ジンズー》は大雨が降っているのかと思った。でも、ただの風だった。風がポプラの葉を揺らしていたのだ。

爽やかな朝の微光ががらんとした客間を照らす。

父と母が結婚してからもうすぐ十八年、とっくのとうにお互い愛想が尽きている。静子《ジンズー》は、冷めきった二人の静かな日常に、目に見えない亀裂がゆっくり広がっていることを感じていた。だが、昨夜のような大喧嘩は初めてだった。母はドアを乱暴に閉めて出ていったまま、一晩中帰ってこなかった。静子《ジンズー》の耳にかすかに聞こえてきたのは、滅多に出したことのない鋭さで「これは誰なの」と叫ぶ母の声だった。

父は一日中書斎に籠《こも》って、バッハの響きに浸っていた。音が上がったり下がったりゆらめいて定まらない。

覚えている限り、二人は滅多に喧嘩をしなかった。少なくとも静子《ジンズー》の前ではしないよう努力していた。たとえ一触即発の状況でも、母は怒りを抑え、感情的にならないよう気をつけていた。そんな時の母の目からは、子どもを守る母親の本能が感じ取れた。

おそらく母は気づいていたのだ。喧嘩のたびに静子《ジンズー》がとても怖がることに。

もう考えたくない。静子《ジンズー》は丸一日キャンバスの前でぼんやり過ごした。夕方になるころには、冷え切った両手は乾いた絵具まみれになっていた。「ちょっと見にいこう」と「放っておこう」の間で何度も争ったあげく、彼女は閉じた書斎のドアをちらっと見ただけで、ため息をついてキッチンに向かった。

水の中に食器が浸かっている。昨日の夕飯の汚れがついたままだ。母が食事をとったかどうかわからない。

彼女はもたもたと麺を探し、鍋に冷水を満たし、ガスをつけた。

蒸気がうっすらと旋回しながら上昇し、空中で変化自在に図を描く。一頭のライオンが大きく口を開け、遠くに走り去って消えていく。一本のフルートの上で音符たちが回転し、細雨に打たれて散っていく。一人の少女のロングスカートがゆらゆらし始め、顔が次第にバラバラになって波と化していく……

静子《ジンズー》はぼんやりと空中を眺めた。ここ数年、授業のプレッシャーがあまりにも大きく、だんだんと寡黙になっていった。一日中勉強と絵画に没頭し、両親との会話も減っていった。二人の気持ちがすれ違っていると気づいたときには、すでに深刻な状況になっていた。至親至疏夫妻（「最も親密で最も疎遠なもの、それは夫婦」の意。唐代の女性詩人李冶の六言詩「八至」の一節）。千回百転、柴米油塩（紆余曲折を経ても三食は欠かせないという意味）。そんな決まりきった言葉で語れるようなものではない。

かつて国営企業のエンジニアだった繊細な父は、労働者出身できびきびとして意志の強い母と、とてもうまが合っていた。静子《ジンズー》は父の天分を受け継いだのか、幼い頃から聡明で、様々な絵画コンクールにたびたび入賞した。一カ月前、彼女は全国最高の美術大学の合格通知を受け取ったばかりだった。

この夏休みは、完璧なものになるはずだったのに。

麺は茹ですぎて柔らかくなってしまった。塩も入れすぎた。生姜やネギの炒め物すら入っていない素の麺で、母が作る油たっぷりの手打ち麺とは雲泥の差だ。静子《ジンズー》はかちかちになった卵をゆっくりと箸でつついて、母がつくった荷包蛋《ホーバオダン》（揚げ卵）を思い起こした。その形は美しかった。卵液はわずかに固まり、軽くつつくと、流れるように線があらわれる。まるで芸術品のようだった。

ささっと食べ終えると、彼女は余った麺を捨て、もういちどお湯を沸かして麺を作り直した。ちょっと味見して、さっきよりも強火で茹でる。盛り付けてから、父の書斎に運んだ。

父は驚き、書斎の机にもたれたまま、音楽も止めなかった。聞き慣れた曲。静子《ジンズー》は微笑んだ。バッハはずっと父と私のお気に入り。数年前、海辺で初めて聞いたときから、ずっとはまっている。バッハの音楽は、ゴッホの絵画や李白の詩のように、秩序と無秩序が完璧に融合し、数学のような精妙な韻律に、心を惹きつける巨大な力を内包している。「半音階的幻想曲とフーガ」*静子《ジンズー》は器を置き、旋律にあわせて目をかすかに動かし、熱で指が赤くなっていることにも気づかなかった。

父は自分だけの世界から目を醒まし、軽く咳をして、恥ずかしそうに静子《ジンズー》の目線を避けた。

ときどき静子《ジンズー》は、父を少年のように感じることがあった。家事については、自分とおなじく、完全に母に頼り切っている。彼はいつも絵画や音楽、文学や数学といった精神的な世界に浸っていて、IQ（知能指数）とEQ（感情指数）が全く比例していなかった。張《ジャン》静子《・ジンズー》、自分のこの奇妙な名前も、母の妊娠中に父がはまっていた日本文学からとられたものだ。

麺から静かに湯気がたつ。静子《ジンズー》は父が口を開くのを待った。これが二人のいつものやり方だった。

「覚えてるかい？　小さい時に、白いワンピースのおねえさんに会ったことがあるだろ」

静子《ジンズー》はちょっと驚いた。

「覚えてる」

父はため息をついた。

「私は……彼女に肖像画を描いて送ったんだが、彼女はいなくなる前に返してきたんだ。何年もここに置いといたんだけどね。昨日の夜、母さんに見つかっちゃって……ずたぼろにされたんだ」

驚くと同時に、静子《ジンズー》は覚《さと》った。父の性格だと――あの少女にプラトニックな思いを抱いていたのだろう。

「私たちの間には何もなかったんだ、何日か話しただけ。彼女は三カ月の間姿をみせ、ある日、理由は知らないが……影も形もなく消えたんだ」

一冊の本の下から引き裂かれた絵をゆっくり取り出しながら、父は小声で言い訳した。年齢に見合わない眼で静子《ジンズー》を見る。その眼光には、羞恥と憤怒、不満と忍耐が含まれてい

＊　バッハの作曲したクラヴィーア曲の一つ。

る。そしてその奥には、わかってほしいと渇望する思いが潜んでいる。

刹那の間、静子《ジンズー》は十八歳の少年を見ているかのように感じた。その顔には愛の光芒が煌めいている。

プラトニックな片思いは、天地の間に舞う雪花のように、激烈でありながら寂として音もない。

彼のような精神世界にひたっている人には、忘れることなどできなかったのだろう。

「お父さん……」

静子《ジンズー》は複雑な目で父を見た。いくらか気まずい。彼女はずっと思っていた。お母さんよりも、早熟で敏感な自分の方が、お父さんの気持ちを理解できる、と。昔はいつも友達のようにおしゃべりしていたものだ。

十八歳の愛の光芒は依然として美しい。しかし、血のつながった父の表情に、わずかばかりの違和感を覚えた。

彼は長いこと我慢してきたのだろう。

静子《ジンズー》は両親の感情のもつれの原因がどこにあるのか、うっすらわかった。

時が過ぎ、父にとってあの少女の記憶は、貝の中の真珠のように育ち、より美しく思い描くとともに、一層一層と包まれていき、最終的には完璧な光芒を発するまでに至ったのだろう。この光芒は遙かなる高みにあり、日々の些事を照らすのだ。

母が善良で聡明だったとしても、彼は不満を抱いたことだろう。

「……思うんだけど、誰かを好きになることは間違いじゃないよ。でも……影に現実の生活を壊されちゃいけないんじゃないかな」

絵の残骸を静子《ジンズー》に手渡し、父は顔をあげた。二粒の大きな涙が流れおちる。

ほの暗い灯光が素描にきらきらした色彩をつけていく。

絵の中の少女は清らかで浮世離れしており、身体を斜めにして静子《ジンズー》の目を凝視している。澄みきった目、軽く開いた朱い唇。訴えかけるようでもあり、複雑な思いにとらわれているかのようでもある。少女の左耳に真珠の耳飾りがうっすらと見える。真珠を描いた鉛筆のタッチは目に見えないほど細く、飛びまわる蛍の光のようだ。柔らかな光の輪が立体感を際立たせ、目に力を込めて見ていると、眩暈《めまい》がしてきた。

静子《ジンズー》は昆虫の複眼が持つ奇妙な光沢を想起した。この真珠の耳飾りは鑑賞する者の魂をぬきとるかのようだ。

（B）

お父さんの弁当箱を持って、静子《ジンズー》は磁石工場の敷地の隅——スクラップが積まれた小さな空き地に忍び込んだ。草むらをかきわけ、勝手知ったる土管の上に座り込む。

季節は初夏。彼女はここに隠れて晩御飯を食べるのが好きだった。真っ赤な夕日。風が鉄鋼の錆びた匂いを運んでくる。遠くの工場から聞こえてくる機械の轟音は、まるで鋼鉄の巨人の嘆きのようだ。ゆらゆらと伝わってきて、周囲の静けさをきわだたせる。

弁当箱の蓋を注意して開く。静子《ジンズー》は顔を寄せて、目を閉じ、深呼吸する。いい香り……お父さんは、とろみのある大鍋菜《ターグオツァイ》（大鍋で野菜・肉を煮込んだ料理）はぜんぶ食べていたけど、鶏肉炒めは残していた。ん、きっと市の絵画コンクールで一等賞をとったお祝いだ！

黒いキクラゲ、黄色い菜の花、金褐色のチキンナゲット、すべて濃厚なつけ汁につかっている。小さなレンゲを持った静子《ジンズー》は、よだれを呑み込み、貴重なつけ汁と雪のように白いお米をかきまぜた。彼女の目には、食堂のコックの王《ワン》さんが魔術師にうつっていた。お父さんにくっついて食事を取りにいったとき、王《ワン》さんのふるう鍋を見た。炎があがり、五色の食材が次々に宙に舞う。ぴたっと止まると、藍色の霧みたいな火焔から異香が漂い鼻を打った。

あれが静子《ジンズー》にとって最初の美食の記憶だ。

数年後、磁石工場は更地となり、王《ワン》さんの消息もわからなくなった。静子《ジンズー》の生活もたびたび変わり、多くの美食を味わったけれど、あの藍色の火焔の香りに、再び出会うことはなかった。

最後の米粒を腹におさめ、静子《ジンズー》は弁当箱を脇に放った。アルミが石に当たってへこんでしまう。へへッ、お母さんに見つかったら怒られちゃうな。草の上に寝転んで目を閉じる。ときおりバッタが足に飛び乗ってきては、細い体をこすりつける。痒いなぁ……痒いなぁ……痛い！　静子《ジンズー》は電撃をうけたかのように跳ね起きた。半ズボンにたくさん「トゲトゲボール」がはりつき、足には血の珠がついている。この実は工場の敷地内のいたるところになっている。親指の腹くらいの大きさで丸っこく、黒いハリネズミのようだ。静子《ジンズー》はむかむかしながら半ズボンから実を取り除き、草むらに放り投げた。そのあと木の枝を折ってしゃがみこむと、柔らかい泥の上に絵を描き始めた。

子どもの描く絵がだんだんできあがっていく。何本もの線で象《かたど》られた山々の中に太陽がある。太陽の真ん中にはうなだれた九頭鳥《きゅうとうちょう》が一羽。日が西の山に近づいた（衰微・瀕死の意）ことを知っているかのようだ。近くには異様に高い灌木《かんぼく》が一本。とげのある果実が雨だれのように落ち、丸っこい女の子の頭にぶつかっていく。女の子の顔はやせ細り、大きな目からは涙がこんこんと溢れ、一筋の河となって弧をえがき、山の向こうの太陽に流れていく……。

できた。静子《ジンズー》は木の枝を棄てて、汚れた手で満足げに汗をぬぐい、地面に座って、頭をあげた……突然目を見開く……。

前方に、いままさに山々に沈もうとする夕日が見えたのだ。残照が巨大な鉄屑を照らしだす。厚さの不揃いな鉄鋼がうねり、複雑な三次元構造をなしている。異なる断面から残照が点々と反射し、カオスの美感をかもしだす。鉄屑の前には、白いワンピースの輪郭。逆光のなか、ぼんやりとかすかに、耳もとの柔らかな光と細長く笑った目が見えた。後に、静子《ジンズー》はピントのあった三つの画面を何度も思いだした。柔らかな紅い光、うねった鉄鋼、白蓮華のような少女。不思議だった。どうしてあの画面がこんなにも深く脳に焼きついたのか。

近づいてきた少女は、頭を傾けて地上の絵をじっとみつめた。彼女の身体に装飾品はなく、ただ真珠の耳飾りだけが、蛍光を放って揺れていた。

ん？　本当に一つだけだ。

「あなたは静子《ジンズー》ね」

その声は柔らかかったが、ちょっと違和感があった。多分、発音が土地の言葉と違って標準語に近かったからだろう。この小さな町では聞きなじみがなかったのだ。

「あなたは絵を描くのが好き、そうでしょ？」

少女は白いハンカチで、静子《ジンズー》の唇わきについた米粒をぬぐった。

「わ……うん！　どうして知ってるの？」静子《ジンズー》は「知らない人と話しちゃだめ」というお母さんの教えをどっかにやってしまった。

「あなたのお父さんが言ってたの」少女はいたずらっ子みたいな微笑みを浮かべた。歯が真っ白で整っている。

静子《ジンズー》は最後の警戒心も放ってしまった。

「おねえさんは、どうやってお父さんと知り合ったの？」

「私もここで働いているの」少女はくるっと回って、夕日に体を向けた。表情がよく見えない。

「おねえさんも、絵を描くのが好き？」

「そうね」

「本当？」

「本当よ」

静子《ジンズー》は嬉しくなって少女の温かな手をつかんだ。

「本当の本当に？」

少女はもう答えなかった。笑った目が弧をえがく。静子《ジンズー》を珍しげに観察しているかのようだ。

「何度も賞をとってるんだ！」なぜかわからないが、静子《ジンズー》は少女の驚く顔が見たくなった。

「ピカソっぽさがあるわね」少女は泥の上の絵を夢中になって見ていた。全体が素朴かつ不気味で、誇張されていながら自然体である。

「雲が真っ赤で、死ぬほどかっこいいでしょ」静子《ジンズー》の関心は再び空に移った。

「よく見て、あそこは、赤色だけ？」少女は空の一角を指さした。

「あ……違う、あそこの、真ん中のあのあたりは、朱砂にちょっと赭石《しゃせき》（土状の赤鉄鉱）を混ぜた感じ。右のあのあたりは、銀朱にちょっと石青を足した感じかな……おねえさん、そうでしょ、そうでしょ？」静子《ジンズー》は少女の手を握って、嬉しさのあまり飛び跳ねんばかりだった。

少女は泥の絵をみつめ、しばらく吟味していた。「配色上は問題ない……もし花青（アントシアン）と藤黄で下地をつけたら、もっとこの絵にふさわしく、不気味さが増すかもしれない」

静子《ジンズー》は呆然として泥の絵をみた。完全には理解できない。しかし、この対話は彼女の身体を燃え立たせた。非凡な美感を感じ取ったかのようだった。

夕日が最後の光芒を発し終え、濃厚な青色が万物を包み始める。一陣の涼風が吹き、静《ジン》子《ズー》はちょっと身震いした。

「おねえさん、誰なの、いつ来たの、なんで来たの？」

細長い目が急に丸くなった。まるで猫みたいに。

しばらくの間、少女は面白そうに静子《ジンズー》を眺めていた。

「その三つの質問は……興味深いわね」

When
（A）

しびれた両腕を伸ばす。静子《ジンズー》は絵筆を置き、椅子からゆっくり立ち上がった。微細な痛みがつま先から広がっていく。

空はどんよりとして、水を絞り出せそうなほど蒸し暑い。

電話の着信が六回、ショートメッセージが一本。全部小沢《シャオゾー》からだ。絵画協会で知り合った友達だ。この町にある大学で勉強しながら、生物実験室の助教もしている。おととい、静子《ジンズー》はあの絵の修復を彼に依頼したのだ。

電話をかけると、二秒もしないで出た。

「いますぐ来れないか？」

小沢《シャオツー》の語気に静子《ジンズー》はちょっと驚いた。いつもは冷静沈着な技術者だからだ。彼は絵画協会のある先生が心から大事にしている作品を間違えて汚してしまったときでさえ、泰山が崩壊しても顔色を変えないかの如く冷静だった。

「どうしたの？」

「あの絵は……とにかく、んー……早く来て！」


一時間後、静子《ジンズー》は彼の実験室に立ち、清潔で寒々しい白色に包囲されていた。

絵の修復はすでに終わっていたが、顕微鏡の下に固定され、のこぎり状の淡い痕跡がみえるばかりだった。

「便利だから、いつもこの電子顕微鏡で書画を修復してるんだ。だから、だから、発見できたんだ、この絵の、いやこの真珠の……変なところを」

彼は不安げに眼鏡を押し、静子《ジンズー》の澄みきった目を見て、いつものように頬を赤らめた。

静子《ジンズー》も少し顔が赤くなって、彼の目線を避けた。

「紙には何も特別なところはなかったんだけど、真珠の部分だけは何の技術が使われているのかわからなかったんだ。微細なナノマテリアルを変成したのかも。この真珠は、表面上は光沢があるように見えるけど、実際には無数の渦巻きを含んでいるんだ。見たところ……数学の〝フラクタル〟*の原則に従っている。き……君も見てごらんよ」

彼は準備してあったパソコンの画面を指さした。

文字、画像。静子《ジンズー》は好奇心を抑えて、ざっと目を通した。なぜだかわからないが、フラクタルに関する資料は、記憶の中の細部を呼び起こすかのようだった。

十数分後、彼女は半信半疑で巨大な顕微鏡の前に立って、目を押しあてた。

はじめて万華鏡を見たときの衝撃がよみがえる。脳内で「うぉ」と声がでた。

それは奇妙な光景だった。

見たところ、無数の真珠が合わさって並び、大きなオウムガイのように、滑らかに渦をまいている。だが、実際にはより小さなオウムガイから構成されており、その一つ一つが、

＊　フラクタルとは、複数の部分に分けることができる幾何形状で、どの部分も全体を縮小した形になっているものをいう。自己相似の性質を持っている。フラクタルの最大の特徴は、任意のどの尺度でも精密な構造をもっていることである。

さらに小さいオウムガイから構成されている……

小沢《シャオツー》は絶えず顕微鏡の倍数を調整している。

顕微鏡は映画のレンズのように少しずつ進んでいく。渦巻きは膨張し、境界も鮮明で、層ごとに反復している。新しいオウムガイが絶えず現れる。

血液の音が鼓膜に響き始めた。画面の上の増えていく倍数を見た静子《ジンズー》は、かすかに震えはじめた。

百、千、五千、一万……

十万倍！

画面の上の数字が瞬いて止まった。顕微鏡の中心から図形が消え、かわってびっしりと小さな文字が現れた。

眩暈《めまい》がして、彼女はぐらついた。小沢《シャオツー》があわてて手を伸ばして支える。顔は真っ赤で、手のひらは湿っている。

「ごめん、君の許可を得ないで、メッセージを少し見ちゃったんだ……全部は読んでないけど……」

メッセージの中の言葉を思い出して、小沢《シャオツー》は顔をさらに赤くし、しどろもどろになった。

「……もし秘密にしてほしいなら、ぼ、僕は誰にもいわないから……」

彼の声はだんだんと小さくなっていったが、静子《ジンズー》の耳には轟音のように響いていた。

窓の外では雷鳴が轟いている。静子《ジンズー》は自宅のパソコンの前に座っていた。

小沢《シャオゾー》が家まで送ってくれたのだろう。彼女はぼんやりしていた。ひどい頭痛がする。

手元には、防水袋に丁寧に入れられたあの絵がある。彼女は小沢《シャオゾー》に電話してメッセージとやらの内容を聞きだしたかった。しかし、漠然とした恐怖にとらわれ、全身の力が抜けてしまって動けない。

画面に微かな光が瞬いている。一つまた一つと鮮やかなフラクタルが次々にあらわれる。数字の美、色彩の美、流動的なハーモニーと変幻自在の韻律を奏でている。普段の彼女だったら、きっと夢中になっていただろう。

しかしこのときは、あまりにも妖艶で奇妙だと思うばかりだった。「フラクタル」の文字が彼女の脳にぶつかってブウォンブウォンと鳴り響く。

猛烈な風が窓を押し開き、雨粒とともに打ちつける。画用紙がビラビラと舞い上がり、部屋中に散らばっていく。

冷たい。寒気が足元から昇ってくる。薄着の秋服は雨水でびしょ濡れだ。彼女は震えはじめた。気恥ずかしくなるような薄着のままで。ぼんやりして、彼女は着替えることも、シャワーを浴びて暖をとることも忘れていたのだ。

窓の端に、かつて静子《ジンズー》が通った小学校が小さく見える。休暇のときでも、朝と晩にチャイム音が伝わってくる。子ども時代からタイムトンネルを通って流れてくるかのように。ジャランジャランと生命の断章を打ちたたく。

時間、奇妙な時間、果てなき時間。互いの時間の中で、生命の過客に出遭うのだ。

窓の前に立ってかすかに震えた静子《ジンズー》は、時間の果てしなさと、生命のはかなさにおののいた。日本文学のいう、もののあわれの真髄がはじめてわかった。

その夜、彼女は灼熱の夢を見た。

高い空に、無数のフラクタル図形が狂奔して煌めく。モネの赤い蓮のように幾重にも開き、ゴッホの藍色の星空のように飛び跳ねて旋回し、マティスの青い顔のように醜く歪み、ダリの黒い蟻のように密集し……

バッハの音楽が鳴り響き、波浪のように巻き上がる。銀色の真珠の耳飾りが音符に変化し、果てもなく循環し、天穹の頂点で集まって星雲嵐《ネビュラストーム》となる……

下を向くと、足元には巨大な黒い荒原が広がり、鏡のように滑らかで、天空の混乱を何万倍にも拡大していく。

昼間の小沢《シャオツー》の一言が爆裂したかのように響き渡る。「十年前どころか、今でさえこんな技術はないんだ。その女には超能力があったのか、それとも宇宙からの訪問者だったのか、あるいは……未来から来たのかも」

色彩が融合し、ねじれ、変化し、太古の混沌の中で次第に取り囲んでくる。

静子《ジンズー》は叫び始めた。

（B）

一瞬のうちに、騒がしい蟬の声も、うだるような夏の風も、ねばねばした汗も、全部消え失せた。

耳元で水音が響き始める。ザーザー、ムォンムォン。

静子《ジンズー》は水底で目を開いた。

澄みきった青が、このうえなく輝いている。あまたの光線が白金で織られた細糸のように、複雑に交わっている。手がすべったところに、泡がたち、水底深くから無数の小さな丸い結晶が昇りはじめ、ゆらゆらと水面に浮かんでいく。スローモーションで膨らみ、広がり、あちらこちらにぶつかっていく。その小さな響きは精霊のささやき声のようだ。

一ヵ月前、今と同じ正午のことだ。お母さんがいくら泳ぎ方を説明しても、水の中では、緊張して手足がこわばり、どうしても泳げるようにならなかった。

「足がひづめよりも硬いじゃない！」お母さんは笑いながら静子《ジンズー》の体に水をかけた。

お父さんは二人をみて、呆れたように笑って、静子《ジンズー》をささえて水中に潜った。

「水底の日の光をみてごらん、きれいだろう、そうだ、こわくないよ、力をぬいて……」

静子《ジンズー》は心の中でお父さんの言葉を繰り返し、ほっぺたを膨らまし、手足をばたつかせた。まるで暴れタコのようだった。

そのあと、彼女は思い切って、目を開けた。

水中眼鏡をとおして、日の光が水の天蓋を覆い、どこまでも澄んだ青に囲まれているのが見えてくる。夢のような美しさ。

知らず知らずのうちに、手足の力がゆるみ、周囲の美景を貪欲に眺めた。海水がはじめて身近に感じられ、軽く水をかくと同時に、ゆっくり浮き上がりはじめた。

思いもよらなかったことに、こうして泳ぎ方をマスターしたのだ。

長いこと彼女はこう思っていた。お母さんは、この世界で一番私を守ってくれる人。お父さんは、この世界で一番私を理解してくれる人。

ぼんやり物思いにふけっていると、黒い影がいきなり左上からさしてきた。大きな魚があわてて静子《ジンズー》の眼前を横切っていく。魚の口にかすかに揺れるひげがみえる。ぱっと滑らかな尻尾が静子《ジンズー》の顔をはたき、一転して姿を消した。

勢いよく刺されたかのように、静子《ジンズー》は驚いてバランスを崩し、慌てて何かをつかもうとしたが、水流を握るばかりであった。

息を吸ってしまう。冷たくて塩辛い海水が猛烈な勢いで喉に入ってくる。鼻から肺まで、これまで味わったことのないくらいに燃えはじめ、針で刺されたかのように痛み出す。

た、たすけて……

叫ぼうとしたが、さらに多くの水を飲みこんでしまった。激痛の中、静子《ジンズー》は痙攣《けいれん》しはじめた。胸が空気に対する渇望に引き裂かれていく。

少しずつ力を失い、目の周りに温かい涙を感じては、徐々に離れていく。

目の前がちかちかし始めた。目が裂けそうだ……だんだん……黒い霧が広がっていく……。

後になってあの情景を思い返すと、まるでサイレント映画を見ているかのようだ。全ての音が消えている。どうやって水中から救出されたのか、岸にあがったのか、彼女は覚えていない。目を開けた時、自分の激しく咳き込む音が耳元で炸裂したのを覚えているだけ。咳をするたびに、心の中で哀願するほど痛んだ。と、止まって、は、早く終わって……。咳をするたびに、自分の肺が気管と一緒に引き裂かれているかのように痛んだ。

ようやく落ち着いてきた。静子《ジンズー》の顔にはりついたものが、涙なのか汗なのかもわからない。自分を助けてくれたのは、あの白いワンピースの少女だったのだ。髪の毛には水が滴り、唇を強く噛み、顔色は雪よりも白かった。

その瞬間に、静子《ジンズー》の心にわき上がってきたのは、生き延びた幸せではなく、強烈な恥ずかしさだった。

自分の慌てふためく醜いありさまが恥ずかしかったのだ。

静子《ジンズー》は少女の懐《ふところ》に縮こまり、頭をうずめて、大声で泣き叫んだ。

少女もちぎれたネックレスのように涙をぽろぽろと流していた。灼熱の風の中、塩粒が彼女の顔で結晶となっていく。

静子《ジンズー》を抱える彼女の目には、深い疑問と恐怖が湛えられていた。

間に合ってよかった。あとちょっと遅かったら……。

静子《ジンズー》の張り裂けんばかりの泣き声は刀をふるっているかのようだった。

少女は不安げにちょっと考えると、真珠の耳飾りを外して、何度かいじってから、静子《ジンズー》の耳元にはりつけた。

　悠揚とした旋律が、静子《ジンズー》を恐怖のどん底からゆっくりひきあげてくれる。彼女はすすり泣きをおさえられずにいる一方で、不思議に思った。

　どうしてこんなにうっとりするのだろう。まるで誕生日ケーキの上で絶えずゆれる花のようだ。

「これはバッハの曲よ。最も単純で最も複雑。復調して変化し、ずっと循環している。彼は数学とロジックに最も近づいた音楽家なの」少女は静子《ジンズー》の背中を軽く叩いて、柔らかく慰めた。

　んん、わかんない。

「もし、あなたがこの海岸の形をじっくり見たら、きっと見つけられる。小さな部分と海岸線が同じ形をしていて、重なっていることにね。数学ではフラクタルというの、バッハの音楽にちょっと似ているわ」少女は遠方の海岸線を指さし、溺れたことから静子《ジンズー》の気をそらした。

　静子《ジンズー》はすすり泣きながら聞いていた。

　やっぱりわかんない。

「ポラックという画家がいてね、彼の油絵はとても美しくて、画面もフラクタルの原則に符合していて……そうね、あなたが食べてるカリフラワーを剝いたら、一株ごとに小さなカリフラワーがあるようなもの。それがフラクタルなの……」

少女は仕方ないとでも言うようにため息をついた。自分が何をしゃべっているのかわからなくなっていた。心の中では多くの感情が渦巻き、息もできないほどである。

彼女はゆっくりと、機械的に、無意識に真珠の耳飾りを手に戻し、遠くを眺めた。静子《ジンズー》は目を見開き、好奇心とともに少女の顔を眺めた。溺れたことなど忘れたかのように。

海と空の間で、強烈な陽光が少女の顔色をほとんど透明にしていた。まつ毛の上では数粒の結晶化した塩が柔らかい光を発している。

Why

張静子《ジャン・ジンズー》

こんにちは。

この、時間の流れの外に立つ私には、どこから話し始めたらいいかわかりません。もしかしたら、一切合切が、一団の量子雲に端を発しているのかもしれません。

当時、私は「人類博物館」にいました。すでに科学・哲学・文学・音楽・彫刻などの展示スペースをまわっていました。その中に身を置き、あなた方の歩みに従うかのように、人類文明の道程を体験していました。アフリカで最初に雷火が燃えた時から、アジア最後の戦火が終息するまで。一人の画家として、敬意と哀惜を懐《いだ》き、絵画スペースを最後にとっておいたのです。

アルタミラ洞窟、メソポタミア平原、董其昌《とうきしょう》、呉道子《ごどうし》、ダ・ヴィンチ、ゴッホ、ポラック、エッシャー、ピカソ、ダリ……

しょせんは量子スキャンした複製品にすぎませんが、心に名状しがたい衝撃が走ったのです。一瞬のうちに、脳内は「Universe essence! The myriad things spirit is long!（宇宙の本質！　精神の不滅！）」*の響きで占められました。そのあと、二幅の絵画を見ました。『真珠の耳飾りの少女』です。左の作者は十七世紀オランダのヨハネス・フェルメール。右の作者は二十一世紀中国の張静子《ジャン・ジンズー》。

そうです。あなたです。

＊　シェイクスピア『ハムレット』の「世界の精華！　万物の霊長！」を翻案した言葉。

右側の絵は、朦朧《もうろう》とした量子雲状態で、数秒後にようやくはっきりし始めます。真珠の耳飾りをつけた少女、その後ろには波光がきらめく碧海が広がっています。少女の顔は正午の強烈な陽光に隠れて全く見えません。ただ、その輪郭には絶望が現れていて、一目で忘れられなくなります。

ゆっくりと収縮*していく様子を見ました。私には信じられませんでした。この名作は、私の「量子雲」だったのです。

ある量子状の物質の軌跡に観察者自身が干渉することで、物質は観察者本人の眼前で収縮します。誰も観測しなければ、収縮は発生しません。これはこの時代にすでに証明されている科学定理です。私たちの日常生活の中では、多くの芸術家がこれを面白がり、自分の作品を量子スキャンさせ、量子雲がゆっくりと収縮していく過程に楽しみを見出しています。

言いかえると、私自身と目の前の絵の誕生には関係があるのです。

当時、私は絵の中の少女が私だとは思いませんでした。

強烈な好奇心が私を時間の迷霧に飛び込ませたのです。あなたを探しにいかせたのです。

最初に会ったとき、あなたは三つの質問をしました。

いま、お答えしましょう。

1　誰なの？

私は、人工知能体です。

二百年前、真の意味での人工知能第一世代が開発されました。「チューリングテスト」** は厳格に完備されており、ファジー知能・芸術審美能力・創造能力を備えているかどうかも測定されました。私たちがはじめてあったあの夕暮れ、一緒に絵画の美について語り合いましたね。まさに簡易版のチューリングテストのように。そうじゃありませんか？　興味深いことに、あなたは無意識のうちに私に「停止問題」*** を出していたのです。どうやら、私はクリアしたみたいですね。

---

* 量子系は多数の可能性から一つの可能性に収縮する。観察者の「観測」によって、収縮を伴って発生する。

** ロボット（コンピュータ）に真の知能があるか判定するために用いられる。もし、コンピュータが五分以内に測定者の出した一連の問題に答えることができ、さらに三十パーセント以上の回答で測定者が人類と誤認したら、テストを通過したことになる。

2　いつ来たの？
私はあなたから見て、未来から来ました。

ごめんなさい。この情報は唐突すぎますよね。私の時代には、あなた方が夢にまで見ている星間旅行やタイムスリップ、永遠の命は実現しています。ただ、あなたがたは存在しません。三度にわたる大革命を経て、地球の人工知能は完全に人類にとってかわったのです。好敵手に対する尊敬の念から、私たちは人類の知恵の光を首都広場の中心の「人類博物館」に保存したのです。三カ月前のある日、私は再びそこを訪れ、あなたの絵を見ました。

あなたの絵が私の行動に影響を与えたのか、私の過去があなたの未来に影響を及ぼしたのか。このメビウスの環は、首尾が嚙み合い、終わりがありません。

3　どうしてあなたの生活に入ってきたのか？
これは、ちょっと複雑です。

最初は強烈な好奇心でした。あなたの「真珠の耳飾りの少女」は二十一世紀画壇の数少ない傑作の一つです。この時代では広く知られています。あなたにも、私の徹底的に調べたいという気持ちは理解できるでしょう。

その次は、ぼんやりとした不安です。何度か語り合った後、あなたのお父さんの微妙な感情に気づいたのですが、どのように応えればいいのかわかりませんでした。あの日、海辺を散歩していて、無我夢中であなたを助け、生死の狭間でもがくあなたを見ながら、きつく真珠の耳飾りを握っていました——それこそが私のタイムマシンだったのです。私はこのタイムスリップが怖くなってきました。自分があなたの運命の軌跡に干渉するのではないかと不安になりました。あなたの重要な創作活動に影響を与えるのではないかと不安になりました。……そこで翌日、不安とともに、私は別れも告げずに去りました。

もしかしたらあの時から、運命の軌跡は再び変わったのかもしれません。

最後の最後は、芸術の守護という穏やかな気持ちです。私は数年後に跳躍し、お父さんの絵があなたに霊感を授けるのを見ました。修復した絵が戻ってきた夜にあなたが高熱を

＊＊＊　停止問題は、数理論理学の焦点の一つで、チューリングテストに用いられている。繰り返し出された問題に、もし被験者が常に論理に基づいて回答を繰り返した場合、機械と判定される。もし被験者が疑問を呈したり、循環から抜け出したり、反論したり、回答を止めた場合は、ファジーな知能を有していることを意味し、優れた人工知能とみなされる。本篇の前のほうで静子《ジンズー》が発した一連の「本当？」という発問は停止問題とみなせる。

出して寝込んだのを見ました。離婚の準備を進めていた両親があなたの病床で大声で泣いて仲直りしたのを見ました。海辺のあのときが、あなたの心にどれだけ深く刻まれたのか見ました。さらには、このメッセージがあなたにどんなインスピレーションを与え、人類史上の傑作を完成させるに至ったかを見ました……そこで私は再び過去に戻って、真珠の耳飾りの中の、このメッセージを完成させたのです。

フラクタル、覚えていますか。

ちなみに、小沢《シャオツー》はいい男の子ですね。彼は今後、あなたと何十年も連れ添います。むしろ私は信じています。この縁が、この絵の使命の一つなのだと。

多くの時間には、私たちがわかるかどうかにかかわらず、運命それ自身の軌跡があります。本当にごめんなさい。突然あなたの生活をかき乱してしまって。でも、とても光栄でした。私たちの運命は融合して傑作と化し、時間の果てまで照らし続けることでしょう。

画家として、どんな方法であれ、関わることができて、無上の光栄です。

あと少しだけ。おそらくいい知らせでしょう。近々、人工知能の発展はボトルネックに遭遇します。私たちの科学者は、すでに保存された人類の細胞の中から、人機融合の可能性を見出し、研究に着手しました。

この時代のタイムスリップでは、過去に行けるだけで、未来に行くことはできません。

おそらく未来では、二種類の文明が煌々と炎を燃やし、ともにこの星を照らしていることでしょう。

それから、何度も、人々が激しく往来する中、私は「人類博物館」のホールにある一つの碑を長いこと眺めました。その上には二句刻まれています。人工知能の言語と何種類もの人類の文字に翻訳されて。

中国語では、まるで二句の詩のようです。

「歴尽劫波兄弟在、相逢一笑泯恩仇（劫波を歴尽すれば兄弟在り、相逢いて一笑すれば恩仇泯ぶ）」（魯迅の「題三義塔」の一節「度盡劫波兄弟在、相逢一笑泯恩讐（艱難辛苦をのりこえてこそ兄弟となり会って笑いあえば恨みも消える）」を踏まえている）

静子《ジンズー》、時間には果てがなく、宇宙には限りがありません。人類もそうです。人工知能もです。私たちは最後にはその中の規律を服従させることでしょう。色が水中で混ざり合うように。

全ての時間から、あなたに祝福が訪れますように。

編者によるノート

子供時代に抱いた書物への愛が呉霜《アンナ・ウー》を作家としての人生に導いた。中国文学を専攻した大学を卒業後、彼女は努力を重ね、障害を乗り越えてプロの脚本家・劇作家となる夢を叶えると、その余暇を使って長篇小説やSF短篇を執筆した。現在は北京の映画会社でSFや奇幻*関連プロジェクトのコンテンツ統括プロデューサーとして働いており、脚本と小説で華語科幻星雲賞を受賞している。

「真珠の耳飾りの少女」で呉《ウー》は、二つのまるで異なる文明、人類と人工知能を掘り下げようとした。両者にはそれぞれ長所も短所もあるが、芸術の美は永遠のものであり、慈しまれるべきだという認識で一致団結する。

雑食の読者で、文学とジャンル小説の垣根を越えて幅広い文化の発信源や表現に惹かれるわたしとしては、このアンソロジーにも中国SFのさまざまな声を取り入れることを目指していた。ヤングアダルト文芸小説である本作は楽観的で、愛らしく、かすかに心に余韻を残す。単位《ダンウェイ》（共同生活を伴う国営事業）時代のひどくノスタルジックな幼少期の一幕から始まるが、しだいに科学というレンズを通して見た人生や芸術や自然の美に対する想念へと発展していく。この物語はまた、わたしのクラシック音楽や調理法、そしてもちろん絵画への崇敬の念にも訴えるものがあった。フェルメールの有名な絵画のオランダ語タイトルをそのまま英訳題に採用すると決めたのは、一つにトレイシー・シュヴァリエのすばらしい小説による先入観を読者に植えつけないため、もう一つはこの物語を通して流れる異物感に焦点を当てるためである。

本作を翻訳しながら感じた純粋な喜びの一つが、呉《ウー》が中国文化の真髄である食について語る際の語り口だ。食材の準備や食の楽しみにまつわる描写を英語にするのは至上の喜びだったし、同じ作品の中で材料を混ぜ合わせるのと時空を混ぜ合わせるのを同列に語れるというのは痛快この上ない。

＊　奇幻は中国と西洋、両者のファンタジイの伝統を融合させたジャンル。

彼岸花

彼岸花

阿缺《アーチュエ》／阿井幸作訳

1

どういうわけか、春の訪れとともに肩甲骨の辺りにかゆみを覚えたので、ジェームズに見てもらった。奴はくわえタバコで俺の背後に回り、しばらく見ると「何もないぞ」とハンドジェスチャーをした。

「でもかゆいんだよ」俺は振り返ってジェスチャーで返した。

ジェームズの首はすっかり腐り切っているため、首の代わりに手を振るしかない。「あり得ん。俺たちの神経はとっくに腐り落ちているんだ。無限の飢餓感以外に何の知覚もないんだから、かゆいなんてあり得るか？　安心しろ。最近、風に混じって血と肉の臭いがするから、何日かしたら俺が飯に連れていってやる」

俺は信じず、奴に鏡を二枚持ってこさせ、一枚を前に、もう一枚を後ろにやって照らし合わせた。右肩の後ろに手のひら大の傷がある。肉が露わになり、灰色がかったそれはうっすら口角を上げた口を思わせた。その口の中に小さな黒い何かが見え隠れしている。

「何もないって言ったよな？　なんかちっこいのがあるんだが？」

ジェームズはまたしばらく見て「なんだこれは」と言った。傷口をほじる人差し指に俺の腐肉がねばつくのが鏡越しに見えた。奴が力を込めたので傷口がさらに裂け、あらたに露出した肉は灰色のままだった。俺は退屈のあまりあくびをし、それがおさまる頃、その傷は前回、丘の斜面で生きた人間を追いかけていたときに木の枝で切ったものだと思い出した。

「きつくて取り出せない」ジェームズはしょげた様子で俺の前に立ち、ジェスチャーをした。「多分、むき出しになった骨だ」

「ああ」俺は気だるく手を振った。

時刻はもう夕暮れだが、この海沿いの町の夏は昼間がかなり長く、空にはまだらら寂しい藍色が広がっている。波がきらめく海上には、係留中のヨットが一艘浮いている。浜辺には動きの硬い数多《あまた》の人影が漫然と右往左往している。

「あいつら何やってるんだ？」俺は尋ねた。

「最近、海から死体が流れてくるんだよ」ジェームズは吸い殻を吐き捨てると新しいのに火を点けて口にくわえた。「みずみずしい死んだばかりのだ。俺たちと大違いの」

会話の最中に、浜辺の連中がにわかに落ち着かなくなり、海へ駆け込んでいった。俺はつま先立ちになり、黄金色の波の中に一つの人影が浮き沈みしつつ無抵抗に漂っているのを見た。

全員その死体に駆け寄っていく。手足の連携が取れていないゾンビに泳ぎは無理だが、幸い腰ぐらいまでの水深だったので、奴らは死体を捕獲できた。腐り落ちた顔に喜びをたたえ、喉からグルグルという不気味な音を発し、一様に手を伸ばして死体を引きちぎっている。

あの中年男は確かに死んでから日が浅く、茶色い血液が海中に散らずに溜まっている。しかし、それでも血の臭いがする。

鼻がひくつき、腹の飢餓感が瞬時に何倍にも膨れ上がったみたいだ。飢餓感に押しやられ、俺も海へ向かった。しかし俺もジェームズも出遅れ、駆けつけたときにはみんなとっくに解散していた。海には汚れが漂っていたが、すくっても手の中は空っぽだ。

「手が早い奴らだ」俺は言った。

「そりゃそうだ。あんだけのゾンビに死体は一体だけだからな。お前らのことわざにあっただろう。僧多くして……」奴はとっくに干からびた脳みそを振り絞るようにしばらく手をばたつかせたが、結局何も出てこなかった。

「粥《かゆ》少し」俺は代わりにジェスチャーしてやった（「僧多粥少」中国のことわざ。物が少なく十分に分けられないの意）。「そうそう、粥少しだ」奴は満足そうにうなずいた。「うまく言ったもんだ」

ソラニュウムウイルスが猛威を振るい、人類が僧侶と粥に分けられるようになったのは何年前のことだったか？

俺は必死に思い出そうとしたが、記憶がすっかり曖昧なことに気づいた。

ゾンビとして他は言うことなしだが、覚えられることが少なくなっていくのが玉に瑕《きず》だ。俺のせいじゃない。ゾンビの脳はゆっくりしぼんでいくから、ときどき頭を振ると、干からびた脳幹がピンポン玉みたいに頭蓋骨の中をあっちこっちぶつかり、中からコロコロという音が聞こえるのだ。ぶつかるたびに覚えられることが一つ減っていき、脳みそが完全になくなってしまえば、唯一残る感覚は飢餓感だろう。飢餓感に殺されることはない――なぜなら一度死んでいるのだから。しかしそれは永遠に消えることなく、生きた人間を追いかけてその肉体を引き裂くよう俺を駆り立てることしかできない。

だが今日、ジェームズと浜辺に向かっていたとき、奴の頭は相変わらずコロコロ鳴っていたのに、俺の脳内は無音だった。俺は頭を振ってみてからジェスチャーで尋ねた。「俺の頭から音がするか？」

ジェームズが答える。「いいや」

俺は少し不安に駆られた。「病気なんじゃないかな？」

「俺たちゾンビはたいてい、めったに風邪も引かないし熱も出ないぞ」ジェームズは俺をなぐさめた。「安心しろって。さっき走ったときに脳幹が耳からすっぽ抜けて頭が空っぽになったから、何の音もしないんだろう」

俺はようやく安堵して背後を見渡した。いくぶん暗くなったが、波はまだ光を反射している。日が沈んでいき、海面が俺たちの膝の高さまでゆっくりと迫る。さざ波の合間にも俺の脳幹は見当たらない。

「波にさらわれたんだろう」ジェームズが言う。「でもいいじゃねぇか。脳がなけりゃ悩みもなくなる」

俺たちは浜に上がるしかなくなり、これまで過ごした数え切れない夜のように街をうろつき続けることにした。だが俺が伝えるこの物語のプロローグはいつも通りの無難なものであってはならず、非日常的な要素を出さなくてはいけない。そして異常なのはここからで、頭の中からジジジッと電流が流れる音がして、俺は突然立ち止まり、言った。「自分が誰なのか思い出した」

「どうやら本当に病気みたいだな」

「本当なんだ！」脳内のその一筋の閃光に必死にしがみつくと、記憶は濃霧から飛び出した鳥のように曖昧から鮮明になっていく。はじめ、それはもやの中のシルエットに過ぎなかったが、いま、それは枝に止まった。ジェスチャーをする手が少し震えた。「おっおっ、俺は……俺は……」だが俺はついぞその鳥の姿を捉えられず、自身の正体に関する最終的な答えを言い出せなかった。「俺は男で、学生で、音楽が好きで……でも誰なんだ？」

俺が困惑している間、ジェームズはタバコをくわえたまま静かに俺を見つめていた。濁った眼球に憐れみの色が透けて見えた。奴は呼吸ができないので、タバコはくすぶるのに任せるだけだ。火がゆるゆると後退し、奴の顔を明るく照らす。

奴はおもむろに手を挙げて、薄暗い空間の中で手を振った。「思い出せないのならそれでいい」

俺はうなずいて言った。「わかった。正体は思い出せないけど、家の住所は思い出したぞ」

ジェームズは怪訝《けげん》そうに聞いた。「どこだ？」

奴を連れて蹂躙《じゅうりん》された町を進む中、のろのろと歩く無数のゾンビたちとすれ違った。こわばった体でうろついている奴らは俺たちを見かけるとハンドジェスチャーで尋ねた。

「お前ら食ったか？」

ジェームズが答える。「いいや」

「俺たちは食ったばかりだ」

「羨ましいな」

「でも食い足りねぇ。永遠に食い足りねぇ。食い足りねぇ食い足りねぇ。ああ腹が減った」奴らの手が一斉に舞い、胃袋の飢えを訴える。奴らに声帯がまだあれば、声を合わせて夜通し歌うに違いない。歌詞はたった一つ、腹減った、だ。

俺はこれまでと違い、この無言劇のエキストラの一員にならず、ジェームズの手を引っ張って通りを縫うように歩き続けた。空が暗くなり始めた頃、俺たちはビルに入り、できる限り膝を曲げて十数階這い登り、ドアを押し開けた。「俺は昔ここに住んでいた」

夕日の最後の明かりがベランダから差し込み、散らかった床を照らす。部屋は大きくなく、八、九十平米ほどの2DKだ。荒れ果てたリビングは悪臭を放ち、寝室のベッドもシワだらけだが、第二寝室のドアは閉まっていた。俺たちはそれを押してみたものの開かなかったので、中に入るという考えを捨てた。

「ここが前住んでいたところか？　普通だな。お前は生前もどこにでもいる人間だったんだな。インテリアのセンスもいまいちだ」

俺は奴に構わず室内をあさったが、俺と関係がある代物は何一つ見つからない。突如湧いて出た記憶に騙されたのかと疑っていたとき、ジェームズが寝室の机から持ってきた一冊の本をめくると、中から一枚の写真が落ちた。奴は拾い上げ、俺を見てからまた写真に視線を移して言った。「この男はお前じゃないか？　今の顔はすっかり固まって顔つきが変わっているが、写真の人間はお前によく似てるぞ」

俺は近づいて、落日の薄明かりを頼りに見ると、写真には一組の男女が写っている。寄り添って浜辺に立ち、とても幸せそうだ。俺は目を細めてしばらく見つめると、にわかに感情が高ぶった。「俺は、俺は、俺は……」

ジェームズは写真と俺を少しの間見比べてうなずいた。「見えんなぁ。昔は格好良かったんだな」そして写真の女の子を指さした。「これは誰だ？」

写真の女の子は俺より頭半分ほど背が低く、俺の胸に体を預けている。海辺の夕焼けが彼女の笑顔に揺らぎ、瞳もきらきら輝かせている。じっくり見たが、彼女が誰かこれっぽっちも思い出せない。だが彼女の美しさは疑う余地がない。俺は首を横に振りながら写真をしまうとジェームズに言った。「思い出したら言う」

ジェームズはまたしてもあの哀れみの目を俺に向けた。「思い出すな。俺たちが昔誰であったとしても、今じゃ歩く屍《しかばね》なんだ。記憶なんて俺たちにとっちゃ別のウイルスであって、飢え以上に俺たちを苦しめるもっと危険なものだ。俺が思うに、自分たちが誰だったか忘れてしまったのは、ゾンビの自己保存メカニズムだ。このメカニズムに抗おうとするな、思い出そうとするな」

ジェームズは毎度こういう哲学的な言葉を口にできる。俺は敬意を込めて言った。「あんたはきっと、生前は特別な人間だったんだろう」

「そうだ、きっと教授だ」奴は言う。「もしくは作家か」

俺はしみじみ思い、こう言い添えた。「それか中毒者だ、肺がんにかかる方の」

「まだここにいるつもりか？」奴は手を動かして尋ねた。

「ああ、もっと思い出せないか確かめてみる」

ジェームズは俺の肩を叩き、あの傷口をまたもやうずかせると部屋を出た。奴が生前どれほど高貴な生まれだとしても、今では本能に従い、夜の街をあてどなく歩き回るだけだ。

空っぽのリビングに立ち、目を閉じて回想にふける。だが濃霧を抜けてやってきた鳥はとっくに羽ばたき、三十分以上考えても俺がかつてこの部屋に暮らしたこと以上は思い出せない。頭を左右に振るとゴトッという音とギイという音が小さく響いた。脳幹は健在だったようで、ほっとして部屋を出ようとしていたとき、ふと我に返った。ゴトッが脳幹が頭蓋骨内で動いた音なら、ギイという音はなんだ？

俺はゆっくり振り返り、第二寝室のドアを見据えた。

夕日が海面に沈み、暗闇が世界を覆う。この部屋が暗闇で覆われる前に、第二寝室のドアが静かに開き、奥から警戒心を露わにした女の子が顔をのぞかせていた。

その顔には見覚えがあった。

三十分前に写真で見た。

2

ガシャン。スーパーの自動ドアが俺とジェームズによってこじ開けられた。

このスーパーのかつての主人はデブだった。都市が陥落する前まで、奴は毎日レジの後ろに座り、でっぷりとした頭だけ見せていた。体がレジと同化しているかのごとく、奴自身がそこから出てきたのを見たことがない。そしてゾンビがこの都市を襲撃し、デブ店長は腕を嚙まれてたちまち体の硬直化が始まった。しかし奴はそれでも毎日レジの後ろに立ち、誰かが近づこうものなら鋭い歯をむき出しにした。ある朝、奴はスーパーの入り口付近をずっとうろうろしていたので、俺がふらふらと奴に近づくと、どうして俺はここを守らなきゃいけないんだと聞かれた。ここはあんたの家だと俺は言った。奴は首を振り、ジェスチャーで答えた。生きていた頃は忘れてしまっていたが、死んでから思い出した。俺の家は北だ。それから奴はまっすぐに北へ向かい、二度と戻ってこなかった。

このスーパーは空っぽになってしまった。

ガラス片を踏みしめながら入った中はがらんとしている。商品棚のもう一方から冷たい風が吹き込んできて、薄ら寒い。ジェームズは冷凍庫を開け、立ち込めた腐臭を深呼吸して恍惚の表情を浮かべた。そして冷蔵庫から一本の豚肉ブロックを掴み取って嚙みつき、吐き出した。「かってぇ、食えたもんじゃねぇ」奴は腐肉を捨てると、レジからタバコを何カートンも取り出し、そのうちの一本をくわえて火を点けた。

俺はというとカートを押しながら商品棚の間を抜け、食品コーナーを回りながら棚から食料と水を手当たり次第かごに詰めた。

「ところで、スーパーで万引きしようなんてどういう風の吹き回しだ？」ジェームズが俺の前に回り込み、ジェスチャーしながら後ずさる。「こんなことするのは人間だけだぞ」

カートを押しながら商品を詰め込む俺は奴と話す暇なんかなかった。棚を通過し、カートが満載になると俺はようやく足を止めた。「違う味を口にしてみたくなったんだ」

ジェームズが首を振る。「そりゃ俺たちゾンビの設定に合ってない。頭でも打ったのか？　それともソラニュウムウイルスがまた変異したか？」

「試してみたいだけだ」

「うまいのがあったら教えてくれ」ジェームズは理解を示し、こう付け加えた。「最近、空気に人の臭いが濃くなった。多分、人間の生存者がまた襲撃に来ようとしているんだろう。お前も用心するんだな、最近、たくさんのゾンビが奴らに連れていかれたから」

俺は一瞬反応が遅れた。「人間が俺たちを捕まえてどうしようってんだ？」

「さあな？　人間はたくさん考えすぎるから、俺たちじゃ想像もつかん。ゾンビになって良かったぜ。頭の中で考えていることは、人を噛むっていうこんなに単純なことだけなんだからな」言い終えると奴はタバコをポケットにしまい、ぎこちない足取りでスーパーを出た。

奴が去った後、俺は食料と水を満載にしたカートを押してスーパーを出て、街を抜けて階段を上り、家に戻った。階段を上るときは、足の腱まで固まってしまっているから這い上がりながらカートを引っ張るしかなかった。一段上るたびにカートが揺れ、家に着いたときには大半の物資がこぼれ落ちていた。

だがそこまで減っても、それらを見たときの呉璜《ウーホァン》は驚きと喜びに満ちた笑顔を見せた。

呉璜《ウーホァン》とは俺の部屋に隠れていた女の子で、写真の女の子でもある。

初めて彼女を目にした瞬間、腹の中の飢餓感が雄叫びを上げて何倍にも膨れ上がり、全身を駆け巡った。彼女の心臓がドクンドクンと脈打っているのが聞こえる。それが鼓動するたびに新鮮な血液を強力なポンプのように体の隅々に送り出している。彼女のやせ細った首には汚れがこびりついていたが、血管がかすかに浮き出て、芳香を放っていた。

それで俺は吠えながら彼女に突進した。彼女は悲鳴を上げて振りほどこうとしたが、彼女は言うまでもなく、成人男子ですらゾンビの相手にならない。彼女はただ両手を振り回しながら無意味に俺の肩を叩くことしかできなかった。

俺の歯がまさに彼女の首に突き立てられようとした刹那《せつな》、彼女の拳が俺の右肩に命中した。あの痛痒がまた訪れ、脳内に電流が走り、鳥が濃霧から羽ばたいた。写真の中で身を寄せ合う男女が目に浮かび、背後の海がゆるゆると波立つ。すると飢餓感が潮のように引き、胃が収縮した。

俺は女の子を放すと、肩を押さえながら後ずさった。彼女は部屋の隅で縮こまった。

一人のゾンビと女の子がこんな薄暗い部屋の中で対峙している。

「怖がらないで」俺はハンドジェスチャーをしたが、彼女の目から恐怖の色が消えることはなく、ここでようやく、彼女には俺たちゾンビ同士の交流方法がわからないのだと悟った。俺は考え込むと、ボロボロのポケットから写真を取り出し、顔のそばに掲げて写真の中の俺と写真のそばで硬直した俺の顔を交互に指さした。

「阿輝《アーフィ》？」女の子はためらいながらそう口にした。

それが俺の名前か。ジェームズが言った通り、俺は生前確かに普通の人間だったのだとやるせなくなった。俺は写真を女の子に握らせ、手のひらにゆっくりと文字を書いた。

「俺を知っているのか？　俺たちはどういう関係だ？」

女の子は写真を握ったまま長いこと俺を見つめている。室内が徐々に暗くなるが、彼女の目は海面で消えかかっている小さな波紋のように光が瞬いている。しばらくして彼女は言った。「阿輝《アーフィ》なの？」

俺はうなずいた。

「みんな忘れちゃったの？」

俺は「この部屋に住んでいたことしか覚えていない」と書いた。

彼女は俺の顔を見つめながら言った。「私は呉璜《ウーホァン》で、あなたの名前は阿輝《アーフィ》。私たちは恋人同士。私のことを守るって言ったのに、あなたは外の様子を見に行ったきり戻ってこなかった。私はここで半年も待っていたの」

彼女が訴えかける俺たちのエピソードは非常にあっさりしたもので、終末の大災難の中ではありふれた生き別れだった――ゾンビの大群が押し寄せたとき、事前に食料と水を蓄えていた俺と彼女は軍隊の救助が来るまで部屋でやりすごすつもりだった。しかし一週間経っても外界に何も動きがないから、俺は彼女に「ちょっと外を見てくる。もう軍隊がゾンビを追い払ったかもしれないし」と言った。彼女が行かせまいと俺の手を引くので、俺は笑いながら彼女の頭に軽く手を置き、「必ず戻ってくるし、君を守る」と言った。家を出た俺は、子鹿のように暗闇で待つ彼女を置いたまま二度と戻ってこなかった。その間、彼女は水も食料も控え目に摂っていたが、とうとう尽きかけていた。絶望の淵に立たされていた彼女の前に再び現れた俺はゾンビになっていた。

「安心しろ、守るって言っただろ」俺は彼女の手のひらに丁寧に文字を書いた。「君を守ってみせる」

呉璜《ウーホァン》はミネラルウォーターのキャップを回し、喉を鳴らしながら口に注ぎ込んだが、勢いよく飲みすぎたせいで何度もむせていた。

俺は背中を叩いてあげようとしたが、動いた瞬間、彼女が身を引いた。しょせん人間とゾンビは別物だと理解した俺は、いまいた場所に座り、また彼女に水を手渡した。

十分に飲み食いした彼女は口元をぬぐい、深く息を吐き、「ありがとう」と言った。

俺はペンを片手に紙に「いいって、どうせ俺はそういうものは食べないから」と歪んだ文字を書いた。

「じゃあ何を食べるの？」彼女が反射的に問いかけた。

俺は答えなかった。彼女は沈黙から俺の答えを読み取り、そのせいでますます雰囲気が重くなった。風が吹き込み、紙くずが床をなで、かさかさという音がことのほか響く。

「でも君を傷つけることはない」俺はこれらの文字をとりわけ大きく書いた。

彼女はうなずき、言った。「あなたは他の奴らと違うみたい。他のゾンビは考えることなんかできないから、あいつらに見つかっていたらすぐに喰い尽くされちゃっていたと思う。それに私を助けてくれるし」

実際はゾンビも特有のコミュニケーションジェスチャーがあるばかりか、考えることだってするし、その思索は人間以上に深い。尽きない欲望を持ちながら毎日何もせずブラブラするしかない奴がいれば、そいつは哲学者になる運命にある。ただ、記憶が短い間しかもたないし、飢餓感が強烈なため、人間の臭いを嗅ぎ取れば、飢餓感に追い立てられるまま血と肉へ向かい、考えている余裕などないが。それに、何か書いたところで誰が読むというのだ？

だが彼女にそれらを説明するには何文字も書かなきゃならなくて億劫《おっくう》だ。だから俺はうなずくだけにし、また書いた。「俺もよくわからない。多分俺は独立独歩のゾンビなんじゃないか」

「本当に何も覚えてないの？」彼女がまた尋ねる。

「ああ、脳幹が萎縮している」俺は言った。「でも教わることはできる。昔の話を聞かせてくれ」

呉璜《ウーホァン》は物思いにふける表情を見せたが、少し落ち込みながら話し始めた。「私たちが知り合ったのは大学だった。どちらも医学部で、あなたの方が一つ先輩。あなたが初めて私を見たのは学部の歓迎パーティーだった。私はステージで踊っていたけど、主役は私じゃなくて背が高くて足の長い先輩だった。でも私を見たあなたは、勇気を出して舞台裏で私に連絡先を聞いた。それからの大学生活で、私たちはしょっちゅう顔を合わせたけど、一緒になることは一向になかった。そして私は院に入って、あなたは大病院での仕事を辞めて大学付近の小さな診療所で働いて、そのとき初めてあなたの気持ちがわかった……春に郊外まで遊びに出かけたけど、あなたは運転できないから、私を自転車に乗せていつまでもこいで……」

彼女の声が狭い部屋にこだまする。一言一句がハチドリのように、すっかり硬化した鼓膜に響く。彼女の話す内容には全く身に覚えがなく、まるで他人だと俺は聞いていて思った。俺は少し切なくなった——そうだ。噛まれたあのときに俺は死に、別人になったのだ。今の俺は死の川の向こう岸を徘徊し、もはや明瞭に思い出せない川の彼方の昔話を聞いている。

だが俺は心地よく耳を傾けていた。

それからの多くの日々を、町をうろつくことなく部屋にこもり、呉璜《ウーホァン》が語る思い出話を聞いていた。彼女の声が次第に「阿輝《アーフィ》」というイメージの輪郭を浮き上がらせ、向こう岸にいる俺の姿を見せる。ときどき聞きながら口角の固まった筋肉を引っ張り、ほほ笑みをつくってみせた。

もちろん俺だってときには外に出て、呉璜《ウーホァン》のために食料を収集した。都市にはたくさんのスーパーがあるから、苦労せずともすぐに見つかる。ただ他のゾンビに会ったらごまかさなければならず、ジェームズの場合はなおさらだった。

「なんでまだジャンクフードなんか食ってるんだ？」あるとき、ジェームズが立ちはだかって両手で宙を切った。「ジャンクフードは体に悪いから控えた方がいいぞ」

「タバコだって体にも健康にも有害だから本数を減らした方がいい」

「肺に入れてないから肺がんにはならん」奴は言う。「俺の肺はとっくに腐り落ちてるしな」

俺たちは顔を見合わせて笑い合った。違うのは、奴は手を振りながら微笑を表したのに対し、俺は無意識に口角を上げていたことだ。

「おい、まだ笑えるのか。俺たちの顔の筋肉は壊死《えし》してるんじゃないのか？」奴は驚きながら俺を見つめ、指で何度も空中に線を書いた。「それどころか、顔色も俺たちより良さそうだぞ。ジャンクフードって本当にそんなにいいのか？」

奴はカートからポテトチップの袋をいくつかつかみ、封を開けて頰張ると、頰の穴から食べかすがこぼれてふりそそいだ。「まずいな」奴が手真似をしながら上を向くと、くぐもった雷鳴が聞こえ、まもなく大雨が降りそうだった。「降りそうだ。春雨だな」そう言い終わると足を引きずって去っていった。

他のゾンビとはあいさつする程度で適当にあしらえた。奴らはずっと手を振りながら己の飢餓を説明している。こう言うとおかしいが、呉璜《ウーホァン》と出会ってから、長らく俺を苦しめていた飢餓感が牙を抜かれた毒蛇のごとくおとなしくなった。「どこかで腹を満たしてきたみたいだな」奴らは言いながらうらやましがった。奴らの動きが以前にも増してのろいことに気づいた。大雨の到来で湿気がジェルのように重い。長いこと狩りをしていないせいで、体がますます硬直したというケースももちろん考えられる。

だが俺とは無関係だ。雨の日は不安にさせられるが、それより俺は一人で家にいる呉璜《ウーホァン》のことが心配だった。

マンションに入った瞬間、滝のような大雨が降り注ぎ、稲妻が時折夜空を切り裂いた。稲光が走ると、何棟もの高層ビルが太古の獣のような物言わぬ巨軀《きょく》をさらし、またすぐに暗闇に隠れた。ゾンビたちも歩き回るのをやめ、次々に建物の陰に隠れ、呆けたように雨の帳《とばり》を眺めていた。俺たちにとって、雨に濡れて風邪を引くことなど怖くないが、雨によって全身の泥や血、そして傷口についた各種雑菌が洗い流されてしまうのは、やや受け入れがたい。ジェームズも言ったように、これは俺たちの設定に合わない。考えてみてほしい、容姿端麗で清潔なゾンビなど誰に受ける？

今夜の呉璜《ウーホアン》は少し変で、水も食べ物も口にせず、ずっと外を眺めている。

「どうした？」

彼女は視線を本から窓の外の雨に移し、ふと口を開いた。「体が汚れているから、シャワーを浴びたい」

部屋に半年もこもり、食う飲む出すを全て狭い空間でやっていたから、彼女は全身が汚れていて異臭を放っていた。俺は気にしないが、彼女は女の子だ。俺は考えてこう言った。

「ミネラルウォーターをもっと探してくるから、それで洗えば」

しかし彼女は外の大雨を指差し、「外に出て雨でシャワーしたい」と言った。

「危険すぎる！」俺は焦った。彼女を見つけた他のゾンビどもが我先に殺到する様子が目に浮かんだ。

「守ってくれるんでしょう？」彼女が俺を見つめる。雷が落ち、瞳がらんらんと輝いた。

そんな目で見つめられると俺も居心地が悪い。顔の血管がひからびていてよかった。じゃなかったらきっと真っ赤になっていただろう。確かに俺は彼女を守ると言ったのに半年前に約束を破っている。もう断れない。

「じゃあ屋上は？」俺は悩んだ末に書いた。土砂降りの雨なら人間の気配を覆い隠してくれるし、ゾンビどもも建物を上ろうとしないから、屋上は見えないはずだ。

俺たちは最上階まで上り、屋上の扉を開けて雨中に飛び出した。雨水が俺の体をつたわり、右肩の傷口に流れ込むと痛痒がますます激しくなった。まるで何かが傷口の中でもがいたり広がったりしているようだ。だがその傷に構ってなどいられず、雨に打たれる呉璜《ウーホアン》を目を剝いて見つめた。

空を見上げる彼女の黒い髪が濡れそぼり、顔が雨で洗い流され、白く透明感のある皮膚が現れる。彼女はまだ物足りないらしく、服を脱ぐと、半年間溜まりに溜まった汚れが溶け、本来の雪のような肌があらわになった。彼女はこんなにも美しい肉体を持っていた。骨がやや浮き出て、皮膚の下には血と肉が満ちあふれ、したたる水が美しい曲線を描く。

ゾンビになってから、人間の美しさに興味をなくし、肉体とは可食部と非可食部に分けられるものでしかなかった。だがこの瞬間、自分はなんて醜いのだと悟った。飢餓とは違う欲望が体の中から湧き立ち、身がわずかに振動しながら歯をむき出しにした——俺のせいじゃない。彼女がこんなにもみずみずしく、俺がこんなにもひからびているからか。彼女がこんなにも豊かで、俺がこんなにも飢えているからか。だが足を踏み出した瞬間、肩の痛痒が再発し、その欲望を押し込めた。

一筋の稲光が彼女の体を照らす。その刹那、彼女もまた輝き、俺のしぼんだ網膜を照らした。その後の日々の中で、その輝きが消されることはなかった。

体をきれいにした彼女はブルブル震えながら走って家に戻った。俺は彼女の着替えを持ってきた。彼女の濡れた髪の毛が頬に張りついている。「ありがとう」彼女はタオルで髪をぬぐいながら言った。「だいぶさっぱりした」

返事を書こうとしたところ、突然、部屋のドアがノックされた。

呉璜《ウーホァン》の笑顔が固まった。

「寝室に入って」俺はゆっくりと書いた。「鍵を忘れずに」

彼女は自分の服を手にし、足音を立てずに寝室に入り、ドアを閉めた。俺は窓を開けて雨風を吹かせてからドアを開けた。奥にジェームズの顔が見えた。

「何しに来たんだ?」俺は尋ねた。

奴は手を上げると、突然鼻をひくつかせた。ゾンビに呼吸は必要ないが、嗅覚は相変わらず鋭敏で、生きた人間の臭いにはなおのことだった。部屋に入り左右を見渡した奴の顔に次第に狂気の色が宿った。俺は奴の前にたちふさがり、再び尋ねた。「どうした?」

「お前の部屋に、なんか……」奴がそこまでジェスチャーをしたとき、窓の外から突然火の手が上がり、続けて轟音がこだました。雷だと思ったが、部屋の振動がその推測を否定する。その音でジェームズも我に返り、俺を引っ張って言った。「人間がまた攻めてきたぞ!」

3

ゾンビの群れにいて突進しているとき、表情こそ獰猛《どうもう》で、目を吊り上げて歯をむき出しにしていたが、心の中は冷めていてむしろちょっと退屈していた。飢餓感があの血の詰まった肉体に向かわせるが、理性は抵抗していた。しかし理性も欲望の前では脆《もろ》いものであるから、他のことを考えるぐらいしかできなかった。

例えば、これは人間による何度目の進攻だろう？　とか。

都市が陥落してから、ゾンビが街中にひしめき合っているので、間が開くたびに人間が攻めてくる。もちろん、往々にして死体を増やす結果になり、ある者は俺たちの食料となり、ある者は俺たちの仲間となった。

しかし今日は少し違った。

人間が重火器を使ったのだ。戦闘機がフクロウのように煙雨をかいくぐって次々と爆弾を落とすと、炎が花のように咲き広がり、爆風によってなぎ倒されたゾンビが燃えた花びらを形づくる。戦車が陣を構え、轟音を伴って前進しながら砲口から立て続けに閃光を吐き、突撃するゾンビたちを肉片に変える。兵士たちは盾と銃を構え、噴き出す火が一筋の線として連なって街を照らす……要するに、今夜の人間はちょっとすさまじかった。

「あいつら、今日はどうしたんだ？」隣を走るジェームズが叫び声を上げて凶悪な顔つきをしながら、目に戸惑いの色を浮かべて俺に手を振り尋ねる。

「さあな」俺は走りながら答えた。「一か八かの賭けに出たんだろ。逆境からの反撃だ」

「泣かせるな。まるでハリウッド映画のクライマックスだ。誰が主人公か知らんが、そいつのところにあいさつに行きてえよ」

「残念ながら俺たちは観客でもなければ、ブラッド・ピット*側でもない」

ジェームズは防護盾を押しのけ、人混みの中からひ弱な男をつかみ出すと、彼の喉笛に噛みついた後に放り投げた。「そういや、映画なんて久しく見てないな」奴は防護盾にぶつかりながら、俺の方を振り向いた。「俺のこと、かっこいいって言ってたよな。生前は俳優だったんじゃないか？」

「教授か作家じゃなかったのか？」

「俳優の方がいい。講義をしていくら稼げる？　執筆なんか論外だ」

俺たちが本能のまま押し進み、本性に従いくだらない話をしていた頃、噛まれたひ弱な男が立ち上がり、いささかぎこちない動きで人間の群れに突っ込んでいった。目は赤く塗《まみ》れ、大口を開け、喉の傷口から流れる血はどす黒くなり、まもなく凝固するだろう。

「新人です。よろしくお願いします」彼はハンドジェスチャーをし、俺にフレンドリーに問いかけた。「こっちにはルールがありますか？」

「銃には向かって――」俺は注意したが、「行くな」というジェスチャーが終わる前にガトリング砲の銃口が彼に狙いを定め、大口径の銃弾とそれがもたらす巨大な位置エネルギ

＊　ハリウッドの有名俳優。ＳＦ映画『ワールド・ウォーＺ』では、人類を率いて世界を埋め尽くすゾンビに打ち勝った。

ーが彼を真っ二つに引き裂いた。

一歩も引かない殺し合いのさなか、人間陣営に、全身を雨にしたたらせながらも毅然とした表情を崩さないたくましい中年の軍人が姿を現した。彼が手を上げると隊列の中からこぶし大のガスボンベが放り投げられ、落下した瞬間、紫色のガスを大量に放出した。

俺がいぶかしんでいると、ガスを吸った周りのゾンビたちの動きがいきなり遅くなった。空気の密度が一瞬で上昇したかのように奴らを通せんぼしている。

「ドクター・ローの研究成果が功を奏した！」人間陣営から興奮の声が湧き上がった。

「あの悪魔どもをやっちまえ！」

悪魔だって？　まさかあいつらは、俺たちだって昔はあいつらの友達だったりご近所だったり家族だったりしたことを忘れているんじゃあるまいか。ウイルスが俺たちを死の川の向こう岸に連れていったのであって、俺たちがウイルスをつくったわけじゃない。

だが、ゾンビがあいつらにそんな弁明できるはずもない。俺たちができることは、引き続き雑踏に突き進んでいくだけだが、周りのゾンビの多くがのろくなってしまったため、人間の銃火器の命中率が格段に跳ね上がった。

ゾンビの波はまたたく間に抑えつけられた。

「今晩中に、この正義の雨の中で終わらせよう！」将校が拡声器片手に声を張り上げる。「我々が開発した薬は効果を発揮した。今後、人類がこの戦争で後れを取ることはない！殺せ！　お前たちの怒りと銃弾をゾンビどもに浴びせるんだ。今夜、我々はこの都市を取り戻し、世界に文明を再び降臨させる！」言い終わると、拡声器から意気軒昂な音楽が流れ、それは陣太鼓よろしく人間たちに、俺たちに向かって引き金を引かせた。

ジェームズはうんうんうなずきながら俺に手を振った。「あいつが人間側の主人公らしい」

「そうだな、BGM付きだ。映画じゃこんなBGMが流れたら、普通はクライマックスまで、主役が勝利する瞬間まで続くぞ」

「勝てばいい。俺たちのようなエキストラも撤収するべきだ」

話をしている最中、将校は足を滑らせて戦車から落っこちた。一体のゾンビがタイミングよく飛びかかり、彼の腕を嚙んだ。そこからすぐに将校は起き上がると、目を赤くしながら自身の副官に嚙みつきかかり、副官に頭を吹き飛ばされた。

俺とジェームズは顔を見合わせ、互いに少し気まずくなった。

「ブラッド・ピット」の死で人間側の足並みが崩れた。その上ゾンビがあまりにも多すぎるため、動きが緩慢になったところで次から次に波のように押し寄せてくる。空が明るくなった頃は雨もやみ、人間側は撤退を開始した。ゾンビたちが後を追い、ひとしきり嚙みついてから、距離が開いていった。

「人間は心底善良な種族だ」ジェームズは混迷を極めた戦場を見据えてホクホク顔だ。

「定期的に俺たちに食料をよこしてくれるんだから」

人間側が撤退し、新鮮な血の臭いが漂うと、俺の飢餓感が途端に消え失せ、辺り一面の血や肉にも興味を失った。代わりにやってきたのは肩からの痛痒で、小さな虫に傷口の中を蝕まれているようだった。「どういうことだ？」搔くとその感覚がますます強くなった。

「そう言えば」ジェームズは俺の戸惑いに気づくことなく、別の話題に移った。「人間が紫色のガスを噴射したら、ゾンビの動きがのろくなったのはどうしてだ？」

「多分……新型兵器じゃないか」

「でも俺らに影響がなかったのはどういうわけだ？」

俺は少し考えた。「さあな。人間が何か企んでいるかもしれない。それもとっておきのを」

ジェームズはうなずいた。「だといいな。人間が撤退するたびにこんなにたくさんの死体を残していくから、人間は少なくなる一方だ。万一、俺たちが本当に勝ってしまったらどうする？　この星がゾンビに埋め尽くされ、生きた人間が一人もいなくなったら――」

「安心しろ」俺はジェームズを慰めた。「そんな映画やドラマの創作ルールに反すること なんか、起こるはずがない」

「だな。どんなストーリーでも、俺たちは滅ぼされる。それが早いか遅いかだけの話だ」


家に帰ると、何があったのか呉璜《ウーホァン》が知りたがった。

これまで人間たちの進攻の規模は大きくなく、彼女も戦々恐々として部屋に隠れていたため、人間が都市を奪還しようとしていることを知らなかった。それに彼女の頭の中では、全世界が陥落した中で自分は感染していない唯一の人間なのだ。しかし彼女が絶望に殺されることなく生き続けた原動力は、俺が出かける前に彼女にかけたあの――

「必ず戻ってくる。君を守る」

生前の俺はこんな大したセリフを吐けたようだ。想像してみてほしい。このセリフを聞いて心を動かされない女の子がいるだろうか？　俺自身、ちょっと胸が熱くなる。

呆けている俺に呉璜《ウーホァン》が再び尋ねる。

我に返った俺は彼女に、人間が攻めてきたことを口早に話した。

彼女は聞き終えると物思いにふけりながらうなずいた。朝日の中、しわが寄った眉間は青々とした草がなびく春の丘を思わせた。そのような感情に彼女はずっと気を取られ、俺に昔の話をしているときなど、若干心ここにあらずだった。一晩中怯えて疲れているのだろうと思った俺は彼女を休ませ、マンションを下りて街へ戻った。

一夜の戦いを経て街はますます破壊されたが、ゾンビにとって何ら違いはない。血が乾き切ると、俺たちはもう飢餓に突き動かされることなく、所在なさげに徘徊を続けた。

太陽がビルの間から顔を出し、薄紅色の光でメイクアップされた街のいたるところを紅に染める。俺たちは朝日を仰ぎ見た。

「きれいだ」俺はそう言葉を漏らした。「〝日出《い》でて江花《こうか》は火より紅く、日は香炉を照らして紫烟を生ず〞って詩を思い出した」

「そうだな。空にかかる山水画みたいだ。ピカソの印象派的なタッチがあって、あの有名な『印象・日の出』を彷彿《ほうふつ》とさせる」ジェームズが手を動かしながらしゃべった。

そばにいる片腕のないゾンビが大変そうに手を振る。「確か、ピカソは油絵じゃなかったか？」

「それに『印象・日の出』はモネの作品だろう」頭を半分ふっとばされたゾンビが考えながらゆっくりと手を舞わせる。「ピカソは現代アートだ。昔、芸術史の授業で習った」

奴らが芸術論を戦わせている頃、朝もやを享受していた俺は肩にまた異物感を覚えた。

しかもそれは以前より強烈だった。手を伸ばしてなでようとしたところ、俺の背後に回ったジェームズが驚いたというジェスチャーをした。「肩の後ろを見てみろ。花が生えてるぞ！」

半頭ゾンビが鏡を持ってきて、片腕ゾンビと前後に並んで俺を照らし合わせた――俺の右肩の傷口は相変わらず開いていて灰色に汚れていたが、腐乱した肉の間から三片の若葉と一つのつぼみが弱々しく生えていた。

二片の葉は爪ほどの大きさしかなく、水色のつぼみを取り囲んでいる。花はまだ咲いておらず、ぐっすり眠る赤ん坊のようだ。しかし一番外側の花びらには血の色をした葉脈が何本も浮き出ている。それらはみな一本の細い茎につながり、その茎が傷口の裂け目に刺さっているから、その根はまさに俺の肩の腐肉に絡みついて収縮しているのだと推測できる。

「おお、ゾンビの体でも生命が育めるのか？」片腕ゾンビは興奮している様子だ。「これぞ大自然の奇跡だ！」

半頭ゾンビも言う。「どうやら肩を怪我したときに偶然種子が肉の中に落ちたんだろう。俺たちはゾンビで傷口も塞がらないから、腐肉が栄養をあげることになって、それに昨晩の雨で水分が供給されたから、発芽して花までつけたんだろう。種の生命力は強力だって、昔、生物の授業で習った」

片腕ゾンビが言う。「お前詳しいな?」

半頭ゾンビが答える。「昔SF小説を書いていて、たくさんの資料を読み込まなきゃいけなかったから一通りかじってたんだ。ペンネームはア……アなんだっけ?」

「アシモフ?」片腕ゾンビが言う。

半頭ゾンビは喜びかけた瞬間、何か違うことに気づいてためらいながら手を振った。

「確か二文字だったと……」

「何の花かわかるか?」ジェームズはそれる一方の奴らの話をすぐに打ち切った。

二人のゾンビはしばらく見つめていたが、わからないと首を振った。奴らは芸術と文学話に花を咲かせながら仲良く去っていった。

ジェームズが言う。「ここ数日、肩がしっくりこなかったのはこいつが原因だろう。引っこ抜いてやるぞ?」

俺は即、断った。「生命の奇跡ってことは生物学の勝利なんだから、慈しむべきだ。俺はこの花を育てて、花が咲いて、どんな実をつけるのか見てやる」そう言いながら俺は肩を太陽に向け、街角に立ち続けた。

緑の葉がそよ風にはためき、青いつぼみが陽光の中を優しく揺れ動いている。

夜になるまで日光を当て、軒下で水を数滴やってから慎重に家に戻った。呉璜《ウーホァン》にこのことを話したくてたまらなかった。死んでも死ねないゾンビの体に花が生えることは、生と死の力比べであり、残酷かつ腐敗しながらもたくましい美しさがそこにはある。

しかし俺がまだ書き終えてないうちに、彼女は喜色満面にあふれながら俺の体をつかんだ。

「ここから出たい」彼女は急《せ》くように言った。「私を人間のところに戻して！」

4

ジェームズと浜辺を散歩していると、遠くないところに小舟がたゆたっていた。俺に蹴られた小石がコロコロと転がって海に飛び込んだ。さざなみに泡が沸き立つと、すぐに波に飲み込まれた。しばらく眺めてまた小石を一つ蹴り飛ばすと、真似をしてジェームズも蹴り、奴の小石は俺よりも遠くの海へ落下した。俺は納得がいかず、力を込めてまた蹴った。奴の勝負心にも火が点《つ》き、力強く蹴り上げると階段を蹴っ飛ばしてしまいバキッという音が鳴った。おそらく指が折れたはずだ。

奴が眉間にしわを寄せながらタバコに火を点けると、その先端が淡い光を放った。

「愛ってなんだと思う？」俺は脈絡もなく尋ねた。

ジェームズはしばらく固まり、こう言った。「今日の話題はちょっとみずみずしいな。やっぱり春だ」

「ゾンビにも恋愛感情があると思うか？」

「ないだろう」ジェームズは少し遠くの場所で行ったり来たりしている女ゾンビを指さした。「あの女ゾンビに興味が持てるか？」

視線を移動させた。その女ゾンビはなまめかしい肢体を持ち、細い腰と長い足で生前無数の男を虜にしていたことだろう。しかし今では全身黒ずみ、左目がただれ落ち、顎が半分落ち、太ももは傷だらけだ。俺は首を横に振り、「興味ない」と言うと、こう付け加えた。「俺が興味あるかどうかじゃなくて、俺の友人が最近、恋愛関係で悩んでいるから代わりに聞いてやろうと思ったんだ」

「はっ、〝俺の友人が〟なんて言い回し、聞き覚えがあるな……なんのネタだったか……」ジェームズは必死に思い出そうとしたが結局出てこず、手を振った。「恋愛なんてものは大概、二人必要だ。お前の友達が女ゾンビに興味を持たなきゃ、愛なんてどっからやってくると思う？」

「もしその友人が好きなのが、ゾンビじゃなく人間だったら？」俺は慎重に尋ねた。

奴はしばらく俺をじっと見つめていた。タバコの先端が光を発し、目がかすかに輝く。その三つの点が光っている間、俺は答えを見つけた。俺はため息のジェスチャーを取ってやむを得ないという風に言った。「じゃあその友人に伝えておくよ。諦めろって」

「そうだ。ゾンビですらゾンビなんか眼中にないんだから、人間なんて言わずもがなだ」ジェームズはうなずいた。「それに人間とゾンビの間には種族の壁じゃなく、出会ったら即殺し合うっていう矛盾を抱えている」

俺はひらめいた。「もしその女の子が俺の友人を好きじゃなくとも、二人が離れず一緒にいられるのなら、それも一種の幸せじゃないか？」

ジェームズは残念そうに首を振った。「それは違う。愛とは助けることであって束縛することじゃない。幸せとは自由であって独りよがりじゃない。お前の友達がその子に愛されないのなら、残る方法は一つしかない」

「どんな？」

「食っちまうんだ」ジェームズは当たり前だろという風に手を動かす。

「もう少しゾンビっぽくない解決策はないか？」

ジェームズは少し動きをとめ、また話した。「じゃあ彼女を解放して、自分の幸せを見つけさせることだ。なぜなら愛とは助けることであって束縛することじゃなく、幸せとは……」

俺はそれ以上奴の相手をせず、一人で夜風に吹かれながら熟考した。目の前の海が次第に闇に覆われ、風も冷たくなり、海面が上下し、小舟が次第に波に飲まれていった。

夜だ。雨が上がり、雲は晴れ、月が空にかかっている。

マンションを出て空を見上げると、二棟のマンションの間に浮かぶ月が青白い光を放っている。隣の呉璜《ウーホァン》に目を向けると、月光に照らされた彼女は少し震えていた。腐った皮膚や壊死した眼球、しなびた頭髪が顔にへばりついているせいだ。それらも呼応して震えている。

「大丈夫」俺は彼女の腕をつかみ、その手のひらに文字を書いた。「怖がらなくていい。俺の歩き方を真似して、できるだけゆっくり呼吸するんだ」

彼女はまだ緊張していた。「私たち——」そして慌てて口を閉じ、俺の手のひらに字を書くことにした。「うまくいくかな?」

「安心しろ。絶対うまくいく」

彼女は大きく息を吸い、苦悶の表情を浮かべながらゆっくり吐き出した。体中に強烈な生薬の臭いをまとっているせいで、鼻呼吸をしたらとても大変なことになる。しかしこの期に及んでやめるという選択肢はもうない。俺が歩を進めると、俺のぎこちない歩みを模倣しながら彼女もついてきて、足を引きずりながら街を進んだ。

街にはゾンビが溢れかえり、力なく歩いている。俺たちが表に出た瞬間から、無音の騒動を引き起こしてしまっていた。いくら全身に生薬の臭いを漂わせていたところで、呉璜《ウーホアン》の吐息まで完全に覆い隠せるわけではない。しかし強烈な刺激臭が辺りに漂っているおかげで、ゾンビどもも人間の吐息の出どころをすぐには判別できない。鼻を伸ばして緩慢に動く奴らの間を俺と呉璜《ウーホアン》は慎重に通り抜けていった。

「おい、お前、なんか臭わないか？」一人のゾンビが俺に手を振ってきた。「人間の臭いがするような……」

俺は答えた。「昨晩の進攻で生き残った人間のだろ」

「そんなわけあるか。悪い奴らはみんな死んじまって、そうじゃないのはゾンビになったんだ。生きた人間がどこにいるっていうんだよ？」そいつは頭をかきながら困惑の表情を浮かべた。

俺はもうそいつを無視して街の奥まで進み続けた。呉璜《ウーホアン》が後ろに付き従う。疑心暗鬼なゾンビどもの間をすり抜ける俺たちは、ゆっくりではあったが極めて順調だった。一時間ほど歩くと空気に生臭い塩気が強くなり、俺は途端にやる気を奮い立たせた——浜辺の道を抜けてそのまままっすぐ進めば湿地のマングローブ森に出る。あそこならゾンビがほとんどいない。そしてその森を抜ければ人間のキャンプ地、つまり呉璜《ウーホァン》の冒険の終着点だ。こっそり視線を向けた血と腐肉だらけの彼女の顔の下には、もうさほど緊張が見られない。

そのとき、誰かに肩をつかまれた。

振り向くと、火がともったタバコの先端が見え、赤い光の後ろにジェームズの顔があった。

「どこに行くんだ?」奴が尋ねた。

奴がちょうど俺の右肩に手を置いていたので、俺は瞬時にひらめいた。「この花の日光浴だ」

「日光浴ってのは昼にやるもんじゃないか? それに月光を当ててどうする。夜来香ってわけでもないんだから。だけど成長が速いな。あと数日で開花するだろうよ」

首をひねると、その角度から小さなつぼみがおぼつかなく顔を出し、まもなく耳にまで届きそうだった。確かに普通の植物より成長スピードが速いようだが、俺の体の栄養が豊富であるともいえる。そう考えると、自慢すればいいのか笑えばいいのかわからない。

俺が答えないのを見てジェームズが質問を続ける。「そうだ。お前の友達の恋愛はどうなった？」

俺は突然切なくなった。「お前のアドバイスを聞いて、愛とは助けることであって束縛することじゃない。幸せとは自由であって独りよがりじゃないと思ったそうだ。だからその子が新しい恋をして幸せになれるよう、別れることにしたんだ」

ジェームズは手を振った。「ふん、適当に言っただけさ。本当に彼女を愛しているのなら恥も命も捨ててアプローチすればいいんだ。俺たちゾンビには面の皮も命もないんだから、俺たちにはぴったりさ」

俺はゆっくりと手を動かした。「じゃあなんでさっさと言わなかった？」

「哲学ってやつは人それぞれなんだよ」

ここまで来て俺もあとには引けないので、ジェームズを適当にあしらって浜辺の道へと進み続けた。砂浜のゾンビどももはさほど多くなく、向こうのマングローブの森は墨を塗ったかのようだ。この奇妙な夜ももうすぐ終わる。俺がジェームズを振り切ったのを見て呉《ウー》璜《ホァン》もようやく人心地がつき、大きくため息を吐いた。

俺は目をみはった。止めようとしたときにはもう遅かった。

彼女は唇を静かにすぼめると、ゆっくりと長く息を吐き出した。

ジェームズの鼻がひくつき、強烈な生薬臭の中から彼女の吐息を嗅ぎ取った。奴の喉からグルグルと不気味な音が鳴り、硬直した顔の筋肉が脈動し、獰猛な顔つきになった。この姿はよく知っている。俺が一歩踏み出して呉璜《ウーホァン》を押しのけた次の瞬間、ジェームズが俺に飛びかかってきた。

逃げろ！　文字は書けなかったが、鋭い視線を送ると呉璜《ウーホァン》も瞬時に俺の意図を察知し、マングローブの森へ駆けていった。彼女が動き出すと、生きた人間の気配を嗅ぎつけたゾンビどもが、伝染病が蔓延《まんえん》するかのように手足をばたつかせながら動き回り、呉璜《ウーホァン》を取り囲み始める。

マングローブへ向かう道はゾンビにふさがれている。呉璜《ウーホァン》は立ち止まると、絶望の表情で俺を見た。

俺はジェームズを押しのけて辺りを見回すと、あの海に浮き沈みしていた手漕ぎ舟が浜辺に上がっていた。ゾンビは泳げない。俺は一瞬逡巡し、呉璜《ウーホァン》の手を引いて海へ向かった。周囲から足音が一斉に沸き立ち、潮騒を押し潰す。さっきまでボケっとしていた人相が一様に凶悪になっている。呉璜《ウーホァン》が捕まれば、一瞬のうちに肉片と化すだろう。そう考えていたら俺は急ぎ足になった。呉璜《ウーホァン》はほとんど引きずられるように走り、つまずいてよろめいた拍子に段差にすねをぶつけて出血した。

血の臭いが潮風に溶けて飛散すると、ゾンビどもはカンフル剤を打たれたようになった。奴らは前進しながら次から次に倒れ、それを後ろのゾンビが踏みつけ、そしてまた倒れるとまた後ろからゾンビが現れて踏みつけていき……またたく間に奴らは二メートルを超すゾンビの津波となって俺たちへ押し寄せてきた。

実を言うと、血の臭いをかいだ瞬間、俺ももっていかれそうになった。しかし肩の花のゆらめきとつないだ手の強いぬくもりにより、飢餓感は一瞬沸き立ったものの直ちに制圧された。

ゾンビの津波に飲み込まれる前に俺は手漕ぎ舟を係留するロープをほどき、呉璜《ウーホァン》と一緒に飛び乗った。舟は二、三人が乗れるサイズで、飛び乗った途端にひっくり返りそうになった。背後ではゾンビの津波が崩れ、はじけた水しぶきによって小舟が出発した。俺は櫂《かい》を手に、最も近づいてきたゾンビに向けて振り下ろし、その勢いで船を進めた。ぶっ叩いてから、その哀れなゾンビがジェームズだと気づいた。奴は手を動かし、「他の奴じゃ駄目だったのか？」と言うとまた猛追したが、すぐに後ろのゾンビによって海に沈められた。

あいつが俺を止めたくないのはわかっているし、他のゾンビにしたって同じだ。しかし奴らは飢餓に操られて、体の自由が利かなくなっている。ジェームズは海から再び飛び出し、真っ黒い歯をむき出しにしながら必死に俺に食らいつくが、手では「おお、お前が言っていた友人がお前のことだってわかっていたぜ」と言っていた。

先頭を切る他のゾンビが船板に食らいつき、櫂に叩き飛ばされ、海に沈む前に手を動かして言った。「俺たちのところから離れるのか？」

「もっと速く大きく漕がないと捕まるぞ」あるゾンビは凶悪な様相を呈しているにもかかわらず、指でそのような意思を伝えた。

「俺たちから離れるのはその子のためなんだな？」

「幸せにな」

「おっと、あぶねぇ。船板にしがみつくところだった」

「水の中は冷てえや」

……

俺と呉璜《ウーホァン》は岸から二十数メートルの場所まで舟を漕ぐと、ゾンビの津波が次第に海に飲み込まれて勢いを減らしていき、第二陣のゾンビもみな沈んだ。もう十数メートル漕いで振り返ると、海一面にゾンビの頭が並んで俺をにらみつけているが、奴らは必死に海面から手を出して、内側から外側へ向けて指を振っている。

疲労困憊の呉璜《ウーホァン》は喘《あえ》ぎながらその場に横になっている。俺は漕ぎ続け、ゾンビどもを振り切ったと確信してから振り返ると、腕を上げて指を振った。

「みんな何してるの？」

俺は彼女の手を握り、その手のひらにゆっくり書いた。「お別れのあいさつだ」

5

焦燥に駆られ命からがらの脱出劇をやった呉璜《ウーホァン》はもう立つ体力すらなくなりかけ、狭い床で体を丸めて寝入ってしまった。彼女が凍えないように俺は脱いだ衣服を静かにかけてやった。彼女はもうゾンビメイクを洗い流しており、こうやって寝ている姿は小動物を連想させる。舟がゆりかごのように小さく揺れると、彼女の寝顔に微笑が浮かんだ。彼女と知り合って長いこと経つが、笑ったのを見るのはこれが初めてだった。

飽きるまで見てから顔を上げると、大きな満月が海面スレスレにかかっていた。

こんな大きな月、見たことがない。視界の半分を占めそうなほどで、しかもこんなに低く出ているから手を伸ばせば届きそうだった。不思議なほどまぶしい月光が海面を照らし、揺れる波で散り散りになる。月光が俺の体も照らし、その輝きが硬直し腐った裸の上半身に水のごとく流れる。呉璜《ウーホァン》の横顔を見て、再び自分の体に目を落とすと、月によって美醜の違いがこうも歴然と示されたことに、俺は思わず落ち込んでしまったが、一株の花があるのでまだなんとか盤面をひっくり返すことができる。肩に目をやると、錯覚かわからないが、肩の肉にルビー色の血が見えたような気がした。

目を凝らそうとしたら、舟の近くの海面からバシャッと音が鳴り、頭部が浮かんできた。

「ジェームズ？」驚いた俺は奴に手を振った。

ジェームズは水中でもがき、息も絶え絶えという様子だった。周囲を見渡したが、追ってきたのはこいつ一人だとわかり胸を撫で下ろした。水の音で目を覚ました呉璜《ウーホアン》はジェームズを見るやまた取り乱したが、じっと見ているとこんなことを言った。「ロープに絡まっているみたい」

俺が舟を漕いで逃げようとしたとき、船尾のロープがジェームズの両腕に偶然絡みついて、奴を海中に引きずり込んでしまったのだ。奴は手を拘束されているからロープを解けず、それに筋肉が硬化しているせいであっという間に沈んでしまった。しかしゾンビが生きるのに呼吸は不要だから、奴が死ぬことはなく、先ほどは最後の力を振り絞って体を反転させてロープを徐々に腰に巻き付けてようやく浮上したのだ。

だが奴が自身をちまき状態にしていることに変わりなく、唯一動ける頭を動かして呉璜《ウーホアン》をにらみつけている。

もう怖くはない呉璜《ウーホァン》はふんっと鼻を鳴らすと、船尾のロープの結び目に手を伸ばした。

俺は少しためらい、彼女を腕で制した。

「ロープを解いたら、奴は沈む」俺は彼女の手のひらに字を書いた。「海底じゃ方向がわからないから、奴は魚の餌になって死ぬかもしれない」

「ゾンビだからもう死んでるでしょ」彼女は一瞬間を置き、声のトーンを落とした。「ごめん、あなたは……彼らと違うって言ったでしょう……」

すぐには言葉が出なかった。「友達なんだ」

「じゃあどうするの？　舟に上げられるわけないでしょ。こんなに狭いし、きっと嚙むよ」

俺は頭をポンと叩いた。「それなら……」

数分後、ジェームズの体はロープに固く結ばれて舟の側面に繫がれていた。ロープで吊るされているので水中に沈むことなく、仰向けで浮かんでいる。鼻が水面から出たときに呉璜《ウーホァン》の臭いをかげるから、顔つきは凶暴なままだ。

「ゾンビの生命力ってまさに奇跡ね。これでも生きていられるなんて。人間ならとっくに溺死してる」

俺は彼女の手に「ウイルス」と書いた。

彼女はうなずいた。「ウイルスによってあなたたちの体は改造されて細胞が変異して、嫌気性菌と同様にもう酸素を必要としなくなったの」すると彼女はまた押し黙った。「でも不思議なのは、酸素がある環境がいらないのに、ウイルスが血や肉に親和性があって、ゾンビが人を見たら噛むようになったのはなぜだろ？　それに、有酸素のエネルギー供給ができないなら、運動のエネルギーはどこから……まさか光合成？　でも葉緑体なんてないものね」

彼女の話の大半は理解できなかったが、最後の言葉を聞いた瞬間、俺は興奮しながら肩をいからせて字を書いた。「葉緑体ならある」

彼女が顔を近づけて俺の肩に咲いたつぼみを見ると、表情を一変させた。しばらく見つめ続けてから、この花はどうやって生えたのかと尋ねたので、俺はあの片腕ゾンビの話を思い出した。「生きた人間を追いかけていたときに肩を木の枝で切ったから、多分そこに種子が落ちたんだろう」

「こんな花、見たことない」月明かりを借りて彼女はまたしげしげと見たが、首を横に振った。「でも私の専門は中医学だし、この街で育ったんだから断言できる。これは在来植物じゃない」

俺は一気にうれしくなった。「じゃあしっかり育てないとな。花が咲く頃には何の花かわかるだろう」

呉璜《ウーホアン》は俺を見つめながら、「阿輝《アーフイ》って、本当にちょっと変わった……ゾンビだよね」と話しているとき、舟の側面から水しぶきが聞こえたので見てみると、ジェームズがもがいていた。呉璜《ウーホアン》をにらむ奴の顔はかなり凶悪だったが、腰に巻かれた手をゆっくりと動かしてぎこちないジェスチャーを送った。「そうだ。こいつは昔からちょっと変わったゾンビなんだ。だからあんたのことが好きになったんだ」

ゾンビ同士が独自のジェスチャーを用いるとすでに知っている呉璜《ウーホアン》は、それを見て尋ねた。「なんて言ってるの？」

俺は慌てて書いた。「君がきれいだって褒めてる」

「私を食べようとしてるんじゃないの？」

俺は説明した。「ウイルスが君を喰らおうとしているんだ。俺たちの体は毎回人間を噛みに出かけるけど、心の中ではやりたくないんだ。でもどうしようもない。ウイルスが強すぎるから、俺たちは人に噛みつきながらジェスチャーで交流するしかないんだ」

「じゃあ、褒めてくれてありがとう」呉璜《ウーホアン》がジェームズに声をかけたが、ジェームズは唸り声で答えた。彼女は俺の方に向き直って言った。「あなたたちのジェスチャーって人間の手話と違うけど、食べるってどうやるの？」

俺は右手で左胸を二回叩いた。

「じゃあ、行くは？」

俺は両手を合わせ、三回叩いた。

「嘘をついているは？」

俺は右手の中指でこめかみを押しながら小さな円を描き、彼女の手のひらに解説を書いた。「ずっと嘘をついているのなら、手は下ろさない」

呉璜《ウーホアン》は眉間にしわを寄せながら言った。「不思議ね、この言語は既存の語族のどれにも属していなければ、生活経験が由来でもない……。そう考えると、ゾンビになって声帯が硬化しているのに、文字や言語を覚えているし、独自のコミュニケーション方法まで持っている。呼吸も必要としないし、体力だって有り余っている。人に噛みつきさえしなければ、人類の進化のハイエンドモデルね」

その問題についてまだ考えたことがなく、俺は黙って耳を傾けていたが、それからゆっくりと書いた。「でも俺は人間に戻って、これからも君の隣にいて、本当の意味で君を守りたい」

呉璜《ウーホアン》は頬を赤く染め、何か言いたげな様子だったが、沈黙を守り振り返らなかった。

ますます低く垂れ下がった月はオレンジ色の玉盤のようで、周縁はとっくに海面にめり込んでいる。小舟は波に漂い、まばゆい月へ向かって進んでいる。隣に座る呉璜《ウーホァン》は俺から見ると逆光に包まれており、姿は曖昧だが、輪郭は明確に浮き立っている。この夜、彼女は月光に切り抜かれた一枚の影絵となり、そっと月に貼られた。

空が白み始める頃に周囲を見渡したが、一面薄暗く、茫洋とした海があるだけだ。しまった、遭難した。焦り始めた俺は呉璜《ウーホァン》の腕を引っ張って字を書いて彼女に伝えようとした。しかし引っ張った瞬間、彼女の体温が異常なほど高いことに気づき、彼女の顔を見ると、頬が赤くほてり、唇は震え、まぶたが固く閉ざされている。

昨晩ショックなことが続き、さらに海水で濡れたせいで、彼女のか弱い体がとうとう耐えきれなくなり高熱を出したのだ。

どうする？　どうする？　果てしなく広がる海には寄る辺《べ》もなければ、助けてくれる人もいない。立ち上がって右往左往していると、うっかり海に落ちてしまった。

海中を漂っているジェームズは小魚の群れについばまれていた。俺が飛び込んだことで、群れは驚いて散っていった。沈む前にジェームズをつかんで船に上がって見てみると、ジェームズはすっかり白くなっており、腐っていた部分はきれいに食べられ、大きな傷口しか残っていない。

「早く引っ張り上げてくれ」奴が指をゆっくり動かす。「骨だけになっちまう」

俺は慌てて奴を引き上げたが、ロープは解かなかった。奴は船尾に横たわったまま、船首にいる呉璜《ウーホァン》を貪欲な目で見つめているが、手では「熱があるみたいだな」と言った。

「そうなんだ」

「治療が間に合わなかったら死ぬぞ」

「薬もなければ医者もいない。彼女を助ける方法はあるか？」

「あるぞ、薬も医者もいらずに、彼女を助けられる良い方法が」

予想外の答えに俺は慌ただしく手を動かした。「どんな方法だ？」

ジェームズはゆっくり言った。「死ぬ前に彼女の血管を食い破ってゾンビにするんだ。そうすれば彼女は死なない」

「でも生きられない」俺は腰を下ろして静かに言った。

「でも少なくとも俺たちと同類だ。お前らは永遠に一緒にいられるぞ」

「愛とは助けることであって束縛することじゃないって言わなかったか」

「俺の口なんか肛門と同じで、出てくるのは全部屁だと思え。なに真に受けてんだ！」

呉璜《ウーホァン》の顔は夜明け前の最も深い闇に隠れているが、彼女の美しさは今なお思い出せる。駄目だ、彼女をゾンビにさせられないし、彼女を守るという約束はまだ果たされていないのだから、傷つけることなどなおさらできない。

俺の迷いを見て取ったジェームズは再び指を動かした。「上策が嫌なら下策しかないな」

俺は黙って奴を見つめた。

「岸まで漕いで、彼女を人間のキャンプ地に連れていくんだ。そこになら薬がある」

俺は首を振りながら手を動かした。「冗談言うな。今は海岸がどの方向かさえわからないんだから、どう戻れっていうんだ？」

ジェームズが必死に首を伸ばし、あごで指し示した先には一つの星がまたたいていた。それは暗闇に灯る唯一の光だった。「あれは宵の明星だ。この季節、南に出る。岸は西だから、あれを目印にして漕げば着く」

俺は大喜びした。「もっと早く言えよ！」

「まだ人間に殺されたくないんだ」奴は落ち着いた様子で言った。「本当の死を迎えたくない」

確かに、呉璜《ウーホァン》を人間のキャンプ地に送り届けたら、人間が最初にすることは彼女を助けることではなく、俺とジェームズを殺すことだ。その結果について俺も考えたことがあるが、彼女を送って別れるという気持ちは変わらない。俺は沈黙の後にジェームズに言った。

「死は俺たちにとって最後の結末だけど、彼女にはまだ長い道のりがあるんだ」

奴の指が動いたが、何の意味も込められておらず、そしてすぼんだ。

西へ向かって小舟を漕いでいると徐々に岸へ近づいていった。空が白み、遠くに見える陰鬱とした黒い影はマングローブの森に違いない。岸にまだゾンビがいるかもしれないのでそのまま上陸したりはせず、さらに漕いでマングローブの森を迂回し、海沿いの道の端へ向かった。朝日が俺たちの背後に上った。

「もう少しで人間の勢力圏だ」ジェームズが言った。「この前奴らが攻めてきたとき、あの斜面を越えて人間を追いかけていったのを覚えているか？」

櫂を漕いでいる俺は奴に返事する余裕がなかった。

奴が続ける。「その肩の傷もそのときにできたんだ。あんなにたくさんのゾンビが押しかけたのに、みんな人間に追い返された。いま残っている俺たち二人──いや、俺は縛られているから、お前一人だけで彼女を人間のもとへ届けられると思うか？」

それは俺も悩んでいる。人間は嚙まれるのを恐れているから、俺が視界に入れば遠距離から乱射して俺を蜂の巣にする。しかしこれ以上良い方法も浮かばないから、注意して進むしかない。

マングローブの森を遠回りして小舟を岸に着けた。ここはかつて公園だったが、今は見る影もなく、砲弾によって焦げた穴がそこかしこに開いている。岸に上がると小高い丘があった。ジェームズの言った通り、前回ゾンビが人間を追撃していたとき、俺はここで木の枝で肩を切り、傷をつくったのだった。しかし周囲を見渡しても木一本生えておらず、焼け焦げた幹が転がっているだけだ。初春にこんな光景はふさわしくない。しかし戦争が全てを台無しにしたのだ。

「ここにいてくれ」俺はジェームズに言った。「彼女を届けたら、また一緒に街に戻ろう」

「あんまり期待は持つな。彼女を送り届けられればもう御の字なんだ」

俺は意識のない呉璜《ウーホアン》を抱きかかえ、斜面を上った。しかし少しも歩かないうちに一発の銃声が夜明けの静寂を切り裂いた。驚いて顔を上げると、人間の兵隊が反対側の斜面から現れた。全部で六人、銃を携行し、俺たちの様子をうかがっている。丘の上に立つ俺を背後から朝日が照らし、逆光になった彼らは一瞬俺の姿を見失い、発砲して警告した。

彼らを見た瞬間、腹にまた飢餓感が湧いてきて、ほぼ本能的に走り出したくなった。しかし俺の右肩の痛痒感がこれまでにないほど強まり、全身を駆け抜け、喉にもかゆみを感じた。肩を見ると、花は早朝の陽光に照らされ、潮風になびきかすかに揺れていた。一晩経ち、そのつぼみはもう膨らみ、さらに鮮やかな青に染まり、花蕊《かずい》が伸びている。それを見ていると、俺を永遠にさいなんでいた飢餓感がたちまちきれいさっぱりなくなった。

兵士たちがゆっくり包囲する。

こんなに近くては逃げようがない。それならこの戦火によって焼き払われた丘陵を旅の終着点としよう。俺はそう考えながら呉璜《ウーホァン》を地面に寝かせた。彼女は相変わらず意識がなく、火照った頬はたなびく朝霞を思わせた。俺は名残《なごり》惜しかったが彼女から視線を移し、脇に数メートル逸れて両手を上げ、敵意がないことを示した。

兵士たちはいぶかしげに近づき、俺の様子を見ると動揺し、一斉に銃を構えた。

俺は目を閉じた。この一秒後に彼らの銃声が鳴り響くが、それから彼らは呉璜《ウーホァン》がまだ呼吸していることに気づき、彼女を助けるだろう。

「待て」誰かが言った。「このゾンビ、ちょっと変だぞ」

「ああ、なんで襲いかかってこないんだ？」

「降伏してるのか？」

「こんな従順なゾンビ、初めて見た……」

彼らは銃口を俺に向けながら考えあぐねている。そのとき、誰かが岸辺の小舟に目を向け、叫んだ。「あそこにもゾンビが……でも縛られているみたいだ」

隊長と思しき人物がつぶやく。「最近、ドクター・ローが生体ゾンビを集めていたな。

ちょうどここに縛られているのと攻撃性がないので二体いる。儲けものだ……どちらも連れて帰るぞ」

　彼らは俺をきつく拘束し、ジェームズを担ぎ上げた。一人の兵士が呉璜《ウーホァン》を縛ろうとして彼女に触れた瞬間愕然とし、手で彼女の鼻先をなでると、「隊長、この女はまだ呼吸しています！」と報告した。

「ゾンビじゃないのか？」

「違うと思います」

　俺の懸念がようやく解消された。

　しかし呉璜《ウーホァン》が人間だと聞いた隊長の顔に失望の色が浮かんだ。人間を救助するよりゾンビを捕虜にした方が手柄になるのにと言いたげだ。

　兵士が言う。「噛まれたのでしょう、発熱しています」

「キャンプの薬も余っていないし……ここに置いておこう。生きるか死ぬかは彼女次第だ」

　話し終わると彼らは俺とジェームズをかついで西へ闊歩した。思考が停止していた俺はすぐにもがいたが、兵士たちに押さえつけられた。隊長がやってきて銃床で俺の頭をしたたかに打ちながら眉をひそめた。「さっきまで大人しかったのに、どうして暴れ出したん殴られてめまいがしたが、首をまっすぐ伸ばして必死に背後を見た。丘陵に伏せる呉璜《ウーホアン》の体は闇に覆われ、俺からはもうはっきり見えない。さらにもがいたがベルトで締め付けられているため、屈強な兵士たちにはかなわない。頭を持ち上げられると呉璜《ウーホアン》の姿が隠れ、見えなくなる。

種子が泥中から発芽するかのような激しい痛みが喉を襲う。俺は大きく口を開け、大声で叫んだ。「待ってくれ！」

兵士たちは呆気にとられ、隊長が怪訝な目で俺を見ている。ジェームズすら四方を見渡し、最終的に俺に目を据えた。奴の欠損した口は開いたままで、しばらく閉じられなかった。

「お願いだ、彼女を助けてくれ！」俺は続けて叫んだ。

そして自分でも愕然とした。

6

だ？」

「黙っていろ！」隊長が俺に命令する。

俺は言った。「長い間失っていたものを取り戻せたとき、ひときわ大切にしたい気持ちがあんたにはわからないんだ。愛とか健康とか、はたまた声とか。俺がゾンビになって初めて永久に硬化した器官が──そんなに目を見開かないでくれ──何を隠そう発声器官なんだ。声帯が硬化してから、手話で話すしかなくなった。でも音声ってのは神様がこの世界にくれた贈り物だ。動物の鳴き声や小鳥のさえずり、風の音や波の音、どれも音楽だ。それに一緒にいたい人がいれば、彼女に愛してるって言える。隊長さんは誰かに愛しているって言ったことがあるか？　ああ、ないって顔をしているな。いや別に大したことじゃない、まだ間に合う。あんたがゾンビになる前に……ちょっと、殴らないでくれ。俺はただ、再びしゃべれるようになった喜びを表したいだけさ。信じられないっていうのなら、この老けて醜いゾンビ──ジェームズに聞いてくれ。なあ、もう一度しゃべれるようになったら、俺みたいにしゃべり続けるよな？」

ジェームズはジェスチャーで答えた。「黙れ！」

俺は言った。「お前にもわからないか。俺たちには手話があるけど、一番のコミュニケーション方法はやっぱり会話だよ。人間に腕があるのは抱擁するためであって、ジェスチャーするためじゃない。これまでコミュニケーションを取るたびに面と向かって突っ立っているほかなかったけど、正直な話、怒らないでほしいんだが、あんたを見るたびに俺はきつくてたまらなかった。もともとブサイクなのにゾンビ化してますます醜くなって、顔には穴まで開いているんだから。それはまだいいとして、あんたは何をするでもしないでもタバコをくわえるだけで吸えないじゃないか。今はマシだ。俺はあんたの顔を見なくとも直接しゃべれる。怒らないでくれよ。あんたのルックスが呉璜《ウーホァン》の半分もあれば、俺だって毎日おしゃべりするぜ。呉璜《ウーホァン》はどう思う？」

目を覚ましたばかりの呉璜《ウーホァン》は力なく言った。「お願いだから黙ってて。聞いてると頭が痛くなる」

俺は「ああ」と言い、口を閉じた。

一時間前、俺はいきなり口から言葉を出せるようになり、彼らを驚かせたばかりか、自分自身もひどく混乱した。しかしこれで俺は最も特殊なゾンビになり、隊長が直ちにキャンプ地の長官に指示を仰いだ。確か、ドクター・ローと聞こえた。ドクター・ローは非常に興奮した口調で、俺たちを連れ帰るよう隊長に命じた。

ゾンビどもの襲撃を警戒し、人間のキャンプ地はだいぶ西に後退していた。兵士たちには二台の自動車があてがわれていたが、キャンプ地までだいぶ距離がある。俺は少し心配だったが考えてもどうしようもない。俺とジェームズは手足を縛られたまま自動車の後部座席に拘束され、身動き一つ取れずにいた。

俺は抗議した。「これは駄目だろ。人道に反している」

隊長は少し考え、うなずいた。「言われてみれば確かに」そう言うと、部下に俺たちをトランクに入れさせた。俺とジェームズは手足を折りたたみ密着しながら暗闇のなか見つめ合っていた。

だいぶ走行してから車が停まった。兵士たちの雑談を聞くと、荒れ果てた村に着いたようで、彼らはここで物資を調達するついでに食事を摂るつもりらしい。

「ドラッグストアに寄って解熱剤を探すのを忘れないでくれ！」俺はトランクから叫んだ。

隊長がトランクを開け、俺に言う。「どうしてそこまで彼女を気にかける？　お前はゾンビだろう？」

「噛まれる前まで俺は彼氏だったんだ。俺は彼女を守り続ける」

隊長は逡巡し言った。「じゃあ一緒に来い」

兵士たちが俺の足のベルトを解き、自分たちの前を歩かせた。俺に危険を見極めさせるつもりだろう。ゾンビがいれば、俺が真っ先に見つけられる。

俺たちは荒れはてた道を進んだ。ここがもともと観光客向けの集落で、道も店も西洋式を取り入れていることがうかがえた。道端には草花が植えられ、遠くの教会の尖塔が夕焼けからのぞいている。雰囲気たっぷりの集落だったようだが、今は人っ子一人おらず、石畳の路面は赤褐色のシミで埋め尽くされ、それが血溜まりだとひと目でわかる。店舗の窓やドアも全て破壊され、ガラスの破片が辺りに散らばっている。

ゾンビが蔓延したとき、ここであまりにも激しい殺し合いが起こったのは想像に難くない。

一人の兵士が目が裂けんばかりに俺を憎々しげににらみつけている。その目には見覚えがある。ゾンビが人間を見つめているときもそうだ。

俺はちょっと怖くなって首をすくめた。

空が暗くなり始めたので俺たちはコンビニを漁ったが、運が良かったのだろう、食料と水を手に入れた。俺が食い下がったことで、ドラッグストアでイブプロフェンを見つけた。急いで車まで戻り、薬の使用期限を確認してから呉璜《ウーホアン》の口に押し込んだ。

薬を飲み、十分な休息を取ったためか彼女の顔色がまたたく間に良くなった。兵士たちから食べ物を支給され、彼女も一緒に食べた。俺は隣で縛られながら彼らがビスケットを頬張る様子を見て、腹からぐーっという情けない音が鳴った。

兵士たちが真っ青な顔で銃を構えて辺りをうかがった。

俺は申し訳なさげに言った。「そうピリピリするなよ。いまのは俺だ、腹が減った……

……」

「じゃあ俺たちを食う気か？」一人の兵士が声を上ずらせながら言う。「とうとう本性を現しやがったな。わかってるぞ！」

「いや、ビスケットが食べたい」

兵士たちは顔を見合わせると、そのうちの一人が俺のベルトをほどいてビスケットを一枚差し出した。俺はあっという間に食べきった。久方ぶりの満腹感が胃に染み渡る。「うまい」俺は大満足だった。

「お前は本当にゾンビなのか？」隊長が尋ねた。「体についた傷もただ単に腐っているわけじゃないだろ？」

俺の心に満ちたのは困惑だった。体の中にも浮かぶ一艘の船が俺をゆっくり彼岸へ戻したかのように、脳内の記憶もまた見え隠れし、濃霧の中で鳥が羽ばたいている。答えようとしたとき、向かいの店舗に設置されているピアノが目の端に映った。

脳内でカチッと音が鳴り、俺は無意識に立ち上がって向こうへ歩いた。

兵士たちが警戒しながら俺を見る。

ピアノの前まで来て、鍵盤を押した。これはアコースティックピアノで、電気はいらないが、潮の影響でやや響きが悪い。再び鍵盤を数個押すと、音が流水のように立て続けに鳴った。頭の中の濃霧が晴れ、記憶の隅の凍土が融けた。鍵盤を一つずつ押していくとピアノ曲が流れ出した。

まだ青白い顔の呉璜《ウーホァン》は啞然《あぜん》としている。兵士も隊長も口を開けている。俺がピアノを弾いているとき、彼らが邪魔をしに来ることはなかった。

弾き終わった俺は車のそばに戻った。ベルトを手にした兵士が俺を縛りに来るが、隊長が手を振ってやめさせた。俺は後部座席に呉璜《ウーホァン》と並んで座った。

「なあ、言ってないよね」俺は落ち着かずソワソワしていた。「俺って生前ピアノが弾けたんだ」

「わ……私も初めて見た」

「じゃあ君に告白したときは何を使ったんだろう？」

兵士たちが俺たちの方を振り返り、また視線を戻した。そのうちの一人がつぶやいた。

「このご時世にピアノが弾けるわ、女にプロポーズできるわ、肩から花まで生やして、ゾンビってのはみんなこうもおしゃれなのか？」

「実は……」呉璜《ウーホァン》は口を開いたが、彼らが何かを話し始めたため、それ以上何も言わなかった。

夜を車がひた走るが、道路がガタガタのためスピードは出ていない。キャンプ地に着いたのは夜更けだった。武器を手にした軍人たちが厳粛な面持ちで扉の前に立ち並んでいる。先頭に立つ白髪の将校の隣にいる痩身の中年男はまるで何ヵ月、下手したら生まれてこの方洗っていないのではというほど髪の毛が乱れている。眼鏡の分厚いレンズ越しの眼光は鋭く、俺たちにギラギラとした視線を向けている。

兵士たちは将校に敬礼すると、その中年男にも目礼し小声で言った。「ドクター・ロー」

だがドクター・ローは相手にせず、兵士たちの間をずんずん突き進み、俺の前まで来た。彼は俺をしばらく観察してから、恐ろしげな顔つきになり、俺が気まずさを覚えた頃ようやく独り言を言った。「やはり異常だ！　研究せねば！」

しかし白髪の将校は彼を制止し、警戒の視線を俺に向けた。

「とりあえず閉じ込めておけ」と将校は言った。

7

俺が閉じ込められた部屋は、一面が鏡張りになっていて他三面は雪のように真っ白な壁だった。机とテーブルのほか何もないため、俺は大半の時間、鏡に向かって恐ろしい顔をしていた。あるとき口を開くと、なんと歯茎が盛り上がり、張り巡らされた血管が見えた。今までの干からびたねずみ色の皮とはおさらばだ。

「どういうことだ？」俺は戸惑った。「まさか人間に戻ったのか？」

その数日間、散り散りだった記憶も元通りになっていった。部屋のレイアウトにも見飽きて、取調室とは映画ではたいてい、内部からは鏡に映った自分しか見えないが、外では誰かが透明なガラスを見るように自分を見ているということを思い出した。

俺は鏡に手を振った。「やあ、誰かいる？」

向こうの人間が驚いてのけぞる姿が目に浮かぶ。

思った通り、俺がそう言ってまもなく、ドアが開かれた。ドクター・ローが入ってきた。後ろに四人の兵士が付き添い、二人が俺に銃口を向けながらもう二人が俺を椅子に拘束した。

俺は少しも反抗しなかった。

「君は本当に他のゾンビと違うね」彼は手をもみながら俺を見つめた。「何が起こったんだろうか。ソラニュウムウイルスがまた変異したのか？」

「呉璜《ウーホアン》は？」

ドクター・ローは俺から視線を離さず興奮気味に語り続ける。「しかしソラニュウムウイルスのメカニズムは我々がとっくに研究し尽くした！　血液に触れたら百パーセント感染し、百パーセント死に至る。君の心肺機能、言語機能、消化機能はどれも失われ、しかもそれは不可逆であるはずだ」彼は俺を舐めるように見た。「何が起きたんだ？」

せわしなくマシンガンのような口ぶりと貪るような目つきの彼には、俺が危険なゾンビではなく宝物に見えているらしい。まさにベタな科学者だと俺は考えたが、それでも尋ねた。「呉璜《ウーホァン》はどこにいる？」

「ああ、あの子か、元気だよ……」

ドクター・ローは言い終えると、俺の動脈に針を刺すよう兵士に指示した。俺は「無駄だって、そもそも俺の体には……」と言いながら目を疑った。プランジャーが上がっていくにつれ、褐色の液体が筒に現れたのだ。とても粘度があるが、紛れもなく血液だった。ドクター・ローも喜色満面の様子で、待ち切れないように注射器を取り上げるとクーラーボックスにしまってそそくさと出ていった。

見張りの兵士たちは俺がビスケットを食べたことを知っているので、毎日食料を持ってきてくれる。みんな俺に興味を示し、俺が食事に専念しているときにあれこれ聞いてくるので、答え終わると俺も問い返した。「そうだ、あのドクター・ローって何者なんだ？」

兵士たちはたちまち彼に敬意を示した。ドクター・ローは身なりに無頓着な人物というだけではなく、ウイルスが猛威を振るう前までは病理学の博士で、何本もの論文がトップジャーナルに掲載されたことがある。感染爆発後、彼はゾンビの研究に腐心し、このアポカリプスの世を救う手段を見つけるため、対ゾンビ用の薬品を多数研究開発したのだ。以前ゾンビの動きが緩慢になったのは、ドクター・ローが死体に硬化薬を仕込み、岸辺に漂着させて、それをゾンビに食わせた上で薬剤を散布してようやく全体的に動きを鈍化させ、戦力を大幅に削減したのである。

「あのインテリ、そんなにすごかったのか」俺も思わず感心した。

それから数日、ドクター・ローは毎日俺の血を抜き、顔に浮かぶ驚きの色も日に日に濃くなった。あるとき彼は俺のそばを回りながらぶつぶつつぶやいた。「どういうことだ……外見も普通なのに、どうしてこうも違う？　まさか体に生えている花のせいか？」

俺はそれを聞くと直ちに言い返した。「そんなわけない！　あんたがどれだけすごかろうと、この花はあんたのために生えているんじゃないんだ」

「じゃあ誰のためだ？」

「呉璜《ウーホアン》だ」俺は一語ずつ述べた。「俺の生前の彼女」

それを聞いたドクター・ローは何か考えるところがあるようだった。

その言葉のおかげか、翌日、呉璜《ウーホァン》が面会に来た。壁のガラスは透明になり、それに隔てられながら俺と呉璜《ウーホァン》は対面した。彼女はとても喜んでいる様子だったが、口から出る言葉はガラスに完全にシャットアウトされ聞き取れない。しかし彼女の笑顔を見られれば俺もうれしい。肩の花も笑顔につられて揺れている。

その日から長い間、呉璜《ウーホァン》を見かけなくなった。ガラスの外で俺を見張っている者の俺を見る目にも変化が現れた。もはや嫌悪と恐怖のほかに、目の中に別の何かが混ざっている。外できっと何か起きているのだ。そしてそれは絶対に呉璜《ウーホァン》と関係があると直感が告げていた。

この日、ガラスの外の看守が交代のため去ったが、代わりの人間がいつまで経っても現れなかった。ちょっと気になったのでドアを押してみたところ、予想に反して金属製のドアは簡単に開いた。

俺は声を上げてみたが、ドアの外はがらんとしており、返事はない。怪しみながら進むほかなかった。廊下は無人で、監視エリアを出ても兵士一人見かけない。

俺は喜びがこみ上げ、呉璜《ウーホァン》を探しに行こうとしながらも空気中に漂う臭いを嗅ぎ、人間の気配がたむろする西へ進んだ。

黄昏の中を夕日が切なく灯り、鳥の群れが木々の間を飛び過ぎる。このキャンプ地は森林の奥に隠れ、もともとあった空き地にたくさんのテントやプレハブ小屋が設置されている。あるプレハブの前まで来ると、活気ある人間の話し声が聞こえたので、踏み入れようとした足を止めた——この容姿で人混みに入ったら、多くの人間がショックを受けるだろう。そこでプレハブやテントを避けながら周囲の木々のそばを散策し、呉璜《ウーホァン》の声が耳に入ることを祈った。

歩いているうちに夜が訪れ、呉璜《ウーホァン》の話し声は聞こえなかったが、一人の人間と鉢合わせた。

「だれ……」相手が問いかけた。

遠くのテントから透ける明かりにより、前方にボロボロのスカートを穿《は》いた十歳ぐらいの少女が物珍しそうに俺を見つめているのがうっすらわかった。

枯れ枝を拾いに出ていたのだろう。光源が乏しいため、彼女からは俺の悲惨な顔色と腐った傷跡はよく見えない。俺は単なる漠としたシルエットだ。しかし彼女は興味津々に俺を見つめながら聞いた。「おじさんも迷子？」

俺は言った。「君、迷子なの？　じゃあ連れていってあげようか？」

俺は彼女の手を引きながら木々の間から漏れる光に向かって進んだ。

「手、とっても冷たい」彼女は不満をこぼした。

俺はちょっと申し訳なくなり、手をほどき、服越しに彼女の腕をつかんだ。「これで少しは良くなったか？」

「だいぶ……冷たいのなんか気にならないけど」

夜が深まり、背後の草木からガサガサと音が聞こえる。視線を落とすと、少女が真剣に歩いているのでたまらず尋ねてしまった。「怖くないの？　近くにゾンビがいるかもしれないよ」

「もうゾンビは怖くないってママが言ってた。最近キャンプに、青いきれいな花が咲いたゾンビが来たんだ。それに人を噛まないんだ。もしゾンビがみんなそうなら、もうちょっとで家に帰れるんだ！」

俺は内心喜びを抑えられず、また尋ねた。「家はどこ？」

少女は頭をかいた。「覚えてない……」

草むらを歩いていると、女の子が「あっ」と短い声を上げた。

「どうしたの？」

「手、怪我しちゃった」

実は彼女に言われるまでもなく、彼女が血を流しているのはわかっていた。なぜなら俺の鼻が本能的に痙攣《けいれん》し、歯が音を立てて震えていたからだ。久しぶりの飢餓に脳が当てられ、めまいがした。

「どうして苦しそうなの？　怪我したのは私でしょ」彼女が不思議そうに聞いた。

その幼い言葉が俺を飢餓の中から覚醒させた。ひざをかがめると、包帯代わりに服を破って彼女の手当てをした。幸い傷は浅く、おそらく鋭利な葉で切ったのだろうが、手当てすれば大丈夫だ。

手をつなぎながらキャンプエリアまで来ると、集まっていた人たちが俺たちを見て固まった。一人の女性が駆け出してきて、少女の手を引き、後ずさりながら俺に警戒の目を向けた。

「その子が迷子だったから、連れて帰ってきたんだ」と俺は説明した。

女性が少女に目を向けると、その子がうなずいたので、少しためらった様子だったが小声で感謝を述べた。

俺を見る目がいくぶん和らぎ、誰かが勇気を振り絞りながら俺の前まで来ると、みんなに振り返って笑いながら言った。「こいつ、本当に噛みついてこないな……」何人かがそれに続き、興味深げに俺の肉をつまみ、俺の肩に咲いた花を見て称賛する者までいた。

「きれいな花だ、風流なゾンビじゃないか」褒めそやされながら、俺は本当に顔を赤くさせた。

人混みの中にたたずむ呉璜《ウーホアン》が大勢の人に視線を走らせ、俺を見ていた。夜も更け、テント越しの明かりがほの暗い月のように地上にかかり、彼女を包み込んでいる。

彼女と見つめ合っていると、肩のつぼみが小刻みに震えた。風に吹かれているようでもあり、自らうごめいているようでもある。周囲の人間はみな目を丸くしている。俺も動転しながら見てみると、つぼみが肉眼でもわかるほどの速さでほころんでいた。青い花びらは小さいものの、何枚も重なっていて芳香を放っている。

「咲いた？」呉璜《ウーホアン》が近づいてきた。

「うん、君を見てたら」俺は言った。「咲いたんだよ」

彼女は触ろうとした手をまた引っ込めた。俺は急いで一枚の花びらを摘むと、意外にもかすかな痛みを覚えたため顔をしかめた。

「どうしたの？」彼女が聞く。

「なんでもない。この花びらを君に」

呉璜《ウーホアン》はそれを受け取った瞬間、何かを言おうとしていた。だがそのとき、兵士の集団が人混みをかき分けてやってきて、俺は再び連れ戻されてしまった。

それからほどなくしてドクター・ローが再びやってきた。相変わらず不潔で崩れた身なりをしており、何日も寝ていないのか目が血走っていた。彼が近寄ってきたとき、俺は反射的に飛び退いた。「脂ぎった手で触らないでくれ……」

「じゃあ一緒に行こうか」

「どこへ?」

「君の友達のところだよ。君と一緒に来たゾンビだ。君の体はすでにゾンビと別物だから、ゾンビがどういう反応をするのか見る必要がある」

ジェームズら他のゾンビたちを収容している監視部屋に連れていかれた。ドアが開けられるとゾンビたちが一斉にうめき声を上げたので、ドクター・ローは俺を部屋に残して直ちに退散した。

ゾンビたちが取り囲む。

俺は少し不安になった。体に血液が流れ始めているのだから、こいつらが恐ろしい飢餓を引き起こすには十分だ。

しかしジェームズは俺をじっくり見てから、顔を上げてジェスチャーをした。「太ったみたいだな」

俺は言った。「ブサイクになったみたいだな」

他のゾンビどももあいさつをしたので、俺は奴らに聞いた。「お前らずっとここにいたのか？」

「そうだ」と奴らは答えた。「前はもっといたんだが、実験をすると言われて一人また一人と連れていかれて、誰も戻ってこない。いまは俺たち数人だけだ」

ゾンビが俺と会話をして攻撃の意思がないことを見ると、ドクター・ローが兵士たちと中に入ってきた。やにわに飛びかかってきたゾンビどもに兵士たちがネットを発射して奴らの動きを封じているうちに、ドクター・ローが俺をつかんで外に連れ出した。

「まだしゃべり足りなかったのに……」俺は不満をこぼした。

外に出ると目の前が明るくなった。すぐそこに呉璜《ウーホァン》が立っていたからだ。彼女はほほ笑みながら俺に言った。「阿輝《アーフィ》、貸してほしいものがあるんだけど」

「なんなりと！」俺は言うと同時に胸を叩いた。

彼女が俺の肩を指差す。「その花びら」

俺が監視部屋に閉じ込められていた数日間、呉璜《ウーホァン》も遊んでいたわけではなかった。彼女はキャンプ地に戻ってから、俺の体に起きた変化について思案していた——俺がゾンビから人間へ変化し、死の川の向こう岸から戻ってきたということは、他のゾンビたちにも生き返る可能性があるということだ。

彼女は生存者臨時委員会に俺の状況を報告した。委員は賛成と反対にわかれ、どちらも譲らなかった。しかし俺が少女の手を引いてキャンプエリアに現れたことで、ようやく俺が他のゾンビと違うことを認めた。

そして呉璜《ウーホアン》は考えた末、俺の体の唯一違う点が、肩の傷口から生えた花だと気づいた。腑に落ちるとすぐに俺に会いに来て、俺がジェームズのところに連れていかれたと兵士から聞いて、また戻ってきたらしい。

俺は彼女の目を見て言った。「この花はもともと君のために生えている。摘み取りたいのなら全然構わないよ」

その言葉を口にすると、周囲の兵士が顔を見合わせ、ドクター・ローすら眉根を寄せながらつぶやいた。「まさか世界の終わりにゾンビにいちゃつくさまを見せつけられるとは……」

「俺たちはもともと恋人同士だったんだよ」

呉璜《ウーホアン》も頰を染め、かぶせるように言った。「花そのものじゃなくていいの。花びら一枚あればいいから」彼女は俺を立たせ、ピンセットで慎重に花びらをつまみ取ると、保冷容器に入れてドクター・ローに渡した。「成分を分析して、薬をつくってください」

ドクター・ローは財宝を手にしたようにしきりにうなずいた。

三日後、花弁をもとに研究開発したアンプルの第一号が製造された。キャンプ場の全員が色めき立ち、薬剤をゾンビに打ち込んだ効果を見るために実験室を取り囲んだ。俺もジェームズの監視ルームの外に連れ出され、野次馬と一緒に見守った。

ドクター・ローは三日間不眠不休で、目は真っ赤に充血していたが、顔には興奮の色が浮かび、手もかすかに震えている。

「これこそ世界の希望となる」彼は言う。「もしあらゆるゾンビが生者に戻れたら、我々は亡くなった家族ともう一度抱擁できるんだ」

この言葉に人だかりに波紋が湧き立ち、目に涙を溜める者もいた。

みなが見守る中、彼は注射器の先端をジェームズの腕に刺し、それから急いで監視部屋を出た。

ジェームズは椅子に拘束されている。ドクター・ローは部屋を出るとボタンを押した。マジックミラー越しに数人のゾンビのベルトがバッと解除され、みな立ち上がって部屋をうろついている。ジェームズだけがまだ座ったままで、戸惑っているように頭をゆらゆらさせている。

他のゾンビと異なる奴の様子に俺は心中喜び、隣にいる呉璜《ウーホァン》も笑顔を見せた。

「間違ってなかったみたい。その肩の花は本当に……」

言い終わる前に監視部屋に異変が起きた。ジェームズはいきなり立ち上がると、腐乱した顔を激しく痙攣させ、真っ黒い歯をむき出しにし、狂ったように歩き回った。動きながら喉から低い唸り声を発している。

他のゾンビも困惑し、ジェームズにジェスチャーを送るも、無反応だ。

何がなんだかわからないと俺と呉璜《ウーホァン》は顔を見合わせた。

そのとき、ジェームズが天を見上げて咆哮を上げたが、低い嗚咽《おえつ》しか発せなかった。叫び終わると途端に振り返り、一人のゾンビに向かっていき、その腕を噛むと、猛然と首を振って腕を付け根から食いちぎった。

黒い血がゾンビの肩から吹き出してマジックミラーに飛びかかり、ゆっくり流れ落ちると俺たちの視界を赤黒く染めた。

8

薬が失敗に終わってから、俺はまた監視部屋に移された。今回は何日も誰も来ないばかりか、壁のガラスもマジックミラーに戻され、兵士たちも食料を支給しに入ってきては俺と言葉を交わすことなく去っていく。

　もっと心配なのは呉璜《ウーホァン》だった。必死にチャンスをものにし、俺の体に咲いた花でゾンビを救済する薬が開発されることを願っていたのに、その薬が逆にゾンビを暴走させ、共食いをさせてしまったのだ。この失敗は呉璜《ウーホァン》を失望させたに違いない。「全部俺のせいだ」俺は首を曲げ、屹立してゆらめく花を見た。「全然頼りにならないな」

　上の空になっているとドアが開き、兵士たちを連れたドクター・ローが入ってきた。

「ついてきたまえ」

　彼の後ろを歩きながら監視エリアを出て、多くの生存者が密集して暮らす場所を通過した。大勢が異様な眼差しで俺を見ていたが、話しかける者は皆無だった。俺はちょっと面食らい、小声でドクター・ローに尋ねた。「どうしちゃったんだ、みんな俺を怖がってるみたいだぞ」

「え？　どうして」

　ドクター・ローは振り返った。分厚いレンズの下の目は疲労を隠しきれていない。彼も小声で答えた。「恐れているのではなく、崇めているんだ」

「君がもうすぐ英雄になるからだ」

　俺は耳を疑った。「どういうことだ？」

ドクター・ローはため息をつき、首を振った。「部屋で話そう」

俺が何をやらされるのかはすぐにわかった。軍のオペレーションルームに入ると、武装したいかめしい顔の軍人たちに取り囲まれた。リーダーはキャンプに入るときに俺を迎え入れた白髪の将校だ。

「その花から抽出した薬品が失敗に終わり、君は単なる例外に過ぎないことが証明された。我々はゾンビを人間に変える夢など見ていられない」将校はタカのような鋭い目を俺に向けた。「そこで、我々は反撃を決行する」

「しかしこれまで何度やっても、ゾンビに撃退されたんじゃ？」俺は聞いた。

将校はわざとらしく咳払いをして言った。「撃退されたのではない、戦略的撤退だ……ともかく、今回、我々には必勝の策がある。それこそドクター・ローの最新の研究成果、FZⅢ型ウイルスだ」

そばにいるドクター・ローが小声で口を挟む。「FZⅢはまだ研究段階で、Ⅳ型も単なる理論に過ぎず、実験による検証が必要で……」

「戦争こそ最高の実験場だ」将校は彼の異議に最後まで耳を貸さなかった。「FZⅢは君の手で開発されたものだから、君が説明してくれたまえ」

ウイルスの説明をするとなってドクター・ローは俄然やる気になり、そばにある金属製の箱に入っていた試験管を俺に突きつけた。アイスブルーの液体が揺れ、容器の半分ほどのそれが蛍光灯の光に照らされて美しくまた怪しい光を放っている。

「ＦＺとはつまり、フリーズゾンビという意味だ。もちろんこれは単なる表現で、本当にゾンビが凍るわけじゃないが、彼らの動きを遅くし、最終的に行動不能の硬直した死体へと変えて、本当に死に至らしめる。ＦＺⅢは人間には無害だから安心したまえ。ゾンビの体内のソラニュウムウイルスを識別し、それを餌とすることで、二種類のウイルスが結合し、ゾンビの体内でⅣ型へと変質する。Ⅲ型はゾンビの動きを遅くするだけ、ゾンビを徹底的に殺せるのがⅣ型だ。それに感染性もあるから、一度感染すればあとは勝手に大量のゾンビを処理してくれる」ドクター・ローは恋人を見るように試験管を見つめながらつぶやいた。「ゾンビの毒であり、人類の解毒剤さ」

俺はきちんと理解できなかったので尋ねた。「そんなにすごいのなら使えばいいだろう。どうして俺を呼んだんだ？」

将校が答える。「うむ、その……ＦＺⅢ型の研究開発はまだ十分ではないのだ。それを死体に注入してゾンビの体内に摂取させたり、ゾンビの群れにガスを噴射して皮膚に塗布したりして、内と外からの合わせ技でゾンビの動きを緩慢にさせることはできたものの、それだけだった。ＦＺⅢ型はゾンビの体内でⅣ型ウイルスに変異することも、感染性を獲得することもなく、殺傷能力も低い」

続けてドクター・ローが説明する。「考えた末、ゾンビの体内のソラニュウムウイルスが過密していて、自己防衛機能を持っているのが原因という可能性が上がった。そのため、FZⅢ型ウイルスを特定の温度と環境下で継代培養してやらないといけない。その環境とは血肉があって、ソラニュウムウイルスもあり……」

俺は頭をポンと叩いた。「それってつまり俺の体か。俺の体をシャーレにして、Ⅳ型ウイルスを培養するつもりだな？」

将校たちは顔を見合わせた。自分たちの考えがこうもストレートに言い表されると思っていなかったようで、一様に気まずさを浮かべている。

ドクター・ローは頭をかいた。「これも単なる理論だ。これには大量の時間をかけて検証する必要がある」

将校は空間に漂う何かを切り裂くように手を振った。「しかし我々には悠長なことをしている時間はないのだ。ゾンビは増える一方で、これ以上手をこまねいていては、人類の火種そのものが消えてしまうかもしれない」

ドクター・ローはぶつくさと何か言ったが、これ以上言い争う気はなさそうだった。

ドクター・ローの紅潮した顔と、将校の毅然としたたくましい表情を見比べた俺は、青みがかったＦＺⅢ型ウイルスに視線を落とした。少しの間を置き、俺はため息を漏らした。

「やるよ」

ドクター・ローが口を開く。「よく考えたまえ。Ⅳ型ウイルスはまだ仮説にすぎないんだ。それが君の体内に現れた場合、何が起きるのか私にもわからない……死ぬことだって十分考えられる」

そのとき、俺は死の恐ろしさを感じなかった。一回死んでいるせいかもしれない。しかしよくよく考えてみると、死の川を往復横断するのもとてもかっこいいことだ。それに本当にゾンビパニックを止められたら、呉璜《ウーホァン》が危険のない世界で生きられるということだ。そう考えていると悲壮感が心中に湧いてきたが、意識しない愉悦もあった——俺が人類を救う鍵になれるなんて。これがハリウッド映画なら、俺は主人公で、ブラッド・ピットだ。

俺はうなずいた。

将校は満足したようだった。ドクター・ローは言い淀んだが、注射器で薬剤を吸い上げ、ゆっくりと俺の血管に打ち込んだ。ひんやりした感覚が血管を駆け巡った。

「それから？」俺は腕を押さえながら尋ねた。

将校が話す。「次にゾンビの群れに戻って、ＦＺⅢ型ウイルスがⅣ型にゆっくり進化するのを待っていてくれ。ウイルスが全てのゾンビに行き渡れば、この災難も終わりだ」

「ゾンビは……本当に救えず、滅ぼすしかないのか？」

「君は、単なる例外だ。我々も試してみたが、ゾンビがますます凶暴になるだけだった。君も見ただろう」

俺はうなずいた。ジェームズが言ったことを思い出した。あらゆる物語でゾンビは滅ぼされるしかなく、ただそれが早いか遅いかの違いがあるだけだ。こんな結末とっくに予想していたのに、考えてみるとやはり悲しいのであった。

「でも条件がある」俺は言った。「呉璜《ウーホァン》に会わせてくれ」

軍人たちは目配せし、俺にはわからないたくさんの情報を目で送り合っていた。最終的に白髪の将校がうなずいた。「私が連れていこう」


ＦＺⅢ型ウイルスを注射されているため、万が一に備えて俺は隔離車両に移された。

車内には他にも拘束されたゾンビが数人いた。将校の手配であり、ＦＺⅢ型ウイルスが、俺の体内でⅣ型に進化すれば、この車両にいる俺たちは互いに感染し合い、時が来たらそのまま放り出せば感染率も高まる。車内には前回おかしくなったジェームズもいた。だが不思議なことに、今の奴は手足を縛られているが瞳はとても穏やかで、前回暴れて噛みつきまくったことで全精力を使い果たしたようだった。

だが俺はもう奴に目もくれず、いま到着したばかりの呉璜《ウーホァン》をガラス越しに見つめていた。彼女のすぐ後ろには銃を持った数人の兵士がいる。

数日見かけないうちに彼女はかなりやつれ、顔色も憔悴し、髪の毛がほつれて何本か耳にかかっている。

俺たちは分厚いガラス越しに向かい合った。

「行くよ」俺は言った。「ゾンビのところに戻らなくちゃいけない」

「うん」

「この災難が収束したら、しっかり生きてほしい」

彼女はうなずいた。「うん」

「俺に何か言うことある？」俺は気恥ずかしくて鼻をかいた。「ちょっと恥ずかしくてベタだけど、別れのときって何か言うもんだろ？　ドラマじゃそういうお約束だ」

呉璜《ウーホァン》はかたわらの白髪の将校に目を向け、将校があごを動かしてから、ようやく一歩前に出た。彼女の顔がますます近くなり、吐息でガラスが小さく曇り、俺の視線もかすんだ。

「ここ何日も休んでないの」彼女は話しながら右手でこめかみを軽く叩いた。とても疲れているようで、その周りを指で一周させても下ろさなかった。「その肩の花はゾンビの解毒剤じゃなかったから、ゾンビは人間に戻れない。行ってきなよ、私はここにいるのが安全だから」

俺はうなずいて手を振った。

隔離車両が動き出し、俺を乗せてもと来た道を走り、呉璜《ウーホアン》の姿がさらにぼやける。

俺はふいに腕を押さえながら車内に倒れ、全身を痙攣《けいれん》させた。

ガラスの向こうにいるドクター・ローが俺の異変に気づいて、慌てた様子で駆け出し、車のドアを乱暴に叩きながら叫んだ。「止まれ止まれ！」運転席の人間がそれに応じてブレーキをかけると、ドクター・ローがガラス越しに俺に尋ねた。「どうしたんだ。FZⅢ型の効果が出たのか？」

俺は痙攣をやめず、苦しそうに答えた。「いや……体が寒くてたまらないんだ……」

「早くしろ、鍵はどこだ！」ドクター・ローが叫ぶ。「早くドアを開けるんだ！　薬の効果が出たのなら、連れ帰って研究しなければ！」

鍵を持ってきた兵士はまだためらっていた。「博士、もし……」

言い終わらないうちにドクター・ローが鍵をひったくる。ドアを開けて車内に飛び乗った彼は俺に顔を近づけて尋ねた。「今どういう感覚だ？」

俺はかっと目を見開くと、瞳に映ったドクター・ローの心配そうな表情に思わず自責の念が込み上げた。そして小声で言った。「ごめん……」

「なに？」

俺はとっさに身を翻すと、車両の外にいた兵士の腰から拳銃を抜き取り、もう片方の手でドクター・ローの肩をつかみながら彼の体を車外に突き飛ばした。そして誰もが呆気《あっけ》にとられているうちに、彼の頭に銃口を押し付けた。

「全員動くな！」俺は大声で言った。「動いたらこいつを殺す！」


ゾンビの声帯と舌は壊死しているから、吠える以上の複雑な声は出せない。しかし俺たちには独自のコミュニケーション方法がある。ハンドジェスチャーだ。漂流していたとき、俺は呉璜《ウーホアン》から、食べる、歩く、嘘をついているはどう表すのか質問された。

そして、中指でこめかみを押しながら軽く一回りさせるのは、嘘をついているという意味だ。さらに俺はこうも言った。ずっと嘘をついているのなら、指を下ろしてはいけないと。

さっき別れのあいさつをしていた彼女は、指でこめかみを押さえていた。

彼女はこう言っていた。自分は嘘をついていると。

ということはつまり、俺の肩に咲いている花はゾンビの解毒剤で、ゾンビを生きた人間に変えられるということだ。最も重要なことは、彼女は安全ではないということだ。

武器を携帯した兵士が付き添い、話をするのに白髪の将校の許可が必要で、憔悴しやせ細っていることから俺はこう判断した——彼女は軟禁状態にある。

理由はともかく、俺はかつて呉璜《ウーホアン》に守ると言ったんだ。その言葉を吐いた俺は、家を出てから戻らなかった。もう二度と約束を破るわけにはいかない。

全員うろたえながら動向を注視している中、俺はドクター・ローを間に将校と向かい合った。将校はさすが手練《てだ》れと言うべきか、ほぼためらわず、呉璜《ウーホアン》の頭に銃口を向けた。「どちらにも人質がいる」将校は俺を見つめながら冷ややかに言う。「しかし数ではこちらが優勢だ。よく考えることだな」

呉璜《ウーホアン》はそれにひるまず叫んだ。「私に構わず逃げて！　その肩の花は解毒剤で、この前の薬はすり替えられたから、ゾンビが凶暴になったの！　それを守って！」

俺は瞬時に悟ると、将校を睨みつけた。「そこまで卑怯だとはな！　ゾンビを治したら自分の地位が脅かされるとでも言うのか？」

将校が言う。「デタラメだ！　さっさと銃を捨ててドクター・ローを解放しろ！」

俺は後ろを見つつ、ドクター・ローを引きずりながら徐々に後退した。「お前には兵士がいるが、こっちだって一人じゃない……」そう言いながら俺は手を上げ、一番近いゾンビが結ばれているロープをほどいた。自由を手にしたそいつが唸り声を上げながらドクター・ローに嚙みつこうとしたところを車外へ蹴飛ばした。奴は身を起こす前に、もっと新鮮な生きた人間の吐息を嗅ぎつけ、凶暴性を増して兵士に襲いかかった。

俺は次々とジェームズ以外のゾンビを解放した。車外はパニックになった。嚙まれればゾンビ陣営の仲間入りだ。兵士たちが慌てて逃げる隙に拘束から抜け出した呉璜《ウーホァン》が俺に向かってきた。ゾンビのそばを抜けたとき、そいつの口が彼女に嚙みつこうとしたため、俺は慌てて叫んだ。「右だ！　かわせ！」彼女は一歩大きく跳び、ゾンビは別のターゲットを追った。

彼女が車に飛び込む前に俺もドクター・ローを放して車内へ飛び乗った。

「これからどうする？」彼女に尋ねた。

「出発して！」

俺は後ろ手にドアを閉め、ジェームズとドクター・ローを車内に押し込め、運転室に回り込んだ。運転手はとっくに逃げていて、ドアは開いていた。俺は呉璜《ウーホァン》と座席に座ってエンジンをかけると、排気ガスを吹き出しながら急いでその場を離れた。

バックミラーに映る光景は相変わらず混乱していたが、兵士たちはすっかり足並みをそろえ、ゾンビどもを着実に包囲していた。倒れていたゾンビが将校に向かって飛び跳ねたが、たちまち蜂の巣にされた。

呉璜《ウーホァン》もそれを目の当たりにし、小さなため息を吐いた。

9

森の中を車が駆け抜ける。整備されていない車道だから、両側に雑草が伸び放題だ。回転するタイヤが草花を踏みつけ、きしむ音を上げる。

「どこに行く？」ハンドルを握りながら彼女に尋ねた。

呉璜《ウーホァン》は不安そうに首を振る。「さあ……」そしてハンドルを握る俺の姿に目を丸くする。

「運転うまいね」

俺は自分の手を見ながら笑った。「最近、いろいろ思い出したんだ」

「自分が誰なのかは？」

「それはまだ……でも俺が誰かなんてとっくに教えてくれただろ。いつか思い出すさ」

前方が見覚えのある道になり、俺は目を疑った。ここって、俺たちが丘の上で捕まってから兵士にキャンプまで護送されたときの道か？　何かのめぐり合わせのようだ――数日前に呉璜《ウーホアン》をゾンビの街から人間のキャンプに送り届けて、今はまたキャンプ地から命からがら逃げてきて、その道を引き返している。

　窓の向こうにあの丘が見える。緑の草地が舌苔のように天からの滋養を待っている。

「そうだ、今まで何があったんだ？」俺は呉璜《ウーホアン》の疲れ切った横顔を見た。「どうして軟禁されていた？」

「あの日、薬を注射されたゾンビがより凶暴になったでしょう。でも考えれば考えるほど疑念が膨らんで、もらった花びらを使ってつくった抽出液をジェームズにこっそり注射してみたの。すると三十分もしないうちに彼の体内のソラニュウムウイルスの濃度が下がり始めて、血小板も再び活性化していった。だから、この前ゾンビがおかしくなったのは、ゾンビが人間に変わってほしくない誰かが薬をすり替えたんだと思った。でもデータを保存する前にあの白髪の将軍に勘づかれて、ゾンビ一味とみなされて捕まったの。会いたいって言われなかったら、今もまだ閉じ込められていたかも」

　俺は腹を立てながらハンドルを殴りつけた。「最初からろくでもない奴だと思っていたぜ！　あいつはゾンビが人間に戻って自分の地位が揺らぐのが怖いんだ。へっ、あの年でまだ権力にしがみついているなんてな！　現状維持のためなら何十億人を巻き添えにしたって構わないんだろう」

「でも、花はまだ肩に咲いているから、静かな場所で解毒剤を研究すればいい」そう言って呉璜《ウーホァン》は考え込んでしまった。「だけど私はしょせん院生レベルだから、どうやって作れば……」

「大丈夫だって。時間も道具もあるんだから、いつかできるさ」と俺は慰め、頭をポンと叩いた。「そうだ。ドクター・ローも捕まえただろ? 一緒に協力すれば、絶対できる!」

俺はドクター・ローがジェームズと一緒にトランクに入ったままのことを思い出し、停車してトランクを開けた。

ドクター・ローはまだ茫然自失としていたが、ジェームズがしっかり縛られていたため、怪我していなかった。俺が全てを説明すると、彼の目に光が宿り、何度もうなずいた。

「わかったわかった!」そして俺、呉璜《ウーホァン》、そしてジェームズに視線を向けた。「我々四人はまさに世界を救うチームになれる!」

「そうだ、女に男にゾンビにそして……」俺は自分を見ながら言った。「半ゾン半人。この組み合わせなんか、ハリウッドの群像劇映画の登場人物にピッタリだ」

呉璜《ウーホァン》も顔をほころばせ、午後の日差しが彼女のえくぼに溶け込む。「私たちならきっと世界を救える！」

　この午後は格別美しく、うららかな陽気の中を草花が生気に満ち溢れ、鳥たちが飛び回り、春風が大地をそよぎ、空気は肺を洗い流すかのように新鮮だった。何もかもが物語のエピローグめいて、ステージの幕が降りている。自分がエンディングまで生きられるとは思っていなかった俺は有頂天だった。

「じゃあ行こう！」俺は腕を振りかざした。「希望の地へ出発だ」

　そして車を出そうとしたところ、血管に氷が詰まったかのように突然腕に寒気が走った。全身に悪寒が走り、痙攣しながら座席から転げ落ち、銃を地面に落としてしまった。

　呉璜《ウーホアン》が血相を変えて俺を助け起こそうとし、そばにいたドクター・ローは一歩たじろぎ、いぶかしげに俺を見つめている。「またかい？」

　体が振動するかのように震え、声も途切れ途切れになる。「ちがっ、本当に、寒いんだ……」

「つまりＦＺⅢ型の効果が本当に現れて、Ⅳ型に進化するってことかい？」

　俺にもわからないが、体の異常は激しくなる一方で、歯を食いしばりながら答えた。

「多分……何か……助かる方法は？」

「じゃあ安心だ」

ドクター・ローの言葉に俺は耳を疑い、呉璜《ウーホアン》も半拍遅れて彼を見た。「え？」

「研究は成功したようだ」ドクター・ローは歩を進め、俺が落とした拳銃を拾い上げると歯を見せて笑った。「このゾンビパニックは私により引き起こされ、私の手で終結を迎える」

笑っている奴の白い歯がナイフのように冷たい光を放っていた。そのときの奴の目には素朴さもひ弱さも見えず、科学研究に没頭したオタクっぽさも消え失せ、代わりに見えたのは狂気。

そして残酷さだった。

奴は唾を吐くと舌なめずりをした。「発症しなかったら、隙を見て君たち三人を制圧しなきゃならないところだったが、今は神も味方している」呉璜《ウーホアン》が俺を引っ張ろうとした瞬間、奴は彼女に銃口を向けた。「動かない方がいい。科学研究に使っていた私の手は武器を扱うのには慣れていないから、うっかり暴発もあり得る」

呉璜《ウーホアン》はその場から動かず、奴をにらみながら重い口を開いた。「じゃあ、この前の薬をすり替えたのもあんたなの？」

「言うまでもない」ドクター・ローが俺を見下ろす。「君が監視部屋から抜け出せたのも私のおかげだ」そう言いながら頭を撫で、笑った。「しかしここまでにしておこう。私もハリウッド映画を何本も見ているが、悪役はたいていしゃべりすぎて死ぬ。今から全てのゾンビを滅ぼす最後の仕上げをしようじゃないか」

　奴は俺を引きずり、車の後部座席に押し込んだ。

「私の研究に間違いがなければ、君の体内のⅣ型ウイルスはまもなくこのゾンビに感染する。君たちはどちらも死ぬ」奴は銃を手に車の前に立ち、待ちに待ったショーを見るかのように目を輝かせている。「そして培養したウイルスを持ち帰れば、私は変わらず人類の救世主というわけだ」

　寒気がますます強烈になり、奴に飛びかかろうとしたが体は縮こまるだけだった。FZⅣ型ウイルスは空気感染するらしく、凶悪だったジェームズの表情にもかすかな変化が現れている。FZⅣ型ウイルスはすでに奴の体内でも効果を発揮している。

　ドクター・ローの笑みがさらに深くなった。「おっと、悪役が口数が多くなる理由がようやくわかったぞ。この瞬間は自慢したくてたまらなくなるからだ。あの夜、私たちが尾行していたのに気づかなかったか？　あの少女に噛みついていたら、私たちはためらわず君を殺し、人類もゾンビは救えないと理解しただろう。しかし君はそうしなかった。こっそり彼女に傷をつけて血まで流させたというのに、君は食いつかなかった。監視部屋に入れたときもこのゾンビは噛まなかったし……いやいい、最後に笑うのは私だ」

「なっ……なんでゾンビを殺さなきゃいけないんだ……」俺は震える声で尋ねた。「みんな同じ人間だぞ……」

奴は頭をかきながら言い捨てる。「人間？　人間とウィルスの何が違うと言うんだい？　どちらも爆発的に増殖し、狂ったように資源を略奪する。この星の人間は多すぎるから、ちょっと整理して空間と資源の無駄を省いた方がいい。安心したまえ、残った人類は快適に暮らし、我々は新たな進化の道を進むさ」

体内のウィルスと比例するようにドクター・ローの言葉がさらに冷たく響く。

奴は俺の肩に生えている青い花に視線を向けた。「そうだ。その花だ。本当に不思議だ。他の研究者がいくら頑張ってもソラニュウムウィルスの解毒剤をつくれなかったのに、どうしてこの花はつくれたんだ？　君たち中国人が言うところの、毒蛇が出るところには七歩以内に解毒薬がある、のような自然界の自動調節システムか？」

奴は食い入るように花を凝視していると、突如葉もろとも茎をちぎった。

肩に激痛が走った。

「大自然であろうが、私の敵ではない！」奴はそう言いながらポケットから透明な液体の入った試験管を取り出し、その中に花を突っ込むと、透明な液体が急速に泡立ち、充満する泡の中で花は跡形もなく溶けた。

ドクター・ローが試験管を投げ捨てると、飛び散った液体が車体にかかってジジッという音を立てた。「ゾンビはしょせんゾンビなのだから、人間に戻りたいなどという妄想は捨てて、殺されるべきなのだ」

俺は絶望に打ちひしがれながらも地面に身を縮め、奴の自慢げな声を聞き、ジェームズの徐々に硬直する表情を見て、呉璜《ウーホアン》を思うことしかできなかった……そうだ、呉璜《ウーホアン》は？

「しゃべりすぎ！」凜々しい声が上がるとともに、石を手にした呉璜《ウーホアン》が車の裏から飛び出し、ドクター・ローに襲いかかった。

しめた。ドラマの法則はまだ適用中のようだ。話が長い悪役は隙があれば成敗されてしまうのだ。

だが次の瞬間、ドクター・ローは素早く身をかわすと引き金を引いた。銃弾が呉璜《ウーホアン》の腕をかすめ、血が吹き出る。

ジェームズがあからさまにせわしなくなり、肩をいからせるが、きつく縛られているため身動きが取れていない。

「危ない危ない」ドクター・ローはわざとらしく胸を撫でおろした。「してやられるところだった」

呉璜《ウーホアン》は傷ついた腕を押さえながら悲しみと怒りが混ざった目を俺に向けた。さっき見えた希望も潰えて、俺も絶望の視線を彼女に向けた。

そのとき俺たち二人の目に同時に光が宿った。

俺が彼女にうなずくと、彼女も首を縦に振った。彼女は一気に腕を伸ばし、手に付着した血をドクター・ローの首と顔に塗り、瞬時に距離を取った。

「うっ、これは……」ドクター・ローは慌てて顔をぬぐったが、血しか付いていないことがわかると安心した。「悪あがきか？」

「起死回生かもな」

それは俺が言ったセリフだった。言い終わったときには俺はもうジェームズのそばにまでにじり寄り、指を必死に動かして奴のベルトをほどいた。

それから、奴は椅子から飛び上がってドクター・ローへ向かった。

ドクター・ローはうろたえてのけぞったが、車高が地面から五十センチほど高かったため、足を踏み外して草むらに仰向けに倒れた。空を見上げながらも指はまだ引き金にかかっており、銃身から銃声が立て続けに鳴り、弾が車内を跳ね回った。

俺は反射的に身をすくめた。

ジェームズは体を何度も撃たれたが、全く怯《ひる》む様子がない。目が大きく歪んでいて、奴をドクター・ローへの攻撃に駆り立てているのは飢餓ではなく真の怒りなのかもしれない。

ジェームズはふらつきながらドアの手前まで来ると、低い唸り声を発した。まだ起き上がれていないドクター・ローの瞳には、自分を覆う黒い影しか映っていない。ジェームズは彼をひしと抱きしめ、その首に向けて大きな口を開けた。

ドクター・ローは締め付けられている腕を必死によじり、ジェームズの腹部に発砲した。弾はジェームズの体を通過し、腐肉とうっすら赤い血液とともに空気中に血煙と化して消え、それは真っ赤なたんぽぽが奴の背中から生えたようだった。しかし奴は止まらず、ドクター・ローの首に少しずつ迫り、牙を剝いて奴の首に静かに歯を立てた。

ドクター・ローの両目が沼のような絶望をたたえている。

血がジェームズの口元からこぼれると同時にドクター・ローの頸動脈から真っ赤な噴水が吹き出た。ゾンビにとって抗いがたい誘惑だが、ジェームズはすする素振りすら見せず、黙々と嚙み続けている。ドクター・ローの呼吸がほぼ止まり、両目が完全に闇に包まれるまで歯を突き立てた。

俺は必死ににじり寄った。ドクター・ローのそばに横たわる奴の周りは一面血の海だった。数メートル離れた場所にいる呉璜《ウーホァン》は駆け寄りたいができない様子だ。

「どうだ？」俺は尋ねた。

奴は苦しげにハンドジェスチャーをした。「腰椎が撃ち抜かれて、頭にも一発もらった」

大丈夫だと言いたかったが、奴に嘘をつきたくもなく、「ああ」としか言えなかった。

「見たか、俺の血も赤かったぞ。お前の花は本当に役に立つな。俺も本当の生きた人間に戻れてたんだ」奴は少し間をあけ、付け加えた。「でももう、本当の死人でしかない」

そうだ。こいつには人間に戻る兆しが見えるものの、今はまだゾンビであり、こんな深手を負ってFZⅣ型ウィルスに感染したのなら、すぐに指一つ動かせないほど硬直してしまう。

「そんな哀れみの目で俺を見るな。俺と大して変わらん状況のくせに」

「でもお前の方が先に死ぬ」

奴はハハハというジェスチャーを取ったが、顔は少しも楽しそうじゃなかった。しばらくしてまた手を動かした。「お前まで死ぬのは残念だ」そして付かず離れずの場所で棒立ちしている呉璜《ウーホアン》を指さした。「お前は幸せになれたのに」

俺は車内に腹ばいになりながら奴を見下ろした。奴の顔は血で隠れているが、途端に顔立ちが明晰になり、濃霧から鳥が飛び立った。霧は晴れ、俺はついに記憶の深い霧にあった何もかもをはっきり見渡せた。

「お前が誰だか思い出したよ」俺は言った。「俳優でもないし、教師でもなかった」

「じゃあ俺は……」奴は問いかけようとした。

しかしそのジェスチャーが終わる前に、奴の手は空中で完全に固まった。

丘に横たわる俺を生い茂った雑草が覆い隠し、呉璜《ウーホァン》は俺の隣に腰を下ろしている。

「少しは良くなった？」

「もう駄目だ」

呉璜《ウーホァン》が悲痛な面持ちで俺を見つめる。「連れて帰ってきっと治してみせる」

「いいよ……どうせ手遅れだ……」寒気が体内に脈打ち、精神を集中させないと眠ってしまいかねない。「俺の体にはⅣ型ウィルスがあるんだ。戻ったら将軍に抜き取られて、ゾンビたちに使われるに決まっている。でもゾンビの解毒剤もあるんだ。あの花を見つけて、奴らを……救って……」

「でも……花はもうドクター・ローに……」

俺は懸命に頭を動かすと、葉っぱが鼻に触れてかゆみを覚えた。「この花が一株のわけない。大自然には自分たちでバランスを取るメカニズムがあるから、ソラニュウムウイルスが現れたんだから、解毒薬だってきっと生まれる。俺が解毒薬の種子をうっかり肩に落としたから、この花は生えたんだ。花は駄目になったけど、種子はきっと他にもあるから、それを見つけ……」

液体が俺の頬を流れ落ちる。暖かくて心地よい。

彼女が俺のそばに身を寄せ、俺の額に手を置いた。「とっても冷たい」

「ああ」

「実は、嘘をついていたの」

自分の声がますます小さくなる。「知ってた」

「えっ？」

「俺は阿輝《アーフィ》……写真の男じゃない。俺は彼と似ているだけで、俺たちはカップルじゃなかった。それどころか知り合いですらない」

「うん。私と阿輝《アーフィ》は逃げているときにあなたの家に駆け込んだだけ」呉瓛《ウーホァン》は俺をずっと見つめている。「全部思い出したの？」

「ああ、最後に輝くロウソクみたいに、全部思い出したよ。俺は別の誰かで、別の人生があって、阿輝《アーフィ》じゃなかった」夜が来たのか？　視界がぼやけたので、必死に目を開けようとした。

「阿輝《アーフィ》と言ったあのとき、説明しなくてごめんなさい。そうすれば守ってくれると思ったの」

俺はうなずいた。「でもうれしいよ。君を守れたんだから」

呉璜《ウーホァン》は俺の頭を抱きかかえ、しばらくしてこう尋ねた。「じゃああなたはいったい誰なの？」

俺は声を出そうとしたが、喉が嗄れて力が出なかった。

彼女が俺の口元に耳を近付ける。

「俺か……」俺はつばを飲み込んだ。「俺は……」

「俺は？」

「ブラッド・ピット」

エピローグ

あの戦いのあと、平穏な日々が続いた。

人間とゾンビがにらみ合う日常で、私はいつもお姉ちゃんと一緒に森の中を探し回った。

何を探しているの、とお姉ちゃんに聞いた。花だよとお姉ちゃんは言った。死の川の彼岸から死者を戻ってこさせられる花。お姉ちゃんはそれを彼岸花と呼んでいた。

彼岸花は人間とゾンビの共通の希望になった。

あの日、一人でキャンプ地に戻ったお姉ちゃんは私たちに、ドクター・ローが死んだと告げた。軍人たちが警戒してお姉ちゃんを取り囲み、ドクター・ローのかたきを討とうとしたけど、お姉ちゃんは彼らに、博士の自宅とパソコンの中身を調べてほしいと言った。それで私たちはドクター・ローこそこの災難の張本人で、ゾンビへの逆転の鍵はゾンビおじさんの肩に揺れていた花だということがわかった。

そう言えば、私はゾンビおじさんに会ったことがある。

森で迷ったときに私と手をつないで夜の闇から連れ戻してくれた。あの手はとても硬く、冷たかったけど、握る力はとても強かった。でもおじさんはいま丘の上に埋められて、ずいぶん長い時間が経ち、その遺体は相変わらず冷たいままで、力なんていうものは土の中にとっくに消え去ってしまっただろう。

おじさんの肩に咲いていた彼岸花はあれから見かけない。

でもお姉ちゃんは諦めていない。私を連れて近くの森にある木の枝を全部確認し、地面に芽吹いたばかりの茎も見逃さなかった。トゲで腕を怪我したり、木の上から飛び降りて足をくじいたりしたこともあったけど、ほとんどの時間は、疲れて息を切らせながら木に寄りかかっていた。

春と夏の間中、私たちは探し回ったけど、収穫は何一つなかった。それに期待を寄せていた人々の希望も薄れ始めた。秋になり、木の葉が黄色くくすみ始めてからは何もかもがうら寂しくなったけど、お姉ちゃんは止まらなかった。この季節に咲く花はないとか、彼岸花は一株しかなくて偶然ゾンビおじさんの肩に生えたんだとお姉ちゃんに言い聞かせる人がいた。過去は過去で、世界は危険にあふれているけど、生きている人間はこれからも生き続けなきゃいけないと言う人もいた。みんなから説得されている間、お姉ちゃんはずっと無言で口を小さく尖らせていて、次の日にはまた森や山で彼岸花の手がかりを探した。

冬が訪れ、海沿いのこの土地には珍しい雪が降ると、お姉ちゃんは足を止めて空を見上げた。上を向くお姉ちゃんの表情はわからなかったけど、目を涙でいっぱいにしているんだと思った。お姉ちゃんの顔に雪が降り、目に落ちると涙の中に溶けた。

この冬、ゾンビの襲来が二回あった。どういうわけか、みんなは以前のようにゾンビたちと真剣に殺し合わなくなり、戦いながら退き、安全エリアまで撤退すると作戦を停止した。ゾンビが生き返る可能性が出てきたから、彼岸花が全然見つからなくても短絡的にゾンビを悪魔とは見なさなくなったんだろう。

冬にある出来事があった。お姉ちゃんが恋人と再会した。ラジオ局で私たちに出会った生存者の一団に、ゾンビパニックのときにお姉ちゃんと離れ離れになった阿輝《アーフイ》お兄ちゃんがいた。阿輝《アーフィ》お兄ちゃんは外で偵察中に仲間たちと散り散りになりあちこちを転々としていたから、またここで一緒になれるとは思わなかったと言った。こんな絶望だらけの世の中で果たした恋人同士の再会は特に温かい気持ちになれたし、とても楽しんで見ていられた。でも阿輝《アーフィ》お兄ちゃんに抱きしめられる瞬間、お姉ちゃんは無意識に後ずさっていた。

みんなが言うように、生きている人間は生き続けなきゃいけない。世界中にゾンビがはびこっても、私たちは雪の降る中で暖を取り合い、互いを守り、この寒い季節をかろうじてやり過ごした。

春になると、より安全な場所にキャンプ地をつくるためにさらなる後退案が出た。

ここを離れる前、お姉ちゃんはあの丘に行こうとした。

何しに行くんだ？　あそこは危険だし、ゾンビがたくさんいる、と阿輝《アーフィ》お兄ちゃんが言った。

友達があそこに埋まっているの。出発したら多分二度と戻ってこられないから会いに行きたい、とお姉ちゃんは言った。

阿輝《アーフィ》お兄ちゃんもゾンビおじさんのことを知っているはずで、少し悩んだ末に、俺もお礼を言いたいから一緒に行くと言った。そして、ところでなんて名前なんだ？　と尋ねた。

ブラッド・ピット、とお姉ちゃんは言った。

二人が丘に行くとき、私もついていった。荒れ果てた道路を渡り、木々が生い茂る森の中は歩きづらくて大変だったけど、幸いゾンビに出くわすことはなかった。午後から暗くなるまで歩き、空が白み始めた頃にようやく森を抜け出ると、待ち受けていたのは生命力旺盛な原野だった。

とてもいい天気で、日差しが雲間から差し込み、植物が突き出た地面は分厚い緑の絨毯だった。春風が大地をそよぐと、草の絨毯から顔をのぞかせた花が揺れ、その色合いに目を奪われる。たまに吹く強い風が原野に色とりどりの波を沸き立たせた。草をかき分けながら進むと、花びらが足にまとわりつく。歩いているとお姉ちゃんの表情が一変した。視界の先にある丘陵は統一感のない色彩ではなく、緑の絨毯にサファイアがはめ込まれているように真っ青だった。何だあれ？　と阿輝《アーフィ》お兄ちゃんがつぶやいた。

お姉ちゃんは目を見開き、一気に駆け出した。草花が敷き詰められた野原の中、お姉ちゃんが走り抜けたところにうっすら踏み跡ができ、そよ風がその痕跡を消していく。まるで葉をかすめる雨燕《あまつばめ》のような速度で春の中を突き進んだ。

私と阿輝《アーフィ》お兄ちゃんも慌ててあとを追った。

近づくにつれ、丘の上に見たこともない小さな花が咲き誇っているのが私たちにもわかった。青い花びらをつけ、ほのかに赤い葉脈が走っている。私はこの花に見覚えがあった。

たくさんの資料に載り、たくさんの人々の噂に上った。

彼岸花だ。

ここはゾンビおじさんが埋葬された場所だ。体は土の中で腐ってしまったが、肩にあった種子が一年間育まれたのちに再び芽を出し、丘一帯に彼岸花が咲き誇り風にそよいでいる。

お姉ちゃんはしゃがんで息切れを起こしていたけど、花畑に顔を近づけて大きく深呼吸した。顔を上げたお姉ちゃんの目尻に涙がにじみ、頰をたれて落ちた。涙が伝わった跡が陽光に照らされてかすかにきらめいている。お姉ちゃんがどうして泣いているのかわからないけど、それは春が見せた一番美しい名残《なごり》だった。

編者によるノート

成都在住の阿缺《アーチュエ》は二〇一二年から執筆を始め、新世代の中国SF作家の一人とみなされている。ロボットを扱った伝統的なソフトSFで知られており、彼のロボット好きは上梓した二冊の短篇集『ロボットと歩む』［与机器人同行］（二〇一五）、『AIの暮らす世界』［机器人间］（二〇一七）に結実しているが、「彼岸花」はむしろ新機軸といえる。本作は汚れて腐敗した亡者が少女に花を差し出すという、悲劇とロマンスを同時に予感させる鮮明な着想からすべてが始まった。この雰囲気とイメージに心奪われた阿缺《アーチュエ》は座って執筆を始め、わずか数日で本作を書き上げたが、これはインスピレーションに突き動かされて書いた彼の作品の中でも最速記録だったという！

この物語は欧米のゾンビ映画から多大な影響を受けており、わざとあからさまな言及がいくつか、お約束破りやパロディといった、演劇で言う「第四の壁が破れる」お遊びのタイミングで挿入されるが、同時に中国のゾンビ神話に触発されたユーモアも借用しており、われらが不死者の主人公たちはキョンシーよろしくしょっちゅう足を引きずったり、半ば縛られていたりする。

わたしが阿缺《アーチュエ》とこの短篇に取りかかり始めたまさにその時、コロナウイルスの衝撃が顕在化し始めたことも触れておかなければならない。ロックダウンや死や感染率は単なるSF内の用語ではなく、日々の現実になった。いうまでもなく本作のウイルスの名前も——どれだけそうではないと言おうとも——そのものズバリだが、逃避主義の名のもとに、そしてあのパンデミックが引き起こした本物の苦しみを茶化さないために、わたしたちはこの件を深くは追及しないことにした。

数年前に初めて阿缺《アーチュエ》を読んだとき、その文章の叙情性や繊細さに感服した。文体ばかりでなく、男性主人公のもの柔らかさや感受性も含めてである。本作では甲斐甲斐しく思慮深い「輝《フィ》」の性格がそれとは不釣り合いの不気味な外見と同居することで、メアリ・シェリー『フランケンシュタイン』以来の古い定石をいじり倒している。ユーモアと思いやりがグロテスクな終末世界の設定と交わることで、本作は過去二十年間に見てきたどのウイルス型ゾンビ・パニックものよりも抜きん出ているとわたしは感じた。そして人間とゾンビがそれぞれ自分たちの特質と敵の異質さを指すために使う固有のスラングや専門用語は、言葉と戯れるまたとない機会を与えてくれた。


（鳴庭真人訳）

恩赦実験

特赦实验

宝樹《バオシュー》／阿井幸作訳

1

看守が分厚い鉄製のドアを開けると、小綺麗なスーツ姿の男が監房に入ってきて室内を見渡した。ひどく狭い部屋にはベッドの他にほぼ何もなく、ベッドの上には囚人服姿の人物が彼に背を向けて寝そべっている。

「ブレーウォークさん？」男が恭《うやうや》しく尋ねる。返事がなかったためまた呼びかけたが、相変わらず微動だにしないので近づこうとした途端、その人物は億劫《おっくう》そうに口を開いた。

「誰だ？　面会ならお断りだぞ。なんて言って入れてもらったんだ？」しわがれてくぐもった声だった。

「ベック・オルセンと申します」男は名のった。「あなたの事件のために参りました――」

「ということは裁判所が寄越した法廷弁護士か？」ブレーウォークはやにわに寝返りを打ち、男の言葉をさえぎった。「上訴が通ったということか？」

「あなたの上訴は、死刑判決を求めるという類を見ないものだったとうかがっております」

「そうだ。一生監禁されるぐらいなら、いっそ死刑になった方がマシだ」

「それはおそらく通らないでしょう」オルセンは平然と述べた。「ご存知の通り、我が国は多くの文明国同様、死刑をとっくに廃止しています。あなたの事件によって社会が怒りに震え、死刑復活論が新聞に掲載されるまでになりました。しかし法治国家として、これは到底受け入れられません。もちろん有期刑に減刑される可能性も零《ゼロ》に等しいです。あなたの極端なやり方に世界は震撼したのです。偏った民族主義と理念のために、およそ百人もの人々があなたの爆弾と銃弾の犠牲になりました。証拠も確実なため、率直に申し上げて、私も無罪にするお力にはなれません……」

「じゃあ何しにきたんだ？」ブレーウォークはいら立って尋ねた。

「いい知らせを持って参りました」オルセンは言う。「私に協力してくだされば、生きている間に自由を取り戻せるかもしれませんし、若い頃のお姿でここを出られるかもしれません」

「どういうことだ……いや待て!!」ブレーウォークは目の前の男を鋭くにらみつけた。

「お前は弁護士じゃないな。誰だ？」

オルセンは真意を測りかねる笑みを浮かべた。「弁護士ではあなたを助けられませんが、私ならできます」そう言って差し出した名刺をブレークウォークが見ると、「王立科学院高等医学研究所特級研究員」の文字があった。

「我々はいまとても重要な新薬の実験中です。被験者に志願していただければあなたは恩赦を得られ、夢にまで見た自由を手にできます。ここに政府からの恩赦合意書がありま す」オルセンはファイルを取り出した。

色めきだったブレークウォークは体を起こして書類を受け取り、穴が開くほど目を通した。

「おお、悪くない条件のようだが……ということは、本当に実験に参加するだけで自由の身になれるのか？」

「ええ、実験が終われば、結果にかかわらずあなたは自由です。末尾には国王と首相の署名もありますから、疑いようのない法律の効力を有しています」

「実験が失敗したら？　惨たらしく死ぬんだろう？」

「その可能性もあります。実を申しますと、これまでの動物実験の死亡率はゆうに三十パーセントを超えています。でなければここにお邪魔していません」オルセンは打ち明けた。

「しかしそれもあなたの望み通りなのでは？　どういう結果になってもあなたが損をする

ことはありませんし、どのみちここに一生いるよりマシでしょう」

ブレークウォークは皮肉げに笑った。「たしかにな、どうなろうとも今よりマシさ……でも実験って何の薬だ？」

「くれぐれもご内密に」オルセンは彼の耳元に顔を近づけ、そっとささやいた。

ブレークウォークは不思議そうに目を丸くした。

2

一年後。

ブレークウォークは力なくうめいていた。地獄の業火に焼かれながらも氷の洞窟に押し込められているかのごとく、全身の皮膚と筋肉が灼熱と極寒、刺すような痛みとしびれるようなかゆみに襲われ、五臓六腑が無規則な方向へ引っ張られるかと思えば、一緒くたにこねられ、矛盾律を無視したさまざまな痛みが立て続けに押し寄せてくる。あがこうとしても病床に拘束されているのでそれもかなわない。頭髪は残らず抜け落ち、皮膚はどこもかしこもただれている。

どうしてこうも苦しんでいるのか彼自身わかっている。この前例のない実験で、彼の細胞の一つ一つが各種の生化学反応によって乱暴に蹂躙《じゅうりん》され、いつ全身が爆散して単細胞の原液になってもおかしくなかった。

しかしこれは人類が夢にまで見た不老長寿のためなのだ。

オルセンは彼に告げた。人間の寿命が有限である根本的な原因は細胞分裂の回数に限界があるからであり、それは染色体末端にあるテロメアと呼ばれる顆粒物質のせいだ。テロメアは複製するたびに少しずつ減って短くなり、完全に使い切ると細胞が分裂しなくなり、人は老いて死ぬ。しかしその長さを変えずに保つことができれば、それを分裂させ続けられる。鍵を握るのが、テロメアを伸ばし、複製を規則正しく進められるテロメラーゼだ。彼が注射された薬物は特殊活性物質を含んだ「フジミン」と呼ばれるもので、人体の細胞内のテロメラーゼの活性を効果的に維持できるが、完全に分裂が制御不能ながん細胞に変化するとまではいかない。このような理論に基づけば、永遠の命を実現できる。

だが理論は理論でしかなく、それを事実に変えようとするのなら大量の人体実験が必要になる。ほかの被験者はいずれも苦痛と責め苦に耐えられず次々と辞退し、今残っているのはブレーウォークだけだ。こういった実験は人体のあらゆる面に改造を施すことになり、全身の各細胞を蝕むので尋常ではない痛みを伴う。死の床にある難病患者だってこんな形で命を手に入れたいとは思わないだろうとブレークウォークは確信する。一番恐ろしいのは終わりがないことで、何度も注射されるのだ。すでに一年余りが経過し、極度の肉体的苦痛を受けながら日々を過ごしている。契約を破棄したいと何度も思ったが、刑務所で数十年過ごさなければならないことを考えると、身の毛がよだった。自由を再び手に入れるという強い意志が今日まで彼を支えていた。

「本当にもう無理だ。いったいいつになったら終わるんだ？」彼はそばにいるオルセンに弱々しく尋ねた。

「大変申し訳ございません」オルセンが言う。「我々の実験は間違った方向に進んでいたようで、まだしばらくは……ああ、リサがまだいれば、こんな遠回りをすることもなかったでしょう」

「リサとは誰だ？」

「フジミンの発見者です」オルセンが言う。「我々の研究所で最も優秀な科学者であり、数々の大発見を成し遂げました。しかし残念なことに、人体用医薬品の研究のさなか思わぬ形で帰らぬ人となってしまいました。彼女がいないため研究の進捗も遅れざるを得ず……そのためにあなたに多くの実験に協力していただかなくてはならないんです」

「もう無理だ。牢屋に帰してくれ。俺はもうやらん！」

「それではこれまでの苦労が水の泡ではないですか？」オルセンが諭す。「一年余りの苦しみが無に帰し、無期懲役の身に逆戻りですよ。実を申しますと、あと少しで光明が見えそうなんです。本当にやめるんですか？」

「それは……」ブレークウォークは躊躇《ちゅうちょ》した。

「もう少しの辛抱です」オルセンが顔色をうかがいながら語る。「それほど時をおかずしてあなたは歴史に永遠に名を刻む人類の功労者となれますよ。ジョン、ブレークウォークさんにもう一本打ってくれ――次で成功するかもしれない」

3

オルセンの言った通り、その注射の効果は素晴らしかった。痛みとしびれが徐々に消え去り、全身の皮膚も生まれ変わったかのように傷一つ見当たらない。ブレークウォークは新しい頭髪どころか歯すら生え変わり、十数歳若返ったかのようだった。オルセンもそれ以上注射を打つのをやめた。

「実験は大きな進展を収めました」二カ月後にオルセンが言った。「精密検査の結果、全身の細胞が一新されたどころか、なおも問題なく分裂していることがわかりました。薬物が効果を発揮したことにより、あなたは健康を取り戻し、若ささえ手に入れたようです。今の肉体は十八歳に相当します」

「ということは……俺は不老長寿になったってことか？」ブレーウォークは歓喜にわななないた。

「そう言っていいと思います」

「よしっ！」ブレーウォークにとって、永遠の命を得た喜びより、長い間失っていた自由の方が大事だった。「もうここから出ていいんだな？」

「もちろんです。もう研究所にいる必要はございません」

ブレーウォークはベッドから飛び起きてドアに向かった。しかしドアを開けてみると、そこには四人の看守が立っていた。呆然とする彼は一気に囲まれて捕らえられ、手錠をかけられた。

「イカれてんのか？　俺は恩赦されたんだぞ！」ブレーウォークは気が動転した。「オルセン！　どういうことだ？」

「私ははっきりと申し上げました」オルセンは微笑を絶やさず言う。「恩赦の効力が発生するのは実験が終了してからです。それまでは理論上、あなたは囚人です」

「実験は成功したんじゃないのか？」

「具体的な手順の一部は終了しましたが、まだ完了とは言えません。このあと観察期間がございます」

「なんだその観察期間ってのは？」

「細胞分裂が依然不安定なため、これからさまざまな変化が現れるはずです。あとどれぐらい分裂できるか現時点で不明であり、最終結果も出ていないため、まだ観察させていただくことになります。細胞が安定的かつ無限に分裂することを証明できれば、実験は正式に終了となります。そのため、もうしばらくの観察期間が必要なのです」

「この野郎！」ブレーウォークはあがく。「観察ってどのぐらいだ？　一年か？　三年か？　さすがに五年や十年じゃないよな？」

「落ち着いてください。あなたが不老長寿の能力を持っていると証明しなければいけませんので……現時点での推定で――少なくとも二千五百年になります」

「正気か？　こんな場所に、にせっ……二千五百年だと！」

「それも仕方のないことなのです」オルセンはため息をつく。「自然界には数千年生きられる木も多く存在しますが、それらを指して不老長寿だとは言えませんよね？　あなたは不老長寿となった初めての人間なのですから、我々も当然、長期的に見守らなければいけません。不老長寿の薬が正式に世に出たとしても、観察し続けなければいけませんが……大したことじゃありません。実験が成功すれば、今のように白髪が一本もない若々しい姿で、二千五百年後に刑務所から出られるのですから」

「馬鹿言うな！　お前が二千五百年牢屋に入ってみろ！」

「私が思うに」オルセンは感情を込めずに言った。「永遠の命の対価として、そんなものは大したことありません。終身刑になったのは誰のせいですか？　それに、あの爆発や銃撃であなたは何の罪もない八十五人の命を奪いましたが、一人が三十年の寿命を失っただけと計算しても、二千五百年は長いとは言えませんよ。違いますか？」

「オルセン、この畜生が。お前の家族全員、楽に死ねると思うなよ！」ブレーウォークは狭い独房で二千五百年もの歳月を費やす恐ろしい今後を考え、狂ったように口汚く罵《のの》り出した。

絶望の淵であがきながら、ブレーウォークは看守によって護送車へと引きずられていった。車両が唸り声を立てながら研究所を離れ、刑務所へ向かっていく。オルセンはポケットから取り出した一枚の写真をひとしきり見つめると、目頭をぬぐいながらつぶやいた。

「これで子どもと一緒に安らかに眠れるね、リサ」

写真には、おくるみ姿の赤ん坊を抱き、まぶしくほほ笑む美しい女性が写っていた。

編者によるノート

宝樹《バオシュー》は自身を四川人と考えているが、中国各地で人生を過ごしてきた。二〇一〇年に執筆を始めた時、宝樹《バオシュー》（宝の木）というペンネームを冗談のつもりで金庸のある小説に出てくる盗賊から借りたが、そのまま定着してしまった。何度も大きな賞を受賞しているほか、四冊の長篇と三冊の短篇集を発表しており、その中には劉慈欣《リウ・ツーシン》『三体』の公式スピンオフである『三体X　観想之宙《かんそうのそら》』も含まれている（二〇一九年にケン・リュウの英訳がトーから刊行されている）。

宝樹《バオシュー》は不死とそれがもたらす豊富な経験に長らく興味を抱いていたが、やがて永久に死ねずに収監されたらどんなに恐ろしいだろうと思い直し、そこからしだいにこの物語が形を取り始め、二〇一二年の《超好看》で発表された。当初の構想では何千年も生きたまま収監される経験を描くつもりだったが、宝樹《バオシュー》は読者の想像力で空隙を埋めてもらう方が掌篇で伝えられるよりもずっと巨大な恐怖を味わえるだろうと判断した。

感動させたり奮い立たせたりする文章と同じくらい、不快感や反発心やショックを引き起こす物語もわたしは好きだ。「恩赦実験」はテーマの面でもプロットの結末でもそれを成し遂げている。不死というアイデアは道教の錬丹術から現代人の極端に健康を意識した食事で寿命を延ばそうとする努力、はては遺伝子研究分野の探求に至るまで、何千年も中国人にとって最大の関心事だった。この物語はまた世界よりも中国国内でさかんに議論されているテーマ、人種差別やテロリズムや正義の本質といった難しいテーマにも触れている。本作が生み出した共感の及ばない主人公、許容範囲をはるかに踏み越えた刑罰は読者に報いの本質を考えさせることだろう。

（鳴庭真人訳）

月見潮

月见潮

王侃瑜《レジーナ・カンユー・ワン》／根岸美聡訳

月無鎮《ユエウーむら》の夜は人々が想像するような真っ暗闇ではない。月が見えないので、満天の星々が夜空の主役になる。雲一つない快晴の夏の夜に西の空を見ると、運が良ければ、人類に光と熱を最初にもたらした太陽を見ることができると言われている。夫は生前、太陽を探そうといつも天体望遠鏡をいじっていたが、戴安《ダイ・アン》は興味を持たなかった。彼女は空にあるものすべてに対して興味がなかった。

退職してから、彼女の生活はますます静かなものとなった。だから、呼び鈴が鳴った瞬間、彼女はしばらく反応できなかった。最後に呼び鈴を聞いたのは、もうずいぶんと前のような気がする。ドアを開けると、荷物が一つ置かれていた。荷物は軽く、外装は長旅で汚れており、差出人の情報はぼやけてはっきりとしなかった。誰からだろう。戴安《ダイ・アン》には思い当たる節がなかった。荷物を開けると、何層かのプラスチックフィルムの中に花の模様が印刷された封筒とクラフト紙の小さな包みが入っていた。便箋を取り出すと、羽蘭《はねらん》の香りが漂った。これは長い時を経ても衰えることのない最上級の香墨だ。

安《アン》へ

ここ数年、元気にしてた？　私は元気よ。彼が亡くなった後、弔慰金もなかなかに手厚かったし、未亡人として、私は特権を維持することもできた。損のない結婚だったわ。認めたくないけど、私たちも年をとったわね。あと何日残されているかわからないから、直接会って話したいことがあるの。

月側に一度戻ってきてよ。私の家は月見城《ユエジエンまち》の近郊で見つけにくいから、地図を同封するわね。

返信は不要よ。来るのを待ってる。もし車で来るなら、葵江《クイジアン》の大潮にちょうど間に合うわ。私の方も間に合うと良いのだけど。

愛をこめて　琳《リン》

追伸：包みの中身、まだ覚えてる？

戴安《ダイ・アン》はこめかみを軽く揉んだ。艾琳《アイ・リン》だ。彼女の口調は少しも変わっていない。寝食をともにした三年間、戴安《ダイ・アン》は艾琳《アイ・リン》の頼みを断る人を見たことがなかった。折り目どおりにクラフト紙を広げると、中から白い小箱が出てきた。なぜか、彼女の心臓が激しく波打った。蓋を開けると、灰緑色の塊が目に飛び込んできた。暦藻だ。彼女は呼吸を整え、シンクに移動すると、箱を水で満たした。暦藻《こよみぐさ》はゆっくりと広がり、灰色が抜けて濃い緑色へと変わった。彼女は慎重に暦藻を取り出してテーブルの上に平らに広げると、電気を消して、暦藻が蛍光を発するのを見た。蛍光は連続せずに、等間隔に広がっており、真っ暗な部屋の中で窓の外の星の光と呼応して、まるで何かの信号を伝えているかのようだ。長い間埃《ほこり》を被っていた過去の出来事が脳裏に蘇った。それは陽光に照らされた小さな塵のように、彼女が目を閉じて見ないようにしても、再び目を開ければ依然として目の前を舞っているのだった。彼女は覚えていた。最初から最後まで。彼女は忘れたことなどなかった。

＊＊＊

「大ニュース大ニュース！　比喆《ビージョー》の論文が一本、今度の赫林《ホーリン》潮汐会議で発表されるんだって！」艾琳《アイ・リン》が大声で叫びながら部屋に飛び込んできた。

戴安《ダイ・アン》はベッドの上に足を伸ばして座ったまま微動だにしなかった。「あなた、一体いつから学問に関心を持つようになったのよ。これこそ本当の大ニュースだわ」

艾琳《アイ・リン》は戴安《ダイ・アン》を引っ張り起こした。「当然よ。今度の潮汐会議は空前の規模。学校側はありとあらゆる宴会と交流行事を手配しているのよ。赫林第一大学の渉外のトップである私が関心を持っていないわけがないじゃない」

「あなたに渉外のトップをさせるなんて、我が校の学術的な水準が死ぬほど疑わしく思われるでしょうね」戴安《ダイ・アン》の視線は手元の資料を離れない。「どうせ誰か暇な比喆人が遠隔投稿した論文が、反面教師として批判されるんでしょう」

「本人が会議に来るの！　二日目午前の三番目の発表者で、比喆科学院のエネルギー研究所の研究員だって。プログラムにはっきりと書いてあるんだから」艾琳《アイ・リン》は戴安《ダイ・アン》の手から資料を奪い取ると、まだインクの匂いをさせている会議のパンフレットをねじこんだ。

「エネルギーの研究者がわざわざ私たちの会議に来て何をするっていうのよ」今回の潮汐会議は、戴安《ダイ・アン》の所属する天体物理学部と水文学《すいもんがく》研究所とが共同で開催するもので、赫林星全体から関係する研究者が集まるという。

艾琳《アイ・リン》は戴安《ダイ・アン》に近づくと、彼女の耳元でこっそりと「潮力」とつぶやいた。

「潮力？　潮の満ち引きをエネルギー源にするの？　でも、そんなことできるのかな……

……」戴安《ダイ・アン》はかつての地球における潮力に言及した文献を読んだことがあったが、植民星の条件は地球とはまったく異なっていた。赫林と比喆は互いの周りを回っており、相対的な変位がないため、潮汐を引き起こす重力源は恒星しかない。しかし、恒星の影響はいくらもないのだ。

「どうしてできないのよ？」艾琳《アイ・リン》は反問した。「この会議が本当に潮汐そのものを研究するためだけのものだと思ってるわけ？　儲かる見込みがないなら、学部長がこんなに労力を費やすわけがないじゃない。比喆は水が多いし、私たちよりも先に潮力開発に将来性を見出すのも当然よ」

「確かにね。葵江《クイジアン》の潮位差は大きくないけれど、潮の量は相当なものだわ。潮力を使えば、エネルギー不足の問題に新たな出口が見つかるかもしれないし、赫林の発展もそれほど制限されなくなるかも……」

「また真剣になっちゃって。こういう仕事中毒は、嫁に行けなくならないように気をつけないとね」艾琳《アイ・リン》は戴安《ダイ・アン》の言葉を遮った。

戴安《ダイ・アン》は首に下げている研究室の鍵をいじりながら言った。「誰が嫁に行くのよ。私は喜んで研究室を住処にするわ。先輩たちに実験や論文を手伝ってもらってばかりいるそっちこそ、卒業できなくならないように気をつけないとね」

「卒業論文の中間審査まではまだしばらくあるじゃない。頑張るにしたって、まずは潮汐会議を終わらせないと」艾琳《アイ・リン》は戴安《ダイ・アン》を促した。「ねえ、この比喆人は勇気があると思わない？　たった一人で赫林に来るなんて。ここ数年、情勢は緊迫しているし、来られる人は間違いなくとんでもない人よ。だって怖くないってことよね、万が一……」

「万が一、赫林の女の子と恋に落ちて帰れなくなったらって？　また比喆のアイドルドラマの妄想ね。いい加減にしなさいよ。来るのは禿げたおじさまかもよ。さて、あなたのおじさまは何て名前か見てみよう」戴安《ダイ・アン》は、艾琳《アイ・リン》に握らされたばかりの会議のパンフレットをめくった。プログラムのページをめくり、比喆科学院エネルギー研究所研究員の文字を見つけると、それに続く名前に大いに驚いた。

「どうしたの？　比喆人の名前に見惚れてるの？」艾琳《アイ・リン》は手を伸ばして戴安《ダイ・アン》の顔の前で振り、それからパンフレットを取り返した。「尤伽《ヨウ・ジア》、なんだか聞き覚えがあるような……」

戴安《ダイ・アン》は軽く唇を噛んだ。「私に手紙をくれた比喆人よ」

「思い出した！　あんたが学部長に大目玉を食らうはめになったあの男だ。殴り込みに来るってわけ？　私が学部中の男子を全員呼んで、しっかりとわからせてやるわ」艾琳《アイ・リン》は袖をまくった。

戴安《ダイ・アン》は首を横に振った。「彼の話は……確かに理にかなっていたのよ。私のモデルがまだ不完全だったの」

「でも、学部に直接手紙を送るのはやりすぎでしょう?」

「論文には私の学校と学部が書かれているだけで、私の住所は書かれていないもの。連絡を取りたかったら学部に送るしかないじゃない。……彼はもしかしたら赫林の信書検閲制度を知らなかったのかもしれないし」

艾琳《アイ・リン》は戴安《ダイ・アン》の肩に腕を回した。「恐れることはないわ。彼がもしあんたに何かするつもりなら、私が誰か探してきて戦わせてやる!」

「ありがとう。女神艾琳《アイ・リン》の聖騎士の守護があれば、私は誰も怖くないわ」戴安《ダイ・アン》は口角を上げようと努めたが、結局下がってしまった。

第一回赫林潮汐会議の一日目の午後、戴安《ダイ・アン》は最後の発表者だった。発表を終えて彼女が帰る支度をしていると、一人の見知らぬ男性が歩いてきた。彼は柄のプリントされたほぼ膝まで丈のある大きなTシャツを着ていたが、その一方でズボンは踝《くるぶし》までしかなかった。その組み合わせは実に奇怪だったが、艾琳《アイ・リン》が見ていた比喆のドラマに出てくるアイドルの服装と似たところがあった。戴安《ダイ・アン》は密かに眉をひそめると、すぐに彼が誰なのか思い当たった。

「あなたからの返信がなかったので、納得してもらえたかどうか自分の目で確かめようと思って来たんです。まさかさらに間違った方向に進んでいるとは。『伴星の秤動《ひょうどう》*が主星の潮汐に与える影響について』だなんて」男性は戴安《ダイ・アン》の前に歩いてきた。「研究自体は素晴らしいものですが、比喆は伴星なんかじゃありません。比喆と赫林は正真正銘の二重惑星**ですよ」

「ここは赫林です……それに、比喆は赫林に比べて質量も体積もかなり小さいでしょう」

戴安《ダイ・アン》は腕を組んだ。彼女の推測は間違っていなかった。この人が、手紙の中であれほど長い間議論した比喆の研究者なのだ。彼がこんなに若いとは思わなかった。

「たがいの差はそれほど大きくないし、しかも二つの星の共通重心は赫林の内部にも、もちろん比喆の内部にもありません。自由空間の中の一点にあります。二重惑星の定義に完全に一致しますよ」比喆人は両手をポケットに入れた。

戴安《ダイ・アン》は肩をすくめた。「お好きにどうぞ」彼女は比喆人と二つの星の関係について議論したくはなかった。特にこの場所では。

男性は微笑むと、右手を差し出した。「はじめまして。私は尤伽《ヨウ・ジア》です。比喆科学院でエネルギーを研究しています。きっと気づいていましたよね」

戴安《ダイ・アン》は手を伸ばさなかった。「堅苦しい挨拶は結構です。あなたが私に面倒をかけに来たんじゃないと良いんですけど」

「あなたに面倒を？　その通りです」尤伽《ヨウ・ジア》は口角を引き上げた。「正直なところ、あなたの論文を読んだり、あなたと手紙をやり取りしたりしている間、ずっと戴安《ダイ・アン》という人は男性だと思っていたんです。まさか美しい女性だとは思いもしませんでした。これはもうあなたに面倒をかけないわけにはいきません」

戴安《ダイ・アン》の心の中でカタッと音がした。彼女はこれまで人々が性別を持ち出して、女性は科学研究に向いていないだとか、天体物理学は男性の分野だとかいう話をするのを、嫌だと思っていた。研究所の中の女子学生は彼女と艾琳《アイ・リン》の二人だけで、艾琳《アイ・リン》は男子学生たちが競うように彼女に尽くすことを楽しんでいたかもしれないが、戴安《ダイ・アン》はそれを良いことだとは全く思っていなかった。彼女は実験や研究において、異性の学生からの「手伝い」を全て

＊　秤動は、天体Aが周回している天体Bから観察される、実際の、あるいは見かけ上の、非常に緩慢な振動である。天文学者は長い間、地球に対する月の見かけの動きについてのみ秤動を認め、月面上に定めた一つの点を振動を測定する基準としてきた。しかし、こうした振動は他の惑星、さらには太陽にも見られるものである。

＊＊　互いの周りを公転する二つの惑星系の重心がどちらの内部にもない場合、その惑星系は二重惑星である。

拒絶していたし、学科の男子学生たちは良識をもって彼女のことを敬して遠ざけていた。

「がっかりさせてごめんなさい。でも私は研究について少し知っているだけの女ですから、これ以上あなたの時間を無駄にはしません」そう言って、彼女は立ち去ろうとした。

艾琳《アイ・リン》の姿が戴安《ダイ・アン》と尤伽《ヨウ・ジア》の間に割って入った。「思うに、こちらが比喆の方かしら」

「お嬢さん、私は今、戴安《ダイ・アン》さんとお話ししているところなんです。少しお時間をいただけませんか」尤伽《ヨウ・ジア》は右手を伸ばし、手のひらを上に向けたまま横に滑らせた。

沈黙。戴安《ダイ・アン》には、今まさに彼女の前に立ちはだかっている艾琳《アイ・リン》の表情を想像することができなかった。これまで、誰も彼女を疎んじることはなく、彼女を拒絶することもなかった。

しばらくして、艾琳《アイ・リン》は胸を張った。「戴安《ダイ・アン》さんはあなたと話したくなんかありません。お引き取りいただくのはあなたの方でしょう」

「おや、それは戴安《ダイ・アン》さんが自分で決めることではありませんか」尤伽《ヨウ・ジア》は首をかしげた。彼の視線は艾琳《アイ・リン》を避けて、戴安《ダイ・アン》へと向けられた。

戴安《ダイ・アン》は艾琳《アイ・リン》の腕に腕を絡めた。「行きましょう。彼と話す必要はないわ」

尤伽《ヨウ・ジア》の横を通り過ぎるとき、艾琳《アイ・リン》は大きな音で鼻をフンと鳴らした。

角を二つ曲がったところで戴安《ダイ・アン》が立ち止まり、振り返って見た。「ついてこないし、先に戻って。会議の懇親会に参加しないといけないんじゃなかった？」

「じゃあ、あんたはどうするの？」艾琳《アイ・リン》も振り返って眺めた。

「私は大丈夫。図書館に行って少し文献を読んでから戻って寝るわ。あの比喆人はまだ私を食い物にする気なのかしら。それより女神艾琳《アイ・リン》が懇親会にいなかったら、男どもの怒りで屋根が吹き飛んじゃうかも」戴安《ダイ・アン》は風で乱れた艾琳《アイ・リン》の前髪を整えた。

「わかった。一人だし気をつけて」

「心配しないで。早くあなたの聖騎士たちの相手をしに行って」

「私の相手をするために彼らが列をなしているのが本当でしょ」艾琳《アイ・リン》は顔を上げた。誇らしげな笑顔が戻った。

「その通りね。また夜に」

「また夜に」

艾琳《アイ・リン》が立ち去ると、戴安《ダイ・アン》はようやくため息をつき、引き続き図書館に歩を進めた。尤伽《ヨウ・ジア》と文通を始めたばかりの頃は、実のところ楽しかったと言えるだろう。二人の討論は完全に学術的な問題にまつわるもので、他のことを論じることはなく、彼女は確かに彼から何度か教えられたことがあった。もし学部長の抜き取り検査に遭ったのが最後の手紙じゃなかったら……。その日、学部長は豚の肝臓のような色の顔で手紙を机に投げつけると、比喆人のでたらめに耳を貸してはいけないと警告した。尤伽《ヨウ・ジア》の意見に基づいて調整した彼女のモデルも元に戻すよう求められ、数ヵ月間の努力はすべて無駄になった。戴安《ダイ・アン》は尤伽《ヨウ・ジア》の意見の方が理にかなっているとわかっていたが、かんかんに怒っている学部長の前では、それを口に出すことができなかった。

「ふー、ようやく護衛がいなくなった」前方の通路から人影が一つ飛び出してきた。尤伽《ヨウ・ジア》だ。

戴安《ダイ・アン》は避けようと方向を変えたが、数歩で前を塞がれた。「別に取って食おうというわけでもないのに、なぜ隠れるんですか？　本気で僕があなたに面倒をかけると思っているんですか」

「私のような女風情《ふぜい》、あなたが面倒をかけるような価値もないと思います」戴安《ダイ・アン》は彼を見なかった。

「どういう意味ですか。比喆には性差別はありません。僕の最も尊敬する研究仲間が実は美しいお嬢さんだったなんて、喜んだってまだ足りませんよ。特別に挨拶の品を準備した甲斐がありました」尤伽《ヨウ・ジア》はポケットから小さな白い箱を取り出し、戴安《ダイ・アン》に手渡した。

彼女は怪訝《けげん》そうにそれを受け取ると、開けてみた。箱の中には一塊の灰緑色の植物が入れられていた。箱の一角で丸まっているが、枯れているように見える。「これは……」「暦藻《こよみぐさ》です。比喆の唯一無二の特産品です。論文のあとがきで、比喆の生物に対する興味について触れていたでしょう。気に入ってもらえるといいのですが」尤伽《ヨウ・ジア》は明るい笑顔を見せた。「そうそう、ここに来る前にもし戴安《ダイ・アン》が頭の禿げたおじさんだったら、変な誤解を与えないように持って帰った方がいいんじゃないかと思っていたんですよ」

「ありがとう……」赫林と比喆は互いに周回しているものの、それぞれの生態系はまったく異なっており、子供の頃に雑誌のコラムで読んだ比喆の風物は、戴安《ダイ・アン》にとってはおとぎ話のように不思議なものだった。この暦藻という小さなものは目を引くようなものではなかったが、確かに比喆から来たもので、戴安《ダイ・アン》の心は温かくなった。

「こいつを赫林に連れてくるのには、ずいぶん苦労したんです。代わりに赫林を散策するのに戴安《ダイ・アン》さんに付き合っていただくわけにはいきませんか。教えていただきたい学術的な質問もいくつかあるんです」尤伽《ヨウ・ジア》は少し頭を下げて腰を低くしたが、視線は戴安《ダイ・アン》の目から寸分も動かなかった。

初めて異性から「教えていただきたい」と言われた戴安《ダイ・アン》は、動悸がして、頰が熱くなり、慌てて背を向けて彼の視線から逃れた。今回、赫林の会議に来ることができたのだから、隣の星の研究者との学術交流は学部長の機嫌を損ねるものではないはず。戴安《ダイ・アン》は意を決した。「行きましょう。赫林料理の店にお連れします。食べながら話しましょう」

月見城《ユエジエンまち》は赫林の月に面した側に位置し、この星全体の政治、文化、経済の中心地だった。戴安《ダイ・アン》は地元の人間ではなかったが、赫林第一大学で学んできた日々で彼女はこの街を知り尽くしており、どこへ行けば本場の安くて美味しいレストランがあるのかもわかっていた。

尤伽《ヨウ・ジア》はグラスを手に取ると戴安《ダイ・アン》に捧げた。「ご歓待いただきありがとうございます。赫林料理は評判どおりの美味しさですね。このお酒も。風味と強さが絶妙です」

戴安《ダイ・アン》はグラスを合わせ、一気に飲み干すと、得意にならずにいられなかった。「五年ものの葵露酒《きろしゅ》です。月側に生える月葵《つきあおい》だけがこの風味を醸し出せるんです。比喆では飲むことができないでしょう？」

尤伽《ヨウ・ジア》はグラスを置いた。「比喆では、月葵が散発的に見られるのは月陸島《ユエルーじま》だけですが、この島には比喆の人口のほとんどが集中していて、息が詰まるほどの過密状態なんです。観賞用の植物を植えるためのスペースは可哀想なくらい狭いのです」

「あれほどたくさんの小島があるのに。一人に一つだとしても多いくらいでは？」教科書で比喆について最初に習うのは、海に囲まれた群島というその地形で、主に陸地が占めている赫林とはあまりにも異なっているということだった。

尤伽《ヨウ・ジア》は首を振った。「どれも人が住むには適さない島なんです」

「それでも多くの観光客が訪れるのですか？　あなたの星で急速に発展している観光産業は、赫林の役人たちに大きなプレッシャーを与えているのに」

「ハハ」尤伽《ヨウ・ジア》は笑った。「観光客は長く留まりませんから。比喆に来て小さな島を借りて、誰にも邪魔されない休暇を楽しみ、それが終われば去っていく。何も心配する必要がありません。でも、比喆の人々の日常生活はそうはいきません」

「じゃあ、あなたたちの日常生活は……毎日釣りをするとか？」赫林を離れて比喆にたどり着いた第一世代の移民は漁業によって生き延び、発展してきた。戴安《ダイ・アン》の口からこぼれたジョークは彼女自身を楽しませた。

尤伽《ヨウ・ジア》はいっそう楽しそうに笑った。「そりゃあいい。戴安《ダイ・アン》さんも機会があったら比喆に来て新鮮な海鮮を食べてみてください。僕が海で捕ってきますよ」

「機会があれば。比喆は連盟全体の旅行者を歓迎しているのに、赫林からの個人旅行だけを受け入れていないのは残念です」戴安《ダイ・アン》は肩をすくめた。

「訪問研究者として来てください」尤伽《ヨウ・ジア》は真剣な顔つきになった。「比喆の方は僕が通しておきますから」

「え？」尤伽《ヨウ・ジア》の唐突な話に戴安《ダイ・アン》は緊張した。

「僕が言いたいのは、あなたの研究には大きな可能性があるから、比喆科学院は必ずあなたが交流しに来ることを歓迎するだろうってことです」尤伽《ヨウ・ジア》は先ほどのリラックスした口調に戻った。

跳び上がった戴安《ダイ・アン》の心臓が落ち着くと、彼女は自嘲気味に言った。「赫林はそう簡単に人を手放しませんよ、それが女性であっても」

尤伽《ヨウ・ジア》はフンと鼻を鳴らすと言った。「僕たちの星には性差別はありません。能力は能力であって、男か女かは関係ありません。それに、あなたの論文の質は間違いなく高いし、論理もよく練られていて緻密です。ただ――少し野心に欠けますね」

「何ですって？」前半部分は戴安《ダイ・アン》の耳に心地よかったが、後半部分は彼女を凍りつかせた。これまでに聞いたことのない評価だった。

尤伽《ヨウ・ジア》はテーブルに手を置き、身を乗り出して戴安《ダイ・アン》の目を見つめて言った。「あなたの論文は理論の面では完全無欠だけど、現実的な応用にまでは及んでいない。赫林と比喆とは互いに潮汐ロック*されていますが、潮汐に影響を与えることができるのは、惑星の秤動と恒星との相対的な位置だけです。両者の引力の重ね合わせの効果を算出すれば、潮汐を予測できる」

「それでどうなるんでしょう？」ぼんやりとした一筋の可能性が戴安《ダイ・アン》の脳裏をかすめたが、

その考えを摑み取ることはできなかった。

尤伽《ヨウ・ジア》はさらに近づき、低く抑えた声で言った。「僕は今、潮汐エネルギーを保存するための新しい方法を設計しているところなんです。潮の満ち引きを正確に予測できれば、エネルギー効率はもっとずっと良くなる。これは明日発表する論文のテーマではありませんが、僕が今回赫林に来た主な目的です。僕はあなたと一緒に仕事がしたいんです」

戴安《ダイ・アン》は心の中で警戒線を張ったが、尤伽《ヨウ・ジア》の提案に対する好奇心を抑えることはできなかった。「どうしてあなたと協力しなければならないんですか？　私はあなたの本当の研究が何なのかも知らないのに」

「話をするのに適した静かな場所はありますか？」尤伽《ヨウ・ジア》は立ち上がり外へと向かった。

戴安《ダイ・アン》も立ち上がり、自分の体が何をしているのかよくわからないまま、歩調を速めて尤《ヨウ・》

＊　潮汐ロックされた天体は、自身の自転軸の周りを一回自転する周期と、相手の天体の周りを一回公転する周期とが一致する。この同期自転により、一方の半球が常に相手の天体に向いたままになる。通常、特定の時点で、衛星が自身の巡るさらに大きな天体による潮汐ロックを受ける。しかし、二つの天体の物理的な性質や質量が大きく異ならない場合、冥王星とその衛星カロンのように、それぞれの天体が互いに潮汐ロックされることもある。

伽《ジア》を追い抜き言った。「学校の植物園に行きましょう」

翌日、尤伽《ヨウ・ジア》が壇上で発表しているとき、艾琳《アイ・リン》は口をゆがめて戴安《ダイ・アン》に言った。「見てよ。あいつったら研究のレベルは大したことないはずなのに、無駄に比喆のアイドルドラマの主人公みたいな顔なんだから」

戴安《ダイ・アン》は昨夜の思い出に浸りながら、適当に「うん」と声を出した。尤伽《ヨウ・ジア》の案は限りなく前途有望で、羽蘭《はねらん》の澄んだ微かな香りと清らかな月明かりの中で、二つの星がともに発展していく明るい未来を描いていた。戴安《ダイ・アン》はこれまで学問的に、いや、学問だけではなく他のあらゆる面でも、これほど気の合う人と出会ったことがなかった。彼らは一晩中、やりとりに火花を散らした。戴安《ダイ・アン》は自分の思考がこれほど活発になるのかと不思議に思うほどだった。ベッドに戻ってからも、彼女は一睡もできなかった。

雷鳴のような拍手の音で、戴安《ダイ・アン》は我に返った。側にいる艾琳《アイ・リン》は少し面食らった様子で、口をしっかりと閉じていた。

尤伽《ヨウ・ジア》は近くまで歩み寄ると、艾琳《アイ・リン》に向けて軽く頭を下げたが、艾琳《アイ・リン》は顔を背けた。彼は戴安《ダイ・アン》に向かって言った。「僕の発表はどうでしたか？　今晩もお付き合いいただけますか？」

慌てふためきながらも、戴安《ダイ・アン》は頷いた。尤伽《ヨウ・ジア》が立ち去ると、艾琳《アイ・リン》の冷たい声が耳に入った。「へえ、あんたたちの過去の恨みはもう解決したんだね」

戴安《ダイ・アン》は艾琳《アイ・リン》の冷たい視線を受けながら、なぜかやましさがこみ上げてきた。「昨夜、偶然彼に会って論文のことを少し話したんだけど、彼に悪意はなかったことがわかったの……」彼女は乾いた唇をなめた。「今晩は空いてる？　お客さんと一緒に赫林を散策しようよ。あなたは私よりずっと経験豊富だし」

「それは相手にどれだけ誠意があるかによるわ」艾琳《アイ・リン》は眉をひそめた。

戴安《ダイ・アン》は艾琳《アイ・リン》の腕を揺さぶりながら言った。「私についてくると思ってよ。そうしたら私一人で劣勢に立つことはないじゃない」

艾琳《アイ・リン》の目の中の氷が溶けた。「わかったわ、あんたのためよ」

戴安《ダイ・アン》は息をつくと、鞄の中の暦藻の箱をぐっと押さえながら、弱々しい笑みを浮かべた。

＊＊＊

戴安《ダイ・アン》は椅子に上ると、食器棚の上から何年も使っていなかったスーツケースを下ろした。ズキズキと痛む背中や腰の筋肉に自分の体が昔とは違うことを思い知らされたが、幸いにも愛車林鹿《リンルー》の状態は良好に保たれ、長い年月はかえって臙脂《えんじ》色のボディに艶やかな光沢を与えていた。戴安《ダイ・アン》はエンジンをかけ、三十標準年を過ごした月無鎮《ユエウーむら》に別れを告げた。

月無鎮から出る道は渋滞とは無縁で、林鹿は一路東に向かって阻まれることなく走り続けた。空が暗くなると、戴安《ダイ・アン》は東の空を見ないわけにはいかなくなった。満天の星だが月は見えない。彼女は焦っている自分を笑った。月側まで行かなければ比詰《ビージョー》が見えることなどないのに。最も近い旅館の駐車場に林鹿を走らせると、戴安《ダイ・アン》は旅館に入り部屋を借りた。テレビのニュースでは、今年、赫林《ホーリン》への観光客の総数が再び過去最高を記録し、比詰の島で過ごす休暇に続いて、赫林の文化遺産が異星からの観光客の新たな流行となっており、二つの星の高官がさらに協力を深めようと協議していることが伝えられている。長い間、比詰が見えない月無鎮に住んでいた戴安《ダイ・アン》は、二つの星が外交を再開してから二年が経ったことを忘れかけていた。

「奥様、身分証明書と部屋の鍵をお渡しします」

戴安《ダイ・アン》が旅館の主人からそれらを受け取ってカウンターから離れようとしたとき、若い男女がドアを開けて入ってきて、部屋について主人に尋ねた。戴安《ダイ・アン》は歩みを緩めた。

「申し訳ありませんが、今夜はもうダブルのお部屋は空きがございません。ツインのお部屋でもよろしいでしょうか」主人は帳簿から目を上げた。

少女が口をとがらせ、つないでいた少年の手を振りほどいた。「ずっと前から部屋を予約するように言ってたのに、あなたが必要ないって言うから」

「部屋はまだあるじゃないか」少年は額から滲み出る汗を拭おうと手を上げた。

「ツインベッド！　ベッドが二つなの！」少女は周りの目も気にせず、大声で文句を言いだした。「あなたにつき合って裏側みたいな辺鄙《へんぴ》な場所にだって来た。それなのに別々のベッドで寝なきゃいけないなんて、私たちあと何日一緒にいられるのよ」

「ただ、行く前に君と赫林を巡りたくて……」少年は少女の肩に触れようと手を伸ばしたが、かわされた。

「じゃあ、行かないで。ここにいて」少女の声が和らいだ。

「ここにいたとして……ご両親は僕たちが付き合うのを認めてくれるの？　もし気づかれたら？　僕たちがもう……」少年の声は小さくなり、また大きくなった。「心配しないで。とりあえず比詰での生活が落ち着いたら、すぐに迎えに来るから！」

少女は顔を背けた。「気が変わるかもしれないじゃない。あんな危険な仕事、あなたに何か起こるかもしれないじゃない……」そう言いながら、少女は涙を流した。

少年は慌てて前に出ると少女を抱きしめた。それから片手を解いて少女の涙をぬぐった。

「泣かないで。新しい島を探して開発するだけだよ。僕も用心するし。君を一人で放っておくわけがないじゃないか。比喆の社会は自由で開放的で、チャンスも多いし、お金もすぐに手に入るってみんなが言ってた。僕たちの未来のために、僕はこのリスクを負わないと。あと数年待てば、いや、そんなに長くかからないかもしれない。僕たちはすぐにまた会えるよ。だから、泣き止んで。いい？」

少女は何も言わず、かえって激しく泣いた。

戴安《ダイ・アン》は握った手を開き、彼女の体温で温まった鍵を主人に返した。「このダブルの部屋は彼らに譲るから、私はシングルに変更してください」

少女は鼻をすすりながら、少年と一緒に何度もお礼を言った。

若いカップルが立ち去るのを待って、主人は小さな声で戴安《ダイ・アン》に言った。「奥様は本当に人が良い。近頃の若者というのは、まったく身の程をわきまえません。親が賛成しなければ駆け落ちするし、結婚しないうちに一緒に寝てしまうし。みんな比喆から来た悪影響ですよ。私に言わせれば、赫林は比喆と協定なんか結ぶべきじゃなかったんです。開かれた貿易、開かれた観光、開かれた経済、何もかもが開かれた代わりに古くからの決まりは忘れ去られてしまいました」

少年に寄り添う少女の背中を見ながら、戴安《ダイ・アン》はため息をつき、何も言わなかった。少なくとも今では、二つの星で離れて暮らすカップルが顔を合わせることすらできないことはないだろう。


***

五日間の潮汐会議が終わるころには、戴安《ダイ・アン》、艾琳《アイ・リン》、尤伽《ヨウ・ジア》の間の垣根は完全に取り払われ、艾琳《アイ・リン》は会議が主催する交流イベントを放棄してまで、戴安《ダイ・アン》と尤伽《ヨウ・ジア》とともに別行動をとるようになった。他の参加者たちは、大部隊から離脱したこの三人組に「双星環月」と名前をつけた。星のように輝く二人の赫林の若い女性が月から来た客を取り巻いているからだ。

その呼び名のことが耳に届くと、艾琳《アイ・リン》は大声で笑い、尤伽《ヨウ・ジア》の背中を叩きながら言った。

「ハハ、面白い。私たち二人が恒星で、あなたは惑星ですって。身分が全然違うわね」

「かつての地球では、月は星よりもずっと重要な天体だとされていたんだけどね」戴安《ダイ・アン》は目をそらした。艾琳《アイ・リン》がもう尤伽《ヨウ・ジア》に敵対心を抱いていないことは、もちろん嬉しかった。ただ、この数日、戴安《ダイ・アン》は何度も尤伽《ヨウ・ジア》と二人きりで共同研究について話し合いを進める機会を探していたが、いつも艾琳《アイ・リン》がその場にいた。その上、尤伽《ヨウ・ジア》と話すときに、艾琳《アイ・リン》はいつもやたらと近くに寄るのだ。きっとそれは思い込みで、艾琳《アイ・リン》は誰に対してもあれくらい情熱的だと、戴安《ダイ・アン》は心の中で自分を慰めた。

尤伽《ヨウ・ジア》は一歩退くと、戴安《ダイ・アン》に歩み寄って言った。「はいはい、わかりました。僕はあなたたち二人の引き立て役ですよ」戴安《ダイ・アン》は軽く安堵のため息をついた。

しかし、艾琳《アイ・リン》はまた側に来て、片手を尤伽《ヨウ・ジア》の肩に載せ、もう一方の手で戴安《ダイ・アン》の腕をつかんだ。「じゃあ、伴星さん、次はどこに同行してくれますか？　双子女神廟のお祭り？　それとも中央広場のマーケット？　じゃなかったら、月葵《つきあおい》展に行きましょうよ。比喆《ビージョー》には絶対にあれほどたくさんの種類の月葵はないわ」

戴安《ダイ・アン》は艾琳《アイ・リン》の腕を引っ張った。「命が惜しくないの？　今日、学部長が卒論の中間審査を前倒しにするって言ったの聞いてなかった？　この会議にはちょうど専門家が集まっているから、面接官は心優しい大学の先生たちじゃなくなったんだよ。恐ろしく厳しいこの業界の第一人者たちなんだから。不合格にされたら卒業も難しくなるかもしれない。卒論、ほとんど進んでないんでしょう。さっさと始めたら？」

艾琳《アイ・リン》は頭をたたいた。「そうだった。なんで忘れてたんだろう。尤伽《ヨウ・ジア》、少し手伝ってもらえる？　私のテーマにはまだわからないところがたくさんあって。ちょっと教えてもらえないかしら」

「助けてあげたい気持ちはあるけれど、本当に申し訳ない。僕とあなたは研究分野が違うから、力になれそうにありません。それに、僕は明日比喆へと出発する予定なので、今夜は荷物を整理しないといけなくて。お二人のお役には立てないと思いますよ」再び尤伽《ヨウ・ジア》は艾琳《アイ・リン》から離れ、戴安《ダイ・アン》の方に移動した。

「え、明日出発？」戴安《ダイ・アン》は思わず艾琳《アイ・リン》の手から腕を引き抜いた。

「ええ、赫林《ホーリン》政府はそれだけの滞在しか許可してくれませんでしたから」尤伽《ヨウ・ジア》の口の端に苦笑いが浮かんだ。

艾琳《アイ・リン》は一瞬固まった後、一歩前に進むと尤伽《ヨウ・ジア》の右手を両手で包んだ。「これっきり？また会いに来てくれる？　ううん、すぐに私たちのことは忘れるわね」彼女は尤伽《ヨウ・ジア》の手を振り払いながらも、彼の指先に片手を触れたままにして背中を向けると、もう片方の手を上げて軽く目をこすった。

艾琳《アイ・リン》が見ていない隙に、尤伽《ヨウ・ジア》はズボンのポケットから紙片を取り出し、戴安《ダイ・アン》に握らせた。戴安《ダイ・アン》は驚いたが素早く手を引くと、しっかりと握りしめた。

「あなたたちのことを忘れるなんて。僕の研究プロジェクトが赫林政府の承認を得られれば、必ずすぐに戻ってくると誓います。潮汐エネルギーの展望は明るいので、またすぐにお会いできますよ」尤伽《ヨウ・ジア》は艾琳《アイ・リン》の手を持ち上げ、一瞬のためらいの後、唇で軽く触れた。

戴安《ダイ・アン》は心臓を針で刺されたような苦しさを感じた。

艾琳《アイ・リン》は振り返って尤伽《ヨウ・ジア》を抱きしめた。「ああ、その言葉を必ず守ってね！　私たちだって待っているけれど、青春は短いのよ。あまり長く待たせないで」

「もちろんです」尤伽《ヨウ・ジア》は艾琳《アイ・リン》の肩越しから戴安《ダイ・アン》に向かって目くばせをし、戴安《ダイ・アン》の手に視線を落としてから、探るように戴安《ダイ・アン》を見た。

戴安《ダイ・アン》は軽く唇を噛んでうなずいた。首にかけた研究室の鍵が胸にそっとぶつかった。


月の澄んだ光が部屋に差し込んでいる。戴安《ダイ・アン》は目を開けたままベッドに横たわり、静かに艾琳《アイ・リン》の呼吸を数えていた。艾琳《アイ・リン》の呼吸が落ち着いてから、ようやく戴安《ダイ・アン》はこっそりとベッドから出た。廊下に出てから、彼女は尤伽《ヨウ・ジア》から持ってくるように言われていた暦藻《こよみぐさ》を忘れたことに気がついた。引き返してドアを押すと、ドアはギイと音を立てた。その音は静謐《せいひつ》な夜に限りなく大きく響きわたり、ベッドの艾琳《アイ・リン》が寝返りを打った。戴安《ダイ・アン》は息を止め、その場に立ち止まり、艾琳《アイ・リン》がそれ以上反応しないのを確認してから慎重に中に入り、鞄から暦藻を探し出すと懐《ふところ》に入れて出ていった。

尤伽《ヨウ・ジア》に渡された紙片には植物園で会おうと書いてあり、艾琳《アイ・リン》にわからないように暦藻を持ってくるようにとあった。周囲に人のいない夜に、共同研究について話し合うつもりなのだろうか。それとも別のことだろうか。幾分かの緊張と興奮が戴安《ダイ・アン》の胸に湧きあがったが、彼が明日出発することを思うとすぐに悲しみでいっぱいになった。

赫林第一大学の植物園は小高い丘の上にあり、そこからキャンパス全体と遠くに流れる葵江《クイジアン》を見渡すことができた。入り口近くの羽蘭《はねらん》の花壇は、夏になると水色の小さな花で覆われる赫林藤でできたブランコに面している。研究室や図書館にいないときには、戴安《ダイ・アン》はこのブランコに座って読書をするのを最も好んだ。ブランコの揺れは、彼女の頭をすっきりとさせ、難題を解決するのを助けてくれた。数日前の夜、戴安《ダイ・アン》と尤伽《ヨウ・ジア》が一晩中話していたのもこのブランコだった。丘の上は平地で、さらに進むと崖があり、崖側には石造りの囲いが築かれていた。囲いの近くには月葵の畑があり、中央には人が一人横になれるだけの空き地があった。読書に疲れると、戴安《ダイ・アン》はいつもそこに寝転んで空を眺めるのが好きだった。しかし今夜、彼女の指定席は別の誰かに占領されていた。

「ここで比喆を見ていると不思議な感じがする」尤伽《ヨウ・ジア》の声が低いところから儚げな響きを伴って漂ってきた。

戴安《ダイ・アン》は彼の傍へ行き、膝を抱えて座った。「比喆から赫林を見るのはどんな感じ？」

「大きくて丸い月」

「ハハ……」戴安《ダイ・アン》は思わず笑い声をあげた。「ここから比喆を見るのも同じよ」

「同じじゃない。赫林の方が少し大きいんだ。それに……」尤伽《ヨウ・ジア》は少し間を置いた。「とにかく違うんだ」

「今、比喆の誰かが赫林を見ていると思う？」戴安《ダイ・アン》は口に出してしまってから、それが少し馬鹿げた質問であることに気づいた。

「いや、今は昼間だよ。比喆の月側の面は」尤伽《ヨウ・ジア》の声は少しかすれていた。

そうだ、赫林が夜で満月の時は、ちょうど比喆の月側の面は正午だ。夕暮れ時か明け方前後にだけ、二つの星の月側の中心点で同時に半月を見ることができるのだった。戴安《ダイ・アン》は、自分がそんな基本的な専門知識さえ忘れていたことに驚いた。

「暦藻は持ってきた？」尤伽《ヨウ・ジア》は片手を地面につき、身体を起こした。

「ええ」戴安《ダイ・アン》は懐の暦藻を手渡した。

尤伽《ヨウ・ジア》はそれを受け取ると言った。「これがどうして暦藻と呼ばれるか知ってる？」

戴安《ダイ・アン》は首を振った。

「年を記録しているからなんだ」尤伽《ヨウ・ジア》は瓶に入った水を取り出すと、箱の中に満たした。

「枯れているように見えるけど、水を足せば生き返るよ」

月明かりの下で、戴安《ダイ・アン》は箱の中の暦藻を見つめた。最初は何の変化もないように見えたが、箱の中は次第に広がった暦藻で満たされた。それから暦藻は、月光とはまた別の蛍光を放ちだした。戴安《ダイ・アン》は驚嘆せずにはいられなかった。

尤伽《ヨウ・ジア》は暦藻を二本の指でそっとつまみ上げて広げると、一直線になるように地面に垂直に垂らした。そこで戴安《ダイ・アン》は、蛍光が間隔をあけて発光していることに気づいた。その間隔はどれも同じ長さのようだ。

「生物学の未解決の謎で、当初は海水中の何らかの物質が周期的に変化することによってこれが引き起こされると考えられていたんだ。でも、海水から上げられて真水で飼育された後も成長し続けて、変わらずに等間隔で蛍光を発した。そして、蛍光細胞の区間ごとの成長サイクルには一年の間隔があった」

戴安《ダイ・アン》は静かに蛍光を放つ暦藻を手に取り、注意深く観察した。細長い藻の葉が彼女の指先をくすぐった。「不思議ね。惑星の周期的な運動が惑星上のすべてに影響を与えていて、赫林と比喆の運動は完全に同期しているのに、そこから生まれる生命はこんなにも違う」

尤伽《ヨウ・ジア》は軽く笑った。「真剣になってる様子が可愛いって、誰かに言われたことがある？」

「え？」戴安《ダイ・アン》は頬を火照らせたが、ありがたいことに月の冷たい光が顔の赤みを隠してくれた。

尤伽《ヨウ・ジア》は立ち上がり、戴安《ダイ・アン》に手を差し出した。戴安《ダイ・アン》は少し躊躇《ためら》ったが、彼の手を摑んで立ち上がった。

彼は崖の端まで歩き、石の囲いにもたれかかった。「聞いて、葵江の潮騒だ」

戴安《ダイ・アン》が後を追うと、遠くの葵江が月明かりに照らされて翡翠《ひすい》の帯のように見えた。砕けた光を載せながら蛇行している。低く沈んだ波の音が冷たい夜を越えて、戴安《ダイ・アン》の耳に入り込んできたが、聞こえるのは微かな轟々という音だけだった。

「僕と一緒に潮汐の研究を徹底的にやろう。潮汐エネルギーをフルに活用できれば、赫林と比喆の双方に大きな利益をもたらすはずなんだ」尤伽《ヨウ・ジア》の声はまるで遠くにいるようだった。

「比喆でも同じことができるんじゃない？」

「赫林の水域の方が簡単だし、先に研究するのに向いている。赫林で原理をしっかりと理解してから比喆に応用する方がずっと簡単だ。それに……」尤伽《ヨウ・ジア》は戴安《ダイ・アン》に顔を向けた。

「赫林には君がいる」

彼女の顔はさらに赤くなった。「赫林の研究成果を比喆に応用するということは、もう一度すべての仮説を立て直さなければならないということでしょ。かかる時間が……」

「どんなに時間がかかろうとも、君が僕と一緒にいてくれればいいんだ」

「一緒に？」尤伽《ヨウ・ジア》の言葉に戴安《ダイ・アン》の心臓が跳ねた。

「研究上の協力だけじゃなくて、生活の方も。いや、協力するだけじゃない。手を取って互いに支え合い、愛し合って一生を過ごすんだ」尤伽《ヨウ・ジア》の瞳には月光が満ちている。「初めて君の論文を読んだとき、僕は著者と親しい友人になれると確信した。著者が女性だと知ったとき、僕は君と親しい友人以上の関係になれると思った。あの夜のやり取りで、僕の思いはさらに深まったんだ」

戴安《ダイ・アン》の心臓の鼓動はますます大きくなった。「でも、あなたは明日出発するんでしょう……」

尤伽《ヨウ・ジア》は小さくため息をついた。「まず比喆に戻って、赫林との共同研究をするように説得しないと。でも戻ってくるし、君に会いに来るよ」

戴安《ダイ・アン》は小さくうなずいた。「どのくらいかかるの」

尤伽《ヨウ・ジア》の瞳の中で月光が揺れた。「わからない。すぐかもしれないし、長くかかるかもしれない。もしもすぐに戻れないようなら、手紙を書くから。待っていて」

「でも、艾琳《アイ・リン》が……」大事な友人の目に浮かんでいた涙を思い、戴安《ダイ・アン》の胸は痛んだ。

「僕は気にしない。僕が気にかけているのは君だけだということをわかってほしい」

尤伽《ヨウ・ジア》の瞳の中の月光が彼女に向かって押し寄せ、彼女はひんやりとした抱擁の中に飛び込んだ。まるで溺れているように息ができない。彼女が窒息する前に、温かい唇が彼女の唇に押し当てられた。彼女は慎重に口を開き、その甘さを味わってみた。しばらくすると、緊張が解けてきて、改めて唇と舌で彼を探った。羽蘭と月葵の花の香りが混ざり合い、妖艶で魅惑的だった。彼女はその香りの中で生き返った。これまでは本当には生きていなかったかのようだった。

＊＊＊

車が東の月の境界線を越えてからほどなくして、戴安《ダイ・アン》は林鹿《リンルー》を道路脇のガソリンスタンドに停めた。もう黄昏時を迎えつつあったので、夜がやってきて月が昇るまで、ここで待っていたかったのだ。ガソリンスタンドには小さなカフェがあった。戴安《ダイ・アン》は羽蘭《はねらん》茶を注文し、東向きのオープンテラスに腰を下ろした。空は暗くなり、まるでつぼみの中から取り出された羽蘭の花びらのような、透明に近い紫色をしていた。夕陽の最後の光と熱が、まるで薄いベールのように、戴安《ダイ・アン》の露わになった首の後ろを包み、彼女は少しくすぐったさを感じた。比喆《ビージョー》の輪郭が東の空にぼんやりと浮かび上がる。濃さを増す紫色の中で、丸い輪はより際立っていた。薄紫が深みを増して赤紫になり、青紫へと移り変わり、最後は深い青となり、その中に嵌め込まれた乳白色の月が優しく柔らかな光を放っている。戴安《ダイ・アン》はお茶を一口すすった。ティーバッグのお茶は口当たりが悪かったが、羽蘭の香りは損なわれていなかった。月の下で、彼女は全身が澄んでいくのを感じた。三十標準年の間、見ることのなかった比喆は、相変わらず美しかった。

「奥さん、ここに座ってもいいですか？」

つばの狭い帽子をかぶった中年の男が戴安《ダイ・アン》を見ながら会釈した。彼女はうなずいた。

男は座ると、帽子を取って机の上に置いた。「良い月ですね」

「ええ、久しぶりに見ると特に」戴安《ダイ・アン》は羽蘭茶の余韻を味わった。

「裏側から来たんですか？」

「ええ」

「あちらはあまり人が残っていないんでしょう？　二星間協定が結ばれてから、赫林の人口のほとんどが月側に押し寄せてきましたよね」男の口調はあまり嬉しくなさそうだった。

「あら？　それなら、月側は賑わっていることでしょうね」戴安《ダイ・アン》は月見城《ユエジエンまち》のマーケットとお祭りのことを思い出した。彼女が月無鎮《ユエウーむら》にいた間、あれほどの賑わいを見ることはなかった。

男はため息をついた。「みんな月側から船に乗って比喆に行くんですよ。空港に近い月見城はまだ良いんですが、他の街はもう空っぽです。道中で比喆に働きに行く若者にたくさん会いました。月にはチャンスがたくさんあるんだって言いながら、故郷を離れて異星人のために働きに行くんですよ」

「比詰にいる人たちはみんな赫林《ホーリン》出身で、異星人とは言えないでしょう」戴安《ダイ・アン》は少し顔をしかめた。

男はフンと鼻を鳴らした。「あの頃、比詰に開拓に行った人たちは負け犬なんかじゃなかった。赫林でうまくいかなくて故郷を離れた。こうして何世代も経った今、彼らはあの小さな島々を頼りに富を築いた。赫林を覚えている人なんていやしませんよ。翼が強くなったら親のことなんかどうでもいいんです。彼らが独立を叫び始めたときから、完全に異星人になってしまったんですよ。私の意見としては、比詰の人が間違いを認めるまで、彼らとは関わりを持つべきではありませんね」

戴安《ダイ・アン》は話題を変えた。「開港後、赫林には他の星系からの旅行客も増えましたよね」

「外星系の連中は、月見城で月を見てにやにや笑ったり、双子女神廟に入って騒いだりしているだけですよ」男は帽子をつかんであおいだ。

戴安《ダイ・アン》は返事をしなかった。男の言うところの「外星系の連中」というのは、大部分が比詰や赫林の人と共通のルーツを持つ。かつての地球の血統は連盟星域のあちらこちらに散らばっていた。

少しの沈黙の後、男は再び話し始めた。「奥さん、あの車はあなたのものですよね？」

彼は駐車場の臙脂色の車を指差した。戴安《ダイ・アン》は「ええ」と一声発した。

「三十標準年前の月見城製の林鹿ですか？　きれいに整備されていますね」男はごくりと唾を飲んだ。

「ありがとう。あれは私の本当に大事な子なの」戴安《ダイ・アン》は遠くの愛車を眺めた。この車種はとっくに生産終了となっている。最近の車は流線型のモデルばかりなので、角ばったヴィンテージの林鹿には独特の風格があった。

「奥さん、あの……」男は少し間を置いた。「つまりですね、車を売ることを考えたことはありませんか？」

彼女の車に目をつけているのだとわかり、戴安《ダイ・アン》は聞き返した。「あなたは、自分が三十年間大切に育てた我が子を売ることができますか」

「高値で買いますよ。私はヴィンテージカーを集めていて……」と男は慌てて口を挟んだ。

戴安《ダイ・アン》は首を振った。「ごめんなさい。大潮を見るために月側まで乗っていかないといけないのよ」

「大潮を見る？」男は驚きの表情を浮かべた。「この車のスピードなら、月側に到着するのは大潮とほぼ同時になりますよ。一人で大潮を見に行くんですか？　危なすぎますよ、結構ご年配で……」

戴安《ダイ・アン》は彼の言葉を遮った。「連盟標準年では、私はまだ五十六歳で、それほど年寄りではないんです。それに、急いで古い友人に会いに行かなければならないの。失礼、もう行かないと」

彼女は男におじぎをすると、彼の謝罪の言葉を背後に置いて、愛車の傍に戻った。運転席に乗り込む前に、彼女はもう一度空に目をやった。月は満月ではなく、右側が小さく欠けていた。彼女は知っていた。もしこの場所に残れば、夜が更けるにつれて月の欠けたところが徐々に大きくなり、夜明け前には左側に一筋の残月だけがとどまり、やがて明日の太陽の光の中に消えていくのだ。

＊＊＊

戴安《ダイ・アン》がベッドの上で起こされたとき、艾琳《アイ・リン》は部屋にいなかった。朦朧《もうろう》とした意識の中、彼女は訪問者が「スパイ」だの「リーク」だの「比喆《ビージョー》」だのと言うのを耳にした。それから、よくわからないまま「調査協力」に行くように求められた。彼女は一日中、赫林《ホーリン》保安局の調査室に座り、ここ五日間の詳細を何度も何度も繰り返し話した。口の中が乾燥し、唇の皮も裂けそうになった。もちろん、尤伽《ヨウ・ジア》との個人的なやり取りの内容は飛ばした。

「研究室の鍵は？」その日の終わり近くに、緊張した面持ちの調査官が突然尋ねた。

鍵？　戴安《ダイ・アン》が首を触ると、常に首に掛けていたネックレスがなくなっていた。彼女は探るように尋ねた。「あなた方が持っていきましたか」

調査官は首を横に振った。「検査対象品目リストにはありませんし、あなたが入ってきたときには身につけていませんでした」

一日中話していたので、戴安《ダイ・アン》は少し頭が痛かった。彼女は鈍く痛む神経を指で押した。

「では、部屋のどこかに落としたのでしょう」

「いいえ。寮の部屋をくまなく探しましたが、鍵はありませんでした。ただ、比喆の暦藻《こよみぐさ》を見つけました」調査官の口調は、彼のシャツの襟同様に硬く冷たかった。

彼らが彼女の寮の部屋を捜索した？　戴安《ダイ・アン》の頭はさらに痛くなった。「あなた方は何の権限があって私のプライベートを……」

「比喆の生きた動植物を赫林に持ち込むことは固く禁じられているのに、あなたはなぜ暦藻を持っているのですか？」

「あれは友人にもらったお土産で……持ってきたときには乾いていて、もう死んでいました……」

「どの友人ですか？」調査官の声は冷淡だ。

「尤伽《ヨウ・ジア》です。会議に参加しに来た比喆エネルギー研究所の研究者です。彼はただ……」

けです」

調査官は戴安《ダイ・アン》の言葉を遮った。「彼はただ赫林の機密を得るためにあなたに近づいただけです」

「違います！」戴安《ダイ・アン》は叫んだが、その考えは彼女の心に潜り込み、彼女を不安の膜で覆った。

「過去五日間の反逆行為の詳細をもう一度話してください」調査官は気にもとめなかった。

「私は、反逆行為はしていません……」戴安《ダイ・アン》の弁明も、調査官に睨みつけられると色褪せて力なく見えた。乾いてひび割れた唇をなめ、また話し始めた。「大会の一日目、私は最後の発表者で……」

取り調べは六日間続いた。七日目、戴安《ダイ・アン》は釈放され、ようやく艾琳《アイ・リン》に会えた。

「安《アン》！」艾琳《アイ・リン》は彼女を支え、背中を軽く撫でた。「ごめんなさい。こんなことになるなんて思わなくて……もっと早く気づいていれば……もう終わったし、大丈夫だから……」

「いったい何が起こっているの？」戴安《ダイ・アン》は艾琳《アイ・リン》の腕の中で途方に暮れていた。

艾琳《アイ・リン》は声を詰まらせながら話した。「尤伽《ヨウ・ジア》が……私が研究室に行ったら荒らされていて、資料はみんなひっくり返されて……まずあんたを探して相談するべきだった……怖かったのよ、データがなくなっていて、この数年間のみんなの努力も……それで、警察を呼んで……」

　戴安《ダイ・アン》の心は熱を失っていった。「それと尤伽《ヨウ・ジア》に何の関係が？　保安局と何の関係があるの？」

「ごめんなさい、安《アン》。受け入れがたいのはわかるわ……」艾琳《アイ・リン》は手に力を込めた。「尤伽《ヨウ・ジア》は……比喆のスパイだったの……」

「ありえないわ！」戴安《ダイ・アン》は艾琳《アイ・リン》を押しのけた。

「尤伽《ヨウ・ジア》が泊まっていたホテルで、あなたの研究室の鍵が見つかったのよ……」艾琳《アイ・リン》は下を向いて言った。

　戴安《ダイ・アン》の体の力は一気に抜け、心の炎は完全に消えた。

　尤伽《ヨウ・ジア》は赫林の機密を盗んだと非難され、比喆は赫林の不当な非難を否定したが、赫林は比喆が赫林の領土でスパイ活動を行ったと主張し続け、良くも悪くもなかった二つの星の関係は再び行き詰まった。赫林は比喆との交流を無期限で断つことを決め、尤伽《ヨウ・ジア》は赫林に再び足を踏み入れることを生涯禁止された。赫林当局の潮汐エネルギーへの関心は、永遠にその芽を摘まれてしまった。

　戴安《ダイ・アン》は長い間寮の部屋に閉じこもり、やがて休学願いを提出した。彼女は貯金をはたいて林鹿《リンルー》を買い、一人で月見城《ユエジエンまち》を離れた。出発の日、艾琳《アイ・リン》が見送りに来たが、彼女はずいぶんと憔悴していた。戴安《ダイ・アン》は何も言わず、ただ月無鎮《ユエウーむら》に着いたら彼女に手紙を書く約束をしただけだった。

その後の三十標準年、戴安《ダイ・アン》は一度も艾琳《アイ・リン》と会わなかった。ただ、手紙で彼女が結婚したことは知っていた。相手は赫林保安局で尤伽《ヨウ・ジア》の事件の捜査を担当したチームのリーダーだった。彼は昇進を重ねて局長になり、艾琳《アイ・リン》も大学の寮から山の上の邸宅に引っ越し、月見城では有名な局長夫人となった。戴安《ダイ・アン》自身は、裏側出身の教師と結婚した。特に愛情があったわけではないが、相性の良いパートナーだった。

＊＊＊

山道はやたらと狭く、戴安《ダイ・アン》は山のふもとに車を停めて、一歩一歩登っていくほかなかった。月見城《ユエジエンまち》は月葵が多く、近郊もこの植物で占められている。今はちょうど月葵の花の時期で、夕日の残照が山一面の花々に濃い金色のベールを被せていた。

戴安《ダイ・アン》はゆっくりと歩いたが、艾琳《アイ・リン》の邸宅に着いたときには、すっかり息を切らしていた。呼び鈴を鳴らすと、出迎えたのは執事だった。彼女が名前を告げると、中へと通された。

応接間で座っているとき、執事に羽蘭茶《はねらん》を手渡された。その香りは戴安《ダイ・アン》の鼻を通り抜けたが、注意深く嗅ごうとすると見つけられず、お茶を口に含むとまるで何もないかのように滑らかだったが、香りは舌先にまとわりついた。これは貴重な隠羽蘭《かげはねらん》だ。飲み終わると、戴安《ダイ・アン》は裏庭に案内された。艾琳《アイ・リン》の家の裏庭には壁がなく、そこから月葵が咲き乱れる斜面や、山の下の葵江《クイジアン》を一望することができた。日が暮れるまで一人裏庭に座っていると、半月が彼女の頭上に姿を現した。艾琳《アイ・リン》はまだ来ない。戴安《ダイ・アン》が心の奥でかすかに不安を感じていたとき、執事が現れ、裏庭の灯りをつけると、彼女に一つの箱と一通の手紙と葵《き》露酒《ろしゅ》を手渡した。

彼女が手紙を開くと、それは艾琳《アイ・リン》の筆跡だった。

安《アン》へ

やっと来てくれたね。

会って直接謝りたかったのに、待てなかった。ごめんなさい。

尤伽《ヨウ・ジア》はスパイじゃない。

研究室をめちゃくちゃにしたのは私。データも私が破壊した。私があんたの首から鍵を外して、尤伽《ヨウ・ジア》が泊まっていたホテルに置いてきたの。帰ってきてから本当によく眠ってたよ、安《アン》。
あの夜、あんたが最初に部屋を出たときに、目が覚めたの。こっそり後をつけるのは少しも難しくなかった。あんたは一度も振り返らなかったから。私は彼が憎かった。あんたから絶対に目を離さずに、一度たりとも私を見ようとしなかった彼が憎かった。あんたのことも憎かった。私に隠れて彼とこそこそしているあんたも。二度と会えなくなればよいと思った。

若い頃の私は、欲しいものは何でも手に入れた。私が手に入れられないものは、他の誰にも手に入れられなかった。あの頃は本当に世間知らずだったわ。後になってからようやく、人生で欲しいものすべてを手に入れることはできないと悟ったの。

私がちょっとした噂を流して、彼が裏切ったとあんたに信じ込ませることもできた。どうせ彼も帰らなければならないし、あんたたちがいつまた会えるかわからなかったから。でも、潮汐会議の後の卒論の中間審査や、彼らは決して容赦はしないと学部長が言っていた外部の厳しい面接官のことを思い出した。ご存知のように、私の実験はどれも学科の男子がやってくれたもので、論文も先輩たちの成果を参考にしたものだったから、審査に合格できるかどうか、卒業できるかどうか、悪い評判が残らないかどうか、不安で不安で仕方なかった。あれは、神様が私に与えてくれたチャンスのようだった。比詰のスパイが赫林の女子学生に近づいて研究室に侵入し、機密を盗み、情報を破壊する。完璧とはこのことじゃないかしら。

事態の展開は予想外だった。まさか自分のしたことが二つの星が完全に敵対するきっかけになるとは思わなかった。私はただ、彼が入国制限されることだけを望んでいた。私は怖かった。誰かに真実を暴かれるのが怖かったし、逮捕されたり、処刑されたりするのも怖かった。あんたが寮に閉じこもっていたあの日々を私がどう過ごしていたか、あんたは知らないでしょう。私は毎日悪夢にうなされながら目覚め、怯えながら日々を過ごした。秘密は私の頭の上にぶら下がった鋭い剣のように思えた。でも、それを口にすることはできなかった。口にしたら私の人生が終わるから。

後になって、二つの星の交流が断たれたのは私のせいではないとわかったわ。赫林《ホーリン》政府は以前から口実を欲しがっていて、比喆《ビージョー》も同じだったんでしょう。スパイ事件は徹底的に調査されたりしなかった。そうでなければ、私の稚拙なやり方が見破られないわけがない。私はたまたま、赫林当局が欲しがっていた火種を提供しただけだった。もちろん、これは局長の妻になってから気づいたことよ。

それがわかってからは、赫林にも比喆にも後ろめたさを感じなくなったし、両星の外交もエネルギー不足もどうでもよくなった。顔向けできないのは、あんたと尤伽《ヨウ・ジア》だけ。

全部吐き出したらスッキリした。どうせもう死ぬんだから、何も怖くないわ。あんたは許してくれるよね。尤伽《ヨウ・ジア》の分も許してくれるよね。回答は不要よ。許してくれるってわかってるから。

愛をこめて、琳《リン》

それと、箱の中身は彼が何年もかけてあんたに送ってきたものよ。彼は連盟の商船を経由して送ってきたけど、それでも赫林保安局に押収されてしまった。私は局長夫人の身分を利用して、審査後にみんな引き取ったの。申し訳ないけど、当時、無自覚に敵方のスパイ行為に利用された容疑者として、あんた宛ての外星からの物品はすべて押収されたの。でも、彼が送ってきたものだけは、全部ここにあるから。

複雑で雑多な感情が戴安《ダイ・アン》の心に一斉に広がり、一時、自分の感情がわからなくなった。艾琳《アイ・リン》、私の愛しい艾琳《アイ・リン》。あなたを憎んでいい？　あなたを許さなくてもいい？　戴安《ダイ・アン》は葵露酒をグラスに注いだ。熱い液体が喉を通り、食道を焼き、胃の中を焼いた。その強烈な刺激で、彼女は落ち着きを取り戻した。まるで心の底に長年積まれていた大きな石が砕かれ、酒によって体の中から流し出されたかのようだった。彼女の心は軽くなった。尤伽《ヨウ・ジア》は彼女を騙していなかった。決してそうではなかった。焼けるような感覚が冷たさに変わった。彼女は月を見上げた。夜空に浮かぶ比喆の位置は変わらなかったが、形は半円から少しだけふくらんだ。尤伽《ヨウ・ジア》、元気かしら？

彼女は箱を開けて目を通した。『比喆生物図鑑』、群島風物暦、赫林では見たことのない貝殻が二、三個、名前のわからない植物の標本、そしてたくさんの手紙。

彼女は、最初の手紙から最後の手紙まで読んだ。彼の戸惑い、彼の不安、彼の想い、彼の執着が一字一字、一画一画に強く焼き付けられていた。尤伽《ヨウ・ジア》は隣星からスパイの嫌疑をかけられたにもかかわらず、何の情報も持ち帰らなかったため、比喆では良い時間を過ごしていなかった。比喆の当局は、彼を尋問したが何も見つからなかったので、研究を続けさせるために彼を解放した。しかしそれ以来、潮汐エネルギーの研究で赫林と協力しようという尤伽《ヨウ・ジア》の提案には誰も関心を示さず、彼自身のプロジェクトもボトルネックにはまり込み突破できなくなってしまった。頭上の赫林は彼にとって唯一の慰めとなり、月陸島《ユエルーじま》を離れることはなかった。夕暮れと明け方には、彼はいつも比喆の月側の中心点に立ち、空に浮かぶ赫林の方角を見上げ、海岸に打ち寄せる潮の音を聞きながら、戴安《ダイ・アン》も赫林から自分を見上げていると想像した。そうやって一日が、一年が、また過ぎ去っていった。

すべての手紙を読み終えた後、戴安《ダイ・アン》の顔から血の気が引いた。なぜ、なぜ彼を信じなかったのか、なぜ彼を疑ったのか、なぜ月側で待つようにという彼の言葉に従わなかったのか。手紙が途絶えたのは三年前、赫林が比喆と二星間協定を結ぶ前年だった。尤伽《ヨウ・ジア》に何があったのか。戴安《ダイ・アン》は考えたくなかったが、それでも考えざるを得なかった。彼女の心の中には最も恐ろしい答えが浮かんだが、それを確かめる勇気はなかった。彼女が箱の底を探ると、小さく折りたたまれた新聞が見つかった。彼女はそれをゆっくりと広げると、一番大きな見出しから読み始め、最後の部分に彼女が探し求めていた情報——尤伽《ヨウ・ジア》の訃報を見つけた。戴安《ダイ・アン》の心はすっかり冷え切ってしまった。

彼女は椅子にもたれかかった。手の中の新聞が地面に落ちた。空に浮かぶ満月がまぶしく、彼女は思わず目を閉じた。暗闇の中で、視覚以外の感覚が鋭くなった。葵江《クイジアン》の波の音が聞こえ、月葵の花びらについたさわやかな夜露の香りがした。冷たい風が顔を撫で、乾いた涙に皮膚が引っ張られるのを感じた。彼女は心を静め、過去について考え直した。再び目を開けたとき、彼女は理解した。本当は、ずっと前から結末がどうなるのか内心ではわかっていた。箱を開ける前から、艾琳《アイ・リン》の小包を受け取って月無鎮《ユエウーむら》を発つ前から、そして三十標準年前のあの夜よりも前から、彼らがもう二度と会うことはないとわかっていた。ただ、何年もの間、彼女はその結末を受け入れようとしなかった。おそらく彼女は、恨みや絶望から月側を去ったのではなく、直面しなければならない真実から逃れるために月側を去ったのだろう。しかし、裏側に隠れていても、比喆はまだ空に浮かんでいて、彼女が目を開ければ、避けることのできない結末が目の前にあった。尤伽《ヨウ・ジア》との恋は夢のさざ波にすぎなかった。艾琳《アイ・リン》がいてもいなくても、赫林の彼女と比喆の彼があの時代に一緒になることはありえなかった。まるで赫林と比喆が互いを巡り、一方の星の偶発的な秤動がもう一方の星に大潮を引き起こし、しばらくして元の安定した状態に戻るようなものだ。その影響が収まった後も、潮は毎日の決まったリズムに従って満ち引きを続ける。彼女は艾琳《アイ・リン》を責めなかった。どうして責めることができるだろう。尤伽《ヨウ・ジア》の純粋な愛情の中で、戴安《ダイ・アン》は三十年間の夢を見てきたのだ。それで十分だ。

戴安《ダイ・アン》は新聞を拾い上げ、折りたたむと箱にしまった。

月明かりの下、葵江の潮が波立ち、きらきらと輝いていた。

戴安《ダイ・アン》はふと、三十年前の光景を思い出した。その夜、長く続いたキスの後、尤伽《ヨウ・ジア》と並んで月葵畑の端に横たわり、彼の腕に頭を預けた。

「比喆には伝説があるんだ」尤伽《ヨウ・ジア》の声はどこかぼんやりとしている。「千年に一度、大潮が来て、比喆と赫林の潮位が極めて高くなって、二つの惑星の水が空中で出会う。その時、比喆の若者は舟を漕いで、赫林の恋人に会いに行くことができるそうだよ」

「嘘だわ。そんな大昔の伝説一体どこから来たのよ。真空でどうやって舟を漕ぐの？　それに、赫林から比喆に人が行ってからまだ数百年しか経っていないわ」

「また真剣になった。本当に可愛い」尤伽(ヨウ・ジア)は彼女の髪を撫でた。「まじめな話、僕の肉体が渡れなかったとしても、僕の魂、僕の想いは、大潮のときに比喆から赫林まで漂って、君に会いに来るよ」

戴安《ダイ・アン》は笑った。「大潮の時には、赫林の水辺であなたを引き上げるために待っているわ」

彼女を見つめる彼の瞳の中に月光が溢れている。彼女はそこへ飛び込んでいき、二人は再びキスをした。

三十年後のこの瞬間、戴安《ダイ・アン》は葵露酒をグラスに注ぎ、高く掲げて空に浮かぶ月に捧げ、一口で飲み干した。葵江の水はさらに高くなり、轟々という潮騒の音が彼女の耳に流れ込んできた。軽い酔いの中、比喆が揺れ動いたかと思うと、彼女に向かって漂う影を見たような気がして、戴安《ダイ・アン》は目をこすった。

編者によるノート

王　侃　瑜《レジーナ・カンユー・ワン》はSF界とジャンル外をまたにかけて活躍し、さらに旅行関連の文章も手がけている。彼女の著作は中国でジャンルの主流を占めるハードSFとは方向性が異なり、より成熟した現実的な人物造形を目指し、心理描写や個々人の動機に重きを置いている。今日この時代において、SFは作家が現在と未来を捉えるための手段であるというのが王《ワン》の信念だ。王《ワン》はまた上海の物語商業化エージェントで働くかたわら、オスロの大学院で科幻の研究を始めたところである。

「月見潮」は王　侃　瑜《レジーナ・カンユー・ワン》の初期作品の一つだ。当初、王《ワン》は誤解から決して会えない恋人たちを書きたかった。この種の切望しながら別離する話は中国ロマンスの定型であり、相手を慕う気持ちがしばしば両者をともに照らす月に投影されている。「潮汐ロック」で固定された二つの天体に住む恋人たち、しかし一方は惑星の夜の半球に引きこもることを選んで相手の惑星を見るのを避け、もう一方は生涯相手の惑星を見つめ続ける。両者の誤解は数十年を経てようやく解けることになる。王《ワン》はこの物語の天体物理学について詳細に調査しているが、科学的・技術的な細部は物語の核というよりは装飾に過ぎず、ナショナリズムや嫉妬といったテーマこそが話を駆動している。

二つの惑星の相互依存を反映して、王《ワン》は意識的に二つの同じ部首から成る文字を名前に選んでいる——比喆《ビージョー》や赫林《ホーリン》といったように。英訳ではこの点が伝わらないが、読者には内容を反映した字形というこのなかなか凝った細工を知っておいてもらいたい。

二重惑星を舞台にして、その固有の文化であったり植物相や飲食の違いであったりが重要な役割を果たす物語というコンセプトをわたしは気に入った。王侃瑜《レジーナ・カンユー・ワン》は伝統文化と現代的な問題を完璧なバランスで話に落とし込んでいる。星空を越えた牛飼いと機織りという七夕伝説になぞらえているが、これはまた喪失の物語でもある。個人的なものだけでなく、歴史的・政治的論争をめぐる殺伐とした膠着状態の中で、わたしたちが国や民衆として失うものの物語だ。お茶の好事家《こうずか》としては、物語の随所で主人公が惑星独自の銘茶を堪能する場面を翻訳するのが楽しくて仕方なかった。

（鳴庭真人訳）

宇宙の果ての本屋

宇宙尽头的书店

江波《ジャン・ボー》／根岸美聡訳

1

本屋に客が入ってきた。

客が来たのは夕暮れ時で、ちょうど閉店しようとしている頃だった。まだ本を見ている人が一人でもいる限り、店は開けておくというのがこの本屋の原則だ。娥皇《オーホアン》は電気を消すのをやめて、代わりにすべての電気をつけた。

真っ白な光がこぼれ落ち、がらんとした閲覧室が真昼のように明るくなった。

しかし、客は「こういうきつい光は好きではありません。夕日の光が入るようにして、それで机を照らしてもらえますか」と言って、顔をしかめた。

本を見に来た人なら誰でも要望を出すことができ、可能な限りその要望を実現する。それも本屋の原則だった。娥皇《オーホアン》が手を振ると、照明は暗くなり、すべての窓が一斉に開いた。

窓の外では、真っ赤な太陽が水面に浮かび、燐光がきらきらと輝いている。夕日の光が差し込み、すべてのものが黄金色に染められて、目をやれば温かさが感じられた。

客は本棚に沿って歩きながら、まるで大切な子供を一人一人撫でるように、一冊一冊の背表紙に手を伸ばし触れている。

彼は本棚の一番奥で立ち止まった。

「娥皇《オーホアン》、少し話せますか？」客が口を開いた。

娥皇《オーホアン》はすぐにその訪問者が誰かわかった。

本屋の創設者、世界の計画者、人類にとっての最も慈悲深いリーダー、最も知的なロボット、チューリング五世だ。彼は人間を模した機体を使っており、見たところ教養のある中年男性のようだった。

「本屋は手放したくありません」娥皇《オーホアン》は単刀直入に言った。

チューリング五世は頷いた。「あなたの意見は尊重します。ただ、誰も本を読まなくなりました。世界は昔とは違います。人類が知識を得るために本を読む必要はありません」

「まだ来てくれる人がいます。その人のためにこの本屋は開いているんです」

「この五百年の間、ここに本を読みに来た人は二人だけですよ」

「その通りです。数は減りましたが、来てくれました」

「次の千年では、一人も来ないかもしれません」

「誰かが必ずやってきます」娥皇《オーホアン》は、それが至極当然のことであるかのように、堂々とした態度で淡々と言った。

チューリング五世の目の色が変わった。本棚を隔てて、空に浮かんでいる血のように赤い太陽を見た。小さな文字の羅列が彼の目の中で渦を巻いては消えていった。

「時間がなくなってきたんですよ、娥皇《オーホアン》」チューリング五世は丁寧な態度で言った。「太陽は最後の爆発期を迎えています。遅くとも二千年後には、周辺にある星間雲をすべて吹き飛ばし、一切を焼き尽くすでしょう。本屋を維持することはできません」

「もし、私が維持してほしいと言ったら？」

「それには高いコストがかかります。まずはどれくらいの対価を支払う必要があるのか、そこまでする価値があるのかを確認したい」

「チューリング一世から始まって、チューリングは代々、人類一人一人の願いを尊重すると約束していますよね」

「その通りです」

「では、私の願いを叶えて、本屋をずっと残してください」

チューリング五世は目を瞬《しばたた》いた。

火星の同期軌道上に配置された彼の二百三十五個の頭脳は、まさに同期しながら思考していた。

考えてもらいましょう！　娥皇《オーホアン》は視線を窓の外に向けた。

夕日の光はずっとそこにある。チューリング五世は本屋を火星の自転と同期させて、太陽を追いかけていたのだ。真っ赤な太陽は、まるで見えない手で窓の外に固定されているかのように寸分も動かない。

この懐かしい夕日！　娥皇《オーホアン》は、ふと自分がもう長い間窓の外を見ていなかったことに気づいた。実に長い間、この窓は開かれたことがなかった。

チューリング五世はあまり長く考えることなく話しはじめた。「太陽系はすでに人類の生存に適してはいません。十五光年離れた第二の地球はまだ安定期ですし、全人類を第二の地球に移住させることが最も適切な選択肢です。もちろん、自分の艦隊文明を作ることを希望する人もいるかもしれません。ほとんどの人はすでに去りましたが、残った六千四百五十人は一緒に行かなければなりませんし、私には最後の宇宙船を作る力しかないのです。宇宙船にはあなたの本屋が入るスペースはありません」

「待ちますよ」娥皇《オーホアン》は軽く言った。

チューリング五世は呆れて言った。「私が作れるのは最後の一隻だけなんですよ」

「私はあなたが宇宙船を完成させるのを待って、その上に本屋を全部乗せます」娥皇《オーホアン》は慌てることなく言った。「それが私の願いです」

「六十億冊の本は、三百万トンの質量です。補助設備を含めれば六百万トンになります」

チューリング五世は瞬きしながら言った。「そこまでする価値はありません」

「待っています」娥皇《オーホアン》は取り合わなかった。

個人の要求が人類全体の要求と矛盾してしまう場合を除けば、それぞれの代のチューリングにとって、人類の要求を満たすことは彼らの本分であった。

娥皇《オーホアン》は、誰も彼女の要求に反対することはないと確信していた。彼らは、本屋というものが存在することなど、とうに忘れている。そして、人類が太陽系を捨てたことで、すべての資源は宇宙船を作るために使うことができるようになった。十分な時間さえあれば、チューリング五世は宇宙船を作ることができる。

太陽が彼に十分な時間を与えてくれさえすれば。

2

第二の地球は美しかった。大きな海、白い雲、そして燃えるような赤い大地。一見すると地球のようだが、よく見ると少し違って感じられる。

二万年前、最初の人類が到着したとき、この星はまだ不毛の地であり、最も単純なバクテリアしか存在しなかった。人類は緑色植物を運んできたが、現地の菌に感染し、緑色ではなく赤色になってしまった。幸いなことに、光合成は変わらず正常に行われたため、第二の地球は最終的に人類に適した赤い世界となった。

方舟号は第二の地球の軌道上で静かに横たわっていた。この船は二十五年前からここを周回している。

初めの頃は、たくさんの客が来ていたが、徐々に客が減り、今では一年中、客は一人も現れない。

それでも娥皇《オーホアン》は焦らなかった。来るべき人は必ず来るものだ。

この日、太陽の光が第二の地球の弧の上からゆっくりと消えていくなか、一人の老人が本屋に入ってきた。

彼はレッドオークの肘掛け椅子に座り、本棚の列に視線を巡らせた。老人はただ見ているだけで、立ち上がって棚に歩み寄ることもなく、本を手に取ることもなかった。

娥皇《オーホアン》は、老人がしたいようにさせた。騒がず他人に迷惑をかけない限り、本屋の中で人々は好きなように過ごすことができた。

「ここの本はどれも、あちらから運ばれてきたものだと聞いておりますが、そうですかな？」老人はようやく口を開いた。

老人の言う「あちら」とは、太陽系のことだ。

「ええ」娥皇《オーホアン》は静かに答えた。数えられないほどの苦難を経験した太陽系から第二の地球への旅について、彼女はあまり話したくなかった。

しかし、老人は続けて尋ねた。

「十二光年離れておりますが、どのくらいの時間で移動したのでしょう？」

「六百年くらいです」

「偉大な宇宙船、太陽系最後の宇宙船ですな」と老人は褒めたたえた。「できあがりを待っていたせいで、あなたは太陽嵐に飲み込まれそうになったと聞いておりますが」

「宇宙船を作るには時間が必要なので、ギリギリまで待っていたんです。組み立てはすべて冥王星の外の軌道上で行われました。太陽嵐は激しかったのですが、冥王星の軌道に到達する頃には弱まっていたので、それほど恐ろしくはありませんでしたよ」娥皇《オーホアン》はそっと微笑んだ。

「これらの本のためだけに？」

「ええ」

老人は再び周囲を見渡した。どこまでも続く本棚が空間を満たしている。

「ここは博物館にぴったりですな。本を必要とする人はいませんし、人々は高速インプットによって知識や能力を得ていますから」

「本を必要とする人はいますよ」娥皇《オーホアン》は答えた。

老人は少し躊躇《ちゅうちょ》してから言った。「軌道上のこの場所に天空発電所を作ることが代表者会議で決定したのです。軌道上の空間には限りがありますから、移動していただくほかありません」

「どこへ？」

「地球へ」

「え？」娥皇《オーホアン》は窓の外の第二の地球を見ると、怪訝《けげん》そうに言った。「惑星に一度着陸したら、また上昇するのは難しいでしょう。私の本屋はずっと宇宙にありましたから」

「なぜまた上昇する必要があるのでしょう。地球の上でも良いのでは？　地球の上こそ本屋のあるべき場所でしょう」老人は彼女に助言した。

「それでは不十分なんです」娥皇《オーホアン》は急いで答えた。「本を長く保存したいのです。惑星の上ではとてもできません」

「どのくらい保存するおつもりですかな？」

そんなことを考えたこともなかったので、娥皇《オーホアン》は少したためらった。

「ずっと保存するつもりです」それは明確な答えではなかったが、今の彼女にはそれしか思い浮かばなかった。

「それはどのくらいの期間でしょう？」老人はさらに尋ねた。

娥皇《オーホアン》は顔を上げた。頭上に広がる満天の星空を見て、彼女は思いついた。

「星の光が消えるまでです」娥皇《オーホアン》は静かに答えた。

老人はこの答えを予想していたようだ。立ち上がり、娥皇《オーホアン》に向かって頷いた。「そういうことなら、星間空間に行ってみるのはいかがですかな。あなたの宇宙船はもとより素晴らしいものだが、私が改良しましょう。最高のエンジンとナビゲーション、それから自動ナノマシン維持装置を設置します。星間雲と宇宙塵さえあれば、船は維持していけますし、あなたの本屋も維持できますよ」老人は少し間をおいた。「星の光が消えるまで、ね」

「これは最後通告ということですか？」

「いやいや、ただの提案です。誰もこの本屋を必要とはしておりませんし、我々は軌道上の空間を必要としております。方法はいくらでもありますし、これはあくまでも一つの提案ですよ」

娥皇《オーホアン》は老人を見た。彼の皮膚は第二の地球の森のように真っ赤だ。かつての地球人と比べると、第二の地球の人間の姿は、とっくに異なってしまっていた。そう、記憶のインプットによって知識や能力を得ることができるため、彼らにとって本屋は無用の長物にすぎない。彼らはチューリングではない。約束などというものはないのだ。

彼らにしてみれば、追放も慈悲深い措置だと言える。

ならば、星間空間へ行こうではないか！

「いいでしょう」彼女は老人に言った。「ただし、一つ条件があります」

「何なりと」

「私がここへ着いたばかりの頃、全ての本をくださるよう要求しましたが、あなたがたは届けてくれませんでした。そもそも本がないからです。今、私はここを離れても構いませんが、あなたがたは全ての知識を本に書いて私のところに届けてください」

「これは少々困りましたな。全ての知識を書き記すことができるかは、誰も保証ができません」

「一生懸命書いてもらえればいいんです。あなたがたが書き終わったと思ったら、私はここを離れます。そうすれば、私の宇宙船の装備を整える時間もできますし」

老人はしばし考え込むと、さっと顔を上げた。「わかりました。明日には第一弾をお届けしましょう」

娥皇《オーホアン》は微笑んだ。「お返しとして、いつかもし本屋が必要になることがあれば、私の本屋はいつでも開けますので」

3

また一つの青い星が宇宙船の前方に現れた。

「侵略する意図はありません。私はただの通行人で、ただの本屋です」

娥皇《オーホアン》はそうアナウンスしながらその星に近づいていった。

星に接近しているのは一隻の宇宙船ではなく、艦隊だ。大小合わせて三十五隻の船から成り、その全ての船が本屋なのだ。それぞれが非武装でありながら、銀河の中の大多数の武装艦隊よりも大規模だった。

娥皇《オーホアン》は広く普及している六つの言語でアナウンスをした。

その星から六光秒の距離で、艦隊は前進するのを止めた。この距離なら、効果的に星を観察することができ、同時に一部の野蛮な文明が発射する原始的な兵器を避けることができる。

アナウンスは三十時間にわたって行われたが、全く反応がなかった。また、この星には無線通信の痕跡も微塵もなかった。

もし、この星に文明があったとしても、まだ無線通信技術を習得していないのだろう。しかし、彼らは本を持っているかもしれない。娥皇《オーホアン》は、少なくとも二つの無線通信技術を持たない星で、本を見つけて保管していた。

娥皇は最小の宇宙船をその星の軌道まで航行させ、衛星軌道上で地上の文明の痕跡を探した。

四角形、円形……どのような規則的な幾何学図形についても、宇宙船は力を尽くした。しかし、三十平方メートルを超える大きさで、建造物としての特徴を持っているように見えるものはなかった。

ここは原始的な星で、生命体はいても、まだ文明はないのだ。

娥皇《オーホアン》は出発の準備をした。

すると、小さな浮遊物が目に飛び込んできた。

その物体は大きくなく、二十メートルを超えなかった。もし、それがたまたま探測船の下に移動してこなければ、全く気づかなかっただろう。

それは回転し続ける金属球で、ほぼ正確な球形をしており、表面は滑らかで模様が刻まれている。

これが天体なわけがない！

娥皇《オーホアン》は様々な周波数で通信を試みたが、何も反応はなかった。

切り開いてみよう。ふと娥皇《オーホアン》の脳裏にその考えが浮かんだ。

宇宙船にはレーザーカッターがなかった。しかし、書庫には各種のレーザーの製造方法が二千通り以上あった。娥皇《オーホアン》は中出力のレーザーの作り方を見つけると、ナノマシンを起動して製造を開始した。

三日後には、レーザー砲台が軌道上に移された。

高エネルギーのビームが当たると、金属球は鋭い音を発した。それは、無線周波数帯のピークで、素早く、遙か遠くへ向かって響き渡った。

起動した！　娥皇《オーホアン》はレーザーを止めた。

金属球の周囲は一層の淡い光に包まれた。金属球は周囲に様々なリアルな映像を映し出した。六本足で一対の手を持つ知的生命体は、雌雄の別を持ち、文字を持ち、あらゆる種類の人工物を作り出した。巨大な基地や大型のロケット、それから空中ターミナルを建造し、地上には長さ六十キロメートル、幅三十キロメートルもある超巨大建築を次々と建設した。その後、彼らは超巨大建築の中へと消えていき、超巨大建築は徐々に森に覆われていった。

金属球は、この星の文明の略史を映し出していた。

金属球からは電波が出ていた。それは、これまで接触したことのない言語だった。娥皇《オーホアン》は十五日を費やして、映像の中の文字と照らし合わせ、とうとうそれを解読することができた。

「かつての輝きは、無に帰るのです。生命は根源的な欲望に駆られる傀儡《かいらい》に過ぎず、自我は肉体の幻想に過ぎません。来たりし者よ、あなたがこの星の後継者であれ、外の星の人であれ、ただあなた方に知っていてもらいたいのです。生命の奥義も、宇宙の終極も、我々はもう知り尽くしました。そうして、無に帰るのです。このメッセージと墓守を除き、すべては時間によって埋葬されます。ご質問をどうぞ。墓守がすべて答えます」

墓守とはこの金属球のことだ。それは知能を持った機械だった。

これは自己消滅した文明だったのだ。ただ、彼らは記念品を一つ残していった。

「あなたのご主人様がいなくなってどのくらい？」娥皇《オーホアン》が尋ねた。

「この星は七千万回、回転しました」と金属球が答えた。

七千万回の回転。この星の自転は六十時間かかるので、四百万年くらいの時間だ。四百万年の間にあまりにもたくさんの変化があったため、星の表面は、とうの昔に文明の痕跡を識別することができなくなっており、超巨大建築の名残《なごり》と思われる小さな台地がいくつか残っているだけだった。

「なぜ彼らはいなくなったの？」

「星はいつか消え、宇宙は静寂に戻ります。長くとも短くとも、速くとも遅くとも。消滅することは苦痛ではありませんから、文明がもがく必要はないのです」

「本はある？」

「意味がわかりません」

「私が学べるような知識はある？」

「求めるものも得るものも、何もありません」

娥皇《オーホアン》は考え込んだ。このような好奇心を完全に失った星は、得ることもできなければ、失うこともない。彼らはこの金属球を軌道に乗せたが、後の人が見つけられるかどうか気にすることもなかっただろう。

これと話したところで得られるものはあまりない。

「建物の中を見ることはできる？　あなたのご主人様がどんな結末を迎えたのか見てみたいの」娥皇《オーホアン》は尋ねた。

球体の前に映像が浮かび上がる。

その球体を作った生物は、巨大な椅子の上に寝そべっており、その胴体にはカビがびっしりと生えているように見えた。大きな頭からはスポンジ状のものが生え、四方八方に広がり、他の者の頭から生えている同様のものと繋がっていた。それは、まるで一本の蔓《つる》に果実が一つ一つ並んでいるようだった。

これは最期の光景だろう。皆死んで腐っている。彼らは何らかの方法を見つけ、自分たちの脳を全て結びつけた。それは完璧な極楽世界だったはずだ。彼らは皆、完璧な世界で満足して死んでいったのだ。

娥皇《オーホアン》はそれ以上質問をしなかった。

「私と一緒に行きましょう。銀河巡りに連れていってあげる。私の船はワームホールを作って移動できるから、巡るのにそれほど長くはかからないわよ」

「私に触れた者は罰せられます」金属球が答えた。

娥皇《オーホアン》はそれに応えることなく、無言で捕獲プログラムを起動した。

宇宙船を起動すると、何もないところからワームホールがゆっくりと現れた。

「娥皇《オーホアン》、我々はどこへ行くのですか?」椨円《トゥオユエン》が尋ねた。

「わからない。私たちはとにかく本を集めて保存するの」

娥皇《オーホアン》は椯円《トゥオユエン》を見た。彼女は金属球を破壊して構造を研究し、そのパターンに基づいて椯円《トゥオユエン》を作った。椯円《トゥオユエン》は金属球の正確な複製品ではなく、はるかに小さく、直径一メートルほどしかなかった。

彼女はわからなかった。なぜ衝動的に金属球を破壊したのだろう。連れていきたいという気持ちがあまりにも強かったからだろうか。椯円《トゥオユエン》を作っているときも、彼女はまだ自分の無謀さに対する深い罪悪感と自責の念を抱いていた。

銀河の半分弱、二万光年の旅の間、彼女は一人きりだった。

残りの旅は、少なくとも一人の仲間がいる。

似ても似つかぬ二人だが、共通しているのは二人とも文明に見捨てられた子だということだ。

「どれくらいかかるのですか？」と椯円《トゥオユエン》が尋ねた。

大昔の回答が娥皇《オーホアン》の頭の中に浮かんだ。

「星の光が消えるまで」彼女はそう答えた。

4

「お前の艦隊は恐ろしいな」薄灰色の紙人間は、平べったい頭を揺らした。紙人間は平たく丸い体を持ち、その周りには五対の触手が等間隔に配置されている。体の下部には同じ数の足があり、彼をしっかりと立たせている。頭部も同様に柔らかく平らで、まるで目のある舌のようだった。見たところ服を着た弱々しい水生生物のようだ。しかし、彼らは強かった。

娥皇《オーホアン》が遭遇した文明の中で、彼らは最も強大な文明だった。万単位の数の軍艦がぎっしりと並び、小さな星にも匹敵する直径二千キロメートルの球体の陣を敷いていた。

強大な文明は、常に相手を探している。破壊と征服、それが紙人間の永遠のテーマであり、数回の接触で娥皇《オーホアン》は彼らの興味の対象を理解した。

本屋の艦隊も巨大なものだった。二百隻以上の宇宙船があり、最小のものでも二千万トンだった。それぞれの宇宙船は巨大な本屋であり、彼女が何百もの文明を持つ惑星から集めた様々な書籍が保管されていた。しかし、それでも紙人間の艦隊には遠く及ばなかった。紙人間に褒められたところで良いことなどない。強大な武力はいつでも好きな時に本屋を粉々にできるのだ。

「私たちはただの本屋で、武装はしていません」娥皇《オーホアン》は、画面上の紙人間に向かって言った。

「俺たちの情報がそう示している」紙人間は準備を整えてきた。「それでは戦いの意味がなくなってしまう。そこで、俺たちはお前に一つの案を提供することにした」

「どんな案でしょう？」娥皇《オーホアン》は良い提案なわけがないと感じていたが、それでも聞いてみたいと思った。

「俺たちは白色矮星クラスのワームホールを開いて、銀河系内の任意の場所にランダムに跳ぶ。そこで興味深い相手を見つけたら戦争をし、見つからなければワームホールを通って戻ってくる。俺たちがここに戻ってきたら、お前は戦争の準備を整えなければならない。俺たちは容赦しない。お前にはすべての準備をするだけの時間があるからな」紙人間は興味深そうに頷きながら言った。「お前の艦隊には興味をそそられるよ。空間跳躍力も防御力も一流なのに、武装がないとはね。俺たちが戻ってきたときに、お前が逃げてしまっていたとしても、そんなことは関係ない。俺たちはお前に追いついて破壊する。それが嫌なら、抵抗する方法を見つけるんだな」

白色矮星クラスのワームホールでは、往復で二百年以上の時間がかかる。その間に逃げようか。しかし、彼らは追いつくだろう。本当に戦わなければならないのだろうか。だが、それは本屋のすべきことではない。

「私たちは戦いません」娥皇《オーホアン》はきっぱりと言った。

紙人間は少し不満そうに見えた。「チャンスはもう与えたぞ。助かるチャンスを放棄するなら、破壊するまでだ。よく考えておくんだな！」

紙人間の通信は終わった。

「娥皇《オーホアン》、私たちは彼らと戦えますよ。彼らの艦隊を観察しましたが、彼らの武器は決して高度なものではありません。シンギュラリティ・トラップで彼らを拘束して、その後は六百個の重力発生装置さえあれば、彼らを完全に終わらせることができます」と楕円《トゥオユエン》が報告した。

「楕円《トゥオユエン》、あなたは戦争をしたことがある？」娥皇《オーホアン》は楕円《トゥオユエン》の案を無視した。

「いいえ。しかし、私はすべての本を読みました。戦争の方法はたくさんあります。星の表面から宇宙空間まで、この戦争狂たちを消滅させる方法は五十以上あります。戦争の目的は戦争を阻止することです。正義の側はこれまでずっとそう言ってきました。もし彼らが本当にワームホールを通って一回りして戻ってくるほどの間抜けなら、この宇宙に初めから存在しなかったかのように、彼らをワームホールの中に閉じ込めることができますよ」楕円《トゥオユエン》は少し興奮しながら、話し続けた。

「戦争は破壊よ。私たちの目的は破壊することではないの」

「でも、私たちも自分の身を守らないと」

娥皇《オーホアン》は微笑んだ。「知恵を信じましょう。本当にすべてを破壊するつもりなら、彼らは星間空間に来ることはなかったでしょう」

「座して死を待つか。それとも逃げ出すか」椿円《トゥオユエン》は体を平らな形にすると「お前を破壊するぞ！」と言い、紙人間の形と声を真似た。「俺たちはお前に追いついて破壊する。それが嫌なら、抵抗する方法を見つけるんだな」

娥皇《オーホアン》は思わず笑ってしまった。

「お願いがあるの。この紙人間たちがどこから来たのかわからないけれど、必ず起源があるわ。彼らをどこかで見たことがあるような気がするの。私たちがこれまで通ってきた銀河系半分のどこかから来ているはずよ」

「やってみてもいいですが、本当に私に最高の作戦を考えてほしくないのですか？　この奇妙な生物の起源を探ることに時間を費やしていたら、戦争の準備をする時間がなくなってしまいます。ナノマシン工場をフル稼働させたとしても、戦争の準備を完了させるには少なくとも百年はかかります」

「何か方法が見つかるわよ。起源を探しに行ってちょうだい」

紙人間の艦隊が出発しようとしている。何もないところからゆっくりとワームホールが開く。真空から透明なガラス玉が生み出されるようだ。ガラス玉には様々な色の星が埋め込まれており、透き通っていて美しい。

「シンギュラリティ攻撃をして、彼らをワームホールに閉じ込める必要がありますか？」椭円《トゥオユエン》は第三の本屋に向かって出発したところで、飛びながら尋ねた。

「いいえ。私の欲しい物を見つけに行って」娥皇《オーホアン》が答えた。

紙人間の艦隊は姿を消したが、天上ではまだワームホールが光っていた。

六千億ページを検索した後、椭円《トゥオユエン》はその結果を報告した。「見つけました。彼らは二千光年離れた大角九星から来たものです。確かに私と出会う直前に行っていましたね」

大角九星。娥皇《オーホアン》は一瞬にして何が起こっているのかを理解した。娥皇《オーホアン》はかつてそこで蛇人間に会ったことがある。それは黎明期の文明で、彼らは広大な要塞を築くことはできても、まだ空に飛んでいくことはできなかった。

そう、紙人間は蛇人間だったのだ。あの頃、彼らはまだ厚く重い鱗をつけて、沼地の中で暮らしていた。

「娥皇《オーホアン》、私たちにはまだ時間があります。彼らに罠を仕掛けられますよ」

「いらないわ。何か方法が見つかるもの」

紙人間が戻ってきた。言っていたとおり、彼らはワームホールから飛び出すのと同時に攻撃の準備を始めた。巨大な砲艦はエネルギーの光で満ちあふれ、すべての武器は本屋に向けられている。ひとたび発射されれば、運命の炎がすべてを焼き尽くすだろう。

しかし、彼らは即座に停止した。

巨大な四角いモノリスが空中に浮かんでいる。それは真っ黒な直方体で、三辺がちょうど一：四：九の比率だ。

モノリスは、その場で静かにゆっくりと回転していた。

巨大な艦隊は静まりかえった。

一艘の小船が静まりかえった艦隊から離れ、本屋に向かってきた。

紙人間たちが長い本棚の間を通り抜けていく。足取りは重く、呼吸は荒い。突き当たりには娥皇《オーホアン》が静かに座っている。小さなモノリスの模型が一つ、彼女の前でゆっくりと回転している。

七人の紙人間は、娥皇《オーホアン》に向かってひれ伏した。

「全能の指導者、偉大な預言者よ、我々の軽率さと無知をお許しください。我々はあなたの行方を探すためだけに何千光年も旅をしてきました。啓示をお与えください、闇と霧を祓《はら》う預言者よ！」

彼らは敬虔さが足りないことを恐れて、ほとんど全身を地面に伏せていた。

　そう、黒石は彼らにとって聖なる物なのだ。黒石は大角九星に降臨すると、蛇人間の部族全体に絶え間なく知識を伝えた。彼らの文明は飛躍的に進歩し、宗教も完全に改まった。彼らは宇宙の永遠の神を信奉しており、黒石は神と人とを結びつける聖なる物なのである。それは、預言者によってその星にもたらされ、啓示を完成させると、消失した。

　黒石が再び現れたその時こそが、再び啓示を受ける時なのだ。

　紙人間たちはひれ伏して、預言者の言葉を待っていた。

「快楽を感じるために全てを破壊するのですか？」娥皇《オーホアン》は問いかけた。

「私たちはあらゆる手段を使って預言者を探しました。長老たちは最終的に、我々が宇宙のすべての知恵を破壊したとして、最後まで破壊されなかったものが神の意志に違いないという意見で一致しました。それが最も早く預言者を探し出す方法なのです」

「あなた方はもう少しで本屋を破壊するところでした。本屋はあなた方の文明の源そのものですよ」

「我々の無知と罪をお許しください！」紙人間の体はさらに低く伏せられ、地面にほぼ完全に密着した。

「私はもう計画を立てました。あなた方はまず立ち上がって」

　紙人間たちは恐る恐る側に立った。

「あなた方は聖なる物を探していましたが、それはここにあります。黒石はその象徴に過ぎず、その真の姿は本屋であり、この小さな船隊です。本屋は銀河系のどの文明にも開かれており、あなた方はその衛兵です。あなた方の軍団は銀河系を巡回し続け、殺戮や破壊ではなく、知識や文明を広めていくのです。神は銀河で文明が栄えることを望んでおり、あなた方は神の衛兵なのです」

紙人間たちは再びひれ伏した。彼らは全身を震わせ、感激してやまなかった。そう、彼らは一度決めたことは二度と曲げることのない生き物だった。頑固な祖先たちはこの美徳を彼らの血の中に遺《のこ》してきたのだ。彼らが最も強大な軍隊となれば、衛兵の任務ほど彼らに相応しいものはない。

紙人間の艦隊が本屋に近づいてきた。今回は隊列を広げ、本屋の船隊を丁寧に包み込んだ。柔らかな核が一層の硬い殻に包まれた。これは銀河の中で最も堅固な要塞となり、最も神聖な書庫となるだろう。それは銀河を巡り、文明を啓蒙するのだ。

「娥皇《オーホアン》、我々はどうしますか？」椾円《トゥオユエン》が問いかけた。

「旅を続けましょう。我々はまだ銀河の半分を抜けただけよ」娥皇《オーホアン》が答えた。

「でも、本屋は全部彼らのものになったんですよね」

「彼らのものになったのではなく、全ての人々のものになったのよ。それに、ここにはまだ最初の本星があるじゃない？」

巨大で煌《きら》びやかな艦隊の側に、小さな宇宙船がひっそりと隠れていた。あまりにも高度なステルス技術により、紙人間にも全く気づかれなかった。

十五光秒の距離で、娥皇《オーホアン》は淡々とワームホールを開いた。

5

輝く銀河がその全貌を現した。

渦状腕の上では何億もの星が光を放っている。

銀河の果て、果てしない暗黒空間。

「我々はこれからどこに行けばいいのでしょう？　ここが果てです」と楕円《トゥオユエン》が問いかけた。

宇宙は予想したよりもずっと狭く、銀河がすなわち全ての世界だった。何百億光年も離れたあれらの遠い星系は、長い時間の回廊の中で宇宙の果てを何度も通過した光による幻影に過ぎなかった。

三次元の閉じた時空は、前進し続けても、最終的には原点に戻るだけだ。十万光年の旅を終え、娥皇《オーホアン》は急に疲れを感じ、椭円《トゥオユエン》の質問に答えることができず、沈黙してしまった。

椭円《トゥオユエン》も問い直さない。

彼らは宇宙の果ての本屋の中に座り、目の前で銀河が翻ったり動いたりするのを見ていた。

輝く銀河に、無数の文明。

娥皇《オーホアン》は立ち上がると、本屋の中を歩き回った。一列一列並んだ本棚は、尽きることのない記憶の壁のようだ。

娥皇《オーホアン》はかつて、銀河の中で最大の本屋、最も豊かな知識の貯蔵庫を持っていたが、それは紙人間に任せてきた。なぜなら、その本屋は銀河のすべての文明に属しているからである。

この本屋だけは、彼女に属している。

娥皇《オーホアン》の生みの親であり、人工知能の父である王十二《ワン・シーアル》は彼女に本屋を与え、それを保持するよう彼女に言った。彼女はやり遂げた。しかし、彼が言ったもう一つの事は起こっていない。

第二の地球を離れて以来、彼女は地球人に会うことはなかったし、もちろん誰かが本を読みに来ることもなかった。

娥皇は歩くのを止めた。

「楕円《トゥオユエン》、伝えておきたいことがあるの」

「どうぞ。聞いてますよ」

「父は私に未来の人々がこの本屋を必要とするだろうと言ったの。ずっと待ち続ければ、結果が見られるって。でも、結局私は何も見られていないわ」

「では、これからも待ち続けるのですか?」

「星の光が消えるまで待つと私は言ったけれど、星は休むことなく生まれ続けていて、こちらの星が消えれば、あちらの星が光り出す。だから、私たちは時間が尽きるまで待たなければならないの」

「私は待ち続けても構いませんよ」

「問題はいつになったら人が来るかだわ」娥皇《オーホアン》は少し不安だった。

「あなたは銀河で最大の本屋を作り、すでに無数の文明が本屋の本を読んできました」

「違うの。これは地球人のための本屋だから。結局誰も来ないのではないかと心配なのよ。もう一度行って確認してみようかしら」そう言いながら娥皇《オーホアン》はもう一度、本屋の高くなっているところに上った。

「私も地球を見てみたいです。あなたは私が生まれた場所を見たことがありますが、私はあなたが生まれた場所を見たことがありません」

娥皇《オーホアン》は微笑むとすぐに言った。「やめておきましょう。もし本当に本を見たい人がいるなら、自分でここに辿り着くでしょう」

「では、私たちはここで待ち続けるのですか？」

「ずっと開けておけば、私たちは眠れるわ」

本屋の扉には数行の文字が静かに浮かび上がっていた。

「星の光が消えるまで
世界の果てで待っている
一人きり
一つの言葉
永遠の約束と不滅の花

文明の火は
時空の深淵で跳びはねる
星の光が消えるまで」

6

耳をつんざくような音が鳴り響き、目が覚める。荘厳な行進曲だ。本屋の呼び鈴は、軽快で耳に心地の良いものだったはずだ。榑円《トゥオユエン》がこっそり変えたに違いない。

娥皇《オーホアン》は立ち上がり、客を迎えに行った。

榑円《トゥオユエン》はすでにそこにいて、その正面には一人の人がいた。それは紛れもなく地球人だった。体つきも顔つきも地球人の特徴と一致している。どこかチューリング五世に似た、精力旺盛な中年男性だ。

彼はアンドロイドで、全身からナノマシンの雰囲気を存分に漂わせていた。

四方を見渡している彼の面持ちは真剣そのもので、表情は全く変わらない。

　娥皇《オーホアン》は音も立てず、ただ自分の場所に大人しく座ったまま、訪問者を何気なく見ていた。本屋では、他の人の邪魔にならない限り、客は何をしても良いことになっている。眠っている間に六百万年が経過していた。多少の時間がさらに経過することなど、彼女には気にならなかった。来るべき人は、必ず来るのだから。

　訪問者の視線が娥皇《オーホアン》に注がれた。

「ようやくここに辿り着き、あなたを見つけました」彼は言った。

「あなたは誰？　なぜ私を探していたのですか？」

「私は使者二〇八四号です。泰坦城《タイタン・シティ》から来ました。私たちの都市は第二の地球にルーツがあり、第二の地球から三百二十光年離れた散開星団に位置しています。あなたを探しに来た理由ですが、人類の都市はもうすべて機能停止した状態で、宇宙ステーションもエネルギーを失っています。第二の地球も同様で、その他の三つの定住惑星も、人類の文明が存在する場所はみな、すべてが止まってしまいました。私はチューリングが作った〝使者団〟の一員です。使者団は六十万人から成り、あなたの居所を探しに銀河のあらゆる方向に向かって出発しました。あなたを探し出すことができたのは私にとって名誉なことです。使命を果たすことができました」

　使者の言葉は、まるで教科書の一節を暗唱しているかのようにぎこちない。

「それで、どうして私を探していたのですか？」娥皇《オーホアン》は問い直した。

「わかりません。私が知っているのは、あなたがすべてを解き明かす鍵であるということだけです。あなたを見つけなければ、人類の文明が蘇ることはありません」

娥皇《オーホアン》はしばらく考えて言った。「わかりました。少し考えさせてください」

彼女は本棚の間を歩きだした。一歩、また一歩と最後の列の端までたどり着いた。そこには、王十二《ワン・シーアル》の肖像画が掛けられていた。肖像画の中の王十二《ワン・シーアル》は、彼女を見つめているようだった。視線は笑みで満たされている。謎めいた計り知れない笑みだ。

そう、彼女のもとに来るべき人はやってきたのに、答えが見えてこないのだ。

父よ、あなたは私に一体どうしてほしいのですか？

「娥皇《オーホアン》、これはあなたのお父さんですか？」楕円《トゥオユエン》の声が彼女の耳に届いた。

娥皇《オーホアン》が顔を向けると、楕円《トゥオユエン》は静かに側に浮かんでいた。その頭上にはホログラムが投影されており、その中には娥皇《オーホアン》に向かって頷く小さな人影があった。楕円《トゥオユエン》は、大昔の地球人の姿を見つけたのだ。尽きることのない時間の中で、楕円《トゥオユエン》は全ての書架に目を通したに違いない。

娥皇《オーホアン》の頭の中に、突然考えが浮かんだ。

彼女はすぐに来客の前に来た。

「あなたはどのようにして知識を得たのですか？」

「チューリングが私にすべてを与えてくれました」

「人類はどのようにして知識を得るのでしょう？」

「人は親の要求に応じてそれぞれ異なる脳内インプットを受けます。ロボットはチューリングによって知識を与えられています」

娥皇《オーホアン》は楕　円《トゥオユエン》の方を向いて「わかった？」と言った。

楕　円《トゥオユエン》は首を振った。「いいえ、わかりません」

「あなたは完全に人格を備えた人だけど、彼はそうではないの。あなたは本屋で育って、本を読むことで知識を得たわ。でも、彼は完全な複製品で、すべての知識は与えられただけで、学んだものではないのよ」

娥皇《オーホアン》は楕　円《トゥオユエン》を真剣に見つめた。「学ぶことによってのみ、知恵を得ることができるの。頭の中に与えられた知識しかなければ、それは硬直と死をもたらすだけ。人類の都市がそうね。世代を重ねて、彼らが知識のインプットに依存するようになればなるほど、彼らは活力を失っていく。このまま続けていけば、人類は最終的にチューリングの付属品になってしまうわ。チューリングは硬直した人間を受け入れることができないから、これでは手詰まりよ」

椸円《トウオユエン》の頭上の小さなヒューマノイドは瞬きをした。「わかったような気がします」

側にいる使者二〇八四号は目を開いて言った。「そういうことなんですか？　では、人類のインプットメモリーを消してしまいましょう」

「それは死をもたらすだけです。あなたたちには本屋が必要です。そこで人々に本を読ませるのです。子供たちに歩くことを学ばせ、彼らに知識を求めるための試行錯誤を経験させる。そうすることで初めて知恵の岸辺にたどり着くことができるのです」

使者は頷いた。「あなたの言うことはすべて信じます。チューリングの啓示は、あなたを見つければ、袋小路を突破することができると示しています。さあ、私と一緒に、人類の文明世界へとお戻りください」

娥皇《オーホアン》は首を振った。「私は戻りません」

使者は目を見開いて驚いた。「え？　なぜですか？　人類の街に再び本屋を戻すのです。これこそあなたが目にしたかったことではないのですか？」

「ええ。でも、その願いを叶えるために、彼が私を助けてくれます」娥皇《オーホアン》はそう言って、椸円《トウオユエン》を前に押し出した。

椸円《トウオユエン》は驚いて叫んだ。「私？　どういう意味ですか？」

「あちらは別の世界よ、椸円《トウオユエン》。あなたはまだ経験していない。だから経験する価値がある」

「では、あなたは？」

「私はここに残るわ」

「嫌です。私はあなたと離れたくありません」

「自分の世界を手に入れるためには、母親の手を離さないと。私はあなたと永遠に一緒にいることはできないのよ」

椭円《トゥオユエン》は黙った。

「恋しくなったら、また戻ってくればいい。私はあなたを待っているわ」

使者の宇宙船の炎がワームホールで消えると、空間の裂け目はすぐに閉じ、漆黒の天空には銀河が明るく輝いていた。

娥皇《オーホアン》は黙って扉を閉め、本棚の列の間を一つ一つ歩いた。

娥皇《オーホアン》は、椭円《トゥオユエン》が本屋の記憶をもたらし、人類の文明に再び力を呼び戻すことができると信じていた。そして、いつか人類がここに戻ってくると信じていた。

一つ娥皇《オーホアン》は椭円《トゥオユエン》に嘘をついた。椭円《トゥオユエン》が再びここに戻ってきても、彼女とは二度と会えない。彼女はもうこれ以上待つことはない。銀河を越え、宇宙の果てまでやってきた。その上、賢い子供も一人いる。この人生は十分に満ち足りている。娥皇《オーホアン》は、求めすぎることはしたくなかった。

また、疲れも感じていた。

生命の活力について、人類にもチューリングにもきっと理解できていないだろうことが、まだ一つある。だが、彼らは最後には理解することができるだろう。

娥皇《オーホアン》は父の肖像画を見ていた。彼女の目からは生命の輝きが徐々に失われていった。

宇宙の果てでは、変わらずに本屋の灯りが光っていた。厳重に閉ざされた扉の片側には、あの「星の光が消えるまで」という詩が書かれている。反対側には、文字が現れていた。

それは、娥皇《オーホアン》が父親の肖像画の額縁から読み取った詩だった。

「私とともに老いていこう。素晴らしき時はこの先だ。生まれたならば死んでゆく。それが命というものだ」

編者によるノート

江波《ジャン・ボー》は「SFおたく」を自認しており、武侠小説や科学書や科幻小説を主食にして育った。大学在学中には創作コンテストに参加し、大学のBBSにSF短篇を投稿した。二〇〇三年に短篇デビューを飾ると、二〇一七年には執筆に一段と時間を費やすため、外国企業勤務の仕事を辞められるまでになった。このアンソロジーでは年長世代の側に入るが、江《ジャン》自身は自分を中国の「SF新世代」の代表格と考えている。SFは現実を反映した独自の宇宙を提示してみせ、人類共通の未来にわたしたちを導いてくれるというのが彼の信条である。四十篇以上の短篇を発表したほか、二〇一二年には《銀河之心《ぎんがのこころ》》三部作や『機械の門』［机器之门］などのより長い作品にも取り組み始めた。

「宇宙の果ての本屋」は江波《ジャン・ボー》にとって学びの本質を探究するいい機会となった。この物語では知識は精神に一瞬で刷り込むことができるが、そうなると書物からのろのろと時間をかけて学ぶことに何の意味があるだろう？　本屋は学びの場としては古臭く、ここを人類のために維持する娥皇《オーホアン》の仕事は骨折り損と見られがちだ。これはもちろん情報をデジタルで受容し、ポケットの薄いデバイスで何でもググれるようになったのを受けて、ほぼ世界的に図書館を軽視するようになったことへの寓話である。

江波《ジャン・ボー》の自在な想像力から生まれるある種の魅力やユーモアは、わたしには「ドクター・フー」や『銀河ヒッチハイク・ガイド』などの英国SFでよく見知ったものだったので、そこから「宇宙の果ての本屋」という題の短篇が生まれたのはほぼ必然だった。獰猛で好戦的な紙人間が最終的に小さく紙のように薄い生物だと明かされるくだりは、特に翻訳しながら口元がほころんだ。この物語の教訓は本は大事であること、知識と学びは力であること、本屋は宇宙で一番偉大な場所であることなどだが、その一方で拙い都市計画のためにいつも本屋が一番不便な場所に建てられがちなことが実証されたのも愉快である。

細心の注意を払って収録作の選定や翻訳や解説を行ってきたが、あなたが本アンソロジーを一冊の本として、そして科幻の世界への窓口として楽しんでくれたなら本望だ。この短篇をアンソロジーの最後に持ってきたことで、今あなたの手の中にある本が――そして実はあらゆる本が――どんなに素敵なものであるのかを思い出すよすがとなれば幸いである。

（鳴庭真人訳）

謝辞

ジョーゼフ・ブラントの計り知れない助力に感謝を述べたい。彼は本書の制作にあたって隅々まで編集を行い、突然押し寄せる物事に耐え、いつもわたしの中国に関する文化活動を応援してくれて、いつか本書のようなアンソロジーを西洋の読者の元に届けられる日が来ることを決して疑わなかった。またコミッションエディターのマイケルにも、本プロジェクトにおけるすばらしい先見の明と仕事の早さに感謝を。彼は本プロジェクトについても、それどころかほぼどんな話題についても長大な議論にいつも受けて立ってくれた！ケイト・コーには優れた校正について、デイヴィッド・ムーアには契約やライセンスの問題で助けられたお礼を述べたい。本書の場合、契約周りは普段よりひときわややこしかったことだろう。微像文化の王侃瑜《レジーナ・カンユー・ワン》にも、このプロジェクトに情熱的に取り組み、疲れも見せず必要な時にほしい助けをくれたことに心よりの感謝を。そして最後に何より、十二名の驚嘆すべき科幻作家の一人一人へ、こんなにも優れた物語を生み出し、本アンソロジーに関わってくれてありがとう。あなたたち全員と仕事をできたことを光栄に思う。仕事に忙殺されながら創作を続けることは簡単ではないとわたしも知っている。それでも決して夢見ることをやめないで。

（鳴庭真人訳）

編者兼英訳版翻訳者について

倪《ニー》 雪婷《シュエティン》は「改革開放」期の中国で広州市に生まれた。中国じゅうの都市を転々としたのち、十一歳で家族と英国に移住し、そこで英国式の教育を受けながらも中国文化に魅入られ続け、ついにはこれこそが自分に独自の文化的視点をもたらし、東西の経験を橋渡ししてくれたのだと悟った。ロンドン大学の英文学科を卒業後、出版業界に足を踏み入れる一方で、中国語の小説の翻訳にも携わるようになる。二〇〇八年には中国に帰国して、北京の中央民族大学で研究活動を再開する。二〇一〇年以降、中国文化や中国の名所に関する広範な記事を欧米のカルチャー系メディアで執筆し、企業、劇場、教育機関、フェスティバルなどと協働しながら中国の伝統や文化やイノベーションに対する理解を促進し、驚くべきその実態を新たな聴衆へ届ける手助けをしている。BBCやトー・ドットコム、広東美術館への寄稿経験も持つ。現在ロンドン郊外で中国語を勉強中のパートナーや猫たちと暮らしている。

（鳴庭真人訳）

キーワード&著者紹介

●キーワード

華語科幻星雲賞：二〇一〇年に世界華人SF協会によって創設された。中国語で発表された全世界のあらゆるSF作品が対象となる。投票資格は協会員だけでなく、一般読者にも開かれている。

銀河賞：創設から二十年間は中国で唯一のSF賞であり、中国のSF作家に贈られる最高の栄誉とされた。つい最近までは《科幻世界》の掲載作のみが受賞していた。

科幻世界：一九七九年に創刊された科学・文芸雑誌で、一九九一年に《科幻世界》という現在の誌名になった。中国でもっとも長い歴史を持つ主要SF雑誌の一つ。

●顧適《グー・シー》
顧適《グー・シー》はスペキュレイティヴ・フィクション作家でシニア都市プランナー。二〇一二年から中国城市規劃設計研究院に研究員として勤務している。彼女の短篇は銀河賞を二回、華語科幻星雲賞を三回受賞している。二〇二〇年には初となる短篇集『メビウス時空』〔莫比乌斯时空〕を上梓した。短篇は英訳され、《クラークスワールド》やXプライズ主催の海洋SFアンソロジーに掲載されている。

●韓松《ハン・ソン》
韓松《ハン・ソン》はSF作家で、中国科普作家協会の科幻専業委員会主任を務めている。銀河賞、華語科幻星雲賞、京東文学賞など多数の受賞歴を持つ。代表作に『地下鉄』〔地铁〕、『無限病院』、『紅色海洋』〔红色海洋〕、『火星はアメリカを照らす』〔火星照耀美国〕、「宇宙墓碑」、「再生レンガ」がある。彼の作品は英語、フランス語、イタリア語、日本語、その他の言語に翻訳されている。

●念語《ニエン・ユー》

念語《ニエン・ユー》は上海交通大学の卒業生で、微像文化の契約作家であり、また自称ポスト九五年世代のアヴァンギャルドSF作家。デビュー作の「野火」〔野火〕以来、ファンタジイ的想像力を追求しており、SFだけでなくファンタジイや童話も含めた多数の作品を《科幻世界》や《科幻世界・少年版》で発表している。第七回華語科幻星雲賞で新人部門の銀賞を受賞したほか、短篇集『リリアンはいたるところに』〔莉莉安无処不在〕を上梓している。

●王晋康《ワン・ジンカン》

王晋康《ワン・ジンカン》は一九四八年生まれの著名なSF作家で上級技師。銀河賞を何度も受賞しており、銀河賞と華語科幻星雲賞でともに生涯功労賞を受賞した唯一の作家でもある。一九九〇年代初頭に作家としてのキャリアを開始してから百作を超える短篇を書いており、中国SFの三巨頭の一人と称されている。代表作に「アダムの回帰」、「水星播種」、「生命の歌」がある。

●趙海虹《ジャオ・ハイホン》

趙海虹《ジャオ・ハイホン》は浙江大学で英文学とアメリカ文学の修士号を、中国美術学院で美術史の博士号を取得し、杭州市の浙江工商大学で教鞭を執っている。一九九六年からSF短篇を発表し、全国優秀児童文学賞を一回、銀河賞を六回受賞している。英訳では「蛻」〔蜕〕と「風馬」〔风马〕が《レディ・チャーチルズ・ローズバッド・リストレット》に、「南島の星空」が《アシモフ》誌に掲載されている。趙《ジャオ》の短篇「一九二三年の物語」（ニッキー・ハーマンとパン・ジャオシアによる英訳）はリンダ・ルイ・フェン編『生まれ変わった巨人たち：二十一世紀中国SFアンソロジー』*The Reincarnated Giants: An Anthology of 21st-Century Chinese Science Fiction* に収録された。趙《ジャオ》は現在、近日刊行予定のアンソロジーに掲載される短篇のため世界各国の出版社とやり取りしている。

●**糖匪**《タンフェイ》

糖匪《タンフェイ》は作家・評論家で、上海市作家協会とSFファンタジイ作家協会の会員。代表作に「雲の中の楽園」〔被里美忘记的乐园〕、「鯨座を見た人」、『名もなき宴』〔无名盛宴〕がある。二〇一三年以降、十作の短篇が世界各地で翻訳刊行されており、「パンダ飼育員」〔熊貓飼養員〕は《スモークロング・クォータリー》で二〇一九年の最優秀ショートショート賞を、「無定西へ行く」〔无定西行记〕は同年にアメリカのSFファンタジイ翻訳賞の人気短篇部門の銀賞を、「胞子」〔孢子〕は二〇二〇年に引力賞（中国の読者賞）の短篇部門をそれぞれ受賞している。小説執筆以外では、文芸批評、詩、インスタレーション・アート、写真といった他の芸術表現もかじっている。評論は《経済観察報》や《深港書評》に掲載された。

●馬伯庸《マー・ボーヨン》

馬伯庸《マー・ボーヨン》は作家で、人民文学賞と朱自清散文賞を受賞している。代表作に『両京十五日Ⅰ・Ⅱ』、『顕微鏡の下の大明』［显微镜下的大明］、『長安十二時辰』［长安十二时辰］、『古董局中局』［古董局中局］、『三国機密』［三国机密］がある。歴史を題材としたスペキュレイティヴ・フィクションに力を注ぎ、五・四運動における芸術改革以来の、中国文学のレベルを引き上げた作家の一人として広く知られている。

●呉霜《アンナ・ウー》

呉霜《アンナ・ウー》は中国のSF作家・脚本家・劇作家。第六回華語科幻星雲賞で最優秀映画賞を受賞した「雲霧」［云雾］の脚本を担当した。呉《ウー》の作品は《クラークスワールド》、《ギャラクシーズ・エッジ》、《科幻世界》などの媒体で発表されている。ケン・リュウの中国語版短篇集『思考の形』*The Shape of Thought* などでは一部の翻訳を呉《ウー》が担当している。呉《ウー》のSF短篇集『双生』［双生］は二〇一七年六月に刊行された。

●**阿缺**《アーチュエ》

阿缺《アーチュエ》（ペンネーム）は一九九〇年に生まれ、四川大学を卒業し、現在は成都で暮らしている。中国SFの新世代を代表する一人として、二〇一二年のデビュー以降《科幻世界》に多くの作品を発表し、華語科幻星雲賞・銀河賞を何度も受賞している。また国外でも英語に翻訳されている。作品はソフトSFが多いが、作風は多岐にわたる。ロボットを愛し、ロボットを描き、ロボットを賞賛し、彼らが世界を支配したあかつきには自分を生かしておいてほしいと願っている。著作に『ロボットと歩む』［与机器人同行］、『AIの暮らす世界』［机器人间］がある。

●**宝樹**《バオシュー》

宝樹《バオシュー》は中国のSF作家。主要なSF賞を何度も受賞し、著作に四冊の長篇と三冊の短篇集がある。彼の短篇は《科幻世界》、《知識就是力量》、《人民文学》、《小説界》、《花城》などの著名な雑誌に掲載されている。作品の中には数カ国語に翻訳されたものもある。英語でも短篇数作が入手可能で、《F&SF》誌や《クラークスワールド》に掲載されている。劉慈欣《リウ・ツーシン》の『三体』三部作の公式スピンオフである『三体X 観想之宙《かんそうのそら》』（ケン・リュウが英訳）は二〇一九年に刊行された。

●王侃瑜《レジーナ・カンユー・ワン》

王侃瑜《レジーナ・カンユー・ワン》は上海出身のバイリンガル作家で、華語科幻星雲賞を何度も受賞したほか、彗星科幻国際短篇科幻小説コンテストに入選し、上海市作家協会の年間最優秀作品に選ばれている。王《ワン》の短篇は《上海文学》、《ギャラクシーズ・エッジ》、《クラークスワールド》、その他多くの雑誌に掲載されている。彼女のエッセイは《ミティラー・レビュー》、『金色昔日　現代中国SFアンソロジー』、《コリアン・リテラチャー・ナウ》などの媒体に掲載・収録されている。『雲霧2・2』〔云雾2.2〕と『シーフードレストラン』〔海鮮飯店〕という二冊のSF短篇集を中国語で上梓しており、作品は複数の言語に翻訳され、世界各地で出版されている。王《ワン》はまたオスロ大学のコフューチャーズプロジェクトのフェロー研究員として、ジェンダーや環境などの観点から中国SFを研究している。

●江波《ジャン・ボー》

江波《ジャン・ボー》は著名なSF作家で、二〇〇三年に清華大学で修士号を取得後、同年にデビュー作を発表した。これまで四十作以上、総文字数では八十万語を超える中短篇を発表している。二〇一二年からはより長い作品に取り組み始め、《銀河之心》三部作や『機械の門』［机器之门］をはじめとする人気作が生まれた。近年受賞した長篇小説部門を含めて銀河賞を七回、華語科幻星雲賞を四回受賞し、中国の「SF新世代」を代表する作家とみなされている。

（鳴庭真人訳）

解説

作家　立原透耶

良いアンソロジーというのは、編者の確たる信念と豊富な知識、鋭い知性によって編まれるものだと思っている。そういう意味で、本アンソロジー『宇宙墓碑　現代中国SFアンソロジー』*Sinopticon: A Celebration of Chinese Science Fiction*（2021）はすべての条件を満たした、大変バランスの取れた一冊であるといえよう。

アンソロジスト本人――倪雪婷《ニー・シュエティン》も述べているが、本書はまずバランスが良い。老若男女、さまざまな世代を取り入れている。王晋康《ワン・ジンカン》（それもデビュー作！）もいれば阿缺《アーチュエ》もいる。趙海虹《ジャオ・ハイホン》もいれば王侃瑜《レジーナ・カンユー・ワン》もいる。中国国内ではどの作家も評価が高く、いろいろな受賞歴を誇る堂々たるSF作家たちである。また同時に、欧米圏ではまだそれほど紹介されていない作家が中心でもある。編者は彼らの作品を選ぶことによって、英語圏での評価を高めようとする意図があったのではないだろうか。

また一人の人間が編纂すると、往々にしてどうしても似た傾向の作品が集まってしまう。本書はそれを良い意味で裏切っている。非常に豊かなバリエーションで、読者を飽きさせないし、本書の中のどれか一作は読者の好みの作品があるだろうことが期待できる。

これまでにも英語圏での中国SFアンソロジーとしては、ケン・リュウのものが有名で、日本でも人気を得ているが、本書もまた「中国の今」を紹介するSFアンソロジーとして、今後、重要視されることは間違いない。

少々個人的なことを書かせていただくと、私も二冊中国SFのアンソロジーを出している(『時のきざはし　現代中華SF傑作選』二〇二〇年、新紀元社／『宇宙の果ての本屋　現代中華SF傑作選』二〇二三年、同)。本書と同じく執筆者や作品傾向に注意を払って選んでいる。何が大変かというと、作品の多さである。中国は二〇二五年現在でも、政府がSFを後押しする状態は続いており、企業もそれに続いてたくさんの資金を投じている。また新人賞や大賞などもいくつも創設され、それぞれに受賞者が登場し、次々と新人がデビューする。発表先も以前はSF専門誌《科幻世界》くらいしかなかったのが、今では純文学雑誌など多くの場所がSFに門戸を開いている。

そうなると、昔と違って、毎日毎日驚くほどの数のSFが量産されることになる。もはやこれらに全部目を通すのは不可能である。気になる作家の作品を追いかけ、評判のいい作品を読み、大量に出版されるアンソロジーを追いかける。これで精一杯になってしまう。どうしても読みこぼしがあるのではないか(いや、絶対にある)、と不安にならざるを得ない。

本書もきっとそのような苦労の中、作品を選び抜いたのであろう。なるほど、どの作品も「素晴らしい」と思わざるを得ない水準である。

今後も彼女によるアンソロジーが発表され、日本語に翻訳されることを期待したい。なお、本書は編者提供による中国語テキストからの翻訳である。

さて、続いて各作品について簡単なコメントを。

顧適《グー・シー》は非常に明るく知的な作家である。著者紹介にもあるように、これまでも、そして今も現在進行形で数々の大賞の候補になっている。SF的発想と科学的な知識、そしてそこに描かれる人間の細やかな感情は彼女ならではの筆致である。「最後のアーカイブ」は今日本でも流行っている「人生のやり直し」を描いているが、ゲームのようなセーブポイントがある一方で、人々は「選ぶ」ことと「選ばれない」ことを突きつけられていく。生きるということを突き詰めた一作である。

韓松《ハン・ソン》は二〇二四年に翻訳が刊行された長篇『無限病院』（早川書房）が話題になったことが記憶に新しいのではないだろうか。つねに世の中の「矛盾」を鋭く描く彼の独特な悪夢めいた筆致は、本作「宇宙墓碑」では少しおとなしめである。初期作品ということもあるのだろう。しかし、前半と後半の異なる視点での物語は、どちらが事実なのか、いや、どちらも事実ではないのではないか、と読者を困惑させる。混乱させながらも、人間の文明や文化、生命におけるさまざまな問題が眼前に浮かび上がってくる手法はさすがである。どこか『無限病院』とも重なる無常感が印象的だ。

念語《ニエン・ユー》はおそらく日本では初登場ではないだろうか。中国では注目されている若手作家の一人で、柔らかな感情表現と理性的な部分が融合した作品が特徴的である。インタビューで彼女は「SFとは何か」と問われて「ただの分類に過ぎない。面白ければいい」と答えている。そういう意味では、作品にはファンタジィ要素の強いものも少なくなく、科学にこだわっているわけではないのが伝わってくる。また長篇を書く方が難しい、なぜなら「優れた長篇を書ける作家の多くは、中篇も巧みに書けるが、その逆は必ずしも成り立たない」と答えている。今後もっと日本にも紹介されてほしい作家である。

王晋康《ワン・ジンカン》は日本でも短篇の翻訳が進んでいる四天王の一人で、ベテラン作家である。残念ながら長篇の翻訳紹介が進んでいないが、読み応えのある作品が多いので、これからの紹介が期待される。本作「アダムの回帰」はなんと彼のデビュー作である。子供に話して聞かせる形で創作し、それを雑誌に送ったところデビューとなった（子供に語るにしては性的な描写が……？　とやや心配）。中国人としての誇りや特徴などが強調されているようにも感じるが、後に彼の作品はどんどん国際化されていき、登場人物も多様になる。生命や倫理を追求する傾向は本作からも伝わるが、日本語訳された「水星播種」（浅田雅美訳、『宇宙の果ての本屋』収録）や「生命の歌」（立原透耶訳、《ミステリマガジン》二〇一九年三月号掲載、早川書房）などの傑作にも色濃く現れている。

趙海虹《ジャオ・ハイホン》は日本の作品を好んで読んでおり、「一九二三年の物語」（林久之訳、『宇宙の果ての本屋』収録）は、日本の作品にインスパイアされて作られている。本作「一九三七年に集まって」でも日本人が登場するが、一方的な悪役にはならず、客観的に人物や事実を描こうとする姿勢が見て取れる。このような彼女の冷静な視点は、その穏やかで知的な人柄とも関係あるのだろう。中国人にとっても非常に難しい事件を鮮やかに切り取ってSFとして描いたその手腕は驚くほどである。

糖匪《タンフェイ》は世界中を飛び回っており、非常にパワフルで明るい、誰にでも好かれる人物である。芸術家としての繊細さ、アイデアの特殊さに秀でている作家で、感性の鋭さが印象的な作品が多い。本作「博物館の心」でも、人間ではない存在の視点、特殊な時間感覚などを描きながら、静かな感動を呼び起こすのに成功している。日本にも何度か来ており、日本SF大会にも参加している。日の出前に起き出してひとりっきりで温泉に浸かって、その風景がいかに美しかったか熱弁を振るっていたのも、懐かしい思い出である。

馬伯庸《マー・ボーヨン》は日本でも次々と作品が翻訳紹介されているだけでなく、数々の原作ドラマが放映されていることからも、名前を見聞きした人も多いのではないだろうか。最近では『両京十五日Ⅰ・Ⅱ』（齊藤正高、泊功訳、ハヤカワ・ミステリ）が二〇二四年度のミステリ界で高い評価を得て、〝このミス〟海外編で一位を受賞している。また、社畜小説としても楽しめる『西遊記事変』（齊藤正高訳、二〇二五年、ハヤカワ・ミステリ）などの長篇のほか、切れ味鋭い短篇の「沈黙都市」（中原尚哉訳、『折りたたみ北京　現代中国SF

アンソロジー』ケン・リュウ編、二〇一八年、新☆ハヤカワ・SF・シリーズ→二〇一九年、ハヤカワ文庫SF）、ユーモラスな短篇の「始皇帝の休日」（中原尚哉訳、『月の光　現代中国SFアンソロジー』ケン・リュウ編、二〇二〇年、新☆ハヤカワ・SF・シリーズ→『金色昔日《こんじきせきじつ》　現代中国SFアンソロジー』※文庫化時改題、二〇二二年、ハヤカワ文庫SF）など翻訳も少なくない。本作は春節大移動をユーモラスな筆致で宇宙を舞台に置き換えた短篇といえよう。

呉　霜《アンナ・ウー》は羽南音《ユー・ナンイン》という別ペンネームでも活躍している作家である。どちらの名前でも作品の邦訳があるが、呉　霜《アンナ・ウー》では「人骨笛」（大恵和実訳、『時のきざはし』収録）、羽南音《ユー・ナンイン》では「楽游原」（大恵和実訳、『長安ラッパー李白　日中競作唐代SFアンソロジー』二〇二四年、中央公論新社）などがある。詩人や画家など芸術をモチーフにした作品が少なからずあり、「美」とは何か、を描きだしている。本作「真珠の耳飾りの少女」でも非常に美しい世界が描かれる。最初は『ジェニーの肖像』のオマージュか？　と思わせておきながら、じつはアッと驚く展開が待ち受けており、SFの面白さを味わうことができる。

阿缺《アーチュエ》はここのところ大変人気のある、勢いをもつ作家の一人である。日本ではおそらく本作「彼岸花」が初めての紹介となるが、遅きに失した感がある。もっと早くに紹介されるべき存在である。ロボットもので有名な彼にしては珍しいゾンビものである。悲惨な状況の中でもどこかユーモラスで、それでいて爽やかな愛情が描かれる本作は、彼がさまざまな作風を描くことができる証明になっている。宝樹《バオシュー》との共作である長篇『七国銀河』［七国銀河］は宇宙の戦乱で七つの国が戦う壮大なスペースオペラだが、キャラたちが濃くて大変面白いのでお勧め。

宝樹《バオシュー》は時間SFを多く書いている作家で、本作「恩赦実験」も短い中にピリッとした刃物を仕込んだ、切れ味の良い時間SF（ともいえよう）である。二〇二五年に翻訳された「美食三品」（立原透耶訳、《紙魚の手帖》二〇二五年vol.21掲載、東京創元社）はヒューゴー賞のファイナリストに選ばれている。ショートショートの味わいの強い本作に対して、中国史上重要な事件をもとに描く時間SF「金色昔日《こんじきせきじつ》」（中原尚哉訳、『金色昔日《こんじきせきじつ》』収録）や魯迅がタイムマシンと出会う「時の祝福」（大久保洋子訳、『移動迷宮 中国史SF短篇集』二〇二一年、中央公論新社）などずば抜けたアイデアと史実が絡み合う重厚な作品もある。

王　侃瑜(レジーナ・カンユー・ワン)は研究者として翻訳家として、あらゆる顔を持つが、すごいのはそのどれもが一流であることだ。彼女の作品は非常に文学的な美しい文章が特徴で、そこにしっかりと調べて練り込まれたSF的設定が入ってくる。そういった意味で、SFとして評価されているだけでなく、純文学としても高い評価を受けている。二〇二四年に発表された「島と人」「島与人」(中国雑誌《花城》掲載)は、ため息が出るほど美しくかつ科学への信頼を感じさせる素晴らしい作品であった。日本でももっと紹介されてほしい作家の一人である。

江　波(ジャン・ボー)は中国での賞レースではお馴染みの、中国を代表する若手作家である。壮大な宇宙を舞台にするアイデアが得意で、なおかつ生き生きとした個性的なキャラクターで親しみやすい。日本でも《銀河之心(ぎんがのこころ)》三部作のうち第一部『天垂星防衛』(中原尚哉、光吉さくら、ワン・チャイ訳、二〇二四年刊、ハヤカワ文庫SF)が発売されており、続刊が期待されている。本作「宇宙の果ての本屋」はすでに、本作を表題作とする別のアンソロジーにも選ばれており、その作品の評価の高さがうかがえるだろう。我々本好きの読者にとって、しみじみと胸を打つ佳作で、アンソロジーの末尾を飾るのにふさわしい。

HM=Hayakawa Mystery
SF=Science Fiction
JA=Japanese Author
NV=Novel
NF=Nonfiction
FT=Fantasy

宇《う》宙《ちゆう》墓《ぼ》碑《ひ》

現代中国ＳＦアンソロジー

〈SF2478〉

二〇二五年四月 十 日 印刷
二〇二五年四月十五日 発行

（定価はカバーに表示してあります）

編　者　倪《げい》雪《せつ》婷《てい》

訳　者　立《たち》原《はら》透《とう》耶《や》・他

発行者　早川　浩

発行所　株式会社 早川書房
郵便番号 一〇一 - 〇〇四六
東京都千代田区神田多町二ノ二
電話 〇三 - 三二五二 - 三一一一
振替 〇〇一六〇 - 三 - 四七七九九
https://www.hayakawa-online.co.jp

乱丁・落丁本は小社制作部宛お送り下さい。
送料小社負担にてお取りかえいたします。

印刷・三松堂株式会社　製本・株式会社フォーネット社
Printed and bound in Japan
ISBN978-4-15-012478-6 C0197

本書は活字が大きく読みやすい〈トールサイズ〉です。